COLLECTION FOLIO

Pierre Magnan

Un monstre sacré

Denoël

Retrouvez Pierre Magnan sur son site Internet :
www.lemda.com.fr

ESSAI D'AUTOBIOGRAPHIE

Auteur français né à Manosque le 19 septembre 1922. Études succinctes au collège de sa ville natale jusqu'à douze ans. De treize à vingt ans, typographe dans une imprimerie locale, chantiers de jeunesse (équivalent d'alors du service militaire) puis réfractaire au Service du Travail Obligatoire, réfugié dans un maquis de l'Isère.

Publie son premier roman, *L'aube insolite*, en 1946 avec un certain succès d'estime, critique favorable notamment de Robert Kemp, Robert Kanters, mais le public n'adhère pas. Trois autres romans suivront avec un égal insuccès.

L'auteur, pour vivre, entre alors dans une société de transports frigorifiques où il demeure vingt-sept ans, continuant toutefois à écrire des romans que personne ne publie.

En 1976, il est licencié pour raisons économiques et profite de ses loisirs forcés pour écrire un roman policier, *Le sang des Atrides*, qui obtient le prix du Quai des Orfèvres en 1978. C'est, à cinquante-six ans, le départ d'une nouvelle carrière où il obtient le prix RTL-Grand public pour *La maison assassinée*, le prix de la nouvelle Rotary-Club pour *Les secrets de Laviolette* et quelques autres.

Pierre Magnan vit aujourd'hui à Forcalquier. La sagesse lui a dicté de se rapprocher des lieux habités et de se séparer des surplus. C'est ainsi que sa bibliothèque ne se compose plus que de vingt-cinq volumes de la Pléiade et de quelques livres dépenaillés pour avoir été trop lus. Il aime les vins de Bordeaux (rouges), les promenades solitaires ou en groupe, les animaux, les conversations avec ses amis des Basses-Alpes, la contemplation de son cadre de vie.

Il est apolitique, asocial, atrabilaire, agnostique et, si l'on ose écrire, aphilosophique.

P. M.

À la mémoire de René Julliard

J'avoue que le courage d'écrire me manquerait si je n'avais pas l'idée qu'un jour ces feuilles paraîtront imprimées et seront lues par quelque âme que j'aime.

STENDHAL,
Souvenirs d'égotisme

Le nombre de lettres ou de messages reçus à propos d'*Apprenti* m'invite à croire que la lucidité sur soi-même n'est pas prisée, n'est pas crue, n'est pas souhaitée ; que le *connais-toi toi-même* a été biffé de la conscience humaine et que, comme le soleil ni la mort, l'individu ne saurait se regarder en face.

Cet étonnement devant quelqu'un qui se raconte simplement sans rien celer trouve sa justification peut-être dans le besoin qu'a l'être humain de s'absoudre pour se supporter.

Or moi, peu importe qu'on me jette à la tête ce que je suis aujourd'hui pour trouver des explications à ce que j'étais hier. Le sextant que je garde en moi m'interdit de perdre mon nord.

Il est vrai que, obnubilé par la crainte de faire un enfant à une fille de mon âge, la rencontre de Thyde Monnier, qui a cinquante-trois ans, est à la fois une aubaine et une malédiction. Je n'aime pas cette femme d'amour. Ce n'est pas son âge ni le fait qu'elle ne soit pas mon idéal physique qui me retiennent de l'aimer.

Sa civilisation n'est pas la mienne. Je suis muet et elle est prolixe. Je suis bas-alpin, *gavot*, et elle est marseillaise. Elle est marseillaise jusqu'au bout des ongles (une civilisation qui s'est perdue aussi) et marseillaise riche. Sa mère vendait des corsets aux bourgeoises, rue de Rome. Son père avait une banque (Banque de la Bourse). Cet Ardéchois était à vingt-cinq ans homme d'équipe au PLM. À sa mort, il laisse six millions or à ses quatre enfants.

Mathilde était accompagnée à l'école par sa bonne. Il n'empêche qu'à peine née on l'enverra pour trois ans en nourrice en haute Ardèche sans jamais voir ni père ni mère pendant tout ce temps. Quand on l'arrachera à elle, sa nourrice en mourra. La maison de la rue de Rome appartient aux Monnier. Ils ont à Saint-Henri une propriété de dix hectares. Les deux fils, Victor et Émile, feront fortune à leur tour. Un quatrième enfant, Janou, naîtra treize ans après son aînée qui la portera bébé saisie par les langes entre ses dents, comme un chien transporte un paquet. Cet exploit Thyde aura plaisir à le rappeler. Elle dit *vous* à son père et *vous* à sa mère. Le parrain Guimet la mène à l'opéra. Il suit *Werther* passionnément sur la partition, sifflant quand le ténor se permet une fausse note. Thyde fredonnera toute sa vie

Je ne sais si je veille ou si je rêve encor...

À dix ans, dans une calèche et plusieurs fois, Mathide est victime, sous la couverture, des attouchements d'un ami de son père. C'est l'époque des mœurs hypocrites où un enfant qui oserait se plaindre ou même parler de ces choses sales serait sévèrement puni.

Elle essayera plusieurs fois sous différents prétextes d'échapper au maniaque, son père et sa mère, aveugles et imbéciles, refuseront toujours de la faire monter dans une autre voiture. L'ami était riche, bien soutenu, père de famille, au-dessus de tout soupçon, partageant avec les parents les mêmes idées politiques.

Cette enfance sans amour et sans protection aurait pu produire un sujet veule, sans force et sans volonté, craintif devant la vie. Elle va accoucher d'une lionne.

La jeunesse de Mathilde, elle l'a racontée en quatre volumes qu'elle a intitulés *Moi.* Toujours escortée de sa bonne jusqu'au seuil de l'école, elle fréquentera le lycée Montgrand, y faisant de passables études mais l'esprit ailleurs. Son cœur est tourné vers la poésie. C'est l'époque où Marseille vit tout entière électrisée par son poète qu'on croit immortel : Edmond Rostand. Les frères de Mathilde ferraillent avec des épées de bois parmi les grands corridors de la maison natale en déclamant :

C'est nous les cadets de Gascogne de Carbon de Casteljaloux !

Les parents sont cocardiers, revanchards, l'Alsace et la Lorraine leur sont restés en travers du gosier, alors qu'ils ont avalé sans coup férir l'annexion des deux Savoies et du comté de Nice. À chaque fois que Marius Monnier, le père, a fait un bon repas, il ne manque pas de dire :

— Encore un que les Allemands n'auront pas !

Ce père inflexible donnera à la jeune fille sa dernière raclée (à lui casser un peigne dans les cheveux) huit jours avant le mariage de celle-ci : elle a eu l'impudence d'aller visiter l'appartement qu'on lui destine, seule avec son fiancé, lequel d'ailleurs essayera de profiter de cette occasion pour prendre un peu d'avance.

C'est un grand mariage à la marseillaise : calèches et voitures De Dion-Bouton à pétrole, couronnes de roses, défilé à coups de trompe de la rue de Rome à Saint-Henri et mariage religieux. En dépit du père franc-maçon, la mère corsetière l'a exigé à cause de la clientèle. Une précisément de ces clientes se penchera vers sa voisine, le chapeau fort incliné, pour lui glisser dans le tuyau de l'oreille :

— Ça c'est un divorce pour dans deux ans !

C'est Janou, la cadette, qui entendra le chuchotis et le rapportera tout chaud à sa sœur.

La nuit de noces ne fut pas modeste. Ils restèrent couchés trois jours.

Mathilde reçoit sa première paire de gifles conjugale trois semaines après le mariage. Elle veut divorcer. Sa mère pousse les hauts cris.

— Si j'avais divorcé chaque fois que j'ai reçu une calotte ! Prends patience ! Ces affaires-là ça s'essuye d'un coup de traversin !

Pendant ce temps les parents font construire pour le couple un nid douillet dans la banlieue de Marseille, à Allauch. Les choses disparaissent moins vite que les êtres. Cette villa, tout en pierres, doit toujours exister. Elle doit simplement avoir changé de nom.

À deux pas de la villa, une rue populeuse et pauvre abrite des gagne-petit, des artisans craintifs aux minables clientèles, des ivrognes, des tuberculeux. Une plaque bleue sur un mur à salpêtre donne le nom : Rue Courte. C'est dans cette rue que Mathilde choisit une jeune femme de ménage qui va peu à peu lui conter la vie du quartier. À vingt-quatre ans qu'elle a alors, Mathilde est déjà la plus forte accoucheuse de secrets qui soit au monde. Tout en œuvrant diligemment, Frisette, c'est son nom, raconte à sa patronne l'existence de la rue Courte. Un beau matin, elle ne vient pas travailler, ne fait rien dire. Deux jours, trois jours. Le troisième jour, Mathilde rencontre Frisette chez le boulanger.

— Pourquoi tu ne viens plus travailler ?

— Vous savez pas que je me suis mise avec un maquereau ?

— Et alors ? Ça t'empêche de venir travailler ?

Ces mots vont tisser entre ces deux femmes des liens que seule la mort défera. C'est ainsi que Frisette apporte sur un plateau à la future romancière cette invraisemblable histoire. Le maquereau en question s'appelle Jean. Je l'ai vu une fois dans ma vie ainsi que Frisette. Frisette n'était pas belle, le front bombé, un peu échinée par les durs travaux du ménage. Jean était un beau gars mince et grand, les favoris avantageux. Frisette par amour réussira à le ramener à la normale. Il vendra les trois femmes qui jusqu'alors le faisaient vivre et il deviendra menuisier. En 1912, les choses se font déjà ainsi au sein du monde occidental, sans doute pour souligner aux hommes qu'ils ont bien mérité la guerre qui va les décimer. Par la guerre Thyde va être vengée des torgnoles qu'elle a endurées.

En 1917, Maurice, son mari, est blessé en Argonne, Thyde s'habille en garçon, traverse les lignes ; par persuasion, obstination et surtout à cause de la pagaille, elle s'installe au chevet du blessé. C'est l'Argonne, c'est la Somme, c'est le chemin des Dames. Les civières rouges de sang arrivent par douzaines à l'hôpital, portées par des brancardiers harassés. Une infirmière bénévole qui est là, disponible, ça n'est pas de trop. Il y a des moments où le règlement n'est plus que le règlement. Le fleuve de l'horreur le transgresse. Thyde avec ses vingt-cinq ans bien en chair et ses yeux verts pleins de pitié prendra dans ses bras pour les aider à mourir ou à survivre des dizaines de gars sans mains, sans jambes ou sans visage.

Un jour, au détour d'un champ opératoire de fortune, elle rencontre un médecin militaire dont on lui dit le nom. Il s'appelle Georges Duhamel. Il écrira *Vie des martyrs*, avant de rejoindre l'obituaire géant des écrivains oubliés. Pour son dévouement et sa bravoure, on voudra décorer cette infirmière bénévole. Elle refusera avec obstination.

La guerre finit. Des morceaux d'hommes tant bien que mal rafistolés regagnent leur foyer avec des corps plus ou moins ravaudés et des pensions consolatrices. Mais on ne verse pas de pension aux âmes. Thyde me racontera que Maurice s'éveillait la nuit couvert de sueur, lui serrant la main à la briser.

— Qu'est-ce que tu as ?

— Je pense à la guerre !

Elle le prend dans ses bras, elle le berce. Elle lui dit des mots tendres. Ils font l'amour à la sauvage, à la désespérée. Mais le fond du caractère chez l'homme retrouve vite son équilibre : les torgnoles recommencent à pleuvoir.

Seulement, cette fois, Mathilde a trouvé une parade compensatrice : elle trompe Maurice comme dans un bois. Elle me l'avouera elle-même : chaque fois qu'il lui avait tapé dessus, elle se laissait aller avec le premier homme rencontré. Des hommes vont entrer dans sa vie et en sortir sans y laisser grande trace. C'est la mode du cinq à sept. C'est l'époque du cinéma muet où l'on fait connaissance de fauteuil à fauteuil, à force de frôlements. Des couples se font et se défont dans l'ombre sans jamais se connaître. Thyde ne peut plus avoir d'enfant. Elle a été enceinte avant la guerre d'une fille mort-née pour cause de « siège décomplété ». Le bébé né viable s'est empoisonné au passage avec les sanies de l'accouchement. Le médecin de famille arrivé trop tard n'a pu le décrocher à temps du pubis de la mère. Ensuite les règles ont disparu à jamais. Mathilde accueillera le verdict avec une joie sans mélange. (Tout ce que je rapporte, c'est elle qui me l'a dit.)

Elle est accorte, potelée, elle a d'admirables yeux verts et les cheveux coupés « à la chien ». Son mari ne lui donne pas d'argent, qu'à cela ne tienne : son frère Victor a succédé à son père à la Banque de la Bourse. Il suffit de venir lui demander un billet de cinq cents francs, pour aller faire des emplettes. Thyde et sa sœur Janou qui a dix-huit ans ne s'en privent pas.

Ce frère Victor que je n'ai pas connu est le cerveau de la famille. Entre Mathilde et lui lorsqu'ils avaient seize ans, une complicité vaguement incestueuse s'est établie. Ils se disent tout.

Le caractère de Maurice devient de plus en plus impossible. Mathilde veut divorcer mais il y a un obstacle énorme pour elle. Maurice a ramené de la guerre un chien de tranchée blessé et qu'on voulait abattre. C'est Patou, un briard aussi haut que sa maîtresse. Ce Patou a joué dans la vie de Mathilde un rôle bien plus grand que la plupart des hommes qu'elle a connus et qu'elle a oubliés. Ce Patou ramenait à la maison de temps en temps un autre chien, perdu celui-ci et errant, qu'il forçait ses maîtres à adopter. Il a dix-sept ans et il court encore la gueuse. L'hiver 1927 va avoir raison de lui. Une fois de plus, une nuit, il s'est échappé. On le retrouvera au milieu d'un chemin vicinal assis sur son derrière, tout noir sur la neige blanche, mort gelé, foudroyé par le froid. La route du divorce est ouverte. La prévision de la dame en chapeau lors du mariage se réalise dix ans plus tard. Mathilde ne l'accepte pas sans avoir le cœur crevé. Elle conservera avec ses beaux-parents des relations d'amitié la plus tendre. Maurice ne comprendra jamais pourquoi elle l'a quitté.

— Elle avait tout ce qu'elle voulait ! dira-t-il.

Quarante-six ans plus tard, apprenant brutalement la mort de Maurice qu'elle croyait avoir oublié, cette pauvre femme s'évanouira.

C'est la saison des amours. Thyde aime plus l'amour que les hommes. Elle va les oublier les uns après les autres, sauf Maurice et son frère Victor.

Elle a une amie : Frisette, sa femme de ménage. Des drames épouvantables se nouent dans la rue Courte : un homme tue sa femme à coups de fer à repasser parce qu'il la trouve trop maigre ; un enfant d'ivrogne meurt poitrinaire pendant que sa mère prie pour lui à l'église devant la Vierge Marie.

La liberté totale brusquement retrouvée flagelle

Mathilde comme le ressac de la mer. Elle retourne chez ses parents rue de Rome. À son mari elle abandonne volontairement tout : la maison que les Monnier ont fait construire, les meubles amoureusement choisis. Elle repart nue et crue pour une nouvelle vie, mais elle ne sait pas laquelle.

Un ami de la famille est pharmacien rue de Rome. Il s'appelle Léon Franc, il se pique de poésie. Il a créé une revue, *La Criée*. C'est là-dedans qu'un matin, rue de Rome, Mathilde découvre le poème d'un inconnu. Il s'appelle Jean Giono. Avec une modestie appliquée il a livré à la revue de Léon Franc ces quelques lignes que Mathilde va lire émerveillée. Ce ne sont pas des vers mais de la prose rythmée, et Thyde qui est musicienne découvre tout de suite un homme qui va composer pour elle. *Accompagnés de la flûte* est le titre insolite qui coiffe ces phrases que scande un tympanon en sourdine comme si la Grèce était encore présente avec ses odyssées et ses odes d'Anacréon :

« Quand mon gémissant attelage eut gagné le bosquet de coudriers qui marque le terme de mon bien, les bœufs apeurés se sont jetés hors du sillon et j'ai pu à grand-peine enfoncer le frein dans la terre. »

Il faut dire maintenant que, outre Edmond Rostand qu'on lui a jeté en pâture pour le proclamer le plus grand poète du siècle, Thyde a déjà lu Paul Claudel, Colette, André Gide et Paul Valéry. Il y a déjà cette grande différence entre elle et n'importe quelle autre fille marseillaise de cette époque, courant les cinémas et les cinq à sept.

Après son divorce et de plus en plus, elle se réfugie chez son frère Victor qui vient de se faire bâtir à Sainte-Maxime une confortable villa. Il l'a baptisée *Toi et moi* parce qu'il a lu Paul Géraldy et que celui-ci est son plus proche voisin. La villa est le siège de somptueuses réceptions avec des femmes d'alors, style Orient-Express. Elles ont les cheveux strictement coupés, des chapeaux cloches, des robes négligentes qui les moulent où il faut et les drapent ailleurs. Des colliers faux ou vrais leur descendent jusqu'à la taille. Elles sont maigres, élancées. La moire et la soie les parent de formes chatoyantes. Elles fument, au bout de longs tubes couleur d'ambre, des cigarettes égyptiennes à bout doré. Elles viennent de lire *La Garçonne* d'un certain Victor Margueritte, qui est aussi un voisin de Victor Monnier. De sa treille muscate une fois, Colette viendra se mêler à cette fête. Mathilde, depuis le bout de la table — elle n'est que de la famille —, la dévorera des yeux en train de décortiquer délicatement des écrevisses avec ses jolies mains.

Mais une nuit, inexplicablement, sur le portail de la villa presque neuve la plaque qui indique *Villa Toi et moi* se fissure et se crevasse. Une longue balafre sépare le toi du moi. C'est cette année-là que meurt Zizou au temps des mimosas en fleur.

Zizou est la femme de Victor. Il l'a épousée par amour mais il ne l'aime plus. Il aime une impérieuse

Gabrielle qui le tient en laisse à force de luxure. Enivré, triomphant, il confie à sa sœur, confidente de tous ses secrets :

— Tu te rends compte ? À quarante-six ans, j'aime et je suis aimé pour la première fois de ma vie !

Quand il fait cet aveu à sa sœur, Zizou est mourante dans la pièce à côté. Zizou est cardiaque, elle meurt comme un oiseau étouffé. Depuis longtemps on ne la maintenait en survie qu'en lui stimulant le cœur avec des médicaments à la dynamite. C'est ainsi alors qu'on soignait les cardiaques.

Victor exulte sans retenue. Il va pouvoir épouser la belle Gabrielle. Cependant le père, Marius Monnier, toussote depuis quelque temps. Le médecin de famille, franc-maçon comme lui, le rassure :

— Oïe qué Marius, c'est de l'irritation !

Le père Monnier s'habille en pauvre, ôte ses chaînes de montre en argent et s'en va à l'hôtel-Dieu tâter de la consultation populaire. On le fait déshabiller, on l'ausculte, le verdict tombe. C'est un pauvre, il n'y a pas lieu de feindre :

— Vous êtes tuberculeux, mon pauvre vieux !

Le soir même, le père Monnier réunit ses quatre enfants : Victor, Émile, Mathilde et Janou qui vit toujours sous son toit.

— Mes enfants, je suis tuberculeux !

Janou a rencontré dans la liesse des charlestons un genre d'homme brillant et désinvolte qu'elle aime à la folie. Il n'y a rien de mal à cela, les deux familles sont amies depuis toujours. On les mariera. Janou est l'orgueil de la famille. Tout ce que les Monnier ont refusé comme tendresse à leurs trois aînés ils en ont comblé cette tardive née d'une mère de quarante ans.

La même nuit où le père a fait cette confidence à ses fils, Janou fait venir son fiancé qui a une voiture. Par la fenêtre du premier elle lui balance ses valises et elle sort par le corridor de l'immeuble rue de Rome. Elle n'y reviendra jamais. À sa sœur qui lui en fait le reproche, elle répond.

— Je n'ai pas envie d'attraper la tuberculose !

On expédiera le père Monnier se soigner à l'hôpital de La Tronche, banlieue de Grenoble. À cette époque, les vieillards atteints de tuberculose sont pauvres et parqués. À La Tronche, le riche monsieur Monnier sera traité comme les autres : mangeant au bord de la toile cirée, au réfectoire, du fromage à la pointe de son couteau de berger qu'il a conservé du temps qu'il était un fidèle Ardéchois. Son fils Victor l'arrachera à ce mouroir un mois avant sa mort.

Victor nage dans le bonheur avec la belle Gabrielle. Un matin il s'aperçoit en allant à la selle qu'il perd un peu de sang. Il met de la distance entre sa famille et lui. Il éloigne même la belle Gabrielle. C'est un caractère. J'aurais aimé connaître le frère Victor. On l'opère. On commence à le perdre. À l'hôpital, tenu par des religieuses, une sœur lui trouve un matin rébarbative mine. Elle appelle le chirurgien au téléphone, un ami de toujours du frère Victor.

— Docteur, votre malade coule !

Le frère Victor entend la nouvelle. La sœur, compatissante, s'installe au chevet du moribond.

— Monsieur Monnier, il vous faut songer au salut de votre âme.

Entre-temps, l'ami de toujours est accouru. D'une voix ferme, Victor leur dit :

— Ma sœur, j'ai toujours vécu sans Dieu, je saurai mourir sans Dieu. Quant à vous, dit-il au chirurgien, je vous retire mon amitié pour m'avoir caché que j'allais mourir.

C'est Mathilde en pleurs qui recueillera sa dernière confession. C'est elle seule qu'il admettra auprès de lui. C'est elle qui lui fermera les yeux.

Il laisse toute sa fortune à la belle Gabrielle, hormis cinq cent mille francs (or) à chacun de ses frères et sœurs.

Entre-temps, Janou a épousé son rieur amoureux. Le champagne coule à flots et les belles voitures se succèdent. Tout le monde a confiance en ce beau garçon qui attire l'argent comme l'abeille le miellat. Dans son testament, le frère Victor stipule : « Quant à ma sœur Mathilde, connaissant son mépris pour l'argent, je lui garantis une rente annuelle jusqu'à sa mort que je charge mon beau-frère de lui verser. »

En trois ans le beau-frère Marcel mangera tout l'argent de sa femme et celui de Mathilde. Voilà Mathilde nue et crue au bord de la route et sans domicile fixe. Elle me dira que la seule chose conservée du temps de sa splendeur, c'est un nécessaire à découper le gigot, au manche d'argent, que son cher beau-frère, qui ne l'appela jamais que « belle-sœur », lui offrit un soir d'anniversaire.

Janou divorce. Elle n'a plus rien que deux superbes enfants que lui a laissés le riant noceur. Les deux sœurs n'ont plus rien ni l'une ni l'autre. En attendant que Janou trouve un emploi — elle est heureusement sténodactylo, ce qui est rare à l'époque —, Mathilde s'embauche au Grand Hôtel de Bandol comme lingère. Elle a quarante ans. Elle n'est pas belle. Elle n'a pour elle que son esprit et son obstination.

Durant la journée elle reprise diligemment. Les points à la machine à coudre se muent sous ses doigts en des bribes de poèmes. Elle dépose ainsi de la fantaisie le long de ces ravaudages fastidieux mais le soir dans la mansarde sous les toits du Grand Hôtel, à la lueur de son seul luxe : une lampe de chevet allemande qu'elle conservera sa vie durant, elle écrit l'histoire de Frisette.

Dans l'officine de Léon Franc souvent transformée en salon littéraire, elle a, ces dernières années, rencontré Lucien Jacques, Loys Masson, Maria Borély, Jean Proal, mais surtout elle a fait la connaissance de Jean Giono. Elle a lu *Un de Baumugnes*, *Colline*, *Regain*. Elle s'est exclamée :

— Mais alors on peut écrire comme ça ?

Giono, en ce temps-là, est bourré de génie et de

tics. Mathilde ne peut pas imiter son génie mais elle va tout de suite adopter ses tics comme une nouvelle manière d'écrire. Par exemple, dans un dialogue, elle n'écrira jamais plus *dit-il* mais *il dit*. Seulement, le menu peuple dont elle dispose est si près de l'humanité universelle que tout le monde va s'y reconnaître.

Ses journées et ses nuits vont se poursuivre et s'enfiler les unes aux autres, dans l'attente patiente de ce manuscrit commencé. Il s'appelle *La Rue courte* et en sous-titre, voulant signifier qu'elle ne s'arrêtera pas là, Thyde inscrit : *Les petites destinées*. Ce sera l'orient de son œuvre : des cycles de plusieurs volumes. Ce livre, *La Rue courte*, est un dialogue presque sténographié de ce que Frisette a raconté à sa patronne durant de longues semaines, de longs mois, tout en faisant la vaisselle, le repassage ou en balayant. Thyde Monnier, écrivain scrupuleux, s'est interdit de rien y inventer.

Entre-temps, dans le sillage festif du beau-frère croqueur d'héritage, Mathilde a été distinguée par un autre garçon rieur, moins que Marcel mais peut-être plus solide. Mathilde a quarante ans. À force de grimacer, singer les uns et les autres en imitations désopilantes, elle a gagné pour toujours ce visage de pomme reinette aux rides fines et multiples. Lingère au Grand Hôtel, quand elle sera mariée avec ce prétendant qui s'appelle André et qu'elle appellera toujours Indro dans son Journal, elle continuera à être rabrouée par l'intendante de l'hôtel :

— Madame Monnier ! Je vous ai dit cent fois de passer par l'escalier de service !

Mais elle écrit patiemment *La Rue courte*. Et un jour le manuscrit est fini. Avec Indro elle part en voiture vers Manosque. Elle court véloce voir Giono à qui elle a lu déjà des poèmes et quelques nouvelles qu'elle fit. Et Giono lit les quatre cent quatre-vingts pages de *La Rue courte*. Et il lui dit :

— Cette fois, Thyde, vous y êtes !

J'ai raconté ailleurs [1] comment Giono écrivit un mot chaleureux de recommandation à son ami Louis Brun, directeur des Éditions Grasset ; comment, pendant que Giono allait chercher de la ficelle pour faire le paquet, Thyde glissa le mot dans le manuscrit, lequel fut envoyé à Grasset le jour même. C'est à cette époque que Thyde se marie avec Indro. Ils partent pour l'Afrique du Nord en voyage d'affaires et de noces. Ils emportent dans la voiture des fusils de chasse Darne dont Indro est représentant. Ces fusils seront cause de noise. Des Sahraouis bleus leur feront ouvrir le coffre et menaceront de les confisquer. Sur la route Bougie-Bouira, ils leur seront subtilisés par des brigands, heureux encore s'ils leur laissent la vie. Thyde franchira les gorges d'El-Kantara le seul jour depuis dix ans où l'oued vomira cent mètres cubes d'eau à la seconde. Six véhicules seront emportées devant la leur. Les freins de la voiture vétuste casseront dans une descente. Ils s'en sortiront par miracle.

1. *Pour saluer Giono* et *Apprenti*.

Pendant ce temps, le manuscrit de *La Rue courte* fait son chemin. Atterri chez Grasset avec le mot de Giono, il est classé dans l'armoire où de temps à autre quelque lecteur maison vient puiser, désabusé. Un jour, Louis Brun, directeur littéraire, passe par là et voit l'écriture de Giono, qu'il connaît bien, dépasser d'un dossier. Il lit le billet, s'empare du dossier.

Huit jours après il écrit à Giono ce que j'ai rapporté ailleurs : « Dis-moi, mon vieux Jean, de qui est *La Rue courte* ? C'est une histoire magnifique, évidemment influencée par Giono mais d'une vérité hallucinante. Je suis toujours plongé dedans. Je ne parviens pas à en sortir ! »

Il arrivera à l'écrivain Thyde Monnier ce que nul auteur n'a jamais osé rêver. Au retour de son périple en Afrique du Nord, elle trouvera dans et autour de sa boîte aux lettres : un courrier de Brun, deux contrats à contresigner et un énorme paquet contenant le manuscrit et les épreuves à corriger. La machine à écrire est lancée. *La Rue courte* paraît fin 1936 (ou début 37). Thyde en apporte en triomphe le premier volume dédié *À Jean Giono, mon maître.*

J'ai eu sous les yeux l'imposant carton qui contenait les deux cent soixante-dix critiques parues tout de suite après la sortie du livre. Toute l'aristocratie française des aristarques s'est allongée devant *La Rue courte.* Quelques-uns ont grondé. « Qu'est-ce que c'est que cet écrivain qui doit tout au pays qu'il habite ? » Mais la plupart louent sans réserve, de

Robert Kemp à Ernest-Charles, de Léon Daudet à Ramon Fernandez. Un prix littéraire bien parisien récompensera la lauréate, le prix de la brasserie Lipp : *le tome de l'oncle Caze*, du nom de son fondateur. Des centaines de lettres viendront dès la sortie du livre conforter l'écrivain dans sa vocation.

Mais la vie ne suit pas le bonheur de ce succès. Indro est volage, inconstant, instable, une atmosphère pénible s'installe dans le couple.

Un jour, Thyde timidement fait remarquer à son mari qu'ils n'ont plus fait l'amour depuis des semaines. Il lui rétorque, revêche :

— C'est la carte forcée alors ?

Depuis la pauvre Thyde écrit des poèmes, tel celui-ci :

Comme l'objet sur l'étagère
Qui s'enlise dans la poussière
Voilà que j'ai cessé de plaire
Et qu'on m'oublie certainement,
C'est embêtant.

Faut-il avec mon vieux visage,
Mon vieux cœur fané par l'usage,
Mon corps ployé par le tourment
Me chercher un nouvel amant ?
C'est fatigant.

Mieux vaut rester sans rien attendre,
Sans plus rien espérer de tendre,

À se laisser couvrir de cendres.
La mort viendra certainement,
C'est consolant.

Ce poème est l'émanation de l'humeur de l'écrivain à cette époque de sa vie : aujourd'hui cinquante années, cinquante ans que je suis née.

Mais la vélocité de l'écriture ne fait que s'accentuer. Sur la lancée de *La Rue courte*, elle va écrire trois autres volumes coup sur coup : *Annonciata*, *Grand-cap*, *Le Pain des pauvres*.

Deux événements extérieurs viennent couper cet élan. D'abord, Louis Brun, son seul défenseur chez Grasset, meurt tragiquement. Voilà Thyde Monnier jetée en pâture à un comité de lecture qui n'a accepté ses manuscrits que sur la pression de Brun et sans aucun enthousiasme. On n'a pas le temps de juger des conséquences de cet ostracisme. La guerre éclate. Il n'est plus question de littérature.

Thyde se réfugie à Manosque pour se rapprocher de Giono. Et c'est là que, pour son malheur, elle va me rencontrer.

J'ai fait l'amour avec Thyde Monnier le 12 novembre 1940 et j'ai commencé à être indigne à son égard le 25 du mois suivant.

Ce soir-là nous avons décidé, la troupe de Jeunesse 40, de faire ribote à l'Éden avec le reliquat de recette que nous avions réussi à arracher à la Croix-Rouge. C'est au bénéfice de celle-ci et du colis du prisonnier qu'avaient été jouées les trois représentations triomphales de notre revue locale.

C'est Indro, mari de Thyde, organisateur de premier ordre, qui prépare tout le raout, se fait prêter de la vaisselle. Il ne me souvient plus qui fit la cuisine. Il y eut du champagne et du pâté de foie. Toutes les jeunes filles de la revue étaient là, rouge mis, coiffées à ravir, prêtes à prendre. Il ne manquait que la musique. Les bals étaient interdits (la patrie était en deuil de la victoire).

Il y avait près de moi une fille invitée par l'une des comédiennes de la revue et qui n'était pas d'ici. Elle était de Marseille. Elle avait le visage sérieux et un maintien que je trouvai distingué. Je m'enflammai, je bus. Au dessert, j'étais ivre d'amour pour cette inconnue.

Thyde naturellement s'était aperçue de mon émoi. Elle nous fit un discours qui doutait de notre avenir et nous vouait aux gémonies. Elle parla de notre traîtrise, de notre peu de foi, de notre volage jeunesse. Tous les mots étaient dirigés contre moi mais, comme son mari était là, elle ne pouvait pas m'invectiver nommément. Mon ami Jef, le Jojo de mon enfance, comprit tout de suite ce qui se passait entre Thyde et moi et il se mit à bouffonner pour détendre l'atmosphère. Jeannette, sa fiancée, lui reprocha d'interrompre notre présidente. Elle prit à cette occasion sa première gifle et se mit à pleurer.

Moi j'écoutais la diatribe, impassible. Ma compagne d'un soir, à peine vue et d'ailleurs à peine regardée, m'importait plus que cette femme en furie dont les yeux verts lançaient des éclairs. En signe d'insouciance, je balançai derrière moi ma flûte à champagne qui se brisa. Cela fit un peu désarroi. On se retrouva tous au grand air qui nous assomma. Tous, la troupe de Jeunesse 40 qu'Indro, mari de notre présidente, appelait « tes trente petits merdeux ».

Il faisait dehors un hiver précoce et dur. La neige fraîchement tombée s'était gelée en verglas, et sur la nuit la pleine lune remodelait l'obscurité totale de la ville en guerre.

Je m'emparai d'autorité du bras de ma cavalière.

Quelqu'un parla de bal. J'étais prêt à danser avec cette fille en dépit de tout ce que je pensais de la danse. Mais la musique étant interdite, notre bande dut se contenter d'une promenade sous la lune, une longue promenade qui nous mena jusqu'au bout de l'avenue Saint-Lazare, nous jeta au hasard par la pente naturelle vers le Moulin-Neuf et la mine où, en dépit du 25 décembre, les trieuses de nuit s'affairaient sous les lampes hautes à séparer les pierres du bon charbon. C'était la guerre. Beaucoup d'entre elles avaient des enfants et un mari prisonnier. Elles étaient payées double, alors la Noël...

J'ai dit, à propos de cette voisine, *à peine regardée*, c'est-à-dire que plus que sa personne c'était sa façon *bien habillée* qui m'attirait. Elle était *comme il faut*, décente, jeune fille idéale. J'avais besoin de rêve bon marché. Et aujourd'hui encore cette faculté de m'enflammer à la fois pour Giono, Jean-Sébastien Bach, et parallèlement pour des pacotilles sans qualité me plonge dans un abîme d'interrogation. Seul mon visage de cette époque à travers quelque photographie m'éclaire sur ma personne d'alors : j'étais incurablement naïf.

Parmi cette nuit irréelle sous le clair de lune où notre troupe bruyante s'égaille et s'éparpille, ivre de mauvais champagne et de baisers furtifs, ma stupide prolixité va se donner libre cours pour la première fois. Oh, bien sûr, j'ai conscience de ce que je viens de faire. Et en moi, vaguement, l'idée que je traverse cette nuit de Noël sans avoir le cœur pur m'inquiète et m'avertit. En moi, la mère Priape, ma grand-mère, fervente croyante, végète tant bien que mal. Mais je ne fais que m'en ébrouer. Je me livre pieds et poings liés à cette brune rencontrée le soir même. Je lui confie mon âme. Je lui avoue mon désir d'écrire. Je lui ébauche même le canevas de plusieurs romans que j'ai en gestation.

Je suis ivre sans doute mais ivre d'elle, ivre de sa jeunesse, de sa beauté du diable. Nous allons bras dessus, bras dessous par ces chemins glacés jusqu'à la gare, jusqu'à l'avenue qui remonte vers Manosque. Elle toute souriante d'indulgence et moi fougueux, d'une fougue sans objet et sans expérience, sans espoir et sans but ; bramant et bradant mon incertain avenir. Tout cela pour ne pas oser lui dire que j'ai envie de la serrer contre moi, de sentir cette odeur de jeunesse, de l'embrasser sur la bouche, de l'épouser !

Heureusement elle s'en moque complètement et oubliera mes confidences sitôt qu'elle m'aura quitté. Je la reconduis jusqu'à sa porte, chez son oncle. Là, dans l'encoignure, j'ose le geste que je prémédite depuis que je lui ai saisi le bras ; j'essaye de l'attirer contre moi. Elle se dérobe, elle dit non. Elle est raide de peur comme devant une bête répulsive. À soixante ans de distance, ma bienheureuse mémoire me rend intacte et sans fioriture cette réaction de fille offensée, et il n'est pas jusqu'au frou-frou de sa pèlerine bleue dont je n'entende encore le froissement de recul. Et c'est très bien ainsi. Ça relativise les élans spontanés que plus tard on me prodiguera.

Un grand beau garçon guette sous le porche. Il l'appelle par son prénom. Et tandis que je m'en vais, je l'entends qui répond. J'ai le temps de les apercevoir se précipiter l'un vers l'autre en un transport irrésistible.

Je passe, parfois, devant ce porche, devant cette porte surélevée d'une marche. Le grand beau garçon est mort. La jeune fille aux cheveux noirs a mon âge. Il ne reste plus intacts et sans usure que ce porche et cette marche d'escalier, et moi, tel un roc dont l'érosion n'aurait pas encore eu raison.

Je ne me souviens pas, en revanche, comment Thyde et moi nous nous sommes retrouvés après cette incartade. En tout cas ce fut très rapide puisque trois jours plus tard, invité par le couple à Nice, je me retrouvai dans le car Pellegrin qui faisait la liaison Gap-Nice par Manosque. La voiture était comble, mais à l'époque il y avait des locations de places dans les services publics. Indro m'avait retenu la mienne. J'étais donc assis. La travée était occupée par des gens debout, imprévoyants qui n'avaient pas réservé et voyageaient ainsi, sur deux cents kilomètres à soixante à l'heure, leurs valises coincées entre les jambes.

À Vinon, une fille monta en manteau d'agneau blanc. Elle se glissa entre les gens debout jusqu'à la seule poignée encore vacante qui s'accrochait au plafond. C'était à côté de moi. Son manteau d'agneau blanc avait le parfum des grandes maisons de maître. Et néanmoins elle était accrochée comme tout le monde, ballante au moindre virage et ridicule aussi avec son bras levé. Je m'aperçus tout de suite que je supportais mal qu'elle soit ridicule. D'autant qu'elle ne paraissait pas bien endurer les cahots de la patache. À un moment, il me sembla que de sa main libre elle réprimait un haut-le-cœur. La traversée du haut Var n'était alors pas propice aux estomacs sensibles. On fumait aussi à cette époque, dans les véhicules publics. Bientôt il ne me parut plus possible que cette fille restât debout alors que j'étais assis. Je me levai et lui fis signe de prendre ma place. Elle refusa d'abord comme offensée. Elle était blonde et avait les yeux verts. Je lui dis :

— Vous ne tiendrez pas le coup jusqu'à Nice.

Alors elle consentit. Si elle m'avait dit : « Pourquoi n'avez-vous pas offert votre siège à cette mère de famille visiblement exténuée ou à ce vieillard de plus de soixante ans ? », je lui aurais répondu : « Parce que je ne veux pas que vous soyez ridicule. »

C'était vrai. Mon sens de l'esthétique acceptait très bien que cette mère de famille, que ce vieillard fussent suspendus au plafond comme des pantins et je le supportais aussi de moi-même sans état d'âme, mais le manteau d'agneau blanc ne me paraissait pas de nature à s'accommoder du ridicule.

À Draguignan, par miracle, le car se vida à moitié. Le manteau blanc se poussa et me fit place.

— Je vous remercie, me dit-elle. Sans vous je

crois que je vomissais. Je vous suis très reconnaissante !

— Je ne vous ai quand même pas sauvé la vie !

— Vous me voyez, dit-elle, vomissant dans la travée ?

— Et sur votre beau manteau blanc !

Elle rit, moi aussi. Je me vois encore avec mes cheveux pendigouillant de chaque côté de mes oreilles en paravent, vêtu de mon pardessus en ratine bleue acheté chez Peyrache et probablement mes ongles en deuil.

Elle tenait un livre dans sa main, dont elle avait lu quelques pages tandis que j'étais debout dans la travée. C'était *Geneviève* d'André Gide. Elle n'avait jamais rien lu d'autre de cet auteur. Elle avait pris ce livre pour le voyage, dans la bibliothèque de son père. Avec Gide à mes côtés, je pouvais avoir les ongles noirs. Je fus brillant et lui conseillai de lire *Si le grain ne meurt.* J'étais bouleversé par la facilité de la conversation entre nous. Jamais je n'avais été aussi attentif à la parole d'autrui.

Et pourtant : pendant tout le temps où je raconte cet épisode, soixante-deux ans plus tard, je ne discerne plus cette voix qui me parla de Mozart, je ne vois plus ce visage délicieux que cernait le col du manteau blanc. Je ne le verrai jamais plus de ma vie, quelque effort que je lui consacre.

De l'autre côté de la glace, des paysages de rêve se déroulaient. C'était l'Estérel : Saint-Raphaël, Fréjus, les Issambres ; la mer qui n'était plus celle de

Marseille, mais toute neuve et calme. Soudain entre les roches rouges, des bouquets d'arbres se dressaient, vert foncé ponctués de fruits d'or. C'étaient des orangers. J'arrivai au pays de Louisette, celui dont un brin de mimosa respiré à Manosque suffisait à me faire penser à elle. Et pourtant je l'oubliais ici, à côté de cette inconnue en manteau blanc qui lisait André Gide et chez qui je flairais un autre monde que le mien et que celui de Thyde Monnier. J'imaginais des jets d'eau et des bibliothèques autour de sa personne. Je savais que je ne la rencontrerais jamais plus et que pourtant nos cœurs étaient proches. Nous étions deux planètes qui se frôlent durant une seconde seulement pour toute l'éternité.

Je la vis, après Cannes, qui griffonnait quelque chose contre la couverture du livre sur un morceau de papier. Elle avait l'esprit plus vif et plus décidé que moi. Elle prévoyait, elle voulait. Nous arrivions à Nice, à la gare des cars. Tandis que le véhicule tournait, j'aperçus Thyde et Indro sur le quai, et à côté d'eux une dame distinguée qui faisait signe au manteau blanc. Sa mère probablement. Dans la travée, debout, il n'y avait plus qu'elle et moi, depuis Cannes le véhicule était miraculeusement vide. L'inconnue me mit dans la main ce papier griffonné.

— Écrivez-moi ! dit-elle.

Thyde était au pied du car, impatiente, me buvant des yeux. Elle allait voir le papier. Elle allait voir le manteau blanc et faire le rapprochement. Le manteau blanc lui passa à côté sans qu'elle y fît attention. Je froissai le papier et le laissai glisser au caniveau sans l'avoir lu. Ma vie était ailleurs qu'auprès d'une jeune fille en manteau d'agneau blanc que le temps emportait.

De ce séjour à Nice qui dura à peine deux jours, il ne me souvient que d'une chose. La nuit, un couple heureux faisait l'amour derrière la mince cloison de ma chambre. Ils s'en donnaient à cœur joie, s'exclamaient de bonheur, murmuraient, se disaient ce qu'ils se faisaient. Ça durait des demi-heures entières. Je retenais mon souffle. Je bandais tant que je pouvais. Au matin, les ayant guettés, je les vis sortir ensemble, l'homme et la femme. Ils avaient trente ans sans doute. Elle avait un cul royal, haut placé, qu'elle balançait avec désinvolture. Lui plus modeste, mais grand et beau, marchait dans l'ombre de sa compagne. Je faisais l'amour ensuite avec Thyde en pensant à cette femme qui avait trente ans.

Ces signes multipliés, l'inconnue de la ribote, la jeune fille en agneau blanc, la voisine de chambre aux formes callipyges, tout cela voulait me signifier que la route que je prenais n'était pas la bonne, qu'elle était hors nature.

Par toutes ces tentations mirifiques, le destin ricanant m'avertissait que je perdais ma vie en voulant la modifier, qu'en m'accrochant à cette femme qui représentait la seule planche de salut visible à l'horizon je me privais de souvenirs féminins si essentiels pour soutenir l'âge mur.

Et qu'on n'aille pas imaginer surtout que j'avais cessé de me masturber parce que je faisais l'amour, bien au contraire. La privation était plus cuisante d'être ainsi, facticement, assouvie.

Cependant à Manosque où rien ne se peut cacher, ma liaison, bientôt répandue, avec cette femme qui écrivait des romans où la liberté de la femme était exaltée, fit rapidement scandale. D'autant plus qu'elle avait trente-cinq ans de plus que moi et qu'on me voyait, sans plaisir, échapper à la misère, car c'était une constante à Manosque d'avoir besoin de pauvres pour se sentir confortables. Je perdis l'estime des camarades communistes de mon père. Ils ne répondirent plus à mon salut.

Je dis échapper à la misère car Thyde, tout de suite, s'occupa de me faire une vie meilleure. Elle avait remarqué sur ma hanche une sorte d'ecchymose brune qui était la rançon d'un contact permanent avec les lutrins contre quoi l'on s'appuyait légèrement de biais pour composer à la casse. Elle proposa de m'embaucher comme secrétaire pour taper ses manuscrits.

Sa sœur Janou, divorcée et ruinée par son mari, était venue se réfugier auprès d'elle à Manosque. Elle était sténodactylo de profession. Auprès d'elle, en quinze jours, j'appris à taper à la machine avec les dix doigts et sans regarder le clavier. Thyde alla trouver mon père et lui offrit de me donner les trente francs par semaine que je gagnais à l'imprimerie.

Il y en avait bien besoin à la maison car la guerre s'appesantissait sur ma pauvre famille dans toute sa rigueur. La guerre ne pardonnait pas aux imprévoyants et mes parents l'étaient au plus haut point. Ils n'avaient jamais été fichus de partager les mille francs par mois que mon père gagnait alors en trente parties égales. Ils ne connaissaient pas cette vertu première de l'économie manosquine : *faire petit.* Les quinze premiers jours du mois c'était la ribote, après, selon l'expression bas-alpine, on *faisait Jésu.* C'est-à-dire qu'on jeûnait. On ne jeûnait pas positivement. On *mangeait aux ribes*, c'est-à-dire qu'on se nourrissait de pommes de terre bouillies et de tout ce que les talus de la campagne permettaient à ma mère et à ma sœur de récolter : champignons, asperges sauvages, salade des champs. La seule chose en cette quinzaine qui permettait de survivre c'étaient les trente francs de ma semaine. Nous avions un peu d'huile, notre seule richesse.

L'apparition des cartes d'alimentation, qui permettaient d'obtenir deux cent cinquante grammes de pain par jour tout en laissant à chacun le choix de l'acheter en une seule fois ou de le manger petit à petit, fut pour nous une catastrophe. Le pain manqua à la maison dès le douze du mois. En dépit des convictions de mon père, ma mère et ma sœur se mirent à haïr les mineurs de fond du pays qui avaient droit à trois cent cinquante grammes de pain par jour au lieu de deux cent cinquante pour le commun des mortels.

Il y avait un autre malheur : ma grand-mère diabétique perdait la tête. C'était peu de dire qu'elle et ma mère ne s'entendaient pas. Elles se haïssaient. À la mort de mon grand-père, sachant qu'il serait impossible à ma mère de cohabiter avec sa belle-mère, mon père avait donné la maison familiale à des étrangers, à la condition que la grand-mère y habiterait sa vie durant et qu'ils la soigneraient et la nourriraient. C'était une *pache* (un arrangement) qui se faisait parfois dans les familles quand les parents vivaient trop longtemps. Ça s'était fait devant notaire.

Un soir où nous venions de dîner d'un gratin d'asperges sauvages, on entendit de grands cris dans la rue. C'était ma grand-mère qui arrivait. Elle était presque aveugle et s'aidait d'une canne avec laquelle elle frappait le sol. Elle s'était disputée avec ses hôtes. Ceux-ci l'avaient-ils jetée dehors ou était-elle partie de son plein gré ? Il fut à jamais impossible de le savoir.

En attendant, elle était là, debout et noire au milieu de la cuisine avec ses pauvres yeux qui n'y voyaient goutte, acariâtre, vociférant qu'elle ne voulait plus avoir jamais affaire aux autres, qu'elle préférerait mourir plutôt que de retourner vivre chez eux. Il y avait, par chance, un vieux matelas au grenier. On le descendit, on installa l'aïeule par terre, dans la chambre de mes parents, ma mère parla d'évacuer la grand-mère vers l'hôpital. Mon père la rabroua.

— Jamais je n'enverrai ma mère à l'hospice !

Il ne nous restait plus qu'à la supporter entre nous, en évitant de souhaiter sa mort. J'étais là, moi, entre la grand-mère moitié folle qui déféquait sous elle (et ma sœur l'essuyait), les deux cent cinquante grammes de pain par jour, ma mère qui buvait de plus belle et ma pauvre sœur, avec ses dix-sept ans, qui faisait des ménages en essayant de tenir debout cet édifice familial prêt à s'écrouler.

C'est sans doute ce long préambule que Stendhal appelle : « Essayer de sauver les choses humiliantes par des préfaces infinies. » C'est pourtant bien ainsi que les choses se présentaient quand Thyde Monnier m'arracha à l'imprimerie pour faire de moi ce qu'elle appelait pompeusement son secrétaire.

C'était en février 1941. Elle finissait d'écrire *Nans le berger*, à raison de dix pages par jour tous les matins. Ce fut le premier livre d'elle que je dactylographiai. Elle a changé de gîte, sur la même avenue Saint-Lazare, elle a passé de la maison Fournier, au numéro 42. Elle est la voisine immédiate de madame Rose Rambaud (la cousine germaine de mon père, celle qui ne nous parle plus depuis que ma mère boit). Elle est aussi la confidente de madame Brun, épouse Grivannes, l'herboriste qui cinquante ans plus tard, me servira de modèle pour mon héros des *Charbonniers de la mort* et de *La Folie*

Forcalquier. Sa propriétaire est une imposante quinquagénaire aux muscles de débardeur qui lui avoue avoir pris le parti de se raser tous les matins. Elle a le profil bourbonien et ressemble étrangement à Louis XIV. Curieusement ces trois femmes qui ont l'âge de Thyde ne partagent pas l'opprobre général de Manosque à mon égard. Elles me font plutôt bon visage, comme me font bon visage toutes les jeunes filles de Jeunesse 40 qui viennent chercher autour de Thyde de quoi parler de l'amour. Elles sont là avec leurs seins bombés, leurs reins cambrés, leurs hautes chevelures comme le veut l'époque. Ce n'est pas d'elles que j'ai envie. J'ai envie de celles qui ont trente ou quarante ans, qui sont frustrées de l'amour physique parce que leur mari est prisonnier.

Elles viennent furtivement au 42, avenue Saint-Lazare. Depuis quelque temps elles ont appris par le bouche à oreille que Thyde est compatissante aux femmes esseulées, qu'elle les écoute volontiers. Elles arrivent avec des livres prétextes qu'elles font dédicacer à Thyde pour les envoyer par le colis de la Croix-Rouge à leur cher prisonnier. Et celui-ci écrit de son stalag sur des cartes de misère, des lettres émues parlant de la patrie perdue (et ce n'était jamais de la grande mais d'un village sans nom et de quelque coteau) ; parlant des champs et des vignes et des tomates qu'on tuteurait ensemble chez nous, paysans de Provence. Les livres de Thyde étaient pleins de ces nostalgies bucoliques qui faisaient l'effet du ranz des vaches aux pauvres exilés. Mais cela ne remplaçait pas une nuit d'amour. Une déchirante complainte, chantée par une voix déchirante, était alors la passacaille que même les filles de Jeunesse 40 fredonnaient pour se donner le frisson de l'attente.

J'attendrai le jour et la nuit
J'attendrai toujours ton retour.
J'attendrai quand l'oiseau qui s'enfuit
Vient chercher l'oubli dans son nid.

L'hiver était doux et humide sous les frondaisons tardives des marronniers, avenue Saint-Lazare. Les soirs invitaient au secret, aux furtives rencontres sous les lumières bleu de méthylène. 1941 fut une année qui remplit de jours heureux le cœur de ceux qui osèrent s'aimer par ces temps de malheur.

À ces femmes perdues Thyde conseillait vivement de prendre un amant, qu'elles verraient, après, quand le prisonnier reviendrait, qu'il comprendrait sans doute. Elles lui objectaient leur peur d'avoir un enfant illégitime et elles repartaient, courbées, furtives, subissant un destin forgé par les guerriers.

Mais le 42, avenue Saint-Lazare n'était pas que le refuge des pauvres femmes et des jeunes filles en fleurs, avides de ne plus l'être. Une grande ombre y venait souvent de son pas large et posé. C'était le poète. Ce fut l'époque de leur vie où Giono et Thyde se virent le plus souvent. Il était engagé dans une grande affaire d'amour onirique qui allait occuper trente ans de sa vie et trois mille six cents pages d'écriture supplémentaires. En 1941, Thyde loue à madame Jourdan, en sus de son appartement, une grande chambre au premier étage de l'immeuble où Giono vient rencontrer son rêve. Pour lui Thyde a acheté chez le Bébé Fabre une table basse et carrée à usage de bureau et un fauteuil paillé semblable à celui où il s'assoit chaque jour chez lui. Le prétexte, c'est qu'il vient voir son amie Thyde Monnier. En réalité, il s'arrête au palier du premier. Il a la clé. Il entre et il attend sur le gros lit bourgeois au fond d'une alcôve qui a accueilli, autrefois, un couple de Jourdan fort sage et sans imagination. En témoignent les deux grands voiles en dentelle qui masquent les fenêtres dont l'un représente le corbeau et le renard et l'autre le renard et la cigogne.

C'est là, sur le matelas cossu et confortable que Giono, assis et tout habillé, espère Adelina White qu'il a conçue l'année dernière dans *Pour saluer Melville* et qu'il ne cesse depuis d'inventer chaque jour.

Il l'a engendrée pour la première fois aux jardins d'Armide. C'est un bien acheté autrefois cinq louis par mon grand-père Brunel à un Mexicain de ses amis qui l'avait bordé de yuccas et de câpriers, lesquels cascadaient au long des murailles qui menaçaient ruine. Les abeilles d'or y butinaient les câpres à longueur d'été et Giono voyait dans les oliviers incultes que les genêts gagnaient peu à peu l'incarnation d'un grand combat d'épées scintillantes, là-bas, au loin, du côté de la Grèce antique dont il commençait tant bien que mal à desserrer l'emprise autour de son style. Il me racontera qu'il y a bien longtemps de cela, quinze ans au moins, il a inventé au pied de ces oliviers, énormes et noirs, le lit d'Ulysse le beau menteur, celui dont le rêve le ramène à Ithaque pour y dormir sa vieillesse, dans *Naissance de l'Odyssée*.

À cette époque, il lui fallait toujours un peu de démesure le long de ses amours imaginaires.

Celui-là, d'amour, il ne s'y est pas jeté sans hésitation ni panique car il va bouleverser son écriture, lui faire dépouiller le vieil homme et sortir brillant au grand soleil vêtu de son unique génie, débarrassé enfin des oripeaux de la Provence et du leitmotiv social du retour à la terre et du pacifisme ; enfin de toutes ces armes dérisoires dont il avait cru qu'il était besoin pour conquérir son public.

Il a rencontré Adelina White, au coin d'un feu en plein hiver, comme un jour aussi soudainement il rencontrera ce cavalier vêtu de noir et chevauchant un épi d'or dans les rues de Marseille. En un sens, cette apparition d'Adelina White sera aussi fallacieuse que celle d'Angelo Pardi. Il a conçu celle-ci chez les Kardas, exilés hongrois, recueillis par Giono et logés à Manosque rue Grande. Kardas s'immortalisera en devenant le photographe inspiré des *Vraies Richesses*.

Cette connaissance onirique d'un fantôme de

blanc vêtu a-t-elle pris naissance dans une réalité quelconque ? Giono l'a-t-il vue dans les fumées d'un feu de bois mélancolique, un soir d'hiver où il se sentait particulièrement seul ? Il ne s'est jamais expliqué là-dessus.

Pourquoi, lui si fétichiste de son bureau d'où toute sa création est sortie a-t-il soudain eu besoin de ce nouveau refuge plat et sans grâce et qui sentait terriblement la bourgeoisie sans imagination, pour y commencer les trois mille six cents pages de ce nouvel orient de son œuvre ? Cela il ne nous l'a jamais dit.

J'entendais son pas, léger pour sa masse imposante, monter l'escalier qui débouchait sur l'appartement de Thyde. Il entrait, quelques feuilles à la main. Nous lui faisions place entre nous. Visiblement, l'héroïne ne s'était une nouvelle fois pas manifestée, mais entre la réalité et le rêve il y avait ces feuilles couleur paille-japon comme tous ses manuscrits, ces feuilles commencées un jour de l'an de janvier 1939.

Il nous lit interminablement les pages déjà écrites, nous ayant complètement oubliés et lisant pour lui-même. Giono fera bientôt réintégrer son bureau à ce manuscrit clandestin mais la concision formelle de cette rédaction ne se démentira jamais tout au long de ces trois mille six cents pages qui ne verront jamais le jour et lui prendront trente ans de sa vie.

Comme le lit d'un ancien fleuve côtoie le nouveau imposé par les hommes et parallèle à lui, de même les trois mille six cents pages de cette œuvre secrète s'expriment en basse continue, suspendue en appoggiature, soulignant le motif qui se déploie au grand jour pendant ces mêmes trente années. Par ce tour de force littéraire qui consiste à écrire un chef-d'œuvre pendant que tant d'autres coulent de lui, ce ne sont pas les plus grands modèles de la littérature universelle que Giono rejoint ici : c'est Jean-Sébastien Bach.

C'est l'époque où, à Thyde et à moi, Giono est notre plus beau souci. Nous vivons dans son attente, dans la soif de sa présence. Il est à nous tout entier, abandonné de tous ses amis d'autrefois qui l'accusent de les avoir trahis, d'avoir trahi sa parole, ses idées, ses écrits, son idéal, d'avoir dévasté son œuvre. Il est dans la position de Nietzsche faisant dire à Zarathoustra : « Et ce n'est que lorsque vous m'aurez tous renié que je reviendrai parmi vous. En vérité, mes frères, je chercherai alors d'un autre œil mes disciples perdus, je vous aimerai d'un autre amour. »

Il n'en a cure, n'en souffre pas, son génie l'a pris par la main. Il s'épanouit par cette découverte nouvelle et pourtant toujours aussi imaginaire : la jalousie. La jalousie pénètre son œuvre, l'envahit, la sublime, furieuse, incontrôlable.

— Le voici donc ce sentiment tant attendu ! nous dira-t-il.

Jusqu'ici, il ne s'est permis que l'usage des sentiments nobles et que le respect des hautes valeurs ;

maintenant il va descendre un peu plus bas dans le cloaque humain : voici enfin les trahisons, les machinations, les profondes trames des histoires sordides, les ressorts inavoués et inavouables qui font fluctuer l'âme humaine ; voici enfin les réalités qui vont rendre plus crédibles les personnages qui animent ses péripéties ; celles qui vont lui permettre d'écrire *Les Âmes fortes*, *Le Moulin de Pologne*, *Le Hussard sur le toit*, *Le Bonheur fou*, et tout cela parce qu'un jour il s'est mis à mariner tout seul en une chambre, dans l'espérance d'un personnage fictif : Adelina White, héroïne inconsistante et onirique de *Pour saluer Melville.* C'est un des secrets sur lesquels Giono refusera toujours de s'expliquer.

Il n'y a pas que Giono. Thyde est aussi avide d'aller aiguiser son intelligence contre celle d'une institutrice de Digne qui s'appelle Maria Borély. Celle-ci a écrit trois livres : *Les Reculas*, *Sous le vent*, *Les Derniers Feux*. Comme Thyde Monnier, Giono l'a invitée à envoyer son premier manuscrit, *Sous le vent*, à Gallimard. Comme *Colline* il est lu par Gide, qui écrit à Maria le 18 octobre 1929 :

« J'ouvrais votre manuscrit plein de crainte et dès les premières pages vous m'avez séduit, vous m'avez " eu ". C'est vraiment d'admiration qu'il me faut parler. Je reste devant votre livre comme devant un tableau dont chaque coup de pinceau m'enchante, au point que je ne m'inquiète pas beaucoup de ce qu'il peut représenter. »

Gallimard lui a fait signer un contrat pour dix

romans. Elle vit modestement à Digne. Elle ne saura faire que ça toute sa vie : vivre modestement.

Tel jour de cet hiver 41, Thyde et moi, nous nous acheminons par le car vers Digne où Maria va nous recevoir. Giono est venu aussi pour quelque affaire qu'il avait en préfecture.

Nous nous installons, moi un peu en retrait, devant un bon feu de bois où Maria excelle. D'abord la guerre nous accapare. Les lamentations, les cris d'espoir, la malédiction pour les guerriers de tout poil. Ici, tous les trois sont d'accord, communient dans le refus de suivre. Maria a mis sur le feu une décoction de chicorée pour remplacer le café. Elle va, elle vient, avec son chignon, son allure raplote de Bas-Alpine sans autre forme de charme que son intelligence et sa probité.

Giono a les deux pieds sur le barreau de sa chaise. (Chez Maria il n'y a que des chaises, pas de fauteuils.) Il bourre sa pipe, il l'allume. Il jette vers le plafond sa première bouffée. Il dit :

— Je viens de commencer *Chute de Constantinople*. Ce sera un parallèle entre notre siècle et la fin de Byzance. Je vois déjà tomber devant moi de grands pans d'Histoire avec des malheurs et de la grandeur, dans les fragments d'un déluge, mais c'est un déluge de feu. C'est l'histoire de l'homme qui a rapporté la poudre en Europe, à travers la Chine qui l'a inventée, à travers l'Asie. Il porte sur son dos son petit baril de poudre à canon. Il échappe à mille dangers, il vient se prosterner devant Haroun Al-

Rachid et, mettant son baril de poudre entre lui et l'émir des Croyants, il le lui offre. C'est la poudre qui aura raison des murailles de Byzance. C'est le premier avènement des grands étripaillages. Ça va être extraordinairement épatant !

Thyde s'exclame d'admiration. Maria souffle sagement sur sa chicorée bouillante.

— Jean, dit-elle, prends bien garde que tu t'éloignes du bonheur d'écrire. Il y a de l'amertume au fond de toi avec cette passion de la poudre. Tu vas dire adieu à ta pureté !

— Moi, dit Thyde précipitamment, je suis en train de finir l'histoire du berger Nans. Je vais consacrer toute une série à cette famille des Desmichels. J'ai déjà les titres pour sept volumes !

Maria hoche la tête comme si elle entendait un enfant énoncer des désirs irréalisables.

— Condensez, Thyde ! dit-elle. Condensez !

Et elle fait le geste de presser entre ses mains quelque éponge trop pleine d'eau. Giono se complaît à décrire le réalisme de certaines scènes avec un luxe inutile de détails, mais il reproche à Maria de ne pas laisser courir plus abondamment son imagination. Maria pince les lèvres. Thyde arbore cette célèbre moue à bouche tombante qui n'a pas peu contribué à la rendre toute ridée.

— « Prends le poisson qui chante dans l'aubépine ! » clame-t-elle.

C'est une citation prise dans *Que ma joie demeure.*

— Qu'est-ce que ça veut dire, ça ?

À partir de là le dialogue devient inaudible. Ils parlent tous à la fois, âpres, passionnés, chacun s'efforçant de couvrir la voix de l'autre. Chacun déploie son œuvre comme un drapeau. Chacun défend mordicus sa manière de concevoir l'écriture. Je redoute qu'ils finissent par s'assener des vérités personnelles, par s'empoigner.

— Prenez exemple sur moi, Thyde, dit Maria. Je viens de recommencer pour la troisième fois *Sous le vent.* Il faut être exigeant envers soi-même !

— Et que faites-vous de l'amour ? L'amour c'est le pain des pauvres ! C'est avec l'amour que je veux construire mon œuvre. Et l'amour ça parle, ça vocifère, ça gesticule !

— L'amour, ma pauvre Thyde ! Mais ça ennuie, l'amour !

Comment puis-je me souvenir aussi exactement de toutes ces paroles prononcées devant moi, il y a soixante-trois ans ? Et même de ce geste de Maria posant maternellement sa main sur la cuisse de Thyde Monnier pour la morigéner comme une de ses élèves.

Pourtant à mes fragiles dix-huit ans qui ne pensent qu'à la mort, ces futilités paraissent vaines. Je devrais les oublier. Ces trois forces de la nature qui s'affrontent devant moi sont irrémédiablement gâtées pour moi par ces deux tares : croire en eux et croire qu'ils détiennent la vérité. Comme si, poètes cependant, ils n'avaient jamais considéré leur pauvre condition d'êtres humains depuis le point de vue de Sirius.

Maria Borély s'étiola dans sa concision, sa probité, l'exactitude rigoureuse de son écriture sans cesse tenue serrée, son refus de tout imaginaire ; Thyde Monnier se délaya dans ses excès de pathétique et sa volontaire pauvreté d'écriture. Elle resta cependant l'auteur des meilleurs poèmes de son époque.

Seul éclata Giono, parce que lui seul prit exactement la mesure de ce que représente l'acte d'écrire. L'amour, la haine, la gloire, la désillusion, la solitude, la trahison et même la peur de la mort ne lui serviront que de matériau pour son œuvre. Jamais il n'éprouvera aucun de ces sentiments jusqu'à la souffrance indicible. « Il ne vivait en société que par surcroît », dit-il d'un de ses personnages. C'est aussi en soi-même qu'il existait par surcroît. La nature l'avait doté d'un caractère qui lui interdisait tout autre chose que le travail. Il travaillait sans cesse à se perfectionner. Comment ? Dans le secret du travail de Giono, même ses exégètes n'ont pu que tâtonner et en tirer des conclusions approximatives.

Je me souviens d'un jour d'hiver en ce mois de janvier 42. Depuis longtemps madame Giono savait qu'à six heures c'était moi qui arrivais. Elle m'ouvrait la porte et repartait vers sa cuisine. Je ne frappais même plus à celle du bureau. J'entrais en toute naïveté. Ce soir-là Giono tenait un gros livre entre ses mains. Il était plein d'un enthousiasme juvénile.

— Écoute ça, Pierre ! Ce que je viens de trouver !

Il leva le doigt et le garda levé pendant toute la lecture de la citation qu'il me fit :

— « Le Tage est un fleuve ordinaire qui prend sa source en tel lieu et se jette quelque part en la mer Océane. » Voilà, me dit-il, comment il faut écrire ! En tel lieu ! s'écria-t-il. En tel lieu ! C'est-à-dire que la narration descriptive est absolument inutile !

Il en jubilait et moi je ne comprenais rien. Était-ce Cervantès ? Était-ce Calderón ? Était-ce Camoens ? Je ne crois pas qu'il m'ait dit le nom de l'auteur. Mais cette phrase est restée plantée en moi jusqu'à ce jour et je ne suis pas sûr de l'avoir jamais bien comprise.

Au soir de ces incursions sur les sommets, je retrouvais ma famille souffrante : la grand-mère sur son grabat, aveugle et déféquant, ma mère ivre un soir sur trois, mon père résigné et mal nourri, et ma petite sœur qui s'évertuait à ce que la famille demeure à l'honneur du monde. Il n'empêche que Manosque ricanait sur notre passage, tant les pauvres que les riches, tant les communistes que les bourgeois, nous tenant, les uns et les autres, pour responsables de notre propre malheur.

J'avais quitté l'imprimerie. Thyde me versait mes trente francs régulièrement tous les samedis et je les donnais à mes parents. Contre ça tous les après-midi, je tapais à la machine le manuscrit de *Nans le berger* et, le matin, je nourrissais les cochons d'Indro.

Indro, mari de Thyde, était un personnage pittoresque qui exerçait la profession de représentant de commerce. Je n'ai jamais su ce qu'il représentait à cette époque. Il portait toujours des culottes de golf et y avait grande allure.

La maison de madame Jourdan était un jardin en jachère depuis la mort du mari. Le jardin abondait en fleurs d'asters et poiriers en train de dépérir. En un coin de ce verger, discrètement séparée de lui par deux marches surélevées, une soue désaffectée achevait de se détoiturer.

Indro était plein d'idées. Cette soue lui en suggéra une tout de suite. Il arriva un matin avec sous le bras un couple d'adorables gorets de six semaines, lesquels couinaient déjà leur faim. Il leur voitura une brouettée de paille et leur livra la soue.

Il avait, l'été dernier, on était en temps de disette, planté en ce jardin, entre les poiriers, quelques raies de betteraves rouges pour les cuire sous la cendre. Pendant trois semaines, à l'aide de ces betteraves et de deux sacs de son marchandés chez un boulanger, il nourrit ses cochons avec amour.

Indro fondait beaucoup d'espoir sur ces gorets. Il se voyait déjà à la tête de quatre jambons de huit kilos qu'il irait négocier à Marseille, au marché noir qui commençait à fleurir.

Mais soudain Indro est rappelé au service de ses

employeurs de toute urgence. Dès le lendemain, il lui faut s'absenter pour une quinzaine. Les deux sacs de son s'épuisent. En hâte, il va chercher un grand sac de nourriture qu'il rapporte de je ne sais où. Il me montre comment on ouvre la trappe sur l'auge de la soue et la bêche avec quoi déterrer les betteraves, puis il s'en va.

Tous les matins donc de ce février 42, j'arrache une brouette de betteraves et je fabrique dans un chaudron une pâtée pour les porcelets. Ils sont déjà costauds. Ils font bien quarante kilos chacun et ils ont faim trois fois par jour. Malheureusement le sac de provende qu'Indro a déniché avant de partir, c'est de la nourriture vitaminée pour aiguiser l'appétit. Je nourris donc ces pauvres animaux affamés avec une mixture qui excite leur faim. Ils hurlent toute la journée. J'ai besoin de toute ma force pour rabattre la clenche de la soue contre quoi ils poussent. Je leur donne de plus en plus de betteraves. Il y en avait quatre raies de quatre-vingts mètres, il n'en reste plus qu'une et demie. Je vis dans l'angoisse. Thyde s'en va téléphoner à Indro pour lui expliquer la situation. Elle le menace que nous laissions tomber tous les deux, elle et moi, lui et ses porcs. Elle est forte. Elle domine la situation. Elle vient d'apprendre que la Guilde du Livre de Lausanne, où nous avions envoyé le manuscrit terminé de *Nans le berger*, vient de lui attribuer le prix Charles-Veillon doté de cinq mille francs suisses. Alors Indro et ses porcs !

À Manosque, la situation alimentaire s'aggrave. Les Marseillais affamés prennent le train par milliers, arrivent à bicyclette, raflent à prix d'or tout ce que nos riches fermes peuvent leur vendre. Il n'y a plus rien pour les naturels.

Thyde qui souffre de bronchite chronique découvre que les Hautes-Alpes sont mieux protégées que nous contre les Marseillais et peut-être plus riches, à cause des vaches, que nous n'avons pas ici. Elle décide que nous allons partir tous les deux pour Saint-Bonnet-en-Champsaur.

Seulement, comme elle va avoir à payer deux pensions, la sienne et la mienne, à l'hôtel qu'elle a choisi, elle s'en va expliquer à mes parents la situation et combien je suis malingre et chétif et combien j'ai besoin d'être mieux nourri. À l'époque on n'était majeur qu'à vingt et un ans et j'en avais à peine dix-neuf. Mon père aurait pu refuser. Il a besoin de ces trente francs par semaine dont Thyde va le priver pour m'emmener avec elle. La perte de mes trente francs va le gêner encore un peu plus, le faire s'endetter, le priver de nourriture. Non, il accepte. Et moi, n'ai-je rien à objecter ? Ne puis-je pas refuser ? Ne puis-je pas dire : non, je ne veux pas les priver de ces trente francs. Non, je ne pars pas avec vous. Je retourne à l'imprimerie. J'ai même la possibilité de triompher, de devenir, enfin, manœuvre maçon à dix francs par jour. Non, une fois de plus je me préfère, je crois sérieusement que je suis malingre et chétif.

La vérité c'est que je suis douillet : pour ne plus connaître le grabat de la grand-mère, les soûleries de ma mère et notre pauvreté désespérée, je suis prêt à accepter de suivre cette femme pour laquelle je n'ai aucun amour.

Je crois que je quitte Manosque pour peu de temps. En vérité c'est ma vie que je quitte, que j'abandonne. Jamais plus je ne serai l'enfant qui tous les matins va chercher le pain et le journal pour toute la famille, avec une régularité de planète qui gravite autour d'une autre ; qui dit joyeusement bonjour à cent personnes de connaissance. Je vais m'extraire sans en avoir conscience d'un univers où j'avais ma place, médiocre, mais ma place. Je reviendrai à Manosque mais je ne serai plus jamais manosquin.

Aller, à l'époque, de Manosque à Saint-Bonnet-en-Champsaur, ce n'était pas une mince affaire. D'abord, il n'y avait qu'un service par jour d'autobus entre la porte de la Saunerie et la gare, distante d'un kilomètre cinq cents. Celui-ci desservait uniquement le train qui assurait à Veynes la correspondance pour Paris. Il n'y avait pas de taxi. Du 42 avenue Saint-Lazare à la station de Manosque-Gréoux-les-Bains, il fallait aller à pied. On avait fait prendre par les messageries la malle-paquebot, un luxe que Thyde s'était offert récemment. On la recevrait à l'hôtel. Le reste : deux valises, une machine à écrire, une serviette de cuir pour les manuscrits et le papier, plus l'accompagnement de deux chiens pékinois tenus en laisse par une petite femme haute d'un mètre cinquante-cinq en tailleur pied-de-poule ; le reste c'était l'équipage que se coltinait ce pauvre Pierre, un peu plus haut que sa maîtresse mais pas de beaucoup, avec ses oreilles en paravent et ses cheveux tombant de chaque côté de la tête, qui lui faisaient une figure de chouan. Il était vêtu d'un pantalon ayant appartenu à Indro, d'un veston d'Indro, en tweed, et d'une paire de chaussures d'Indro en crocodile ; cette paire, celui-ci l'avait abandonnée parce qu'elle lui donnait des cors aux pieds.

On entassa tout cela dans un wagon de troisième classe, les premières et les secondes avaient disparu. Les Français étaient privés de cette distinction qui les faisait, autrefois, inégaux en droit.

Dans un coin du compartiment, chaussé de bottes et de leggings en cuir bien cirées, se camouflait dans la pénombre maître Meyer, notaire à Manosque, avec son crâne complètement chauve et son air anodin quoi qu'il advienne. Thyde s'exclama, maître Meyer s'exclama. Ils se connaissaient bien. La conversation s'engagea entre eux et dura jusqu'à Veynes où le notaire descendait pour prendre le train de Grenoble.

Cette conversation roula sur Blanche, l'épouse de maître Meyer. Cette flexible liane qui s'habillait si bien n'avait pu résister même en temps de guerre aux attraits de Paris où elle brillait en ce moment avec l'une de ses sœurs. Et Thyde déplorait que cette femme fragile aille s'exposer aux dangers qu'elle imaginait.

En ce temps-là, pour gagner Paris, il fallait des laissez-passer, mais ces ausweis, comme on disait, s'obtenaient au marché noir comme le pain ou la viande. Les Allemands avaient très vite compris ce bon moyen de se faire un peu d'argent.

Maître Meyer était résigné aux fantaisies de sa femme. Aux arguments de Thyde il opposait des bras fatalistes qui s'élevaient au plafond avec un hochement de tête et il disait :

— Qu'est-ce que vous voulez, ma pauvre Thyde, elle, elle est un peu fofolle et sa sœur, alors, elle est folle en plein !

J'écoutais distraitement ce babillage sans conséquence, les yeux rivés à la fenêtre où défilait un paysage qui commençait à m'être inconnu.

En 1942, les routes que croise le chemin de fer sont des déserts. Quelques voyageurs montent à chaque gare. Ce sont des femmes pour la plupart ou des vieillards. Nous sommes le 7 mars, c'est la fin de l'hiver. De grandes plaques blafardes de neige livide constellent les coteaux et les départs de montagnes moyennes. La guerre ? La guerre ici n'existe pas, mais la terre s'est empreinte d'une étrange couleur de deuil qui l'apparente à un funèbre linceul. Les champs ne sont pas labourés. Il n'y a d'activité nulle part. Les hameaux fument maigrement d'une cheminée pour deux ou trois éteintes. Parfois une lente bicyclette s'achemine sur un chemin de terre, vers quelque campagne sans soleil où bombent le torse des coqs qui chantent. Une nouveauté cependant : des vaches nonchalantes qu'une femme parfois conduit d'un champ à l'autre. Je me souviens très précisément de cette femme d'autrefois, le pique-bœuf à la main ; cette femme solitaire, inconnue et sans formes qui m'importe soudain au point de la suivre des yeux aussi longtemps que me le permettront la lente vitesse du convoi, les méandres du chemin qu'elle suit et l'inclinaison capricieuse du ballast qui règle la campagne de sa rigoureuse géométrie.

— Qu'est-ce que tu regardes ? me dit Thyde.

Je réponds.

— Rien.

Mais l'obsession qui va me poursuivre pendant des années commence ici son leitmotiv : je vais regretter à chaque instant cette ombre que j'ai rencontrée dans Verlaine naguère :

Je fais souvent ce rêve étrange et pénétrant
D'une femme inconnue et que j'aime et qui m'aime.

Ma vie est vide de jeunesse et c'est pourquoi ce jour de mars, loin des miens et loin de Manosque, et pouvant malaisément caresser mes rêves, je trouve livides et blafardes ces plaques de neige qui constellent le pays.

Maître Meyer et son conciliabule nous quittent en gare de Veynes. Je regarde s'éloigner furtif et un peu voûté ce notaire qui, à Manosque, a tant d'importance et sur ce quai de gare plus aucune. Il nous a parlé de sa femme tout du long, pendant quatre-vingts kilomètres. Entre elle, la Blanche longue et fluide rencontrée naguère dans cet hôtel Pascal où elle embrassait Thyde, et lui, jamais tant observé qu'en ce compartiment de troisième, j'essaye d'établir le pont qui les réunit. Mais je n'ai pas encore assez d'imagination, ma pénétration des êtres est encore trop insuffisante, je ne tire de leur connivence qu'une trame fragile et sans doute irréelle.

Après Veynes, de grands éboulements de pente balafrent les montagnes abruptes et sans beauté, couvertes d'arbres sombres jusqu'au sommet. On arrive à Gap vers quatre heures. Chez ma grand-mère, il y avait une carte postale bistre envoyée un jour par ma tante Hélène et qui représentait « Gap sous la neige ». C'était l'église, sans caractère. La gare n'en a pas non plus. Un homme d'équipe agite une lanterne qui commence à se voir dans le crépuscule d'hiver. Il crie :

— Gap ! Gap ! Tout le monde descend !

On s'extrait. Les valises, la machine à écrire, les deux pékinois emmitouflés de manteaux.

Dans la cour de la gare attend un étrange véhicule sommé de cages à poules vides arrimées sur le toit. C'est un vieux car sans âge et sans couleur. Il n'a même pas le sigle d'une compagnie quelconque. Il a renoncé depuis longtemps à être pimpant, on l'a défiguré au moyen de cette sorte d'alambic qu'on appelle un gazogène. Ça ressemble à un brasero pour griller les châtaignes. Il s'en échappe quelques courtes flammes, vertes, parfois.

On s'engouffre tant bien que mal par un marchepied malcommode dans l'allée centrale du Saurer. La moitié des sièges est occupée par des paysans costauds qui palabrent à voix lente. Les chapeaux de quelques-uns, bien qu'assis, touchent presque le plafond. Ils regardent avec effarement les deux pékinois emmantelés dans du tissu écossais. La voiture est prise d'assaut par les voyageurs descendus du train. Nous sommes poussés vers l'arrière sans pardon ni ménagement. Au passage, tandis que Thyde gare les pékinois, je hisse à la force du poignet les deux valises sur le filet qui paraît usagé. Je m'abats à côté des pékinois, serrant entre mes cuisses la machine à écrire.

Ça sent le lait caillé, la fumée de pipe, le velours côtelé en quoi sont faites encore la plupart des vestes. Je songe au *Chant du monde*, à *Batailles dans la montagne*.

Une fille en hâte monte la dernière dans la voiture, munie d'une pauvre valise en carton bouilli. Le chauffeur est déjà en train de manipuler ses vitesses avec un air de doute. C'est un rouquin au mégot mal allumé ou mal éteint.

La fille n'a plus de place pour s'asseoir. Elle s'agrippe à une poignée qui pend du plafond. Je n'ose pas lui offrir mon siège ; j'ignore comment Thyde prendrait la chose. Personne d'ailleurs n'a bougé. Aucun notamment de ces naturels bien en place qui fument paisiblement ou parlent de l'enfant qui est prisonnier.

Le Saurer des montagnes commence à ahaner dès qu'il démarre. Une côte abrupte et rectiligne se dresse devant lui. Il l'avale lentement avec un bruit de chaînes fantomales péniblement traînées.

Le voisin de la fille debout, qui lui est assis, commence à la lutiner de la voix avec des sous-entendus et de petits rires crapuleux. Son haleine n'est pas très fraîche. Elle charrie une odeur de pastis qui s'abaisse jusqu'à mes narines.

Il a l'air de la connaître, cette fille. Ce doit être une servante. Elle est maigre, anguleuse. Elle ne dit trop rien, gênée, rougissante, n'osant probablement pas rabrouer l'importun. Ce doit être un homme qui compte dans la région. Il est un peu rouge, un peu rubicond, et il marmonne ses grivoiseries sur un ton plus honteux que triomphant. Ce doit être la proximité d'une chair jeune qui l'émoustille et le rend disert, plus quelques apéritifs sirotés en attendant le car. Mais il insiste et la fille est de plus en plus gênée. Le silence enfumé règne dans l'habitacle. Personne ne prend parti. Personne n'intervient.

Alors on entend une voix éraillée (« Ma voix de mêlé-cass », dira-t-elle d'elle-même) qui s'élève posément et domine le vacarme du gazogène.

— Vous ne pouvez pas lui foutre la paix, non ? Vous ne voyez pas qu'elle est fatiguée ? Vous feriez mieux de lui céder votre place !

C'est Thyde qui fixe bien en face cet homme qu'elle ne connaît pas, qui touche presque le plafond qui a des mains comme des battoirs. L'autre se retourne lentement. Son regard bovin descend jusqu'à cette femme ridée dont les yeux lancent des éclairs. Que ferai-je s'il la gifle, s'il la bat ? Mais j'ai sous-estimé le pouvoir des yeux verts. Ils croisent hardiment ceux de l'homme, un peu vitreux à cause de l'alcool, comme un dompteur surveille le fauve dans la cage. J'ai cru jusqu'à ce jour que seule une femme grande et belle pouvait être impérieuse. Celle-ci est petite et laide, et pourtant c'est le géant qui baisse le regard. Je mettrai soixante ans ainsi, à réviser une à une toutes les légendes auxquelles je croyais.

L'homme se lève. Il grommelle.

— Oh, vous n'êtes pas le chef du district, tout de même ?

Mais il s'écarte. Il agrippe un des anneaux qui pendent au plafond. Il n'invite pas la fille à s'asseoir mais il cède à l'injonction de la dompteuse. Ce doit être la première fois de sa vie qu'il obéit à une femme. La fille se glisse à la place vide sans demander son reste. Elle installe entre l'olibrius et elle sa valise en carton. Personne n'a bronché, personne n'a toisé Thyde Monnier du regard ni ne lui a souri. Et d'ailleurs il serait difficile de sourire. Les loupiotes qui louchent au plafond de tout leur bleu de méthylène nous font des visages de Goya en route pour l'enfer. Un crépuscule de brumes entassées végète contre les prés à ras de terre. Je pressens qu'au-delà des parois à pic se dressent invisibles. Par une vitre mal jointe et qui trépide, un courant d'air parvient jusqu'à mes narines qui véhicule des odeurs de silex et de précipices.

Cependant une mystérieuse présence nous côtoie

et nous porte. Nous sommes assujettis au balan qu'elle nous impose et nous ne sommes pas certains que le gaz du gazogène sera assez puissant pour la vaincre.

En 1942, le col Bayard n'était pas le boulevard spacieux qu'il nous offre aujourd'hui. C'était encore une route à peine ébauchée, creusée à partir d'un chemin muletier pour chasseurs alpins. Les véhicules qui l'empruntaient roulaient plus souvent à dix à l'heure qu'à quarante et plusieurs rendirent l'âme entre les deux derniers virages.

Nous retenons notre souffle, nous vivons les affres du chauffeur et celles du véhicule. Nous savons que nous sommes en surcharge, que la décence nous commanderait de mettre pied à terre pour soulager la mécanique. Mais le chauffeur ne le supporterait pas. Il serre les dents. Il se détache du fauteuil de conduite, il s'arc-boute comme pour aider le véhicule d'un suprême effort. Il est déjà en seconde. Il n'a plus qu'une vitesse de réserve. Il se résigne à la passer. Si l'autobus cale, l'homme sera déshonoré. Il ne lui restera plus qu'à prier les voyageurs de descendre et même à désarrimer les cages à poules qui boursouflent le toit. Le car rugit sa désapprobation d'être ainsi traité. C'est du bon matériel suisse fabriqué voilà quinze ans à Winterthur et, s'il avait su que sa machine serait ainsi traitée (livrée au gaz des forêts au lieu d'essence !), jamais le constructeur ne l'aurait vendue.

Mais soudain derrière la vitre où j'ai collé mon

visage, une plaque bleue apparaît : « Col Bayard 1 248 m. » Gap est à 578 mètres d'altitude. Ça signifie que nous avons grimpé de 700 mètres en huit kilomètres. On peut remercier le gaz des forêts ! Une rumeur de soulagement flotte sur la tête des passagers. Une conversation générale remplace le mutisme qui nous oppressait.

En réalité tous ces braves gens ont cru jusqu'au sommet qu'ils n'allaient pas regagner ce soir leur terre promise : la table avec sa toile cirée sous la suspension à grenaille, l'assiette de soupe fumante, le gambajon de cochon. Ils ont cru qu'ils allaient devoir coucher hors de leur Champsaur chéri. Et le chauffeur du car en premier qui jubile doucement :

— Vains dieux de vains dieux !

Et qui rallume son mégot avec défi. Il annonce triomphalement les stations où il dépose du monde : les Farauds, Laye, Brutinel. À Brutinel il descend boire un coup, ce doit être rituel. Il annonce les Baraques sur un ton méprisant. Un dernier coup de collier et la voiture nous déverse tous sur le champ de foire de Saint-Bonnet. Personne ne demande son reste. Tout le monde s'égaille vers les maisons. À cause de notre fourniment nous sommes les derniers à mettre pied à terre. Il n'y a devant nous que l'importun qui lutinait la servante. Il contemple ahuri la femme minuscule qui lui a tenu tête. Il grommelle encore :

— Vous n'êtes pas le chef du district, quand même ?

En me retournant, je le vois planté au milieu de la place, roulant une cigarette ; tout bleu, à cause des réverbères camouflés, d'un bleu industriel, un de ces bleus dont on ravivait les vêtements de travail. Épais comme un bœuf, le front en avant, il considère longuement Thyde Monnier et ses deux pékinois qui trottinent vers son oubli. Il hoche la tête avec doute. Ses réflexions, visibles sur ses traits, ne sont pas difficiles à suivre. Il doit se dire :

— Pauvre France ! Tu es bien malade !

L'hôtel Mauberret-Combassive est là-bas au haut bout de la place, à l'écart du pays, quelque peu imposant. Nous arrivons sans gloire devant la porte du hall que nous poussons. Au-delà nous voyons derrière un panneau vitré toute une cuisine d'autrefois avec son poêle énorme, sa grande table, sa suspension. Je pense immédiatement que le propriétaire des lieux a tenu à préserver son intimité du charroi de l'hôtel.

Autour de la table, d'ailleurs, il y a six personnages qui font bloc. Pendant que nous nous démenons avec nos valises entre les deux portes du bar, j'ai le temps de les observer avant qu'ils ne détruisent leur ordonnance en nous apercevant. Un vieux père trône au haut bout du couvert et de l'autre côté le chef de famille nous tourne le dos. Trois enfants dont un en bas âge sur une haute chaise et une épouse un peu épaisse, un peu molle comme il convient à une mère féconde. Cette nichée est serrée entre deux protections : le grand-père et le père. Et contre toute adversité un crucifix est fixé sur le manteau de la cheminée, au fond, en suprême sauvegarde.

Cette belle symétrie est effacée d'un coup. Tout le monde nous a entendus nous débattre entre deux portes. Le père se lève et vient vers nous vivement. C'est un homme vif-argent, pas très grand, portant lunettes, le visage un peu coupant. Il s'empare de nos valises, de la machine à écrire, de la serviette à manuscrit, tout juste nous laisse-t-il le soin des pékinois. Il nous précède dans l'escalier, demandant des nouvelles de notre voyage et s'il a été bon. Sobrement, il nous vante son hôtel, le calme, le bon air. Il nous ouvre la porte d'une suite : deux chambres, une salle de bains, un grand balcon que nous verrons demain. Il nous dit que nous serons servis dans le hall d'ici un quart d'heure. Il disparaît.

Il n'est pas servile, il n'est pas aimable. Il est juste ce qu'il faut pour recevoir deux naufragés des terres d'en bas. Je suis sûr qu'il a déjà mesuré la situation et qu'en dépit des deux chambres séparées et de la différence d'âge il sait qu'il a affaire à un couple illégitime. C'est là une conjoncture qui ne peut pas échapper à un hôtelier expérimenté et celui-là l'est sûrement.

C'est un homme aussi droit d'âme que l'est sa démarche. Il ne se permet certainement aucune des incartades que réprouve la morale chrétienne. Je suis sûr qu'il n'outrepasse même jamais les droits du commerce. Il est chrétien, un point c'est tout. Le crucifix dans la cuisine au-dessus de la cheminée m'a tout de suite renseigné. Il a dû faire ses enfants avec plaisir, méthode et reconnaissance. C'est un homme auquel il n'arrivera jamais rien. Il ne juge pas, bien sûr, mais il a un for intérieur qui lui interdit de rester neutre et, en dépit d'une certaine sympathie qu'il éprouve, il restera toujours un peu en retrait avec nous.

On peut se demander pourquoi je m'étends aussi longuement sur la personnalité de cet homme qui ne côtoyera ma vie qu'un peu plus de deux mois. C'est que monsieur Mauberret dans la belle situation où il est — aisé de fortune, pourvu d'enfants qui assureront l'avenir de l'hôtel et d'une femme qu'il aime, vivant dans un pays à l'abri des tourments et où seule la nature commande, et par surcroît n'ayant aucun doute sur la chaîne d'éternité que le Christ lui propose —, cet homme était, quand j'avais dix-huit ans, le modèle inaccessible qui me paraissait le plus enviable. Je n'avais, chez moi, jamais rencontré cet exemple. Sans doute y fallait-il la montagne.

Quand nous arrivons, le 7 mars, l'hôtel est vide. Nous sommes les seuls clients. La salle à manger est obscure. On nous servira pour le moment dans le hall, à proximité immédiate de la verrière qui nous sépare de l'intimité familiale.

C'est monsieur Mauberret lui-même qui nous sert. Il ne nous demande pas ce que nous voulons manger. En 1942, ce sont des questions qui ne se posent pas. On est bien heureux de trouver quelque chose dans son assiette. Or ici, il semble que la guerre n'a pas lieu. Une soupe abondante nous est apportée dans une soupière. Thyde fait la grimace. Elle n'aime pas la soupe, mais il y a aussi une salade de pissenlits que les prés ont fournis aux endroits ensoleillés où la neige a déjà fondu. Il y a un gratin de blettes, une portion de ragoût d'agneau et deux énormes morceaux de fromage de prairie qui viennent de la laiterie voisine. Le dessert est composé d'une corbeille de pommes. Seuls ceux qui ont vécu en ville cette période pourront comprendre que sur cette abondance banale je ne fasse aucun commentaire. Et à quoi bon tenter de l'expliquer aux autres ? Ils ne comprendraient pas.

Après le repas nous sortons les chiens dans la brume bleue des réverbères. Une paix profonde sourd de tous les bruits d'eau que délivre la montagne. Elle est invisible par la nuit sans lune mais je la sens respirer. Une sorte d'exaltation m'envahit. J'ai envie de créer. Mais aussitôt je pense à mes parents. Je songe que cette exaltation, que cette envie de créer parce que la paix m'est donnée, je la dois tout entière à ma désertion. En désertant la misère de ma famille, en les privant de mon frêle soutien j'ai fait une mauvaise action. Je me suis préféré à eux.

Je suis seul avec cette femme qui me paraît inconnue et qui désormais tient ma vie entre ses mains ; avec ces deux pékinois, baroques parmi ces montagnes ; seul sur la place d'un village étranger. Ma mère, ma sœur, mon père, notre pauvreté m'apparaissent comme terre promise.

Le soir Thyde et moi allons connaître notre première nuit dans le même lit. Jusque-là nous ne nous sommes vus qu'à la sauvette, à cause du mari, ou bien en de rares soirées au coin du feu.

Elle me parle depuis des semaines de cette félicité promise : dormir dans les bras l'un de l'autre jusqu'au matin. Ce qu'elle veut, ce n'est pas tant un amant qu'un homme sur l'épaule duquel elle puisse reposer sa tête. C'est sa tête sur mon épaule qui lui permet chaque jour de couvrir ces dix pages d'écriture sans lesquelles elle ne peut vivre. En quelques semaines elle s'est bâti de moi un personnage démesuré, un personnage à la Pygmalion. Elle m'a écrit des poèmes dont le moindre a la teneur de celui-ci :

As-tu bien mesuré de quelle solitude
Si je ne t'avais pas
Si je ne t'avais plus,
Mon cœur lassé devrait reprendre l'habitude ?

Et moi qui sais que je suis une planche pourrie sur laquelle il ne faut pas monter, je me rends compte avec panique de l'ascendant que j'exerce sur cette femme par ma seule présence, par le seul fait que je sois un homme ; sa profonde foi en moi, ce dont je ne veux pas, ce dont j'aurais horreur de profiter. Le confort dont elle m'entoure me paraît déplacé, usurpé.

La seule chose qui me rassure un peu sur la profondeur de ses sentiments, c'est que je sais par Jef, qu'elle a fait, avant moi, des avances à celui-ci, lequel s'est poliment récusé. C'est un secret qu'elle ne connaîtra jamais.

Est-ce ce soir-là ou plus tard ? En tout cas ce doit être à peine le second ou le troisième jour que le drame se produisit.

Nous faisions l'amour à la bourgeoise, le soir avant de nous endormir. Nous sommes en train, telle nuit. Soudain alors qu'elle me serre convulsivement les fesses entre ses mains, Thyde pousse un cri. Elle vient de tâter au sommet de ma raie fessière quelque chose que je me dissimule à moi-même délicatement.

C'est une dure boule de caca sec qui croît là depuis qui sait combien de semaines, de mois ? Favorisé par l'entremêlement des poils et par mon incurie. Je me lave autour de cette protubérance quand je vais à la douche, l'évitant soigneusement de peur de me faire mal.

Thyde allume la lumière, regarde la chose avec incrédulité et m'enjoint d'aller immédiatement la faire disparaître dans la salle de bains. Elle pleure. Les larmes lui sautent hors des orbites. Pourquoi pleurait-elle ? Je m'interrogeai. Par cette boule de caca ce n'était plus elle qui était en état d'infériorité avec ses cinquante-trois ans et ses rides, c'était moi, minable cul-terreux qu'on pouvait maintenant appeler cul merdeux.

Moi aussi je m'efforce de pleurer, je lui demande pardon, je me jette sur le bidet, je fais couler l'eau, je m'empare du savon. Je me nettoie pendant une bonne demi-heure car la boule est dure à détruire. Sans doute si je sanglote (je ne sais pas pleurer) c'est parce que quelqu'un vient de me découvrir dans ce que j'ai de plus secret : ma saleté. Ce quelqu'un a désormais barre sur moi et me connaît à fond. Il y a un être au monde auquel je ne peux plus donner le change. Mais sans doute si je sanglote est-ce aussi sur mon milieu perdu. Un arrachement épouvantable me déchire à l'idée que je vais quitter ce peuple à la bonne franquette où n'avoir pas tout à fait le derrière propre ne présentait pas d'inconvénient majeur.

Ainsi je renifle tout en me lavant vigoureusement. Et Thyde aussi sanglote, en travers du lit, la tête enfouie dans un oreiller qu'elle a tiré sous elle, toute nue et toute perdue.

Et les pékinois d'abord indifférents qui dormaient au pied du lit les quatre fers en l'air ont fini par se réveiller aussi. Ils ont sauté à terre. Et maintenant ils viennent tourner autour du bidet. Ils s'installent sur le derrière, à même le carreau froid, et ils me regardent bien en face, la tête un peu de côté, prodigieusement intéressés par cette toilette sauvage que je me fais subir.

Soixante ans plus tard, écrivant ce navrant épisode, je pouffe de rire à chaque ligne comme si c'était à quelqu'un d'autre que la chose fût arrivée, mais je n'oublierai jamais l'histoire du caca. C'est en effet un bon argument à jeter à la tête de la vanité, lorsque celle-ci tente hors de soi une sortie inopinée. En revanche, et cela marque bien la différence de nos caractères, Thyde aura biffé de sa mémoire cette catastrophe avant quinze jours, non sans toutefois l'avoir d'abord consignée dans son journal de bord qu'elle tient quotidiennement.

Pourtant l'oubli momentané — le souvenir reviendra plus tard — me gagne dès que j'ouvre les volets pleins sur la terrasse qui fait l'angle de l'hôtel devant nos trois fenêtres. La montagne tout de suite envahit mes yeux et mon esprit. Elle sort de l'hiver. C'est quelque chose, sous le matin, d'étonnamment propre et net et qui étincelle comme si on venait de la cirer. De grandes cascades immaculées jaillissent abruptes et en silence hors des névés qui les nourrissent. Elles sont trop loin, là-bas, vers le pic de Charence, pour qu'on les entende tomber. Et ce silence irréel qui enveloppe leur chute me comble d'un bonheur total. Une irisation d'arc-en-ciel qui ne dure que quelques secondes enveloppe l'une d'elles et me voici tentant de décrire ces trois secondes, tentant de saisir l'ineffable par des mots.

Là-bas, Chaillol-le-Vieux — c'est le sommet du Champsaur — est une pyramide d'étain en fusion qui sème à ses pieds des villages heureux offerts au soleil par les arêtes de leurs clochers. Tout cela se présente sous le même aspect pendant quelques secondes à peine, tout cela est indescriptible, tout cela est décourageant. Cette réalité qui sort de la nuit est aussi irréelle que la construction d'un rêve. Il me faut faire effort pour imaginer la guerre dans laquelle nous sommes, pour imaginer le malheur, pour imaginer les hommes. Je vois la montagne pour la première fois de ma vie et je m'incline devant elle.

Heureusement en bas, au pied du bâtiment, j'entends le bruit d'un balai diligent. C'est déjà monsieur Mauberret qui fait propre autour de son hôtel.

Si j'avais le pouvoir de me recréer dans la peau d'un autre, c'est monsieur Mauberret qui me servirait de parangon. Si j'avais le pouvoir de Pygmalion, ce serait lui que je modèlerais.

Monsieur Mauberret ceint dès le matin un grand tablier bleu avec quoi il va œuvrer tout le jour : seconder les bonnes, les stimuler par l'exemple ; préparer les enfants pour l'école ; aller sur le forum discuter avec les fournisseurs, les pourvoyeurs de nourriture, lesquels sont de plus en plus enclins à augmenter les prix. Il discute avec eux pied à pied, il leur fait honte, il les morigène. Cet homme est en osmose totale avec son pays de montagnes. Il en est l'étalon-or. Je ne le prendrai jamais en défaut, jamais je n'observerai chez lui le moindre signe de désordre. Les colères, les caprices, les mauvais sentiments, la fourberie, l'esprit de lucre, le regret de la luxure interdite, l'orgueil sans objet qui si souvent m'habitent, cet homme en est miraculeusement indemne. S'il n'était pas croyant, il ressemblerait à l'un de ces personnages de Giono qui sont si impeccables d'âme. Il est seulement attentif à conduire sa vie à bon port : le vieux père jusqu'à l'enterrement ; l'épouse jusqu'au veuvage ; les enfants jusqu'à l'avènement dans une affaire de plus en plus prospère, honnête et de bonne réputation.

En attendant, monsieur Mauberret est en train — nous sommes les seuls clients de l'hôtel — de parfaire son intelligence de la société avec ces deux originaux noumènes : Thyde et moi. Il a quelque mal à nous suivre, mais enfin il y parvient. Le couple disparate que nous formons, les deux pékinois, le rouge mal mis en travers les lèvres que Thyde s'obstine à imposer aux autres, tout cela est largement compensé par la malle-paquebot, le courrier abondant, la présence d'une machine à écrire, le travail que je fournis dessus pendant une grande partie de la journée.

La seule chose qui le désarçonne, qu'il ne parvient pas à comprendre, c'est que soudain nous nous claquemurions en plein jour ; que je ferme précipitamment les trois croisées de l'appartement, que nous tirions les rideaux épais.

Il ne sait pas que c'est parce que l'orage menace. C'est le seul moment où Thyde Monnier baisse pavillon. Au premier roucoulement de basse d'un tonnerre lointain, elle entre en humilité. Elle interrompt son écriture sacrée. Elle fonce dans la salle de bains, la seule pièce de l'appartement qui soit sans fenêtre. Elle serre contre elle ses deux pékinois qui ont fini par avoir aussi peur qu'elle. Elle a sorti de sa malle la statuette en plâtre d'une madone dorée des pieds à la tête qui a quarante centimètres de haut et dont elle ne se sépare jamais. « Ma Vierge au manteau d'or », dit-elle. Elle lui écrit des poèmes. Elle lui dédie ses chagrins et ses espoirs. Elle allume devant elle une bougie en guise de cierge. Son athéisme se transforme en piété. Les pauvres femmes de la rue Courte à Allauch lui ont appris une prière efficace contre la foudre :

Sainte Barbe, sainte fleur
Par la croix de mon sauveur,
Sainte Barbe me protégera

Elle la psalmodie à voix basse durant tout le temps que l'orage persiste. Enfin il s'éloigne. J'ouvre les rideaux, je repousse les contrevents. La montagne brille de tous ses ruisseaux en train de s'écouler.

Thyde sort peureusement de la salle de bains. Elle se réinstalle dans son lit. Elle écrit *La Demoiselle*, le troisième tome des Desmichels. Il n'y paraît plus. L'orage est fini mais elle se promet et elle me promet de finir ses jours sur une terre où il n'y aura pas de « boum-boum-catacla ! ». C'est ainsi qu'elle identifie l'éclair.

Monsieur Mauberret est plus stupéfait de cette peur de l'orage que de tout ce que la vie de Thyde Monnier a de scandaleux à ses yeux, y compris ses livres qu'il l'a priée de lui prêter et qu'il est en train de lire.

Pour lui, enfant de la montagne, c'est faire injure à celle-ci que de lui reprocher sa plus grandiose manifestation. Il aime se sentir entre les mains de Dieu et rien n'est plus propice à cet exercice qu'un bon orage du Champsaur quand le Drac vomit en vrac sous les ponts, avec un peu d'eau, tous les agrégats qu'il a pu arracher à Chaillol-le-Vieux.

Il se met à raconter à son hôtesse ces histoires catastrophiques dont le pays ne manque pas : et l'année, un 15 août, où le troupeau de vaches des Charlet a été foudroyé en entier ; et l'année où le Chantermerle, un luron, a voulu partir à la chasse au chamois, c'était le seul jour autorisé, et que la foudre est rentrée par le canon du fusil et a fait éclater l'homme et l'arme...

Thyde se bouche les oreilles. Elle ne veut pas entendre ça ; à cause de ces histoires, les relations entre elle et monsieur Mauberret resteront toujours d'une exquise politesse mais froides.

Cependant, le climat du Champsaur au mois de mars n'est pas favorable à Thyde. Elle tombe malade. Elle tousse. Un docteur du coin appelé diagnostique une bonne bronchite. En réalité, c'est la première de ces crises d'asthme dont elle va souffrir tout le reste de sa vie. En ce temps-là, si un docteur peut diagnostiquer une maladie, en revanche il n'a pas grand-chose pour la soigner. J'apprends à faire des ventouses avec des verres à yaourt et des brins de coton hydrophile qu'on enflamme dans le verre à l'aide d'une bougie. Il ne faut pas que la flamme touche le bord du récipient au risque de brûler la peau de la patiente. Je deviens rapidement expert en ventouses. Mais une nuit Thyde se réveille en hurlant de douleur. Son bras gauche la fait horriblement souffrir. On ne peut y toucher sans lui arracher des cris.

C'est la guerre. Le docteur a un immense périmètre à couvrir pour voir ses patients. Il arrive à cinq heures du soir. C'est un jeune docteur, probablement remplaçant. Il perd cinq minutes à réclamer une serviette propre pour appliquer son oreille contre le dos de la patiente. Il lui touche le bras. Il vient, il va à travers la chambre. Il finit par décréter que c'est du rhumatisme et il préconise du salicylate en poudre. Je cours à la pharmacie en chercher. On l'administre. Alors, la nuit suivante, en dépit de la douleur du bras qui persiste, Thyde est prise d'épouvantables torsions d'estomac qui à leur tour la font hurler.

Inquiet, monsieur Mauberret nous conseille de consulter un autre docteur qui est aux Chabottes, à deux pas d'ici ; celui-ci, c'est un vieux de la vieille : vingt-cinq ans de pratique, une moustache conquérante, de grosses chaussures pour aller dans les fermes où il n'est pas rare qu'il aide une vache à vêler. Le fait que Thyde écrive des livres l'impressionne beaucoup. Il est tout prêt à lui raconter sa vie, elle est toute prête à l'entendre. Pour l'instant, il hoche la tête avec pitié en voyant le remède préconisé par le confrère.

— Bien sûr que vous avez des douleurs à l'estomac. Le salicylate ça ne se prend plus comme ça ! Ce sont des dragées qu'on donne qui ne se dissolvent que dans l'intestin ! Il y a dix ans qu'on ne le donne plus en poudre !

Il me fait signe en prenant congé de l'accompagner dans le couloir.

— Vous savez, me dit-il, c'est une crise de rhumatisme articulaire aiguë. Ça arrive parfois dans les cas de bronchite. Si ça monte au cœur...

Il fait un geste de la main significatif. Un geste qui escamote la flamme. Je suis gelé des pieds à la tête. Me voilà ayant charge d'âme, moi qui déjà ne me tiens pas debout tout seul.

Pourtant, dès le soir même, la douleur diminue. Thyde peut décoller le bras du corps. Le salicylate en dragées fait merveille. La nuit même, elle réclame de faire l'amour, quoique avec quelques cris quand son bras est en porte à faux. Le lendemain elle est au travail, produit ses dix pages, note ses affres physiques dans son journal.

Pendant ce temps, loin d'elle, en dehors d'elle, son nom commence à circuler parmi les couches populaires. Les épouses expédient dans le colis de la Croix-Rouge à leur cher prisonnier un volume de

Grand-cap ou du *Pain des pauvres*. Des lettres d'inconnues au courrier commencent d'affluer ; des cartes aussi écrites par des exilés en Allemagne qui parlent de la patrie provençale perdue. Et puis un jour arrive une lettre tapée à la machine avec le sigle René Julliard, éditeur à Sequana. C'est une offre de service pour publier en France *Nans le berger*, qui n'est sorti qu'à la Guilde du Livre à Lausanne, en tirage limité.

C'est Pâques. Les talus sont couverts de violettes avec une profusion que je n'ai jamais vue. À l'hôtel Mauberret-Combassive on ouvre la grande salle à manger car les vacances vont amener de nombreux clients. Toutes les chambres sont occupées. Thyde en a retenu une pour son amie Rosette qui doit venir avec sa fille passer une quinzaine. Elle est toute joyeuse à cette idée car Rosette est une amie d'enfance. Elle a connu toute la famille Monnier. Ensemble, elles ont fréquenté le lycée Montgrand. La joie de Thyde Monnier était communicative, elle était capable d'en contaminer tout un établissement.

Sa petite taille, ses petits pieds, ses petites mains, ses yeux de ruisseau issu d'un glacier et coulant ses eaux sur un lit de gravier propre (excusez cet excès, je viens de chercher pendant cinq minutes à quoi ressemblaient ses yeux) ; tout cela fait qu'on oublie ses rides, son visage ravagé, ses tics volontaires quoique irrépressibles. Avec ses deux pékinois et son énorme aigue-marine, et toutes les bellures rapportées de son voyage en Afrique du Nord dont elle ceint son cou et ses bras et sa volonté de s'habiller avec des robes de petite fille, claires, plissées, couvertes de fleurs aux couleurs passées, elle fait rire d'abord, mais c'est de courte durée. Les pensionnaires lisent ses livres en cachette, se les prêtent, s'en parlent. Ce peuple qui vient de Marseille en grande majorité se reconnaît dans ces histoires. Le respect s'en mêle. La voilà populaire. Et en plus elle chante et chante juste. Avec sa voix de mêlé-cass elle parcourt les longs corridors de l'hôtel en fredonnant :

J'ai trois anémones
Dedans un verre bleu.
Anémone rouge,
Anémone rose,
Anémone mauve,
J'ai trois anémones
Dedans un verre bleu.

Elle avait trouvé ces fleurs sur le marché du samedi, les avait rapportées triomphalement à l'hôtel, les avait installées dans une coupe pour boire la fleur d'oranger et aussitôt en avait fait un poème. Il y en avait trois couplets. J'ai oublié le second qui parlait de la dure condition d'un poète affronté à la montagne. Je me souviens du dernier :

Mais pour me sourire
Et m'aimer un peu,
Au milieu des neiges,

Au milieu des pierres,
J'ai trois anémones
Dedans un verre bleu.

Bientôt, par tout l'hôtel, de grands garçons sifflotent cet air, de grandes filles le fredonnent. Tout l'hôtel en est rafraîchi. Ces fabuleuses anémones ont fleuri dans toutes les chambres ; la guerre, la famine sont repoussées de ce pays béni. On ne rencontre partout que visages joyeux.

Les enfants Mauberret en font une comptine pour s'exclure d'une marelle. Seul leur père pince les lèvres. Encore est-ce par décence. Il ne s'imagine pas fredonnant.

Un matin, nous sortions pour aller attendre le car où arrivait l'amie de Thyde, monsieur Mauberret me tend une lettre. Ma sœur m'apprend sobrement la mort de la grand-mère qui s'est éteinte tuée par le diabète.

La nature qui décide de la mort d'une aïeule n'exige pas d'un petit-fils qu'il en éprouve un immense chagrin tant la mort d'un ancêtre paraît naturelle deux générations plus bas. Et si je songe à la douleur de mon père qui aimait tant sa mère, je pense aussi au soulagement de sa belle-fille et de ma sœur qui n'auront plus à nettoyer chaque jour cette vieille femme qui se faisait dessous. Je suis ingrat car mon imagination sera nourrie par toutes les histoires qu'elle m'a racontées et toutes celles que j'ai entendu raconter chez elle. Elle sera une partie de mon œuvre par son caractère, par les caractères des êtres que j'ai vus évoluer autour d'elle ; je parlerai d'elle toute ma vie, je ne la verrai plus dans le délabrement physique de son déclin, mais toujours, impérieuse et froide, telle qu'elle était lors de ses cinquante ans. Elle s'est figée pour toujours à cet âge-là qui fut celui de son apogée.

Selon la coutume qui régna toujours au sein de la famille, le mot « aimer » ne fut jamais prononcé entre nous. Mais elle m'apprit tant de choses que je n'aurais jamais sues si elle ne m'avait pas aimé.

Je tiens cette lettre à la main lorsque, au débarqué du car, je vois Juliette devant moi. Juliette, c'est la fille de Rosette, cette amie d'enfance de Thyde que nous attendions. Je suis obligé de lui donner ici un autre prénom que le sien car elle a eu de la descendance et ses enfants, si par hasard ils me lisent, pourraient être choqués que leur mère, même sans retour, ait été aimée d'un vagabond tel que moi. Je tombe éperdument amoureux de Juliette à l'instant même. Je me défends, je me débats, rien à faire, je suis amoureux de son corps, elle a vingt ans, elle est la jeunesse et l'avenir, et dès qu'on a dit son prénom devant moi j'ai eu envie de me réciter Shakespeare : « Maintenant Roméo est aimé de celle qu'il aime et leurs yeux sont ensorcelés par le charme de leur regard. »

Non, je ne serai pas aimé de Juliette mais je me souviendrai longtemps de ce visage d'alors aux pommettes hautes et aux yeux comme bridés, mais ils ne le sont pas (« ton visage de Kalmouk », lui dit Thyde), de ces jambes fuselées, de cette poitrine arrogante quoique modeste. Un jour elle m'a montré son genou qu'elle venait de piquer en œuvrant sur des travaux d'aiguille et jamais je ne vis plus beau genou en ce temps-là. J'ai enregistré tout cela quand j'avais dix-neuf ans comme une terre promise à portée de la main mais qui s'éloigne, qui s'éloigne, soufflée par un avenir où vous ne serez pas.

Thyde s'amuse beaucoup à me voir me hausser pour atteindre ce mirage. Elle sait que Juliette s'en ira dans huit jours et que jamais je ne serai seul avec elle. Elle peut donc me la montrer comme on montre au fauve une proie à travers les barreaux. Elle éveille la curiosité de Juliette par des remarques assassines qu'elle prononce devant moi :

— Tu sais ce que Pierre m'a dit ? « Je trouve que Juliette est très en beauté ce soir ! »

J'ouvre la bouche pour protester ; je la referme. Je serai grossier si je nie. Et comme elle me paraît susceptible...

— C'est vrai, dit-elle. Il a dit ça, Pierre ?

Elle est timidement contente. Thyde rit aux éclats. Mais elle a raison. J'essaye de me hausser avec mes pauvres moyens et malgré l'entrave que je traîne après moi. Je parle de Mozart sans cesse. Ça agace Juliette prodigieusement. Elle est musicienne, elle joue du violon. Elle me soupçonne de n'avoir jamais entendu que Mozart, et fortuitement. Elle se trompe. Giono a fait mon éducation musicale sur son gramophone à manivelle. Grâce à lui j'ai entendu Bach par le quatuor Busch, les symphonies de Beethoven par Felix Weingartner, et je suis capable de siffler d'un bout à l'autre un concerto pour flûte de Mozart par Marcel Moïse et les deux pour violon enregistrés par un enfant de douze ans, Yehudi Menuhin. Quand on a été projeté à quinze ans vers ces hauteurs on ne peut plus en redescendre, et il est légitime que dans l'intransigeance de la jeunesse on méprise ce qui est placé à peine plus bas.

— Mais enfin, dit Juliette, excédée, il n'y a pas que Mozart ! Est-ce que vous avez écouté César Franck ? Et les mélodies de Duparc, et Olivier Messiaen ?

Non, je ne les ai pas écoutés, je ne les écouterai pas. Je tiens à Mozart plus qu'à Juliette et soudain celle-ci me paraît d'un autre monde, d'une autre essence, sans doute supérieure à la mienne mais incompatible, et jamais nous ne nous rejoindrons. Déjà à cet âge, et ce travers de mon esprit sera toujours intangible, je soupçonne les gens qui pratiquent l'éclectisme de manquer de la profondeur nécessaire pour choisir et tenir à leur choix.

Thyde me voit avec surprise devenir respectueux et même cérémonieux avec Juliette. Je ne lui tiens plus tête, je ne lui parle plus que de banalités et je suis tout étonné de l'entendre me dire, tandis que nous les raccompagnons au car elle et sa mère et que nous sommes un peu en retrait des deux femmes :

— Quand vous serez connu, vous parlerez de moi.

Eh bien voilà. C'est fait.

Au mois de mai nous quittons Saint-Bonnet-en-Champsaur pour revenir à Manosque. Thyde a terminé *La Demoiselle* et moi j'ai achevé de taper le manuscrit.

Les trains de la ligne Marseille-Briançon qui végétaient à moitié vides jusque-là sont soudain bondés. Une odeur nauséabonde stagne dans chaque wagon, c'est celle des nourritures hétéroclites entassées dans les lourdes valises qui suintent le gras. Des messieurs munis de serviettes à procès-verbal et des gendarmes en uniforme parcourent patiemment les couloirs, à la recherche des gros trafiquants. Entre portière et compartiment, ventre contre ventre, avec les contrôleurs du ravitaillement, on marchande, on discute. Il n'est pas rare de voir un de ces messieurs serrer un litre d'huile d'olive entre veston et chemise ou quelque chapelet de saucisses plié dans du papier journal. Parfois c'est plus grave. Le contrôleur, le gendarme sont incorruptibles, alors ça coûte un jambon, trois mille francs, qu'on sacrifie la mort dans l'âme.

Tout le monde a faim. Les couloirs sont encombrés de bicyclettes que les gens s'attachent au poignet de peur qu'on les leur vole. La bicyclette et son porte-bagages sont devenus des remèdes contre la famine qui permettent, une fois descendus du train, d'écumer les fermes une à une, à coup de gros billets et de supplications. Des gens qui trafiquent la faim commencent à faire fortune. L'écume de l'humanité en ce temps-là est dans les trains.

Demain les valises usagées, encordées de ficelles, seront pleines de mitraillettes au lieu de jambons, mais le temps n'en est pas venu. Pour l'instant c'est l'abjection de la faim avec tout ce qu'elle comporte de compromissions pour l'apaiser. Dans le train des Alpes en 1942, un homme minable mais encombré d'une valise de pieds de porc peut s'offrir la plus belle fille du monde.

Dans le compartiment bondé où nous sommes blottis, les pékinois, Thyde et moi, nous suffoquons sous l'odeur des charcutailles (n'est pas au Larousse ni au Robert), Thyde n'est pas loin de vomir, les pékinois non plus ; moi qui ai toujours faim d'ordinaire, je suis écœuré pour l'occasion et je crois bien que si quelqu'un m'offre un saucisson je le jette par la portière. Nous mettons trois jours à nous défaire de cette odeur de viande fermentée à quoi résistent mieux deux filles bien en chair qui ploient sur le côté, tirées vers le sol par leurs valises.

Manosque n'est plus fille de Cythère, ce n'est plus l'ardente ville d'amour comme chantait Suger ; on y pense à la faim malgré la richesse de sa plaine, malgré le fait que les pères ont relayé les fils prisonniers et que les tracteurs et les locomobiles ont été promptement remplacés par de forts chevaux venus d'ailleurs à prix d'or.

Manosque pourrait nourrir sa population très facilement mais voilà : à cent kilomètres de là une ville de six cent mille habitants meurt de faim à petit feu et cette faim devient une monnaie.

Manosque maintenant est enfermée dans sa peur de manquer. Manosque a toujours été la ville de toutes les peurs, les peurs méchantes, les peurs égoïstes. Tandis que nous remontons à pied l'avenue de la gare, ce ne sont que portes fermées et façades rébarbatives. Nous savons dès l'abord que nous ne retrouverons jamais la joyeuse Manosque où tout se jouait dans la rue.

À peine avons-nous posé les valises et les chiens qu'un incident burlesque nous accapare. On sonne hâtivement à la porte. Une forme furtive se glisse dans l'entrebail. C'est une femme en pleurs qui balbutie n'importe quoi, du moins le croyons-nous. Thyde la reconnaît tout de suite. C'est l'institutrice qui l'hiver dernier, en plusieurs épisodes, est venue raconter son histoire à l'écrivain, lequel en a promptement fait un livre, celui que nous rapportons dans nos bagages : *La Demoiselle.* La demoiselle en ce temps-là c'est le nom par lequel les parents désignaient l'institutrice, même si celle-ci était mariée. Celle qui nous implore dans le vestibule est non seulement mariée, mais elle a deux enfants et quarante ans. Son visage mou est désolé. Elle aussi sue la peur mais c'est d'être reconnue dans *La Demoiselle*, surtout par son mari, par ses enfants.

Elle est venue un jour toute glorieuse et claironnant comme tout le monde : « Si vous connaissiez ma vie, vous en feriez un roman. » Elle avait eu une platonique idylle avec un cantonnier de trente ans son aîné quand elle occupait son premier poste, là-haut, du côté du Fugeret ou de Méailles, ou peut-être même de Peyresq, enfin en l'un de ces pays qui balancent au gré des saisons entre la pauvreté décente et la hautaine misère. Quand il a appris qu'elle était mutée en un lieu plus humain, le cantonnier s'est pendu. C'est mince comme histoire, et surtout ça peut arriver à tout le monde. Mais Thyde est toujours prête à faire un roman avec n'importe quelle vie. Au point de se jeter sur celle-là qu'elle va mettre en pièces et enjoliver en trois cents pages qu'elle vient d'écrire en deux mois à Saint-Bonnet-en-Champsaur, et qui fera deux cent mille exemplaires. Elle a eu malheureusement, en tout enthousiasme, l'imprudence d'assurer à l'institutrice que oui, qu'elle en ferait un roman. Et maintenant l'institutrice est là qui supplie la romancière, qui lui baise les mains, qui pleure sur son aigue-marine.

— Mon Dieu, je vous attendais ! Tous les jours je suis venue voir si vous étiez de retour ! Mon Dieu, si mon mari savait ! Mon Dieu, s'il allait lire le livre !

Mon Dieu, il ne faut pas l'écrire ! Promettez-moi que vous ne l'écrirez pas !

C'est trop tard. C'est fait : à raison de dix pages quotidiennes d'écriture correspondant à sept pages dactylo. Thyde n'ose pas dire la vérité à cette pauvre femme. Elle essaye de lui faire comprendre qu'elle a changé l'histoire, que l'institutrice ne lui ressemble pas, que le cantonnier a les cheveux blancs, que ça ne se passe pas là où elle était mais ailleurs dans la montagne, enfin tout ce qu'on dit quand on ment.

Sur ces entrefaites arrive Indro, toujours marchant silencieusement grâce à des semelles de crêpe et qui surgit on ne sait d'où, revenant de quelque tournée, imprévisible comme il l'est toujours. Il a vendu les gorets qui étaient maigres à faire peur, selon madame Jourdan. Indro est acerbe, mal embouché, ricanant sur les perturbations que les récriminations de l'institutrice vont apporter dans l'œuvre de son épouse. Il se plaint que durant ces deux mois d'absence de Thyde ses chaussettes n'aient pu être reprisées. Bien qu'il n'ait plus aucun rapport avec elle ni aucune affinité, il est jaloux de son autorité de mari et prétend l'exercer.

Je les laisse disputant pour courir vers mes parents. Ils sont tels qu'en eux-mêmes dans leur maison humble de la rue Chacundier, tels que je les verrais toujours, tels qu'ils m'ont aimé. Et moi j'ai envie de leur crier « je vous aime ! » car j'ai appris le mot avec Thyde Monnier, à le prononcer sans gêne comme sans pudeur, sans le rougissement interne qui, dans ma famille, nous a toujours empêchés de le proférer. Sans doute que l'athéisme ombrageux de mes ancêtres soupçonnait ce mot d'être religieux. *Dieu est amour* devait éveiller leur méfiance et leur inimitié. Le mot « amour », le mot « aimer », ils devaient les assimiler à la superstition.

Moi, je brûle de leur crier ce « je vous aime » mais je m'abstiens. Je ne me soucie pas de voir ma sœur fondre en larmes en entendant de ma bouche ce mot pour la première fois. Je les embrasse, en revanche, avec transport. Je hume avec joie et les yeux fermés l'odeur de transpiration de mon père, les joues soyeuses de ma mère et la peau de jeune fille de ma sœur par qui je me laisse chérir. Mais je vais tout de suite m'assurer dans la *crupi* que mon manuscrit achevé est toujours en place dans son paquet, que ma sœur ne l'a pas lu. Il est là. Autour, il y a des poules qui vont au nid et même deux canards que ma mère met à nager dans le lavoir.

Il semble qu'ils aient organisé leur misère mais je comprends tout de suite que je suis une bouche inutile. Bien sûr, eux, ils ne le perçoivent pas. Il est tout naturel que je rentre à la maison. Mais ils sentent très bien que sur la voie que j'ai choisie je ne pourrai plus jamais leur donner trente francs par semaine. L'idée me traverse que ce serait le moment de faire machine arrière. Reprendre ma place à l'imprimerie ? Elle ne sera probablement plus libre. Et désormais les manœuvres maçons à dix francs par jour ne servent plus à rien car le poids de la guerre, c'est surtout dans la construction qu'il se fait sentir. Il n'y a plus de ciment, il n'y a plus de briques, il n'y a plus de sable. C'est le grand changement du paysage de Manosque où avant la guerre il y avait toujours quelques maisons en train de s'ériger. J'ai la perception très nette que je ne peux plus reculer et qu'à Manosque je n'ai plus ma place. En guise d'excuse et de tribut symbolique, j'ai rapporté de Saint-Bonnet un kilo de beurre, un fromage de montagne et un petit sac de noix. Je dépose tout ça sur la table en recommandant qu'on fasse fondre le beurre qui a dû souffrir pendant le voyage.

Ma mère et ma sœur ont trouvé deux familles de paysans compatissants, les Tardivi et les Paolasso (j'écris ton nom fraternité), chez qui elles vont travailler à la journée. Ces bienfaiteurs les payent en nature avec des œufs, des fromages et des pommes de terre. La famine s'éloigne un peu, mais moi je serai de trop sur cet équilibre fragile. Allons, il me faut retourner chez Thyde.

Il y a des choses fastidieuses qu'il faut raconter pour la compréhension de l'histoire. Thyde est locataire à Bandol d'une maison rose qui s'appelle *La Pounouche* et qu'un certain monsieur Simpère, financier à Paris, veut récupérer. Thyde de son côté n'a plus besoin de cette maison. Elle ne retournera jamais à Bandol. D'autre part elle a bien l'intention de se séparer d'Indro, de plus en plus encombrant. Il l'a menacée de la tuer si elle voulait divorcer.

Un jour, rentrant de chez mes parents, j'ai trouvé

Thyde en pleurs qui m'explique qu'Indro l'a mise en joue avec un pistolet qu'il tient en réserve dans l'armoire provençale de madame Jourdan sous une pile de linge. Indro est reparti après cet exploit, disant qu'il reviendrait. Voilà donc qu'après une malade qui risquait de me claquer dans les doigts à Saint-Bonnet, voilà que c'est une femme menacée de crime passionnel que je soutiens à bout de bras.

Je vais donc fouiller l'armoire et trouve l'objet sous un tas de serviettes. C'est un truc noir à barillet pour jouer à la roulette russe. Il porte gravé sur une plaque sa marque de fabrique : « Manufacture d'armes et cycles de Saint-Étienne. » Le barillet est bourré à bloc de six balles. Je contemple le culot de ces balles cernées de cuivre jaune avec en leur centre un œil de cuivre rouge. C'est la première fois de ma vie que je touche une arme. Je n'ai qu'une idée, c'est la tenir fermement dardée du côté opposé à moi. Je vide consciencieusement le chargeur, je mets les balles dans la poche, je replace l'arme sous un bouquet de lavande parmi les draps et je m'en vais jeter les projectiles dehors, dans la plus proche bouche d'égout. Par les temps qui courent, ce n'est pas demain qu'Indro va pouvoir s'en procurer.

Thyde est bien soulagée mais cela l'incite à repartir au plus vite. D'autant que Giono ne fréquente plus la chambre du dessous. Il a capté comme un essaim d'abeilles l'œuvre qu'il y avait commencée et il lui a fait réintégrer son bureau d'où seuls doivent sortir les ouvrages achevés.

Giono est désormais comme tout le monde : préoccupé par la nourriture. Tous les jours jusqu'à maintenant, il n'avait que cinq bouches à nourrir : ses deux filles, sa mère, sa femme et lui. Mais les temps sont devenus étranges. L'année dernière il a remis à Thyde, qui l'a gardé quelque temps comme secrétaire, un Juif fuyant l'Allemagne qui s'appelait Frank A. Pinner. Giono lui a trouvé une filière par l'Espagne et nous avons su, il n'y a pas trois mois, qu'il avait heureusement pu gagner l'Amérique. Cette nouvelle a dû se répandre car bientôt, grâce à des amis obligeants, trois autres traqués tombent sur les bras de Giono. On lui amène des Juifs comme les bonnes gens portent les chats au refuge, afin de s'en débarrasser avec la conscience pure. Il en loge deux dans un cabanon qu'il a aux flancs du Mont-d'Or, le troisième est un personnage encombrant qui est musicien. Il s'appelle Meyerowitz et ne songe qu'à s'exhiber, qu'à se faire des amis, qu'à se rendre populaire, dans la rue, dans les cafés, partout, inépuisablement tonitruant et fraternel avec un accent d'Europe centrale à faire dresser l'oreille aux quelques miliciens zélés et membres de la Légion que compte Manosque.

Giono vit dans les transes, va le repêcher partout, lui fait la leçon. Il promet de s'amender, ça dure huit jours. Mais ce Meyerowitz est comme un acteur en mal de théâtre, il faut qu'il monte sur les planches, c'est-à-dire la Grand'Rue à Manosque, fût-ce au péril de sa vie.

Giono, inlassable comme un terre-neuve, va le chercher, le ramène à la maison en le tenant par le bras tandis qu'il palabre.

Il y a aussi l'oncle Pourcin, le chéri de Pauline Giono, l'oncle tabou duquel nous dit Giono :

— Il me vient de ces envies de le bourrer de coups de pied au cul !

Il y a encore ce grand œuvre où il s'est attelé l'hiver dernier dans la chambre chez madame Jourdan, qui devrait s'achever par un enfantement poétique et qui est lui aussi en pleine tourmente.

Un jour où nous sommes Thyde et moi assis dans son bureau, Giono se lève, passe devant, nous invite à le suivre, un doigt sur les lèvres. Il descend sans bruit jusqu'à la bibliothèque qui est dans la pénombre. Il nous en ouvre la porte et, nous poussant devant lui, nous invite à admirer la merveille qu'il vient de s'acheter.

C'est une bicyclette flambant neuve, blonde, munie de pneus demi-ballon, d'une lanterne à magnéto et d'un porte-bagages à la fois léger et extensible. C'est là-dessus que pendant deux ans Giono fera l'aller-retour de Manosque à sa ferme de la Margotte, chez les Salomé, d'où il rapportera ce qu'il faut pour nourrir six à sept personnes. Bel exercice pour un romancier. Que l'on songe qu'à ce moment-là il a, comme des enfants dans son ventre, toutes ses œuvres majeures qui se conçoivent, se nourrissent, s'élaborent en lui. Bien entendu elles seront écrites plus tard, mais c'est maintenant bien protégées dans son cerveau qu'elles vont être imaginées en ce cycliste transpirant qui gravit ce petit chemin sur le territoire de Dauphin. Je pourrai, le parodiant, écrire ce qu'il me disait de Cervantès en le modifiant à peine : « Il avait donc quantité d'histoires de cyclistes à raconter, eh bien non ! Il a écrit *Noé.* »

Chaque fois que je m'engage dans ce chemin des Encontres, entre la maisonnette de la voie ferrée disparue et les peupliers des Iscles, je revois Giono à bicyclette, enroulant patiemment la chaîne, ruisselant de sueur, montant là-haut vers la Margotte, juchée sur un épi de la colline et voisinant avec ces chênes énormes qui hantent toute la fin de *Noé.* À peine si ces arbres en soixante ans ont pris un centimètre de circonférence en plus. Seule la Margotte a perdu son beau toit en tuiles romaines. Maintenant elle est recouverte d'une carapace en matière plastique qui scintille au soleil. Mais la pente douce des champs alentour monte toujours autour de la Margotte et le soulignement sombre des arbres y murmure toujours, dans le vent, son mystère. Ils attendent, avec une longue patience, qu'un fantôme d'écrivain vienne leur consacrer l'ouvrage qu'il leur a promis depuis si longtemps. « En tout cas, ici finit *Noé.* Commencent *Les Noces.* »

Thyde a hâte de repartir. Elle vient de louer un appartement boulevard des Tilleuls dans l'immeuble Vinatier afin d'y entreposer les meubles qu'elle vient de rapatrier de Bandol. Un local où Indro ne pourra pas pénétrer car il n'aura pas les clés. Elle lui laisse la jouissance de l'appartement Jourdan (qui est meublé) pour trois mois payés d'avance. Elle vient d'apprendre d'ailleurs que son mari est devenu l'amant de la secrétaire, très jeune, d'un peintre lyonnais célèbre à Lyon et qui s'est réfugié à l'hôtel Pascal à Manosque. Je ne saurai jamais, je suis trop jeune, si cette péripétie n'a fait à la romancière ni chaud ni froid. Son Journal intime, que je dactylographie au fur et à mesure quand la copie littéraire vient à manquer, n'est pas explicite sur les circonstances. Elle y nota simplement : « Indro a une maîtresse. Bon débarras. »

La vie, la psychologie, la logique de Thyde Monnier sont tellement simples et limpides que son « Journal intime » peut être lu par n'importe qui. Il y est naturellement fort question de moi. Pour chacune de nos rencontres amoureuses elle dessine en marge une balance rudimentaire sous laquelle elle écrit « soete melk ». Parfois, à cette époque, il y a eu jusqu'à six « soete melk » pour la même journée. Il va sans dire que l'épisode scatologique de Saint-Bonnet n'y a pas été passé sous silence. Le passage où elle en parle est bourré de points d'exclamation et de points d'interrogation. Apparemment elle se perd en conjectures sur les raisons de mon incurie, de ma saleté, de mon irrespect envers une femme.

Mais, et c'est ce qui nous différenciera pour toujours, elle se pose en victime pour tout ce qui la concerne. Jamais au cours de ces trente mille pages

(1937-1967) de souffrance, de pleurs, de récriminations, avec quelques vagues étincelles de bonheur ou de joie (voir un oiseau, caresser un chien, respirer une fleur), elle ne s'autorise une quelconque remise en question, elle ne se reconnaît une quelconque responsabilité, et en examinant sa vie du point de vue de Sirius, c'est-à-dire aujourd'hui, je serais tenté de dire qu'effectivement elle est morte innocente.

En matière de journaux intimes, Thyde a tout lu : celui de Pierre de L'Estoile, d'Amiel, celui de Maine de Biran, celui de Samuel Pepys, celui de Tolstoï et de sa femme Sophie, celui de Jules Renard, de Benjamin Constant et de Germaine de Staël, celui de Beyle et naturellement celui d'André Gide.

En tête du premier cahier bleu de ce « Journal intime », cahier d'écolier à carreaux gradués, d'un bleu couleur de papier à recouvrir les livres, Thyde écrivit cette phrase de Christiane de Tracy :

Pour les femmes, la gloire n'est que
Le deuil éclatant de l'amour.

Mais en 1942 ce n'est encore que la recherche de la gloire.

C'est encore dans l'immeuble Jourdan qu'elle reçoit une lettre. C'est un monsieur Dupont de Pernes-les-Fontaines qui écrit sur du beau papier *à l'enseigne du Cheval ailé.* Il se présente comme fondé de pouvoir en France des Éditions du Milieu du Monde à Genève. Il a reçu un manuscrit de Thyde et propose de venir en discuter. Il s'agit de *Fleuve*, un roman écrit l'année dernière et qui lui a été inspiré par un album de Rose Celli pour les enfants. Ce monsieur Dupont vient à Manosque. Il est parfaitement correct, la cinquantaine bien élevée, des vêtements qui sentent la Suisse riche. Il explique patiemment que le papier va manquer en France et que la Suisse se propose de prendre le relais afin que les Français, s'ils manquent de pommes de terre, ne manquent au moins pas de livres. Thyde fonce dans le brouillard. Elle est prête à signer pour trois ou quatre volumes sous le titre de *Pierre Pacaud*. Parallèlement, elle répond à René Julliard que *Nans le berger* fait partie d'une série de romans sous le titre général de *Les Desmichels*. Les contrats arriveront peu après. En 1942 au printemps, Thyde s'est donc liée avec deux éditeurs, l'un pour le cycle *Les Desmichels*, l'autre pour celui de *Pierre Pacaud*.

Je suis épouvanté de tant d'engagements pris, de tant de résolutions affirmées et quand je compare Thyde avec son mètre cinquante-trois au gigantesque travail qu'elle se propose d'abattre, ma gorge sèche d'angoisse. D'autant qu'elle continue, le matin, à tousser à fendre l'âme, une toux caverneuse, expirante, qui fait aussi mal à celui qui l'écoute qu'à celui qui la subit.

Allons, il faut partir. Le docteur Martin-Chapenel, qui la suit, a préconisé à l'écrivain une cure dans une ville d'eaux, soit Amélie-les-Bains, soit Allevard-les-Bains. Amélie-les-Bains est au diable, Allevard-les-

Bains est beaucoup plus proche. Va pour Allevard-les-Bains. Le destin se joue toujours sur le choix à une croisée de chemins.

On ressort la malle-paquebot. On n'a même pas besoin de la dépoussiérer. On refait le harassant parcours à pied de l'avenue Saint-Lazare à la gare.

À part la fumée du mauvais tabac qui ne m'incommode pas car je fume la pipe à cette époque, à l'imitation de Giono, le train dans ce sens ne respire pas la cochonnaille. Les valises avachies sont vides et dégonflées. Il n'y a pas d'agents du ravitaillement. En revanche, les mines des voyageurs sont de plus en plus patibulaires et je cherche en vain un visage charmant où reposer le regard. Mais, à partir de Veynes où nous changeons de train, le paysage qui défile devient captivant. Plus que le côté sévère et sans merci de Saint-Bonnet, le merveilleux Trièves avec ses villages à clochers (les clochers du Trièves seront toute ma vie un orient vers lequel je tendrai en vain) nous fait signe pour nous promettre des jours heureux. Il me faudra trente ans encore pour venir y goûter. L'apparition du mont Aiguille me donne un choc dans la poitrine. À l'époque, il fallait souvent ravitailler en eau la locomotive, aussi, de tunnels en viaducs coupés d'arrêts prolongés dans les gares je pourrai suivre du regard longtemps longtemps, la tête renversée, cette montagne unique au monde, enfin, pour moi et pour toujours.

Je n'ai pas lu et ils ne sont pas écrits, *Un roi sans divertissement* ni *Les Âmes fortes*, mais quand je retrouverai le Trièves sous la plume de Giono, j'aurai autant envie de le célébrer que la Provence et ce sera une nouvelle malédiction, comme s'il ne s'agissait pour moi écrivant que de prolonger l'écho que ces œuvres de Giono ont éveillé en moi.

Il faut s'arrêter à Grenoble, depuis le temps que Giono nous parle de Stendhal à Thyde et à moi. D'ailleurs, le car qui dessert Allevard part de la place Grenette comme autrefois les diligences, et dans le passage Montorge j'ai rencontré le fantôme du petit Beyle en culottes courtes (c'est ainsi que je l'imagine) qui m'a bousculé en courant, brouillon et volage comme à son ordinaire. Nous allons même, le car ne part qu'à six heures, visiter le musée Stendhal. Il est furtif, discret et mal organisé, comme si la ville quoique fière de son grand homme en avait un peu honte pour tout le mal qu'il en a pensé. Mais l'âme de Stendhal, c'est vraiment les terrasses verdoyantes qui cachent le mystère de la maison Gagnon, le grand-père, l'éducateur, l'exemple. Du passage Montorge où courait l'enfant Beyle au refuge du grand-père, il n'y a guère que cent cinquante pas. La puissance du verbe est telle que parcourant ces cent cinquante mètres, encombrés de passants divers, je ne cesse de voir cet enfant lourd, trapu, un peu laid, dont l'écriture désinvolte va devenir le phare où vont tendre les âmes curieuses, les âmes orgueilleuses, les âmes envieuses, mais en vain ; l'archet d'écriture qui lui a été donné est aussi inimitable, aussi inégalable, aussi insaisissable que le tempo de Mozart.

La guerre a disparu. Ma misérable condition aussi. Je ne suis attentif qu'à la galopade de ce gamin d'il y a cent cinquante ans qui fuit les cloches assourdissantes de Saint-André, lesquelles sonnent pour moi aujourd'hui encore.

La montée sur Allevard-les-Bains parmi la somptuosité des forêts de châtaigniers, je me la remémore comme un enchantement. Les villages solides blottis sur les pentes ne ressemblent en rien à ceux de nos Alpes. Ils sont plus raisonnables, plus réfléchis, plus chargés de sagesse. Oui, c'est cette impression qui m'a d'abord atteint en contemplant le haut Grésivaudan : une vision d'équilibre parfait. L'air, partout, sent la charpente fraîche. Il y a des scieries au fond de tous les vallons. Et là-haut, le massif des Sept-Laux à portée de la main est un bijou qui étincelle. (Il n'y a plus que dans les noms de lieux que la poétique du français demeure et je me rappelle combien je fus frappé par ce pluriel tombé en désuétude.)

Soudain c'est le sommet. La route bascule sur une surface plate, le chauffeur du car soulagé passe une vitesse. Nous nous mettons à rouler à cinquante kilomètres à l'heure. Chacun dans le véhicule en éprouve une certaine fierté. Nous passons devant une grosse fontaine que j'ai à peine le temps d'entrevoir et qui est flanquée d'un poteau indicateur sur lequel est écrit *Saint-Pierre-d'Allevard*. Ce nom ne me retient pas. Nous traversons cette bourgade qui n'est qu'une seule rue sans nous arrêter. Il n'y a pas de passager pour Saint-Pierre-d'Allevard. Une somptueuse allée de noyers longue de trois kilomètres nous conduit à plat jusqu'à la dernière descente. Voici Allevard-les-Bains.

La ville commence par son établissement thermal, un parc avec des arbres vertigineux. On nous dépose tous au beau milieu d'une place où, ainsi qu'à Manosque, quelques vieillards s'efforcent de deviner ce que nous venons faire ici. La vue des deux pékinois excite leur rire gêné, puis leur curiosité. Ces deux petits chiens blonds et frétillants leur font le même effet que deux chameaux exotiques. Et soudain c'est nous qui sommes transformés en badauds de ménagerie. Quelque chose de jamais vu vient de déboucher d'une ruelle. Ce sont deux bœufs tintinnabulants, l'un contre l'autre jetés et qui sont attelés d'un tombereau comme je n'en ai plus aperçu depuis dix ans. Ces bœufs mesurent à vue d'œil au moins un mètre quatre-vingts au garrot. Ils sont ployés tête basse sous un joug gros comme une poutre mais artistement ouvragé ; un joug clair comme les bœufs et patiné comme une vieille armoire.

Dès qu'ils voient l'attelage, les deux pékinois se mettent à tirer sur leur laisse en aboyant comme des perdus, prêts à en découdre avec ces adversaires qui leur paraissent à leur portée. On les entrave comme on peut. Le phaéton du tombereau, un homme aussi imposant que ses bêtes et qui contemple médusé les chiens de Thyde Monnier, s'arrête une seconde comme craintif. L'attelage, lui, poursuit son chemin en craquant comme vieille charpente. Alors je m'aperçois qu'en réalité je n'entends ni les aboiements des pékinois ni le bruit squelettique du tombereau qui craque. C'est qu'ici un habitant primordial occupe le terrain, qui lui seul a le droit de se faire entendre : c'est le Bréda, un torrent qui descend du massif des Sept-Laux. Il coule entre deux rives abruptes, qui le rassemblent au milieu de son cours et l'obligent à forcer sur les berges, de sorte qu'il ébranle les échos. Je vais vivre pendant deux mois pleins dans le mugissement de ces eaux qui couvrent de leur tumulte Allevard tout entier.

Des jours paisibles s'annoncent dans cette atmosphère de ville d'eaux où les curistes nonchalants s'alentissent sur les chaises longues en attendant l'heure du déjeuner aux sons d'un pick-up qui débite à longueur de matinée *Les Roses de Picardie*. Il y a un grand jardin mal tenu avec deux palmiers, miraculeux au-delà du 45e parallèle de latitude Nord. L'hôtel est de l'autre côté de la rue, cossu, bourgeois. Hôtel du Parc, s'annonce-t-il. Les repas sont copieux. La guerre est loin. Toutefois, deux familles juives séjournent ici incognito et sans étoile jaune. J'ai oublié leur nom. Je me souviens que le fils à lunettes était un révolté anarchiste et philosophe. Il lisait *Contrepoint* d'Aldous Huxley et il parlait de s'engager dans les Brigades internationales. Son père, bon bourgeois, le soutenait et l'approuvait. Pourquoi ai-je oublié son nom, moi qui me souviens de tant d'autres ?

Du pays voisin traversé en arrivant, Saint-Pierre-d'Allevard, un instituteur a appris la présence d'un écrivain ici. Il s'appelle Gilbert Dalet. Il est bienvenu pour Thyde : discret, peu complimenteur, et sa femme adore les livres de la romancière. Il s'est escrimé lui aussi à écrire un volume. Il arrive un beau jour portant dans une serviette de cuir l'ouvrage terminé. Thyde, qui a toujours pour les écrivains débutants un préjugé favorable, commence à lire celui-ci le sourire aux lèvres. Mais Dalet a eu le malheur d'inclure dans ces souvenirs d'enfance un passage où il va pêcher et où il arrache les ailes d'une libellule pour la ficher sur un hameçon, et cela en une description légère, insistante et rigolarde. Thyde, qui jusque-là lisait avec plaisir, soudain pousse des cris que j'entends depuis la chambre où je tape à la machine. Elle a jeté le manuscrit à terre où il s'est éparpillé. De son lit, elle me résume en vrac ce qu'elle vient de lire et qu'elle ne veut plus en entendre parler et que je ramasse tout pour le rendre à son propriétaire quand il viendra le chercher et sans aucun commentaire, et que pour sa part elle ne veut plus même voir l'auteur de telles horreurs.

Là-dessus elle se remet à travailler sur une étrange commande : c'est un certain Jacques Chabannes qui a pondu un scénario pour un film avec Fernandel et, comme il s'agit d'une atmosphère méridionale, il a pensé à Thyde pour écrire le dialogue, laquelle selon son habitude, dès qu'elle a touché le chèque représentant la moitié des droits, s'est mise diligemment au travail. C'est urgent. Le dialogue doit être livré pour le 15 août. Thyde fait quinze pages par jour. Je tape avec navrement cette ineptie que même le style de Thyde ne parvient pas à embellir. Heureusement, pour me consoler, j'ai découvert à la librairie de la place *Les Thibault* de Roger Martin du Gard et je me suis jeté dans cette lecture à corps perdu. À vingt ans que j'ai alors, le style mélancolique et sans concession de Martin du Gard, comparé à celui de Thyde ou de Giono, me frappe au creux de l'estomac, convient à ma condition de mort en sursis car la guerre que je n'entends pas d'où je suis, je sais qu'un jour ou l'autre elle va me happer, et je n'aurai connu de l'amour que cette femme sans grâce qui me fait vivre une vie qui n'est pas la mienne mais à laquelle ma veulerie m'empêche d'échapper. Miraculeusement, pour ne pas me faire envie il n'y a pas sur tout l'horizon d'Allevard une seule fille regardable, mais je suis aussi triste que les personnages de Martin du Gard que pas un rayon de joie n'éclaire. Ils sont rigoureusement classés par ordre de malheur comme on l'est par ordre alphabétique. Sous le joug d'une triste vie, sans art et sans nature, Martin du Gard a choisi de les borner entre les rives du devoir, de la contrainte et de l'idéalisme sans espérance. Le désenchantement est son tempo. La seule différence entre nous, c'est que moi, par intervalles, le bruit du Bréda suffit à me réjouir, et la vision de ces bœufs sous le joug dont je recherche la rencontre et aussi la cueillette d'énormes fraises des bois dont le parfum couvre le pré tout entier.

Cependant, en dépit du Bréda que j'entends encore ; en dépit des névés qui fondent étincelants là-haut à mille mètres au-dessus de ma tête ; en dépit des fraises des bois dont l'arôme parfume encore mon souvenir, ma mémoire est souillée par un acte qui l'obombre depuis soixante ans : c'est le fantôme d'une petite chienne que j'ai tuée cet été-là. Elle ne pesait que cinq kilos mais le poids ne fait rien à l'affaire ni le temps.

La conscience est un élément de l'être sournois et patient. Tels qui croient n'en pas avoir se trouveront emplafonnés dedans au détour d'une année, d'une heure, d'une seconde, brusquement, brutalement sans crier gare comme on heurte du pied une grosse pierre qu'on n'a pas vue ; surgie au milieu d'une route, au détour d'un sentier, alors que vous êtes en train de compter les bénéfices d'une affaire florissante ou de faire l'amour avec joie.

Il reste que l'absence de conscience est l'apanage d'une élite. Soit que celle-ci en soit génétiquement infirme, soit qu'on la lui ait bienheureusement ôtée dès la naissance comme par une opération chirurgicale ou du Saint-Esprit, ou comme si certains étaient nés orphelins de cette seule preuve de l'existence de Dieu.

Mais si l'on en est frappé, il faut être bien naïf pour croire qu'on peut la rédimer par la simple confession devant un prêtre. Je voudrais bien savoir combien de véritables catholiques se sont sentis soulagés de vrais péchés par le simple aveu oral de leur existence. La conscience ne vous laisse jamais vous en tirer à si bon compte.

Pour moi, ce ne sera pas tout de suite, comme la plupart de mes remords, que le souvenir cuisant de la pauvre Chinou affleurera à ma conscience. Ce sera vers la cinquantaine, quand je commencerai à plonger dans le malheur et qu'on commencera à tirer sur ma laisse pour me faire perdre le souffle.

Car c'est ce geste que je refais inlassablement en mon enfer. Chinou est une petite chienne de race papillon japonais qui a quatorze ans. C'est l'amour de Thyde qui la choye le plus qu'elle peut. Elle est le témoin des tribulations de sa vie. Elle était déjà blottie sur le lit quand Maurice giflait sa femme ou lui faisait l'amour. Pour Chinou, Thyde est sa mère, mais sa mère aime une brute : moi. Je suis chargé de la sortir le soir avec Kit-San son fils. Mais elle est à bout de souffle, elle halète péniblement. Elle retarde ma marche, tandis que Kit-San, robuste et jeune, tire en avant au contraire.

Sur le parcours au long de la rue, à la vesprée prenant le frais, il y a toujours sur le pas de leur porte une douzaine de vieillards imbéciles (car l'âge ne fait rien à l'affaire) qui ne savent pas ce que c'est que les pékinois mais qui connaissent parfaitement leur légendaire réputation.

Je suis énervé sans doute par leurs quolibets à voix basse, leurs rires sous cape, de les voir se pousser du coude. Alors j'imprime à la laisse des secousses brusques, je dérange la chienne qui a enfin trouvé un endroit pour s'accroupir. Mais non, les vieillards imbéciles n'y sont pour rien. La vérité c'est que Chinou est laide à mes yeux comme sa maîtresse, et qu'à vingt ans que j'ai alors ma pitié ne va pas à la laideur. Il y faudra une vie entière, et enfin ce n'est pas moi qui l'exercerai mais c'est sur moi qu'elle s'exercera, comme si être vieux vous absolvait d'avoir été toute votre vie un salaud.

Mes brutalités à l'égard de Chinou vont avoir des conséquences incalculables : Chinou mourut au cours d'une nuit suivante au bout d'un dernier halètement, petite chose indifférente aux larmes d'amour que pleure sa maîtresse et à mes mains malhabiles qui la caressent, inconscient que je suis encore de l'avoir tuée.

Chinou m'aimait. À chacun de mes retours, elle me faisait fête par ses hochements de queue. Parfois, quand je lisais, elle essayait de monter sur mes genoux pour se pelotonner contre moi, mais elle y renonçait avec un soupir, l'effort était trop grand et je ne l'aidais pas.

Quand je me remémore Chinou à l'infini de mon passé, c'est frétillante devant la porte et contente de me voir et non pas en spectre souffrant ou rappelant ses stigmates. Je ne demande pas qu'on m'absolve pour cette peccadille. Je ne m'en absoudrai jamais moi-même.

Je demande à souffrir autant avant de mourir que cette pauvre Chinou a souffert au bout de sa laisse.

C'est la grâce que je me souhaite. Ainsi soit-il.

Nous sautons du monde tranquille d'Allevard-les-Bains à celui, complètement baroque, du cinéma. C'est à peine si nous avons le temps de changer à Manosque la garde-robe de Thyde dans la malle-paquebot.

Par les trains de l'époque, bondés et nauséabonds, et par les cars à gazogène, nous gagnons ces rivages enchanteurs pour Marseillais et que tout de suite je vais ne pas aimer.

Si je dois une reconnaissance éternelle à Thyde Monnier, c'est pour la variété infinie de milieux qu'elle m'a permis de connaître, la variété des hommes, des femmes et des pays. Sans elle mon imagination pourtant fertile n'aurait jamais pu s'ensemencer du monde selon le siècle.

Nous débarquons à Carro-La Couronne où nous allons séjourner trois semaines. Nous attendant à la descente du car, un peu effacé, un peu humble, un peu contrit — c'est ainsi que je le verrai pendant tout mon séjour —, il y a celui qui a commis le scénario, Jacques Chabannes, je crois. À ses côtés, le metteur en scène Jean Boyer. Il est l'auteur d'un nombre incalculable de films qui n'ont pas coûté cher. Il a fait sa carrière avec du théâtre filmé. Mais surtout, surtout, il jouit pour moi d'un prestige inégalable : il est le frère de Lucienne Boyer ! Et Lucienne Boyer c'est *Parlez-moi d'amour*. Lucienne Boyer, elle décline déjà en 1942 au zénith des variétés. Les jeunes amies de ma grand-mère qui encombraient sa cuisine apportaient chez celle-ci durant mon enfance un gramophone à pavillon bleu dont elles remontaient le ressort. Elles mettaient dessus avec piété un disque de cire. Elles n'en avaient qu'un. La voix nostalgique de Lucienne Boyer s'élevait et les demoiselles se mettaient à pleurer à grosses larmes en silence car elles savaient que dans le milieu où elles vivaient, personne, sur ce ton, ne leur parlerait jamais d'amour.

Parlez-moi d'amour dominera le siècle. En 2002 un chanteur du nom de Patrick Bruel la mettra en berceuse à son répertoire sur le mode badin. Mais pour moi, en 1942, Jean Boyer est celui qui a touché, qui a embrassé, qui a parlé avec sa sœur Lucienne, qui a ri avec elle, qui a peut-être pleuré, et tout de suite je suis très bien disposé à son égard. Avec sa femme, ils ne se quittent pas. Ils se sourient. Ils sont bien ensemble. Sans doute la trompe-t-il un peu mais c'est du cinéma, personne sauf la mort ne séparera Marie et Jean Boyer.

Ils sont simples. Ils s'emparent chacun d'une

valise de Thyde, ils admirent Kit-San qui se pavane. Jacques Chabannes s'esquive. Il a sûrement touché dans l'affaire deux fois plus d'argent que Thyde, pour deux fois moins de travail !

Les deux Boyer nous escortent jusqu'à l'hôtel. Ils montent même les valises avec nous jusqu'à la chambre au premier. Elle est immense, avec un immense lit et un plafond haut de cinq mètres. Les fenêtres sont ouvertes sur la mer et pourvues de grillage à mailles fines. Je ne sais pas ce que ça veut dire. Je l'apprendrai ce soir. Mais aussi un tourment me point depuis que je suis entré dans ce jardin et dans cette maison.

À Manosque, à Saint-Bonnet-en-Champsaur, il était facile de tenir sa libido en respect, mais ici toutes les serveuses et femmes de chambre que j'ai furtivement aperçues, strictement vêtues de noir, arborent des bouches rouges et des cils raides bien écartés les uns des autres, ce qui leur fait des yeux de lune. Elles portent, signe des temps, de hautes semelles en liège compensées qui rendent leur cul essentiel. Elles l'ont toutes beau. Elles le promèneront devant moi en toute liesse pendant trois semaines, ayant fort bien compris l'objet de mon désarroi. Pendant ce laps de temps, je vais vivre entre la privation et la masturbation effrénée.

Mais foin de ces préoccupations matérielles. On nous accueille, on nous présente, nous dînons somptueusement comme si le cinéma était la réalité et la guerre au-dehors un décor de cinéma. La Méditerranée au bord de laquelle nous allons promener Kit-San est d'un calme absolu, toutes les dix secondes une vague se recommence au bord de la grève. Thyde s'extasie. En bonne Marseillaise, elle aime la mer. Elle me récite Paul Valéry et moi je pense à Verlaine qui oncques ne la vit :

Un souffle ami hante
La vague et nous chante
Vous sans espérance,
Mourrez sans souffrance.

Nous rentrons nous coucher. Je ne me souviens plus si nous avons fait l'amour, nous le faisions tous les soirs et à l'heure de la sieste. Mais soudain, à peine l'électricité éteinte, un vrombissement précautionneux naît dans la vaste chambre. On éclaire. On distingue collé au plafond un moustique gros comme une sauterelle, un, puis deux, puis dix. Pendant que nous veillions à la lumière, ils se sont introduits un à un à travers le grillage vétuste des fenêtres qui est troué comme une passoire. Et maintenant ils piquent droit sur nous. Notre chair parfumée aux herbes des Basses-Alpes doit leur convenir car nous finissons la nuit sous les couvertures, abominablement boursouflés. Thyde au réveil dira son fait à l'hôtelière qui lui demande si nous avons bien dormi. On nous donnera une chambre où les moustiquaires sont neuves.

Au matin sous la tonnelle du jardin nous retrouvons le couple Boyer toujours aussi charmant et souriant. Marie se lève pour venir embrasser Thyde et du coup tout le monde s'y met (à mesure que j'écris, il me semble sentir encore, soixante ans plus tard, l'odeur qu'exhalait ce matin d'automne). J'ai l'impression d'avoir enjambé l'écran. Devant moi l'acteur Andrex, le sémillant Andrex, le cheveu collé à la brillantine selon son habitude, Milly Mathis comme sortie d'un film de Pagnol et surtout, surtout, un homme que je retrouve avec la même joie à chacun de ses films. C'est Julien Carette. Il est flanqué, étroitement, d'une femme, la sienne, qui le fait deux fois en hauteur et en largeur qui tricote tout le temps mais qui a la tête d'un ange gardien. Placide et sans réaction, elle l'appelle Bonhomme, lui fraye un passage dans la foule, lui retire la bouteille de dessus la table, lui jette un châle sur les épaules, impavide, implacable. C'est son pire ennemi, à Carette, et sans lequel il s'écroulerait comme un pantin. Pour l'instant il vitupère avec sa voix que j'entends encore, sa voix qui paraissait traîner tout un faix de feuilles mortes :

— Je lui rapportais trois roses que j'avais payées dix balles pièce, vu que c'était l'anniversaire de notre rencontre ! Elle me dit : « T'as encore bu un verre ? » Et c'était pas vrai, j'en avais bu trois !

C'est le début d'un monologue grondant qui va couler sur nous pendant trois semaines et nous tenir sous le charme. Dès qu'il a bu un verre, Carette gaspille son génie à tous les vents. C'est le Céline de l'oralité. Cet homme n'écrira jamais une ligne mais l'invention coule de sa parole, intarissable, inimitable. Thyde s'essayera à noter ses phrases et elle y échouera.

Pendant qu'il boit son café, à cause d'une nécrologie qu'il vient de lire dans le journal, il fait un sort à une poétesse morte qui poussa au crime les soldats avec ses chants patriotiques. — Dommage, j'ai oublié son nom. — Il nous la décrira jusqu'au chapeau qui me paraît très indispensable à la gloire de la dame. Carette est un authentique anarchiste. Il ne le sait pas, il ne s'en vante pas mais son splendide isolement et son état perpétuel de semi-ébriété parlent pour son désespoir.

Tandis qu'il vitupère, une grande ombre obscurcit la charmille où nous déjeunons. C'est la vedette du film, c'est Fernandel. C'est lui qui est chargé, sur l'écran, de sauver les millions du commanditaire. Jamais pendant tout le tournage, sauf pour le public devant la caméra, il ne montrera parmi nous son sourire aux dents éclatantes ni aucune de ses grimaces désopilantes. On dirait que tous les deux font partie d'un capital qu'il ne faut pas gaspiller. C'est un monsieur sérieux, élégant, costaud, grand, les épaules larges, sans aucune de ces vulgarités voulues qui ont fait sa gloire. Il parle posément, *mezza voce*, avec à peine une pointe d'accent atténuée. C'est un homme qui a admis sa position dans le monde, qui en est heureux, mais qui sépare le bonheur de son métier. Il sait ce qu'il se doit et ce qu'on lui doit.

Retour d'une courte absence à Paris, il nous serre la main à tous et il nous dit :

— J'ai vu *Simplet*, c'est un triomphe.

Il s'agit de son dernier film. Il s'assoit sans façon au milieu de nous. Il ne veut rien prendre. Il vient de déjeuner chez lui, à Carry-le-Rouet, à *L'Oustaou de la mar*, sa maison, après trois heures de pêche à la palangrotte. Il nourrit toute la famille avec ça. Il nous parle de Pagnol qu'il a vu avant-hier, à qui il a dit :

— Marcel, tu devrais prendre un metteur en scène.

— Et pour quoi faire ? a demandé Pagnol.

— Pour faire la mise en scène que tu ne fais pas !

Que ces mots prononcés par deux morts il y a soixante et un ans affleurent à ma mémoire, dans leur exacte succession et avec les intonations où je les entendis, c'est une singularité qui me met mal à l'aise et à laquelle je ne m'habitue pas.

Soudain, Jean Janin, le directeur de la production (sorte d'expert-comptable), pointe son doigt vers l'Esplanade, derrière les lilas clairsemés.

— Les voilà !

Nous suivons son regard. Devant nous surgit une très grosse limousine dominée sur sa toiture par une douzaine de sacs en jute bien arrimés. C'est le combustible ; le bois haché menu sans lequel aucun automobiliste ne se déplace désormais.

— C'est une Rolls ! s'exclame Andrex.

Il se lève vivement. Nous le suivons.

— C'est le producteur ! explique Janin à Thyde.

Fernandel jette un œil mauvais sur la Rolls et poursuit son chemin vers le comptoir où trois ou quatre familiers l'attendent pour parler palangrotte. Des producteurs, il en a assez vu, des verts et des pas mûrs. Il sait qu'ils sont plus malins que lui — ce qui n'est pas peu dire. Désormais entre les producteurs et lui il a mis un large rempart d'hommes de loi. Ses contrats sont calculés à la virgule près.

— Une Rolls avec un gazogène au cul ! dit Andrex. Si c'est pas une misère !

Un chauffeur en blouse blanche et casquette comme on en voit dans les films bondit hors de la Rolls, se découvre, ouvre vivement la portière. Cette voiture est déjà de collection, on s'en extrait à l'aide d'un marchepied. Il en sort en se démenant, d'abord un pantalon rayé ton sur ton puis, lorsque l'individu se retourne, un grand et gros homme pourvu d'une tête de charcutier lyonnais. Il porte rosette de la Légion d'honneur et nœud papillon. Il ne nous regarde pas. Il observe, grâce à sa haute taille, l'autre côté de la voiture où le chauffeur véloce est allé ouvrir l'autre portière. Il en descend une jouvencelle ceinte d'un peu de fourrure et les jambes gainées de bas de soie.

Je viens d'assister comme aux Mille et Une Nuits à ce spectacle unique et que je ne reverrai jamais : la descente de voiture d'un producteur. Producteur ou commanditaire, je ne sais pas. J'ignore les termes techniques, en tout cas c'est lui qui paye tout.

En plus, il a de l'imagination. C'est lui qui a eu l'idée de faire s'aimer à la fin, sur un bateau de pêche, en un baiser tourné en fondu par la caméra qui s'éloigne, Fernandel et la jouvencelle. Autour de ce synopsis on n'a trouvé que Chabannes pour se commettre dans une aventure qui doit passionner le public. En bon technicien, Chabannes a inventé une péripétie qui tient tant bien que mal debout. Il a recommandé à Thyde Monnier de raccourcir autant que possible les répliques destinées à la jouvencelle. Elle n'a pas de mémoire. C'est elle, cependant, qui donnera la réplique à Fernandel et lui refusera son amour.

Elle n'est qu'un trou dans ma mémoire. Elle était très jolie mais comme on l'est lorsqu'on sacrifie à la mode, c'est-à-dire commune, ressemblant à tout le monde. Jean Boyer nous conte à voix basse et en rigolant que ce film inepte est le prix du déduit.

— Elle a dû lui tenir la dragée drôlement haute ! s'esclaffe-t-il.

Même Andrex, pourtant fin chercheur en jolies filles, ne lui accorde qu'un regard distrait, alors qu'il se met en frais pour les serveuses de l'hôtel.

En revanche la Rolls, transformée en char à bancs par le gazogène, suscite sa sollicitude et sa commisération.

— Si c'est pas malheureux ! Si c'est pas une pitié !

Il tourne autour, admiratif et pitoyable. C'est difficile en 1942 de paraître luxueux. La voiture sent la cochonnaille d'une manière indécente. Les cuisiniers accourus en tirent des jambons à peine enveloppés, des chaînes de saucisses et de chipolatas et des blocs de saindoux pour faire cuire. On emporte tout ça à toutes jambes vers les resserres, nous en profiterons tous en temps utile.

Moi je suis ébahi. C'est la première fois de ma vie que je vois une Rolls et il faut qu'elle soit à gazogène ! Le chauffeur fait ce qu'il peut pour avoir l'air d'être de maître. C'est malcommode. Il est juché sur la toiture et il garnit les grilles de l'alambic à gaz des forêts. Sa casquette blanche en est toute noire, ses mains aussi. Par le culot du gazogène suinte un liquide noir qui, goutte à goutte, forme une flaque de goudron, comme si la Rolls se faisait dessous.

— Mâtin ! dit Carette. Dirait-on pas une vache qui bouse !

Le mégot éteint au coin des lèvres, il hoche la tête, pitoyable lui aussi.

Attendant sa conquête qui récupère ses bagages à main, le producteur, impatient sans doute d'aller faire une petite sieste, s'offre à notre regard en toute impunité. Il cherche des yeux Fernandel. Il voudrait bien voir l'animal qui lui a coûté aussi cher qu'un collier de perles mais Fernandel est là-bas, au comptoir, dans la pénombre, dominant de sa haute taille un groupe de pêcheurs à tricots rayés en travers. Il discute palangrotte, Fernandel. Il n'est pas question de le déranger.

Et d'ailleurs le producteur vient de récupérer son

trésor qui arrive au bras de madame Boyer, laquelle lui parle maternellement. Il disparaît avec elle. C'est ici, sans doute, à ce point de non-retour, que le déduit doit se payer.

Cet homme a été frappé par la fortune à l'improviste. Il ne sait plus où donner du désir : la Rolls pour commencer et puis cette secrétaire qui voulait faire du cinéma. Il porte tous les stigmates des illusions inassouvies, mais il est intelligent, il s'efface. Pendant tout le temps qu'il passera avec la production, il ne parlera presque pas (sauf gros sous avec Jean Janin) et se cantonnera dans un silence ravi. Il a sa jouvencelle tout son saoul, et qu'il ait englouti un certain nombre de millions dans l'affaire ne lui importe pas : un rêve ça n'a pas de prix.

Et moi je me demande qui est le plus hideux de la jeunesse blonde ou de son amant ventripotent, puis je fais machine arrière sans tarder.

Qu'ai-je à envier à la jeunesse blonde, moi, avec ma Thyde de cinquante-trois ans ?

Et comme si j'avais peur de me juger dans un miroir et bien que nous nous voyions tous les jours, je mets une distance respectueuse entre cette jeune fille et moi qui avons le même âge. Nos regards ne se toucheront pas. Et c'est pourquoi, sans doute, j'ai oublié jusqu'à son visage.

C'est dans ce milieu que je vais fêter mon anniversaire. Thyde a appris à tout le monde que j'allais avoir vingt ans dans deux jours. Ce beau prétexte les met tous en joie. C'est encore une occasion de faire la fête. Ces agapes ont lieu Chez Mir, le bistrot de l'endroit, jusqu'à trois heures du matin avec champagne et attractions gratuites qui d'ordinaire se faisaient payer cher.

J'ai vingt ans ! Tout le monde en a l'air heureux ! Même Fernandel me tendra une large main et condescendra à un mot de congratulations. Ce sera la seule fois où je verrai — oh, fugace ! — son célèbre sourire aux dents éclatantes. Mais il ne viendra pas à la soirée. Il a commencé à tourner le film parce que le scénario ne l'éloigne pas de plus de dix kilomètres du célèbre *Oustaou de la mar*, sa maison. Tous les soirs il rentre chez lui et dans sa famille.

Mais ça n'empêche pas les réjouissances. Tout le monde m'embrasse et s'embrasse, même le gros et grand producteur. Je m'arrange, en évoluant dans la foule et en m'éclipsant autant que possible, pour éviter que la jouvencelle cause du film ne se trouve dans l'embarras de devoir m'embrasser elle aussi.

Andrex, qui est l'empereur des exhibitionnistes, tient la scène pendant une bonne heure sur le carreau du bar entre nos tables repoussées le long du mur. Il danse ce qu'il chante. Et cette seule fois où je l'entendis chanter me restitue soixante ans plus tard sa voix et sa mimique impayable. C'était un grand acteur :

On ne danse plus la Java
Chez Bébert le monte-en-l'air !
On est swing du haut jusqu'en bas
Chez Bébert dit les pieds-plats !

Il se trémousse. Toute la salle se trémousse et frappe des mains. À cause de la patrie en deuil, le bal est interdit sur tout le territoire, cependant Chez Mir ce soir-là une batterie, un saxo et un accordéon se sont introduits subrepticement. On a fermé soigneusement les portes et on swingue tant que ça peut, sauf moi l'irréductible, arborant un sourire niais sous mes cheveux en saule pleureur, assis à côté de ma Thyde et des deux Boyer.

Pendant ce temps, une chanteuse en robe noire veut absolument supplanter Andrex et se faire entendre à toute force. Elle figure pour un petit rôle dans le film. Elle est flexible, longue et potelée à la fois. Elle a une large bouche carrée et grande ambition. Elle s'appelle Nicoletta, déjà. Elle chante :

J'suis dans tous mes états,
C'est ce coquin d'printemps
Qui m'rend comme ça !

Elle a, malheureusement, une voix sonore et de plein vent qui l'apparente plutôt à une crieuse de poisson qu'à une diva de caf'con'. Cette particularité lui ôte tout potentiel érotique à mes yeux. Je n'aime que les voix profondes et graves, le contraire de celle qui m'a été donnée par la nature.

C'est une chose étrange que l'érotisme. Pendant que Nicoletta fait valoir ses charmes et se cambre et se tortille, moi je n'ai d'yeux que pour le ballet des serveuses callipyges. Elles sont à perpétuité en équilibre sur leurs hauts talons et la pointe des pieds. Elles s'efforcent entre les tables d'effacer leurs seins arrogants. Parfois, lorsqu'elles passent au-dessus de moi le plateau haut levé, je respire le parfum de leurs aisselles humides.

On nous a servi sous le nom de cognac un pousse-au-crime que j'ai avalé à peu près d'un trait au lieu, si l'on ose dire, de le susurrer comme un aveu. Aussi suis-je à peu près ivre. Je me tâte sous la table rêveusement, mais parallèlement la guerre occupe la partie de mon cerveau demeurée entièrement lucide.

Je dois être le seul à penser à la guerre. Ils dansent tous, le doigt levé et qui s'agite en cadence comme le corps, les pieds jetés d'un côté et d'autre en une immense protestation de bonheur. Et moi c'est une étrange sensation de bien-être que j'éprouve à savoir que la guerre est au loin et que, pour la première fois dans l'Histoire, elle se déroule sans nous, sans qu'un seul mort de chez nous en soit comptable. C'est avec grande satisfaction que j'ai appris ce matin par la radio anglaise brouillée que la pluie russe commençait à tomber sur les combats.

Mais soudain Carette se lève. Il fait s'écarter autour de sa chétive personne les danseurs interdits. Il impose silence au saxo, à la batterie, à l'accordéon. Tout le monde s'écarte de lui, ne songe plus à s'ébrouer, s'assied à même le parquet. On fait cercle autour de Julien Carette, l'aède désopilant, capable de tenir la foule sous le charme de sa parole tonitruante pendant une nuit entière. Les dialogues presque toujours insipides qu'on lui a fait débiter ne donnent aucune idée de ce qu'était l'homme hors cinéma.

Toujours flanqué comme d'un grenadier par la tricotante Jeannette sa femme qui l'écoute impassible et l'empêche de tomber quand il y a lieu, Carette jette en avant sa grosse tête d'homme raté. Sa voix lente qui roule comme une avalanche s'élève et ne s'arrête plus. Il a bu assez pour que son génie s'épanouisse en visions d'enfer. Il n'est question dans son délire verbal que de ruelles à sommiers défoncés perdues dans l'ombre, où halète un violeur guettant des filles maigres ; de cimetières sous la lune mais qui ne sont pas grands ; de cantatrices sans voix qui ont un cancer du sein ; de tripes exposées au soleil après quelque Verdun ; de concierges grincheux donnant des coups de pied aux chiens errants. Carette a la caricature faubourienne et dix-neuvième siècle. Il nous dépeint par le menu, jusqu'à leurs mains pâlies par la Javel et leurs cernes sous les yeux, des femmes enceintes jetées à la rue par leurs maris ivrognes ; des culs-de-jatte dont la petite voiture se remplit d'eau sous la pluie et qui y baignent dans leur culotte. Mais l'aède a le sens du comique. Il introduit l'horrible réalité parmi nous et tout le monde se marre. Au plus il a bu, au plus sa diction devient parfaite. Il fait rire même Andrex, renfrogné depuis que la Nicoletta a obtenu un certain succès. Il tire un maigre sourire à son ange gardien, la sévère Jeannette.

Ô mes compagnons d'autrefois, combien je vous aimais ce soir-là ! J'ai écrit en trois jours ces six pages qui vous concernent, et vos voix et vos visages et votre manière de marcher et de vous regarder les uns les autres ne m'ont quitté ni jour ni nuit. Mon présent était avec vous, rien ne nous séparait, vous morts et moi encore vivant. La mer qu'il faisait ces jours-là avec le soleil qui traversait la vague soulevée de l'onde, je n'ai plus cessé de l'entendre retomber sur elle-même avec ce bruit de gravier dérangé.

Vous étiez naïfs et heureux en dépit de vos calculs. Vous vous réjouissiez inconsciemment de la vie ; cette vie que vous avez quittée et moi, pour peu de temps encore, qui suis debout dans ce grand cimetière et je contemple votre joie ancienne avec incrédulité et j'ai envie de crier à votre éternité ces mots désolés que Villon écrivait pour quelques fantômes :

Quelles fus ! Quelles devenues !

Et puis un beau jour tout ce barnum se replie en désordre. L'hôtel se vide, le camion du son s'en va, tous les accessoires épars se replient en bon ordre vers leurs remorques. On ne se dit pas au revoir. Par la fenêtre un matin, tandis que Thyde referme sa malle-paquebot de chez *Henry à la pensée* et la boucle d'un coup sec, j'aperçois le môme Carette abrité sous un châle écossais et précédant son épouse tutélaire qui lui fait un rempart de son corps. L'automne s'annonce maussade. La mer s'entend d'un peu plus loin que d'ordinaire. Un car aux sièges avachis nous attend sans gloire sur la place où la poussière est livrée au mistral. Il y a longtemps que la Rolls à gazogène a repris le chemin de Lyon.

Aucune joie ne m'est restée de ces trois semaines à baigner dans l'illusion. La certitude absolue que ce film serait un navet ne contribua pas peu à me désenchanter. Mais une préoccupation plus grave m'envahissait peu à peu. Le fait d'avoir vingt ans, qu'on avait tant fêté, me rapprochait d'un temps où j'allais le perdre.

Le 12 novembre prochain je vais être appelé à passer huit mois dans un chantier de jeunesse. C'est une invention de deux vieillards chenus qui viennent de découvrir que sans service militaire (qui nous est interdit par l'occupant) les jeunes Français allaient être livrés à eux-mêmes et à toutes les tentations. Il fallait à tout prix leur donner un idéal. La solution d'une vie en plein air à fabriquer du charbon de bois pour les gazogènes leur parut la plus indiquée. Et c'est ainsi que le soir de cet armistice qu'il nous est désormais interdit de célébrer, je vais, accompagné de Thyde Monnier, faire mes adieux à Giono. Nous sommes mélancoliques et frileux. J'ai beau ne pas aimer ma pauvre Thyde d'amour, néanmoins je me serre contre elle, désolée de me perdre. J'essaye d'être insouciant, de lui communiquer un peu de cet espoir auquel je ne crois pas. J'ai l'impression d'être conventionnel, de me conformer à une tradition, une habitude. Je ne vais pas à la guerre. Je ne suis pas un soldat partant pour le front mais simplement un jeune Manosquin qui va faire des fagots pendant huit mois. Qu'est-ce que ça a de triste ?

Aline, qui a quinze ans, nous ouvre la porte. Elle embrasse Thyde, elle nous dit « montez voir papa ». Je gravis cet escalier, le lieu le plus chargé de signification pour moi parce qu'il abritait la bibliothèque des éditions de luxe. Giono ne parlait jamais de ses éditions de luxe parce que c'était ce qu'il aimait le plus dans sa profession, et il n'était pas très fier de cette vaine délectation qu'il considérait comme une faiblesse. Et pourtant, les artistes qui l'avaient illustré ne l'avaient fait que par amour.

Je respire, les yeux fermés tout en montant, cette odeur — le bonheur a-t-il un parfum ? — que dans aucune des maisons que j'ai habitées je n'ai jamais respirée. Il n'y avait que chez Giono qu'elle flottait à profusion, qu'elle emplissait tous les recoins, laquelle, lorsque l'écrivain apparaissait, faisait autour de lui comme une poussière que l'on secoue.

Il est ce soir-là — on lui avait dit qu'on viendrait — d'une fraternité chaleureuse et communicative. Il s'empare de Thyde qu'il enveloppe de ses grands bras, de sa robe de chambre cacatoès, et lui dit en l'embrassant.

— Excusez-moi, Thyde, si je pique un peu ! J'ai

tant travaillé tout le jour que j'ai oublié de me raser !

À moi il me tend une main ferme, il ne m'embrasse pas. Il ne m'a jamais embrassé. Mais tout de suite il me dit :

— Ne t'en fais pas, Pierre ! Tu ne pars que pour quelques jours ! Là-bas tout le monde est prévenu ! Tu vas être réformé ! Ne t'étonne de rien ! Ne parle pas ! Le docteur qui va t'examiner est un ami à moi. Je lui ai donné mes instructions et il va te réformer. Vous savez, Thyde, vous pouvez l'accompagner ! Dans trois jours vous le ramenez !

Je résume. Sa révélation fut beaucoup plus explicite, beaucoup plus détaillée. Je crois bien même qu'il nous décrivit le docteur auquel il faisait allusion.

— Il porte des lunettes ! nous dit-il. C'est un ami depuis longtemps.

Entre-temps et pour donner plus de consistance à sa parole, il essaye deux ou trois fois, les dents serrées, de rallumer sa pipe, et la troisième fois il y parvient. Il lance au plafond un long jet de fumée avec un air de certitude que nous partageons aussitôt. Il se répète, il insiste. Son œil bleuit à mesure, de plus en plus naïf, de plus en plus fraternel, de plus en plus franc. Il est saisi tout entier par ce que Proust appelle « la volupté hystérique de mentir ».

Je sais qu'il ment. Si j'étais d'âme vulgaire je serais désillusionné, outré, scandalisé, etc. Au lieu de cela, je suis reconnaissant envers cet homme qui ment en vain pour entretenir l'espoir en moi. Il ment pour me faire plaisir, me consoler, m'encourager. Il me reconduit la main sur l'épaule après un dernier mensonge :

— Tu viendras me voir vendredi prochain ! Je te lirai les pages que j'aurai écrites !

Il ment parce qu'il m'aime. Dès cet instant — et c'est ça l'apprentissage — j'aurai pour le mensonge une reconnaissance sans fin. Combien de femmes dans ma vie agiront comme Giono pour me cacher la vérité par miséricorde, me mentiront par leurs yeux, par leurs corps facticement pâmés, y mettant tout leur cœur.

Nous quittons ce bureau, cet homme, cette bonne odeur de tabac anglais pour gagner la nuit froide, aller nous blottir dans notre lit pour une dernière étreinte. La nuit bleue des réverbères et le clocher noir sévèrement campé face à la descente, tout est enlisé dans un silence navré.

Manosque apparaît comme un fantôme devant mes yeux. Je ne sais pas que je vais rester deux ans sans la revoir.

Le 27 novembre 1942, nous sommes une quinzaine de Manosquins à attendre le train. Thyde ne m'a pas accompagné. Elle doit pleurer dans son lit ou écrire un poème. La gare est triste à l'abri des grands arbres. J'envie les lampistes sous leur casquette qui demain et les jours suivants vont continuer à traverser les voies, chargés de leurs lourds fanaux qui sentent le pétrole comme autrefois. Ils rentreront le soir chez eux. Autour de la table aux enfants, ils mangeront une soupe sans doute maigre mais ils espéreront demain sans inquiétude. Demain finira bien par voir le bout de la guerre.

Parmi notre groupe, il n'y a pas de rires, il n'y a pas de cris. La sensation d'être du bétail que l'on va parquer nous empêche de réagir en homme. Personne ne fume non plus. Deux ou trois pleurent bruyamment. C'étaient jusqu'ici les plus égoïstes et les plus farauds. D'un commun accord aucun parent ne nous a accompagnés. Nous sommes seuls face à notre avenir incertain.

C'est un vieux train poussif qui arrive enfin. Il respire la défaite comme nous tous. Quand on ouvre les portières, une odeur des Hautes-Alpes nous surprend. Je m'explique : les vaches sont rares chez nous. Les gars des Hautes-Alpes qui sont montés avant nous ont traîné leurs chaussures dans la poussière des bouses, d'où cette odeur.

À part ça, les trognes des Haut-Alpins ne sont pas bien différentes des nôtres. Ils *faisaient besoin* eux aussi autour des granges et dans les terres, au bistrot pour laver les verres, chez le maçon pour gâcher le mortier, chez le charron pour cercler les roues, enfin partout où il y a du travail. Les voici inactifs, inutiles comme nous tous. Avec tous les prisonniers de guerre qui manquent, oui, on faisait bien besoin. Il n'y a pas de quoi rire. Et nous avons beau, tous, avoir vingt ans, personne ne rit, sauf un de Forcalquier qui essaye de faire le Jacques parce que c'est dans sa nature mais nous l'écrasons bientôt sous notre silence.

Je regarde par la portière fuir la Tour du château. « Ce beau sein rond est une colline », a écrit Giono. Hélas, pour moi il n'est que la Tour du château, mon pays.

Je me promène par le couloir. Je regarde les têtes de mes camarades d'ici ou des Hautes-Alpes. Depuis que je suis avec Thyde je n'ai plus fait bande avec des garçons de mon âge. J'ai l'impression d'être étranger parmi eux, de ne pouvoir communiquer. Rien de ce que j'ai appris ne me sert ici. Si je prononce le nom d'André Gide, ils prendront l'air interrogateur.

Heureusement, comme toujours je n'ai pas besoin de communiquer. En vérité, dès cette époque je n'aimais plus que les hommes de quarante ans et les femmes aussi, les autres ne me paraissaient pas finis.

À Marseille, nous changeons de train. Ça me permet de constater que j'ai la plus petite caisse de tout le convoi. On nous a dit qu'aux chantiers on crevait de faim. On nous a dit qu'aux chantiers on fauchait tout. Alors tous mes camarades paysans se trimbalent des caisses de vingt kilos hermétiques comme des coffres-forts et munies de cadenas tout neufs. Déjà, un ou deux d'entre nous ont eu mal au cœur dans le train des Alpes et sont pâles comme des morts. Ils préparent leur avenir de malades simulés.

La vue de la mer réconforte un peu tout le monde. Plusieurs de ces terriens ne la connaissent pas et ceux-là sont les plus tendres, les plus rêveurs devant elle. Ils pensent aux plages du cinéma. La mer les émoustille, leur donne l'air intelligent. Ils resteront le nez au courant d'air des portières abaissées pendant tout le trajet de Marseille à Toulon. À Toulon, la gare nous accueille avec un air de fête à cause de ses palmiers. Quelques taxis à gazogène fument comme des brûloirs à café. Les chauffeurs nous toisent dégoûtés.

— Il y a un incendie ! s'annoncent entre eux mes commensaux.

Nous mettons tous le nez aux portières. Effectivement, il y a de la fumée du côté des îles d'Hyères, les îles d'Or, ces îles qui me faisaient rêver quand avec Jef nous connaissions au Contadour l'homme ténébreux et en cape claquant au vent qui avait fondé cette merveille à l'île du Levant : un camp de nudistes !

Une insolite brume rousse monte sur ces cyclades. Il est midi. De la brume à Toulon même en novembre, c'est étrange, d'autant que le soleil a brillé tout au long du parcours. Il y a trois kilomètres de boulevards depuis la grande gare jusqu'à celle du CP, un tortillard qui louvoie entre les presqu'îles jusqu'au Lavandou, où nous allons, jusqu'à Saint-Tropez. Ces boulevards sous les platanes qui s'effeuillent sont obombrés par ce brouillard couleur de goudron qui se gonfle au ras du sol, lourd, stagnant et sentant le pétrole.

Mes camarades ont chargé leurs lourdes caisses sur les épaules, certaines doivent contenir jusqu'à des jambons, le parfum en exsude en dépit des fermetures hermétiques. Au bout de cinq cents mètres, ils se mettent à geindre sur la longueur du trajet. Ils n'en peuvent plus. Ils s'assoient sur leurs caisses. Notre groupe, jusqu'ici compact, s'étire lamentablement sur des centaines de mètres. Le CP part dans une demi-heure. Il ne s'agit pas de le rater car le bruit a couru parmi nous que tous ceux qui ne seront pas rendus ce soir seront portés déserteurs et envoyés au camp cinq. Personne ne sait où se trouve le camp cinq ni ce qu'il représente, mais rien que le nom nous fait dresser les cheveux sur la tête.

On repart courageusement. Avec ma légère caisse qui me bat les fesses au bout d'une courroie, j'ai une encablure d'avance. Ce qu'il y a d'étrange, c'est que Toulon est vide. Toulon a fermé tous ses bistrots, les chaises à califourchon encombrent les tables des terrasses. On ne peut s'empêcher, et c'est peut-être le plus étrange de tout, d'éprouver ce pressentiment collectif d'une catastrophe que nous exprimons tous à haute voix, chacun selon ses moyens. Un escogriffe d'origine italienne qui vient des forêts de Nibles, ce qu'il nous a d'ores et déjà souligné, résume la situation par une phrase décisive.

— Accidente ! dit-il. Ça pue la mort !

Parmi cette brume insolite, je suis le premier à atteindre la gare du CP. Elle est délabrée et prête à la ruine. Le sigle au fronton qui fut fier autrefois est usé à force d'intempéries salées. Une rame de wagons en bois, sans plus aucune peinture (sauf un écusson parfois), nous invite, portières ballantes. Sur une voie adjacente, une humble locomotive attend aussi, chuintante et balafrée de fissures qui révèlent l'âme rouge de son foyer. Par là autour, deux ou trois hommes d'équipe poussent des chariots ou trimbalent des fanaux. Ils ne parlent pas, et ce qu'il y a de plus grave, ils ne fument pas. Bref, la misère. Beaucoup d'entre nous qui ont terres arables, magasins ou entrepôts, la rencontrent pour la première fois, la misère. Ils s'en assoient sur leurs caisses, découragés.

— Allez allez, en voiture! crie un lampiste qui parcourt la rame. On a déjà six minutes de retard.

La machine a changé de voie en fumant dans la brume. On s'installe tant bien que mal sur des bancs de bois. Quelques-uns maugréent, les pleureurs se remettent à pleurer — des bancs de bois! Nous ne savons pas qu'ailleurs des wagons sans bancs et sans lumière commencent à partir pour de dernières destinations inconnues. Le convoi s'ébranle après une ultime secousse en hoquet. C'est un tortillard dont les rails ont servi autrefois pour le transport des pièces lourdes. Ce qui explique qu'il traverse l'Arsenal en bordure des ateliers et des quais à bateaux. Nous ne voyons d'abord qu'un épais banc de brume qui roule au ras du sol sur un espace que nous jugeons immense.

Et soudain, comme un rideau de théâtre se soulève, la brume et la fumée qui se dissipent nous révèlent l'étendue d'un désastre sans fin.

La rade, de Saint-Mandrier aux îles d'Hyères, resplendit devant nous de soleil et de lumière. Et sur elle des navires de guerre en une monstrueuse pagaille sont accroupis au ras de l'eau, avec encore, de-ci de-là, quelques canons et quelques cheminées qui dépassent du niveau de la mer. Parfois même, ces cheminées crachotent encore un filet de fumée noire. Certains, les moins gros, sont cul par-dessus tête avec des hélices ridicules qui pointent vers le ciel pour le braver. Un gros cuirassé a pris de la gîte. Il est couché sur le côté, sans doute à cause de ballasts mal remplis.

Un contrôleur qui parcourt le train pour poinçonner nos billets nous met laconiquement au courant en quatre mots :

— La flotte s'est sabordée ! répète-t-il patiemment à tous ceux qui l'interrogent.

Un croiseur tel un cheval cabré sort de l'eau par l'avant jusqu'à la quille. Il est orienté vers la sortie de la rade et pavillon haut. Sans doute avait-il mal interprété les ordres et voulait-il s'échapper. Un aviso lui a coupé la route et maintenant le croiseur est embossé sur l'aviso comme s'il voulait le dévorer. La rade est entre les bateaux coulés comme un arc-en-ciel sans mesure, à cause de tout ce mazout qui la recouvre, et le soleil en fait un jeu d'enfant.

Le tortillard déroule très lentement sa marche le long de ce désastre afin sans doute que nos yeux s'en imprègnent bien. Il n'y a aucune peine. Nous sommes tous penchés à la portière jusqu'aux hanches. Sur notre groupe de montagnards dont la plupart n'ont jamais vu la mer et qui en prennent connaissance sous un aspect de cauchemar, les lamentations de Jérémie ne tardent pas à s'élever.

— Une si belle flotte ! La flotte ! Les pompons rouges des marins sémillants. Le commandant seul maître à bord. Les canons dardés comme des phallus vers quelque ennemi héréditaire. La flotte plus forte que la mer où elle s'enfonce. Et la voici maintenant ridicule, embourbée à jamais dans ses déjections d'huile lourde, où l'on devine, pour toujours, le tas de ferraille qu'elle va devenir!

C'est à peu près le concert que l'on entend au fil de toutes les portières. Nous entrons dans la guerre de plain-pied et sans avertissement. Nous savions bien sûr, par la radio, qu'hier les Alliés avaient débarqué en Afrique du Nord. Nous en avions même vaguement escompté un report de notre incorporation, voire son annulation. Ça n'a pas l'air d'être au programme.

En attendant, une rumeur de scandale parcourt les compartiments. Je n'entendrai pas un seul murmure d'approbation. Tout le monde est du même avis — même moi, le pacifiste! Il fallait que la flotte force le passage, qu'elle s'échappe, qu'elle rejoigne les Anglais. Foin de Mers el-Kébir! On n'est plus à Trafalgar et ce ne sont pas les Anglais qui nous occupent! Ce sont les Allemands.

Un enfant d'hôtelier des Hautes-Alpes, qui n'a jamais vu même un pompon rouge, hoche la tête et dit :

— Quand je pense aux impôts que mes parents ont payés pour ça! L'amiral de Laborde a envoyé par le fond les économies de mes parents!

Il sait déjà, lui — comment l'a-t-il appris? —, le nom sinon du responsable, du moins de l'instrument de ce désastre.

Je le découvre par sa bouche. Je sais qu'on va penser que j'écris ces réflexions avec ma mentalité d'aujourd'hui, c'est-à-dire celle d'un homme de quatre-vingts ans, mais on a pu, au cours de ces pages, vérifier la puissance de ma mémoire et son aptitude à sérier le temps perdu dans son exacte chronologie. J'atteste que ce que je relate est bien le reflet de ce que j'ai pensé alors, quand j'avais vingt ans, devant le sabordage de la flotte dont je venais d'être témoin. J'ai pensé, nous avons pensé car parmi mes camarades il n'y eut pas une voix discordante, pour eux, pour nous, les hommes qui ont envoyé la flotte par le fond ont tenu compte de leur passion plus que des intérêts de la communauté. Je me souviens qu'à cette époque j'ai cherché le terme qui convenait pour définir leur légèreté, et je crois que celui qui m'est venu à l'esprit alors c'était une formule que je n'avais jamais entendue auparavant : l'impératif catégorique. Je me souviens très bien que j'ai pensé : ces hommes n'ont tenu aucun compte de l'impératif catégorique de la nation. Et tous mes camarades consternés, s'ils ne pouvaient exprimer leur pensée aussi clairement, témoignaient par leurs exclamations navrées du gaspillage qu'ils venaient de constater. Jamais, eux, ils n'auraient dilapidé ainsi le bien de leurs parents. À cette occasion, par l'un d'eux, presque illettré, j'entendis prononcer pour la première fois le nom de De Gaulle.

Nous étions abasourdis, pensifs, nous ne songions plus à notre propre avenir incertain, la masse de cette ferraille qui avait coûté si cher, et avait porté tant d'espoir, nous consternait.

Quand s'estompent au lointain les dernières fumées de l'Arsenal crucifié, la sensation d'être un troupeau de bêtes mené à l'abattoir par des bergers ivres nous envahit et nous impose silence. Il n'y a plus de rires, plus de plaisanteries, quelques-uns, pensifs et les yeux fixes, roulent quelque cigarette en regardant au loin. Les pleureurs eux-mêmes ont cessé de pleurer.

La paix est sur le Mont des Oiseaux et l'Almanarre-Pomponiana. De grands sanatoriums luxueux comme des hôtels et sur les vérandas desquels flottent encore de glorieux drapeaux dominent la presqu'île d'Hyères, déserts et fenêtres closes, depuis que les derniers malades, tués par le soleil qui devait les guérir, sont morts ici par erreur. Dans leurs jardins de rêve, je vois passer des orangers aux fruits d'or. Sur toute la nature flamboye la joie de vivre. Et nous sommes là, nous, avec nos caisses de bois toutes neuves menuisées avec soin comme des cercueils et qui puent la cochonnaille (ce sera le leitmotiv odorant qui dominera la guerre). Nos camarades promènent un œil morne sur les iscles d'Or, sur la mer qui recommence sans cesse, sur tous ces beaux endroits à vacances désormais déserts.

Nous atteignons Le Lavandou vers trois heures. À chaque bout du quai, deux chefs fort propres nous attendent. Ils sont tous deux costumés en boy-scouts mais ils n'ont pas de culottes courtes, seulement des pantalons bouffants emmanchés sur des guêtres blanches. Un béret fort crânement porté les coiffe. L'un a des lunettes, l'autre pas. Le vert forestier de leur blouson nous rassure tout de suite, cette couleur domine dans nos pays.

Ils nous rassemblent, ils nous comptent. Ils ont une liste, ils procèdent à un premier appel. Tout le monde est là. Alors seulement ils nous annoncent qu'il y a huit kilomètres à couvrir à pied entre la gare et le cap Bénat où nous allons. Ceux qui ont enfourné un jambon dans leur caisse vont en prendre plein les pattes.

Nous nous engageons sur cette route bordée d'un côté par la mer qui nous invite et les arbousiers aux fruits rouges qui ressemblent à des fraises. Il y a des pins aussi à profusion, aussi mornes que nous, aussi éternels que notre nostalgie car même les plus obtus d'entre nous sont nostalgiques de nos Alpes et de nos parents et de nos amis, de nos ennemis même qui vus d'ici nous paraissent aussi indispensables à notre paysage intérieur que nos montagnes.

Il est à noter que jamais aucun personnage de cette époque ni aucun des paysages tristes (je n'aime pas les résineux) où je vais vivre n'inspirera jamais une seule ligne de mes romans. À partir du moment où j'arrive à la baie du Gaou, au cap Bénat, mon imagination devient complètement stérile. Je ferme la porte au rêve. C'est la première fois, dans ces Mémoires, que je touche à cette époque, sans enthousiasme.

Notre colonne s'éparpille sur plus d'un kilomètre

à cause du handicap des colis. Un chef devant qui nous encourage, un chef derrière qui nous morigène, nous avançons morne troupeau de bêtes. Grâce à la légèreté de ma caisse, j'atteindrai le premier la porte du camp. Il s'agit, bornant le passage, d'une légère claie verticale en fragiles roseaux. Comme sommant un arc de triomphe, une banderole en contreplaqué est accrochée entre deux poteaux fragiles, figurant un gonfanon gothique. Sur cette surface vert forestier est inscrite en lettres dorées qui commencent à passer la devise du camp :

« Tu serviras »

C'est ici qu'une partie des aspirants des diverses écoles militaires qui faisaient leurs classes lors du désastre ont été planqués, mis en réserve, continuant plus ou moins leur apprentissage « en cas de quelque chose », comme on dit chez nous. Et nous, notre contingent va servir ces chefs, les soutenir logistiquement tout en liant des fagots de résineux pour nous occuper.

Je franchis le porche. Je passe sous l'arc de triomphe de la banderole. La première chose que je vois, à cause de mon pessimisme, ce sont les feuillées. Entourées d'une claie de roseaux, elles trônent sur un tertre par batteries de douze, on peut distinguer sous la claie miséricordieuse qu'elles sont collectives, on ne peut pas s'y isoler. En revanche, on peut commodément converser avec le voisin accroupi à côté.

Pendant que je suis en train de les contempler, mes compagnons me rejoignent peu à peu. Ils mettent bas leurs caisses sur lesquelles ils s'assoient. Quand ils sont tous là, le chef qui nous a précédés, un blond avec l'accent de Belleville, nous harangue :

— Aux mites ! dit-il. Vous pouvez laisser vos habits civils au garde-mites ! Demain on vous donnera de quoi faire des paquets et vous les renverrez chez vous, ou alors on vous les gardera, comme vous voudrez ! Vous êtes là pour huit mois, ne l'oubliez pas !

Les baraques sont disposées sous les pins. Elles ont à peine trois ans et sont déjà vétustes. On raconte à leur sujet d'horribles histoires de punaises, de rats et de cafards. Ce sont les anciens, ceux qui nous ont précédés, qui nous ont visités à la maison avant de partir pour nous brosser de notre condition future un tableau à nous pousser au suicide. Mais comme nous les avons vus frais et dispos et rigolards, nous les avons crus avec flegme.

Aux mites donc ! L'endroit est obscur. La nuit tombe. Sur les banques pleines à ras bord, chacun essaye de choisir fébrilement les deux tricots de corps kaki, les deux chemises plus celle du dimanche, le pull-over kaki comme les deux chemises, la cravate, obligatoire, deux pantalons, une paire de leggings (il me faudra huit jours pour en apprendre le mode d'emploi) et enfin les chaussettes et les godillots. Comme toujours il y a beaucoup plus de pointures 44 que du 41. J'en attrape une qui vacille entre le 42 et le 43 (je chausse du 41), je les enfile. Ma foi ça va... Nous attachons le tout avec une ceinture de flanelle longue de deux mètres qui ne servira jamais à rien sauf à faire paraître malades ceux qui se la noueront autour du cou pour aller à l'infirmerie.

— Aux sacs à viande ! crie le chef, et magnez-vous le popotin ! Il va faire nuit dans les baraques !

Misère ! Les leggings en bataille, les chaussures délacées, le béret de travers, on va encore nous refiler un sac à viande et deux couvertures qui puent la naphtaline.

— Demain ! clame le chef, on vous filera les blousons et le poignard ! Pour ce soir, aux casseroles !

Sur deux grandes tables il y a des bouthéons malpropres, des assiettes d'étain, des quarts de la guerre de 14, cabossés et culottés, des fourchettes tordues et des couteaux sans danger.

Je suis exténué d'avoir écrit tout ça comme je le fus pour l'avoir vécu, mais l'ambiance du camp et de l'époque, c'est par ce cadre qu'elle devait être cernée.

Je ne me souviens plus de ce que nous avons mangé ce soir-là, autour des lampes à acétylène qui chuintaient. Il y avait là quatre ou cinq anciens qui attendaient philosophiquement la *quille*, leur libération. Il y avait le grand Ferrier, de Laragne, notre chef d'équipe qui distribuait ses cigarettes entre nous car lui il ne fumait pas, et si c'est le premier nom que j'inscris ici, c'est que c'est aussi le premier homme véritable que j'aie rencontré. Jamais meilleure nature que ce Ferrier. Pendant les trois mois qu'il passa encore avec nous, jamais je ne l'ai pris en défaut une seule fois de fraternité ni de charité. Il était fils de paysans riches, il recevait des colis plantureux. Jamais je ne le vis manger seul. Il nous conviait, il partageait tout. Adieu, Ferrier.

J'avais aussi été chaudement recommandé par mes amis d'enfance Maurice et Jef, lesquels plus âgés que moi étaient déjà passés par ces baraques. Seulement, eux, ils avaient été très malins. Ils avaient su se rendre utiles pour les divertissements. L'un en créant des pièces de théâtre et l'autre en les réalisant. C'est que les jeux étaient rares aux chantiers et il fallait entretenir le moral de ces gaillards qui regrettaient leurs champs, leurs vaches et leur blé.

Jef et Maurice étaient devenus chefs d'équipe puis ils avaient *rempilé,* étaient devenus chefs d'atelier, deux barrettes et deux pare-chocs, un grade sur leur tenue vert forestier. Avant de quitter l'école des chefs, ils m'avaient savonné la pente. Ils avaient fait croire au chef Renard — le blond venu nous attendre à la gare —, notre chef d'atelier, que j'étais en train d'écrire un roman et que j'avais besoin d'un coin tranquille pour travailler. Le chef Renard m'offrit en grande pompe le gourbi où il dormait séparé du reste de la baraque par des toiles à sac. Il ne l'occupait pas dans la journée. C'était le plus mauvais service qu'on pouvait me rendre car, parmi les douze occupants de la baraque numéro douze, il y avait trois mineurs de Saint-Maime qui s'étaient laissés accroire qu'ils étaient communistes, et je fus aussitôt traité par eux de pétainiste, de fayoteur et de lèche-cul. Ces trois-là, au demeurant excellents garçons, faisaient la loi politique dans la baraque, suivis par le long Émile de Forcalquier, fils de commerçants et grand amateur de femmes. Il s'était tout de suite embrigadé avec les trois mineurs afin de faire oublier ses origines bourgeoises.

C'était une belle leçon de choses que cette baraque douze avec cette promiscuité qui nous liait comme si nous avions été attachés ensemble.

Tels que j'avais crus mauvais étaient bons, tels que j'avais crus bons étaient mauvais. Et le malheur des temps ne faisait rien à l'affaire. La fraternité était rare. Trois figures dominaient cet ensemble : le grand Ferrier qui ne resta que trois mois, Joseph qui travaillait aux cuisines et Jean qui était jeune de France comme nous tous, mais qui lui non plus n'ouvrit jamais un colis sans partager.

Le lendemain de ce jour sans fin fut encore plus mouvementé que la veille. Le réveil fut sonné par Molina, mon ami Molina, qui était sur le point de partir et que je connaissais depuis les bancs de la communale. Après lui, ce fut un nommé Roseau, de

Saint-Maime, qui était dans notre baraque et qui vécut pendant huit mois dans la hantise que son réveil ne sonnât pas. La trompette retentit donc sur la tranquillité du camp et aussitôt le chef Renard nous secoua d'importance :

— Allez les gars ! Au décrassage !

Je crus d'abord qu'il s'agissait d'aller se laver. (Je n'avais qu'une méchante serviette et un savon qui s'effritait à force de ne contenir aucun gras.) Mais il s'agissait de tout autre chose. Il s'agissait de courir, sauter les haies, franchir les fossés, piquer un sprint sur les allées sans gravier. Ma foi, ça ne me gênait pas, sauf le froid de sept heures déjà piquant.

Sur les tables de la baraque au retour, il y avait un bouthéon bouillant de café d'alors, fait d'orge grillé, et une boule de pain à partager en douze. Ferrier mit un bocal de confiture sur la table et nous en distribua deux cuillerées à café à chacun. Ensuite il la planquait dans sa caisse qu'il cadenassait. Il était obligé d'en user ainsi et de nous rationner pour nous fournir le plus longtemps possible un petit supplément.

— Et pour se laver et se raser : la mer ! nous dit Renard.

C'était le problème, l'eau, à la baie du Gaou, sauf l'eau de mer. Au beau milieu du camp on avait creusé un puits qui fut l'orgueil de nos chefs. Un puits profond, un puits où se jeter. (Il doit encore exister.) Nous apprenons tout de suite qu'il ne sert à rien. Au premier seau qu'on a tiré lors de l'inauguration, on s'est aperçu qu'il s'agissait d'eau de mer. À soixante mètres du rivage, c'était couru.

La mer pour se raser et se laver, faire la vaisselle de nos ustensiles. Ceux qui étaient propres souffrirent cruellement cette année-là. Moi, naturellement, je m'en foutais. Il y avait douches le samedi, ça suffisait.

Mais en ce premier jour si rassemblé, nous allons prendre notre première leçon d'humanité souffrante et savoir que nous ne sommes pas sur terre pour rigoler.

Ça commence par le docteur Bender. Le docteur Bender va nous faire passer notre conseil de révision. L'infirmerie est trop petite pour nous contenir tous. On défilera par quinzaines dans le sas où nous nous déshabillons. C'est lamentable quinze bonshommes à poil. Si étrange qu'il y paraisse, ça n'a plus l'air d'être des hommes. Ils sont privés de quant-à-soi, privés de pudeur, privés de mystère. Ils sont là, queue basse. Je constate qu'aucune n'est beaucoup plus grosse que celle du voisin.

Et soudain je pouffe de rire sans pouvoir me contenir, tout en essayant tant bien que mal de le cacher. Les autres me regardent interloqués. Ils se demandent où il y a de quoi rire. C'est que je pense à Giono et à ses promesses de me faire réformer. C'est comique par rapport au docteur Bender. C'est un homme qui porte des lunettes d'écaille et qui ne dit jamais un mot plus haut que l'autre. On sent simplement qu'il est certain de sa science, un point c'est tout. Pendant les six mois où je vais voir vivre le docteur Bender, jamais je ne pourrai le définir. Je l'observerai, je l'épierai parlant, très peu, avec ses pairs ; au garde-à-vous devant ses supérieurs, engueulant les deux étudiants en médecine qu'on lui a donnés pour assistants et qu'on a dû plutôt choisir pour leur fidélité au régime que pour leurs compétences. J'irai jusqu'à le guetter par la fenêtre du réfectoire, mangeant avec application, et même un jour je l'observerai lisant une lettre que le vaguemestre venait de lui remettre. En vain. Le docteur Bender est lisse comme un galet. Il n'a pas d'aspérité. Il ne me paraît pas de taille à vouloir réformer qui que ce soit.

Et d'ailleurs il travaille par couples pour aller plus vite. Il est en train d'examiner sans sourciller deux spécimens de Neandertaliens presque parfaits : un mètre cinquante-huit, des torses énormes, les jambes en cerceau, les sourcils proéminents, le crâne planté en diagonale sur les vertèbres cervicales et l'occiput fort en arrière par rapport à leur menton. Ils viennent d'un vallon qu'on ne saurait nommer. Le docteur Bender leur frappe sur l'épaule.

— Bon pour les chantiers ! s'exclame-t-il.

Il s'exclamera pareillement pour chacun d'entre nous, comme s'il était agréablement surpris de trouver tant d'abrutis bons pour le service.

Le chef Renard nous rassemble à la sortie. On nous présente au chef Viaud. Le chef Viaud était aspirant avant la guerre. On l'a planqué ici et en sus on lui a confié le commandement des douze baraques pleines de jeunes à qui il va falloir donner à manger et du travail. C'est un garçon poupin qui rougit comme devant un aveu sitôt qu'il se met en colère. Et il s'y mettra chaque fois qu'il se fera engueuler par ses chefs parce que nous ne sommes pas assez mordants. Il blèse un peu en parlant, ce qui ne contribue pas peu à le rendre timide. On sent qu'il n'est chef que du bout des lèvres, qu'il a remisé son intelligence par obéissance et qu'il la garde pour plus tard.

À cet instant, une sonnerie au clairon retentit. Le chef Viaud et le chef Renard se redressent d'un pied, claquent des talons et portent deux doigts ouverts à leur béret. Et nous, nous restons là, stupides d'étonnement avec nos cravates mal nouées, nos leggings mal attachées et nos gueules déconfites. Nous aussi, s'il y a lieu, nous nous servirons de notre intelligence plus tard.

— C'est le salut aux couleurs ! nous explique le chef Renard. Chaque fois que vous l'entendrez vous devrez vous mettre au garde-à-vous dans la direction du drapeau. Là-bas ! Vous voyez sur le terre-plein entre les arbres !

Le reste de la journée se passera à nous exhorter au respect des pas accordés et à répéter le garde-à-vous, le salut à deux doigts sur le béret comme les scouts. Et d'ailleurs notre *cri* est imité du leur : « Jeunes de France toujours ? — Prêts ! » devons-nous répondre d'une seule voix. Cette apostrophe sera l'une des quatre phrases clés qui enrichiront mon vocabulaire avec ces trois voisines : « Vivement la quille ! » « Tu vas pas nous chier une pendule » et : « Tu y crois au barbu ? »

Le lendemain pas de café d'orge, pas de boule à douze, pas de confiture distribuée par Ferrier, nous devons être à jeun pour subir notre première piqûre, à poil de nouveau devant le docteur Bender et ses deux apprentis morticoles. Nous dénuder paraît être l'exercice favori de nos chefs. Par notre promiscuité nudique, on entend bien commencer à nous punir d'avoir perdu la guerre. Nous sommes là tous à poil, pour la plupart pas encore finis, tous vierges ou à peu près, traités comme des coupables alors que, pour la plupart, nous ne sommes encore que des enfants. Mais en revanche nous sommes tous des paysans haut ou bas-alpins. Nous savons comment fonctionne la foudre, l'avalanche, la sécheresse, la famine. Ce n'est pas la première fois dans notre bagage héréditaire qu'on nous traite comme du bétail. Et nous avons eu affaire au cours des siècles à bien d'autres embûches que nos chefs n'en peuvent imaginer.

De la méfiance envers les éléments, nous devons en faire preuve devant le docteur Bender et ses deux acolytes étudiants en médecine qui nous paraissent de taille à nous envoyer *ad patres* sans état d'âme et sans besoin d'excuses. L'antre malpropre où ils évoluent sous le nom d'infirmerie ne me dit rien qui vaille mais comme depuis toujours je suis résigné à la mort, je pénètre ici avec le plus grand calme. Tout le monde d'ailleurs en agit de même. La piqûre ne fait pas de mal, à peine une démangeaison. Il n'empêche que trois d'entre nous s'écrouleront à terre à grand bruit, l'un réellement, les deux autres par précaution.

C'est le commencement de notre résistance, de notre désapprobation. Les uns vont s'en sortir par la ruse, les autres par la servilité, mais aucun d'entre nous ne sera lui-même pendant ces huit mois. D'abord, nous commencerons par nous demander à quel travail on va bien pouvoir nous utiliser. Il n'y a pas d'arbres à couper sauf les magnifiques pins parasols qui nous abritent. Il n'y a pas de fagots à faire, toutes les futaies sont propres. Alors, il y a d'autres baraquements à construire et les corvées de propreté, et (très loin du camp) des coupes de bois qu'il faut disputer aux propriétaires et qu'il faut trois heures pour atteindre.

Nous ne savons pas que le patient embrigadement qu'on va exercer sur nous va prendre des semaines, des mois, et que ce sera le plus clair de nos journées. Pour faire entrer dans nos crânes obtus le *travail, famille, patrie* qui est le credo de nos vieillards cacochymes, huit mois ne seront pas suffisants. Le travail, nous n'avons jamais connu autre chose ; la famille, elle souffre loin de nous, privée de nos bras ; la patrie, nos sagaces dirigeants viennent de l'achever en envoyant la flotte par le fond en rade de Toulon. Cette vision ne s'effacera jamais de la mémoire de mes camarades. Trente ans après ils en parleront encore. Et dès cet instant le nom de De Gaulle commence à leur devenir familier.

Pour moi, je vais plonger dans le monde grotesque de ce régime de grand-père grondeur qui nous reproche la défaite que ses états-majors ont obtenue grâce à leur imbécillité. L'image de ce vieillard tragique est partout, dans toutes les baraques. (Quelqu'un a dû faire fortune en fabriquant tous ces portraits.)

Cependant, dès le lendemain, mon destin change. Renard, notre chef, fait l'inventaire de nos capacités.

— Qui est mécanicien ? Qui est maçon ? Qui sait faire la cuisine ? Qui est jardinier ? Cultivateur ? Qui est musicien ? De quel instrument ? Qui est électricien ? Apiculteur ?

Des doigts se lèvent, timides, méfiants, réticents. Nous avons tous entendu des histoires de caserne où, si vous savez dessiner, on vous envoie immédiatement nettoyer les chiottes.

— Qui sait taper à la machine ?

Ça, ça a bien l'air d'un piège à chiottes. Pourtant presque machinalement je lève le doigt. Je suis seul de mon espèce. Personne ne me dispute ce privilège. Renard ne dit rien, mais le matin suivant, tout de suite après le décrassage, il me prend à part.

— Magnan, tu es désigné pour être le secrétaire du chef! Tu commenceras demain!

— Le chef? Quel chef?

— Le chef Mouisset ! Le chef de l'école des chefs ! Quatre étoiles deux pare-chocs !

Quatre étoiles deux pare-chocs ! Le général de La Porte du Theil lui-même n'en a que cinq d'étoiles ! Je suis médusé, vaguement respectueux et surtout admiratif.

Déjà tant bien que mal, dès le troisième matin, chaussures cirées avec de l'herbe, le cheveu discipliné, le pas à peu près accordé (sauf les deux Neandertaliens qu'on a sagement relégués au dernier rang), nous sommes aptes à nous aligner pour le salut aux couleurs.

L'espace est un terre-plein presque plat au centre du camp. Deux cents bonshommes forment le carré dont quatre-vingts aspirants, les élèves de l'École des chefs et leurs éducateurs. Nous, sur trois côtés, nous formons la chiourme de cette élite.

L'instrument crânement appuyé sur la cuisse et le corps convexe, Roseau, le nouveau trompette, attend les ordres. Et soudain :

— Jeunes de France toujours !

— Prêts ! clament les quatre cents participants.

Alors un homme arrive posément. Il dépasse le bataillon au garde-à-vous et a l'œil fixé sur l'horizon. C'est lui, c'est le chef Mouisset. Ses quatre étoiles, ses deux pare-chocs luisent sur sa poitrine. C'est un homme pas très grand, le sourcil très marqué, la raie sur le côté de sa chevelure très noire impeccablement tracée.

Deux jeunes commencent à tirer sur la ficelle qui

va hisser le drapeau au sommet du mât. Le grand Roseau embouche son clairon, joint les talons — comment sa maigreur convexe peut-elle tenir l'équilibre dans cette position ? —, le funèbre appel aux morts retentit. Le chef Mouisset posément enfile ses gants blancs, se met au garde-à-vous lui aussi, regarde s'élever le drapeau tricolore oubliant son Histoire. Se souvient-il seulement que le duc de Bordeaux refusa d'en faire son emblème, ce qui nous valut la République ?

La deuxième sonnerie retentit. Le chef Mouisset se met au repos. Les chefs divers nous invitent à faire de même. C'est l'heure du speech quotidien. Le chef a la voix claire, nette, précise. On devine qu'elle peut facilement devenir coupante. Il nous invite à l'énergie, à la procréation, à la reconnaissance, par les actes, envers le Maréchal qui nous a fait le don de sa personne, au sacrifice de notre funeste individualisme qui nous a fait tant de mal. Tout doit être accompli en commun, au grand jour. Le chef nous invite à une pugnacité dans le devoir, sans faille et sans merci. Et alors, jouant avec ses gants, il conclut son propos par ces mots :

— Ainsi acquerrons-nous peut-être cet esprit de hargne qui était sans doute le privilège de l'homme des cavernes mais qui n'en a pas moins fait nos vainqueurs ! Jeunes de France toujours ?

— Prêts ! clamons-nous avec conviction.

Incontinent, dès les rangs rompus, un individu cauteleux et sournois m'aborde en me serrant le bras.

— C'est toi, Magnan ? C'est toi qui vas me remplacer. Viens, je vais t'apprendre !

Je le suis. Assez loin du tertre à drapeau, au bout d'une allée sommaire, se dresse un chalet de bois peu différent de nos baraques. Fait lui aussi avec des planches de remploi de l'armée en déroute. Les encadrements des fenêtres sont aussi rudimentaires et la porte n'en vaut guère mieux. Le seul luxe c'est un escalier de quatre marches commandant une étroite terrasse. Un vestibule partage le chalet en deux.

— Voilà, me dit l'ancien, d'un côté c'est le chef Mouisset, de l'autre le père de Lagrevol.

— Qui est-ce, le père de Lagrevol ?

— L'aumônier des chantiers.

— Le sabre et le goupillon, dis-je.

L'ancien me regarde de travers.

— Tu tapes à la machine ?

Le ton est accusateur. Je hoche la tête.

— Moi non, dit-il. Tu n'en auras pas besoin !

Il ricane.

— Voilà ce que c'est être secrétaire du chef : tu prends ces deux vaches et tu vas les remplir au robinet de la remorque là-bas au bout ! À cent mètres.

Je m'exécute. Quand je reviens il m'a ouvert la porte de gauche du couloir et je pénètre dans l'intimité du chef Mouisset. Sur le sol rugueux comme celui de nos baraques pas un tapis, contre les cloisons pas un meuble : une penderie de fortune munie de tiroirs ; sur la table au milieu de la pièce, pas un papier, pas un crayon, une seule chaise ; même pas contre la cloison, comme on aurait pu s'y attendre, un de ces portraits du Maréchal qui abondent dans le camp. Derrière un rideau de jute, une sorte de cabinet de toilette équipé d'un tub en zinc, d'un miroir juste assez grand pour se raser ; sur une tablette un pot à eau et une cuvette, et sous cette tablette un grand récipient pour les eaux usées qu'il me faudra vider tous les matins. Il n'existe pas de cabinet d'aisances. Le chef Mouisset va aux feuillées collectives, celles réservées aux chefs.

Contre la cloison d'en face jouxtant la porte d'entrée se dresse un lit à la couverture ouverte. C'est un lit de sangle large de soixante-dix centimètres. Le matelas de crin est strictement identique aux nôtres. Pas de drap. Un sac à viande comme nous. Seule différence, on m'en apportera un tous les deux jours pour le changer.

Il n'y a pas de polochon. Le chef Mouisset dort horizontal. Au chevet de ce lit, dans un emboîtement de bois clair, quelques livres sont rangés. Dès que je suis seul, que mon camarade jugeant m'avoir assez indiqué de choses m'a laissé, je me penche avidement sur les titres. J'y découvre Alexis Carrel, *L'Homme, cet inconnu* (c'est la coqueluche du jour, un million et demi d'exemplaires vendus) ; *Les murs sont bons*, d'Henry Bordeaux ; *Mémorial de Sainte-Hélène* ; *La Relève du matin*, d'Henry de Montherlant. Il y en a plusieurs dont j'ai oublié le titre, mais ce que je n'ai pas oublié c'est qu'il y avait cinq Giono : *Colline*,

Regain, *Un de Beaumugnes*, *Jean le Bleu*, *Le Chant du monde.*

Je lève les yeux sur l'incroyable nudité de la pièce. Je flaire même l'atmosphère : savoir si l'homme que j'ai entrevu tout à l'heure au pied du drapeau laisse une odeur ; je vais même jusqu'à me pencher sur la literie. J'essaye, je ne suis pas encore à la hauteur, de faire coïncider l'uniforme, les quatre étoiles deux pare-chocs, les gants blancs qu'on enfile pour saluer le drapeau, tout cela, avec les livres de Giono à son chevet. Soudain, je me souviens avoir entendu dire que le chef Mouisset se faisait conduire par son chauffeur tous les dimanches matin à la messe au Lavandou. Alors, je fais vivement des yeux et de nouveau le tour de la pièce. Il n'y a pas un seul crucifix, une seule croix, si petite fût-elle, ni un livre de piété sur l'étagère aux Giono.

Pour couler à fond l'histoire du chef Mouisset avant de le regarder vivre, il me faut plonger dans le futur et me retrouver à Aspremont vingt-cinq ans plus tard.

Tel jour de mai, un prélat viendra confirmer les catéchumènes qui ont fait leur première communion. Le curé fera à Sa Grâce l'honneur de son village et l'invitera à monter sur la place qui domine les toits et où je lis sur une murette selon mon habitude.

Je verrai devant moi le chef Mouisset plaisamment costumé en évêque. Ce ne sera plus une surprise. J'aurai su par les journaux et les paroles des dévotes ce qu'il sera devenu.

La prélature l'aura conforté d'un embonpoint qui témoignera de sa chasteté ecclésiastique et que d'ailleurs il me paraîtra arborer victorieusement. Du maigre capitaine d'artillerie sorti troisième de Polytechnique que j'avais connu les mâchoires serrées sur la douleur de la défaite et les méplats creux, il ne restera plus rien. Un menton replet et plein d'onction aura emporté le visage en fer de lance. Bref : il aura grossi. Et ce sera impressionnant d'avoir devant soi ces deux visages : celui de la réalité et celui de la mémoire.

Je m'approcherai de lui comme un memento mori mais lui, l'œil bien dardé sur moi, du plus loin qu'il m'apercevra, il m'apostrophera :

— Vous, votre tête ne m'est pas inconnue !

— Oui, monseigneur ! lui répondrai-je. Vous m'avez vu à la baie du Gaou au cap Bénat en 1942, 1943.

— Ah oui ! Ah, nous n'avions pas de gros moyens mais nous faisions ce que nous pouvions !

Il sera ce jour-là accompagné de son grand vicaire le chanoine Becks, un homme du passé aussi, sans cesse en godillots et le béret crânement posé en pointe sur son front. Celui-ci écoutera avec attention ces trois répliques. Connaissait-il le passé militaire de son prélat ? C'est probable. C'était un homme détenteur de secrets et qui les aimait fort.

En vérité, ayant été rapidement soustrait par l'Église aux ennuis que son engagement foncier auprès du pouvoir d'alors eût pu lui valoir, monseigneur Mouisset est aujourd'hui sous la terre depuis plus de vingt ans, revêtu des oripeaux violets d'évêque de Nice et la crosse sur la poitrine comme saint Irénée.

Jamais homme ne fut plus catholique ni moins chrétien, mais j'ai sous les yeux une de ses lettres pastorales. Elle insiste sur la certitude de la résurrection des âmes à la droite du Père avec une foi communicative. Il la souligne aux fidèles, il leur enjoint d'y croire, comme jadis il nous enjoignait de croire au Maréchal, et, s'il a réussi à convaincre nombre de ses ouailles de n'avoir plus peur de la mort, cela suffit à le rédimer du péché d'orgueil qu'il ne cessa jamais de commettre.

Pour moi, il m'a appris quelque chose d'essentiel qui me servira toujours : c'est qu'on ne peut pas faire un personnage de roman avec un homme qui ne souffre pas.

Et vous dites : « Comment pouvez-vous être certain que le chef Mouisset n'a jamais souffert ? » Et je réponds :

J'atteste que le chef Mouisset n'a jamais souffert. Le jour où je le vis à Aspremont vingt-cinq ans plus tard, aucune trace de douleur ne pouvait se lire sur son visage aussi impassible qu'un quart de siècle auparavant. Ses traits s'étaient épaissis certes, mais dans le seul processus de l'érosion humaine. Aucune traverse n'était venue l'enlaidir ni le rendre pathétique. Il était aussi lisse qu'un galet. Dieu me pardonne : il n'avait pas une ride au front. Un homme armé de telles certitudes que rien ne vient ébranler est chose rare. Bien sûr, il avait choisi de n'avoir à supporter que le seul poids du Christ. Il était seul au monde, ce qui lui évitait d'avoir à souffrir par des proches. Souffrir pour l'humanité tout entière est toujours chose légère, cela n'empêche ni de voyager, ni de récolter des fonds, ni de profiter du soleil et l'on comprend mal que l'on canonise ceux qui n'aiment que l'humanité. Aimer et souffrir pour un individu donné est beaucoup plus difficile et beaucoup plus décourageant.

Le chef Mouisset faisait partie de ces rares hommes assez inflexibles pour ne pas souffrir. J'allais, en sortant dans le corridor dès le premier jour, me heurter à un spécimen identique. Je crois bien que je n'en rencontrerai plus d'autres de ma vie.

Quand j'eus fini, ayant obéi aux directives de l'ancien, de mettre de l'ordre dans la chambre qui n'en avait nul besoin, je sortis de la pièce en refermant soigneusement le battant. Alors la porte d'en face s'ouvrit brusquement et je me trouvai presque nez à nez avec un grand ecclésiastique en béret à pointe et godillots à clous comme moi. Sur la porte qu'il venait de pousser, une pancarte imprimée disait assez ce qu'il était :

Père de Lagrevol S.J.

Il avait dû sortir exprès pour me voir. Ne sachant de quel titre je devais l'honorer ni quel maintien tenir en la circonstance, je balbutiai un « bonjour, mon père » que j'accompagnai d'un sourire. Il me toisa de bas en haut au travers de son lorgnon étincelant.

— Tu dois dire chef et me saluer ! répondit-il.

J'avais déjà pris le pli, je joignis les talons et les fis claquer. C'était un mâle maintien qui s'appelait « rectifier la position ». C'était l'obéissance automatique que nos chefs appréciaient le plus. Cela leur donnait l'illusion qu'une belle ordonnance régnait sur le camp et sur les esprits. D'ailleurs, le père de Lagrevol en me disant « repos » me regarda avec bienveillance, rassuré par mon respect.

Le père de Lagrevol, je pus le vérifier par la suite, n'avait que le mot « Patrie » à la bouche et ce qui lui importait le plus ce n'était pas tellement que nous fussions de bons chrétiens mais d'abord de bons et utiles reproducteurs. Il nous donnait une conférence par semaine et pas une seule fois nous ne trouvions grâce à ses yeux. Il nous reprochait d'éventuelles filles que nous eussions mises enceintes et abandonnées par la suite, les forçant ainsi à avorter.

— Et si vous agissez ainsi c'est que vous êtes des salauds !

Il nous fustigeait de verges orales à toute occasion. La manustupration était son ennemie jurée. Il nous en parlait tout le temps. Ce gaspillage de semence lui paraissait bien pire que l'avortement.

— Avez-vous bien réfléchi aux forces vives dont vous priverez la patrie dans l'avenir ! Vous êtes des inconscients et des salauds !

Ainsi que pour le chef Mouisset, la patrie était son unique souci. Encore était-ce une patrie particulière qu'ils aimaient l'un et l'autre, celle qu'ils s'étaient forgée au cours de leur enfance, de leur adolescence. Il eût été curieux de vérifier quels ascendants, quels maîtres à penser leur avaient ainsi imaginé cette patrie qui ne ressemblait en rien à la République française.

Parfois, ce père de Lagrevol, c'était soudain le Christ, dans sa conscience, qui le rappelait à l'ordre. Il nous faisait alors des lectures édifiantes d'Henry Bordeaux ou de Louis Le Cardonnel. Un jour il décida de nous infliger une lecture critique de Giono ; sans doute, sachant que nous étions de son pays, lui importait-il de le déconsidérer à nos yeux. Sauf moi, personne de ces Haut ou Bas-Alpins n'avait jamais lu Giono, à peine savaient-ils qu'il existait quelqu'un de ce nom qui écrivait et qui avait été mis en prison pour ça. C'est du moins ce que répondirent mes compagnons au père de Lagrevol qui les interrogeait. Celui-ci dissimula sous un sinueux sourire jésuite la satisfaction que cette ignorance lui procurait.

Il tira de sa sacoche un livre dont il avait soigneusement marqué la page. Le livre, c'était *Les Vraies Richesses*. La page que le père de Lagrevol voulait nous faire connaître, c'était un appendice à la préface, un schéma du dernier chapitre de *Que ma joie demeure* qu'il n'écrivit jamais.

Le père de Lagrevol se mit à lire et fort bien ma foi, avec une gourmandise non dissimulée :

« Bobi est couché sur la terre. La nuit, les oiseaux s'abattent dans l'herbe. Les renards s'approchent (...). Sur le visage de Bobi, la peau de la joue se fend. Près de la bouche un liquide clair coule de la déchirure et mouille la terre comme un œuf écrasé. Les herbes sont couvertes de mouches depuis la plus belle jusqu'à la bleue. Ventres à rayures noir et or, têtes de mouches, nues ; gros yeux comme des lunettes. Les bouches : trompes, mandibules, pinces de corne, dents de scie. Sur la terre, des ruisseaux de fourmis s'approchent, montent sur les mains de Bobi, sur son visage, sur son œil, dans sa bouche, dans son nez. Les mouches se collent sur la déchirure près de la bouche. Bobi s'ouvre par d'autres endroits. Les insectes entrent dans lui et travaillent. Bobi est, à ce moment-là, en pleine science. Il s'élargit aux dimensions de l'univers. Les oiseaux s'abattent sur Bobi et le déchirent. Il fait chaud. Les chairs se laissent arracher. Bobi est couvert d'oiseaux. Alors les renards sortent de l'ombre, mordent dans les gros morceaux aux cuisses et à la poitrine. Les rats viennent manger les parties tendres. »

Il y en avait quatre pages ainsi, sorties toutes armées du cerveau de Giono. Quand il eut achevé, le père de Lagrevol referma le livre d'un coup sec comme s'il venait de nous assener une preuve irréfutable et il nous dit :

— Mes amis, si c'est ça la consolation que cet auteur peut vous apporter, autant vaut-il vous suicider tout de suite.

Il jeta sur notre assemblée un regard vainqueur et souriant.

Pour nous, ce résumé prodigieux avait sur nos têtes bas-alpines des effets atterrants. Les gros yeux sous l'accolade d'abondants sourcils se voilaient d'incompréhension totale. Qu'est-ce qu'il voulait dire cet écrivain à travers la parole du père de Lagrevol ? Il décrivait une charogne ? Et alors ? Ce n'était pas la première fois que nous en voyions une, d'animal bien sûr, mais la plupart d'entre nous quoique baptisés et catholiques étaient bien persuadés que, animal ou homme, ça ne faisait pas grande différence pour les vers.

Nous sortions de cette homélie abasourdis. Je dis « nous » mais c'est pour me mettre à la place de mes camarades, car moi je connaissais déjà ce texte.

Le chef Mouisset, le père de Lagrevol mais aussi nombre de mes compagnons de misère détruisaient certaine idée de l'homme que je m'étais naïvement forgée d'après mon père et ses camarades de travail, et d'après aussi, il faut bien le dire, les livres de Giono et l'expérience du Contadour.

Un soir, un vent de panique souffla sur la baraque douze. Ughetto et Gallian arrivèrent des cuisines où ils travaillaient, porteurs de cette nouvelle ahurissante :

— Les anciens vont venir vous braser !

C'était une coutume bien sympathique que les chefs toléraient volontiers car elle leur paraissait une manifestation virile réconfortante par ces temps de défaite. Cela consistait, pour ceux qui avaient trois mois de chantier de plus que nous, à faire irruption à dix ou douze, empoigner les bleus, les déculotter et leur faire couler un peu de cire d'une bougie allumée dans la raie des fesses.

— Moi, dit Maurice, s'ils veulent me braser j'en pique un !

Nous avions touché depuis trois jours ce ridicule poignard à découper le pain que nous portions sans fierté dans un étui attaché à la ceinture.

— Moi aussi ! dirent ensemble les trois mineurs de Saint-Maime qui étaient communistes.

Et moi avec mes idées pacifistes, je me trouvai soudain sortant cette lame tout juste bonne à se curer les ongles et je dis :

— Moi aussi !

Soudain notre raie des fesses était devenue aussi importante qu'une patrie à défendre.

— Oh ! dit Gallian qui était ancien, si vous voulez faire ça, sortez de la baraque ! Sinon ils vont tout démolir !

Raton Mérentié, avec qui je parlais patois, c'était le seul, me regarda médusé.

— *Tu pereou ?* (toi aussi ?) me dit-il.

— *Iou pereou !* (moi aussi !) lui répondis-je.

— *Alors iou pereou !* et il sortit lui aussi sa ridicule lame.

On passa tous les six sur le plancher qui dépassait de la baraque sous un auvent. On fit face à une horde hurlante qui déferlait vers nous les bougies haut levées.

Nous étions six résolus devant la baraque. Notre couteau bien en main. Nous étions tous décidés à mourir. Et je compris soudain comment on fabriquait les héros. En leur faisant croire que la patrie était une partie d'eux-mêmes qu'on tentait de leur arracher, aussi précieuse que l'était pour nous notre raie des fesses en ce moment.

Aurions-nous eu le courage de planter un coup de poignard qui aurait probablement dévié sur le blouson de nos anciens ou même sur leur peau épaisse ?

Raton Mérentié nous exhortait :

— Et s'ils réussissent à nous désarmer, tapez dans les couilles ! Ils nous esquinteront mais ça fera du bruit !

Cependant les anciens étaient téméraires mais pas fous. Ils firent semblant de ne pas nous voir et ils allèrent bougie au poing exercer leurs talents sur d'autres bleus et d'autres baraques.

Cet incident me plonge le nez dans mes contradictions : je suis donc capable d'héroïsme ; d'autre part, je suis bien obligé de constater que la connerie universelle n'est pas le monopole des chefs ni du gouvernement qui les inspire. Nous en sommes atteints au plus haut degré, nous, les jeunes de France, et dès lors il m'arrive de me dire que tout ce qui va nous tomber sur la gueule, nous ne l'aurons pas volé.

Mais, pour l'instant, il ne nous tombe rien du tout sur la gueule, sauf qu'un matin le chef de Roendinger nous fait mettre en carré plus tôt que d'habitude. Au centre de ce grand vide, les deux troglos des Hautes-Alpes que le docteur Bender incorpora au mépris de toute déontologie sont au garde-à-vous.

Le chef de Roendinger tourne autour d'eux comme un lion en cage. Ce chef qui fut commandant d'active dans la cavalerie a gardé de cette arme l'habitude de se tapoter les bottes avec une cravache. Ce matin, il se flagelle littéralement les mollets. Sitôt que nous sommes tous rassemblés et sans cesser sa promenade léonine, il nous apostrophe en ces termes :

— Je vous raconterai une autre fois, si j'en ai le loisir, les aventures qui me sont arrivées cette nuit par la faute de deux imbéciles !

Alors nous apprenons que les deux Neandertaliens sont moins arriérés qu'il n'y paraît et que, s'ils ont le crâne un peu en diagonale, ce qu'il y a à l'intérieur est parfaitement droit. En effet, plus nostalgiques que nous sans doute de leur vallon obscur et ayant hâte de le retrouver, ils cherchent depuis leur incorporation le moyen d'y parvenir.

Il faut dire qu'après la réoccupation de la zone *nono* la région est investie par quelques régiments italiens de Bersaglieri en cape vert olive et le chapeau de conspirateur orné d'une plume. Ils sont très discrets mais néanmoins bien présents autour de notre camp, et même à l'intérieur de celui-ci car un gros câble noir le traverse, serpentant dans l'herbe.

Je ne sais qui a suggéré aux deux crétins des montagnes que, si l'on sabotait les transmissions des Italiens, ceux-ci fermeraient le camp et qu'on rentrerait à la maison. Alors, la nuit dernière, se consultant à coup de grognements, ils se sont levés en catimini, ils sont allés cambrioler un atelier de forge où ils se sont emparés de deux grosses pinces coupantes et ils se sont mis à séparer en plusieurs tronçons le câble noir des Italiens qui les ont pris en flagrant délit à la sixième tentative.

Et ce sont les pourparlers infinis qui ont permis finalement au chef de Roendinger de ramener au bercail les brebis égarées que celui-ci voulait absolument nous conter. Le chef en a la cravache qui vole seule autour de ses bottes fustigées. Il profère :

— Imaginez-vous les conséquences incalculables que cette stupidité aurait pu nous coûter ?

Nous l'imaginons avec beaucoup de regret : notre expulsion du camp, le camp fermé, notre retour à la maison. Une catastrophe, en effet. Mais grâce à l'intervention de notre chef le pire a pu être évité et nos deux troglos vont être mutés séance tenante au camp disciplinaire de Nyons, le terrible camp cinq. Au pied du poteau porteur des trois couleurs qui préfigure celui où ils auraient pu être attachés, ils n'en mènent pas large, nos deux valleyans. Quoique au garde-à-vous, ils ont la tête basse, ce à quoi ils ont moins de peine qu'à la tenir haute.

L'immense rire intérieur qui nous secoue à l'odyssée burlesque de cette épopée n'a d'égal que notre admiration à l'égard de ces deux héros. Pour un peu nous applaudirions si nous étions des hommes. Mais nous ne sommes encore que des enfants qui ont peur. Patience, le temps de la sueur et des larmes va bientôt venir.

Pour l'instant, il n'y a que le ridicule qui nous tue autour de ce puits plein d'eau de mer.

Un beau matin, je suis tranquillement assis en train de recopier à la machine une circulaire du ministère de la Morale destinée à tous les aumôniers de France. Ce sont des recommandations de civisme cent fois répétées qu'il s'agit d'inculquer aux ouailles. Un facétieux a éprouvé le besoin de coiffer ce texte laborieux avec une épigraphe d'Henri IV : *La mission essentielle du pouvoir est de rendre les hommes heureux.* Au loin le clairon sonne.

Soudain le chef Mouisset ouvre la porte inopinément. Aussitôt je suis debout, je repousse ma chaise derrière moi, le bras gauche roidi dans le prolongement du corps et les deux doigts de la main droite portés au béret, je salue avec épouvante.

— Comment, Magnan, me dit le chef, vous n'étiez pas debout, vous ne saluez pas le drapeau ?

Il me regarde sévèrement. Je merdoye lamentablement.

— Apprenez, poursuit-il, que lorsque la sonnerie au drapeau retentit vous devez vous mettre au garde-à-vous, regarder dans la direction du mât et saluer les couleurs même si vous ne les voyez pas, même si vous êtes seul dans une pièce. Tâchez de vous en souvenir.

Son regard glacial me passe sur la figure. J'ai envie de lui dire :

— Chef, le monde est à feu et à sang, nous ne mangeons pas à notre faim, nous n'avons pas d'eau pour nous laver ! Chef, ce n'est pas possible ! Vous ne pouvez pas ne pas penser au-delà de ces babioles de couleurs ! Vous ne pouvez pas lire Giono et être si peu intelligent !

Au lieu de cela je balbutie :

— Oui, chef ! Bien, chef ! Je m'en souviendrai, chef !

Il s'en va rassuré sur ma stupidité. Je peux continuer à recopier ma circulaire. Le mot est impropre mais on ne pouvait pas nommer autrement toutes ces admonestations qui tombaient d'un olympe anonyme et dont le texte n'était qu'un long plaidoyer pour le régime, ses méthodes et ses buts. Il y a aussi des conseils d'hygiène : un long paragraphe destiné à prévenir la manustupration grâce à des exercices physiques appropriés mais aussi par une incessante distraction du sujet à l'aide de jeux martiaux et de lectures édifiantes.

Mais là, les inspirateurs du père de Lagrevol se fourvoyaient complètement et en parlaient avec légèreté. Personne ne se masturbait dans le camp, moi moins que tout autre qui étais pourtant un fervent adepte de cet art. Il faut une certaine jubilation interne pour se masturber à loisir. Outre l'absence totale d'excitation féminine, l'imbécillité des choses que nous vivons et qui nous entourent nous interdit d'exulter. Le plaisir, le bonheur sont ici des mots vides de sens. Nous sommes dans une salle d'attente. L'antichambre de la vie ou de la mort. Nous ne savons pas. Nous entendons gronder la guerre au loin. Les communistes triomphent. Stalingrad ne tombe pas, le front russe est stabilisé. Là-bas, en Afrique, l'Afrikakorps est cloué au sol malgré Rommel.

Un indice d'inquiétude secoue l'occupant et le gouvernement. On somme, sous peine de prison, tous ceux qui détiennent encore certaines armes de les porter aux mairies des communes, ce qui permet au chef Mouisset de donner un second tome de son zèle.

— Magnan ! Venez ici !

Il me fait signe de le rejoindre dans son bureau. Roidi et les pieds joints, j'attends les ordres. Sur la table dans son étui il y a un gros revolver d'ordonnance.

— Vous allez porter cette arme à la mairie du Lavandou et vous vous ferez donner un reçu !

Je romps. Dehors il y a sa voiture, une onze traction avant munie de l'inévitable gazogène. Le chauffeur est un jeune des Hautes-Alpes. Le chef Mouisset m'enjoint depuis le perron de sa baraque (quatre marches en bois) de m'installer à l'arrière afin probablement que je ne déblatère pas avec le chauffeur.

Le secrétaire qui me reçoit à la mairie du Lavandou lit la lettre qui accompagne la reddition de l'arme. Il hoche la tête, remplit le reçu, me le tend.

— Il est fou, votre chef! dit-il.

Cependant la faim nous taraude, nous désunit, nous obsède. Ceux qui reçoivent des colis mangent tout seuls leurs victuailles en se cachant au fond de leur châlit, le visage tourné vers la cloison. D'autres se lèvent la nuit, vont rôder autour des cuisines, savoir si les chaudrons ne contiennent pas encore quelque fond de ragoût. Nous, à la douze, nous guettons le retour du grand Gallian qui est aide-cuistot. Il nous rapporte toujours une gamelle ou deux à nous partager. Il y a des arbousiers en quantité sur les collines alentour, on va se gaver de ces fruits décevants qui ressemblent à des fraises mais qui n'ont aucun goût ni aucun sucre. On en mange trois, quatre, puis on en est écœuré tout en continuant à avoir faim. Quelques-uns, avec des bidons en fer, se sont fabriqué des poêles à châtaignes. Ils ramassent les glands des chênes-verts, ils les font griller, c'est immangeable. Les chefs ne sont pas mieux lotis que nous. Le chef Mouisset impose et s'impose une égalité absolue.

Pour moi, je me suis rendu compte qu'on vit très bien avec la faim à condition d'y associer l'orgueil. Nous sommes deux ou trois à l'assumer de cette manière, mais Raton Mérentié est beaucoup plus fort que moi à ce jeu. C'est un fils de paysan madré. Il part avec une ou deux musettes vides et quelques gourdes de deux litres. Il fait quelquefois quinze kilomètres. Il va mendier chez les producteurs, il leur brosse de notre situation un tableau abominable. Il pleure même s'il le faut. On lui donne surtout du vin, parfois un fromage. Un jour il nous a rapporté un poulet, quelques œufs. Il a un avantage formidable sur tous ceux qui font comme lui : il parle patois et il est paysan. Il vide toutes ses victuailles sur la table, il nous regarde manger, il nous regarde boire. Jamais il ne prend part. Ça c'est le comble de l'orgueil et le Raton n'en a même pas conscience.

Moi je me contente d'un orgueil muet. Alors que tous mes camarades la clament à tout vent, qu'ils l'écrivent à leurs proches, je garde ma faim pour moi. Thyde m'adresse tous les jours des lettres entrecoupées de poèmes. Je lui réponds de même : « Ma Nounoune ». Qu'est-ce que ce mot recèle pour moi ? En dépit de mon inappétence physique (ce dont elle ne se douta jamais), elle était la seule chose solide qu'il y eût dans ma vie. Jamais mes lettres ne contiendront un seul mot sur la faim. À mes parents non plus. Et d'ailleurs, je me souviens m'être interrogé : avons-nous si faim que ça ? Le matin, une boule à douze, un café d'orge et dix grammes de fromage. À midi un bout de coppa une boule à douze (cent grammes par personne à peu près), un plat de pâtes (cent grammes par personne), un bout de viande, ou alors, remplaçant les pâtes, des rutabagas ou des fenouils ou des épinards mal lavés. Je crois que c'est ça qui nous donne faim, ces légumes sont apéritifs. Le soir, la soupe de pommes de terre et carottes n'est pas tout à fait claire, nous l'épaississons avec notre douzième de boule et les lentilles qu'on y ajoute ne craquent pas sous la dent. Je me souviens avoir dit à Mérentié que si les rescapés de la *Méduse* avaient connu de tels festins, jamais Géricault n'aurait pu les peindre. Ça ne l'a même pas fait rire. Il a hoché la tête.

Noël approche. On est en grand branle-bas de théâtre. On me demande de transposer le conte d'Alphonse Daudet, *Les Trois Messes basses*, en un dialogue pour être joué sur les tréteaux. Ce sont les aspirants-chefs qui joueront, nous, nous sommes trop arriérés pour monter sur les planches. Nous serons les spectateurs enthousiastes, et le soir, réveillon ! On nous l'a fait savoir à coup de trompe : une boule à six au lieu de douze, un cassoulet avec des saucisses et du chocolat comme dessert. Nous en salivons huit jours à l'avance. Là-dessus, sans doute pour ne pas assister à ces saturnales, le chef Mouisset s'en va fêter la nativité chez maman dans le Gard. Le soir, Gallian fort agité arrive en trombe dans la carrée :

— Magnan ! Tu peux te préparer à partir en perm ! Y a un télégramme pour toi !

C'est Thyde qui pour m'avoir auprès d'elle pour la Noël a réussi à arracher à Julliard, qui l'a envoyée de Lyon où Séquana est réfugié, une dépêche me convoquant à Manosque pour soi-disant signer un contrat. C'est le chef de Roendinger qui délivre la permission. Je vais donc passer trois jours à Manosque. Il y a du gigot chez la sœur de Thyde qui se l'est astucieusement procuré. J'offre à ma Toutoune la tablette de chocolat du dessert de réveillon que j'ai réussi à ne pas manger. Je vois mes parents en coup de vent car Thyde m'accapare. Nous faisons l'amour à la désespérée. Je ne sais pas ce que j'éprouve mais je reste morne pendant tout le séjour. Mon subconscient communie avec la tristesse de l'univers. Les toits de Manosque sont tristes, la Tour du château est triste. Les arbres défeuillés de l'Éden n'ont pas cette douillette mélancolie qui nous les fait aimer à l'automne. Les filles sont furtives et je ne les vois pas. Ma conscience n'a pas de Noël, pas de rédemption. La guerre la comble tout entière bien que je n'en pâtisse pas. J'entends craquer les os des morts.

À mon retour, immédiatement, le chef Mouisset m'appelle dans son bureau. Les échos de sa colère me sont déjà parvenus. Le chef de Roendinger s'est fait copieusement engueuler pour avoir signé ma permission.

— Magnan, me dit le chef Mouisset toute colère apaisée et d'une voix fort calme, Magnan je vous ai foutu (c'est le terme qu'il employa) trois jours de maintien aux chantiers pour compenser cette permission injustifiée. Vous apprendrez qu'être mon secrétaire n'est pas une raison suffisante pour qu'on vous fasse un passe-droit !

Je réussis quand même à répondre :

— Oh mais, je le savais déjà, chef!

Il a un sourire dissimulé et me congédie. J'aurai avec le chef Mouisset une dernière conversation trois jours plus tard. Elle tiendra en trois répliques.

— Magnan, je vous ai pointé avec onze de vos camarades pour faire le stage de chef d'équipe.

— Chef! Je n'ai pas une âme faite pour commander.

Il lève le sourcil, me considère debout au garde-à-vous devant lui. Ces paroles alarment peut-être sa froideur car il balance deux secondes.

— N'importe! dit-il. Le chef d'équipe est un volontaire désigné d'office!

Allons, l'armée française n'est pas morte. Il lui reste son vocabulaire.

Le stage de chef d'équipe consistait en une série d'épreuves pas bien méchantes couronnées par une marche de quarante kilomètres sac au dos vers la chartreuse de La Verne sous la conduite du chef Viaud, notre poupin mentor. Aucun des paysages vus à cette époque ne me laissera une impression assez forte pour les garder en moi afin de les peindre. Il me souvient seulement qu'un triste vent soufflait sur cette chartreuse en ruine, qu'il faisait froid (on était en janvier), que nous avons allumé un grand feu dans une immense cheminée à ciel ouvert, que nous nous sommes couchés à poil les uns contre les autres, entassant sur nous collectivement toutes nos couvertures et tous nos vêtements, ce qui ne nous a pas empêchés de crever de froid toute la nuit.

Au retour, le chef Mouisset nous décore chacun d'une cordelière bleue et d'un galon de laine bleu également. Nous voici chefs d'équipe. Mais le monde vacille.

Les défaites d'Afrique du Nord incitent le commandement allemand à ne plus faire confiance à ses alliés. À l'aube du 18 janvier, ils réoccupent entièrement la zone italienne où nous étions inclus et renvoient les Italiens défendre la botte. Il nous est enjoint de plier bagage. Par une journée pluvieuse avec un barda de vingt kilos chacun sur les épaules, nous faisons retraite jusqu'à la gare du Lavandou d'où nous partons pour une destination tenue secrète mais que tout le monde connaît. Nous allons nous recamper dans la garrigue de Mérindol, en Vaucluse, au bord de la Durance.

Mais auparavant nos deux chefs vont encore nous donner l'idée de leur grandeur. À l'aube sale du 21 janvier, le chef de Roendinger fait monter au mât du camp un drapeau blanc accroché aux trois couleurs, plutôt une écharpe, qu'il contemple au garde-à-vous pendant une dizaine de secondes avant de nous haranguer :

— Il y a cent cinquante ans, profère-t-il, Louis XVI montait à l'échafaud accompagné par ce cri de douleur de son confesseur : « Fils de Saint Louis monte au ciel ! » Nous ne devons pas nous souvenir de cet événement pour nous en réjouir mais pour mesurer l'abîme où, depuis, nous nous sommes enfoncés !

Mais par la pluie inexorable qui a déjà fait faire un couac au pauvre Roseau, le trompette, l'envoi aux dernières couleurs va être noyé dans les glouglous d'un déluge. Il n'empêche : il reste un dernier devoir à accomplir qui doit avoir valeur d'exemple et de protestation. Le chef Mouisset s'avance tête nue, imperturbable, gants à la main. Cette fois l'amenée des couleurs ne se fera pas le soir à la brume mais tout de suite ce matin, sitôt qu'on aura une dernière fois déployé le drapeau. On le redescend donc sous la sonnerie aux morts, la pluie redouble et les sourcils abondants du chef Mouisset lui servent de gouttière. Nonobstant, celui-ci enfile ses gants et salue. Deux aspirants avancent les mains vers le drapeau comme s'ils recevaient un enfant sur les bras. Ils le plient, ils le déposent sur les gants tendus du chef Mouisset, lequel se tourne ainsi chargé vers deux autres aspirants qui ont ouvert un coffret tout prêt où l'on escamote enfin les trois couleurs avec un bruit sec de cercueil refermé. Croit-on que c'est terminé ? Point encore. Le chef Mouisset a un dernier geste aussi significatif que grandiose : il a ordonné que devant le front des troupes le mât où montaient les couleurs soit scié au pied, de manière que l'ennemi n'y puisse hisser les siennes.

Ce moment de la conscience humaine méritait-il tous ces détails ? Tous ceux qui ont été les maîtres ou les assistants de cette cérémonie sont morts ou à la veille de mourir comme moi. Mais il faut se souvenir qu'alors j'ai vingt ans et qu'il me reste à faire un long chemin pour parvenir à la totale désillusion sur l'homme. Cette palinodie dont je viens d'être témoin, il n'était donc pas inutile de savoir combien elle m'avait frappé.

Toute notre retraite se fera sous la pluie. C'est sous la pluie en gare de Toulon que nous rencontrerons un train entier d'Hitlerjugend en partance pour quelque front. Eux en confortables wagons, et nous attendant quelque train improbable qui a déjà une heure de retard. Ces héros ont peur de mouiller leur casquette mais dès qu'ils nous voient ils sont saisis d'une ineffable hilarité. Ils se croient les jouets d'un film comique américain et c'est avec des rires tonitruants qu'ils nous font des bras d'honneur à n'en plus finir. Les fenêtres fermées des portières les gênent fort. Ils les ouvrent bravement afin que nous entendions leurs lazzi. Superbes, bien équipés, ils avaient les biceps fleuris de ces brassards à croix gammée rouge qui les rendaient pareils à des coquelicots et qui me faisaient tant de peur quand je les voyais sur l'écran au congrès de Nuremberg; brassards dont en clignant des yeux le svastika figurait assez bien une tête de mort sur tibias entrecroisés. Ils étaient pour la plupart blonds, poupins, avec cet air de bonne santé bébé Cadum à l'américaine que nous avions si souvent admiré sur les images de propagande.

Nous, nous étions divers, mal assortis, les influences des invasions qui nous avaient passé dessus étaient décelables sur nos chétives personnes. Quelques-uns étaient plus longs que grands mais la plupart étaient petits. Nous tenions davantage de l'homme de Neandertal que de celui de Cro-Magnon. Certains ressemblaient à don Quichotte mais la plupart à Sancho Pança.

En outre nous portions cet invraisemblable uniforme vert forestier que nous avait inventé le général de La Porte du Theil afin de nous métamorphoser en boy-scouts, dont il nous avait aussi imposé le salut. Nous étions bruyamment chaussés de godillots à clous rouillés des poilus de 14, hâtivement arrachés aux garde-mites de l'armée et approximativement à notre pointure. Mais où diable avaient-ils déniché tant de teinture verte pour camoufler les blousons de l'armée en déroute, lesquels étaient couleur caca d'oie à l'origine ?

Complétant cette misère, dépassait de nos têtes cet ingénieux barda couronné de bouthéons et de casseroles par-dessus la couverture roulée réglementaire. Nous étions avachis sur notre néant avec des colonnes vertébrales échinées à cause de l'opprobre dont on nous abreuvait.

À force d'humiliation, nos chefs étaient aussi cramoisis que le brassard des Hitlerjugend. Et soudain, sans doute pour nous écraser d'une supériorité qu'aucune nation ne leur conteste, part du train allemand un hymne hitlérien impeccablement chanté à deux voix, sans une fausse note, sans un faux souffle, avec cet unisson germanique qui a permis Jean-Sébastien Bach.

Nos chefs alors nous incitent à la résistance :

— Chantez ! Chantez !

Tout de suite se déchire entre nous l'abîme qui nous sépare, les Allemands et nous : ils chantent juste et nous chantons faux. Notre individualisme supérieur nous persuade que chacun d'entre nous chante plus juste que l'autre. Nous chantons à la française, c'est-à-dire avec cette fâcheuse tendance à individualiser l'unisson, à essayer de dépasser le voisin dans le hurlement.

Bref, du disparate de nos morphologies en passant par notre équipement à faire hurler de rire et jusqu'à notre voix discordante, il semble bien que la peinture que je viens de brosser est irrémédiable, définitive, irréversible. C'est l'armée de Bourbaki enfermée dans son désespoir.

Eh bien, c'est une illusion et les choses ne se produisent jamais telles qu'on les a prévues. Demain aux portières de ce wagon devenu virtuel, ce sont des squelettes qui nous feront le bras d'honneur. Les deux cinquièmes de ces superbes Hitlerjugend auront été enterrés vifs par les chars russes. La moitié auront perdu la vie ou la joie de vivre dans la *raspoutina* soviétique, morts pour rien comme d'habitude dans les guerres, morts enfants, *prisonniers d'un destin que d'autres ont forgé*, parce que leurs parents qui les pleureront auront cru aux paroles d'un fou.

Quant à nous, sauf ceux qui se seront laissés accroire qu'il faut mourir pour telle patrie ou pour telle autre, nous serons encore nombreux soixante ans plus tard, frais et roses à notre tour et parlant du passé et toujours à ne pas comprendre comment nous avons bien pu nous en sortir.

La pluie. Le souvenir global que je conserve de la garrigue de Mérindol, c'est une pluie d'hiver qui ne cessera pas de tomber. Démoralisante même pour les chefs, cette pluie empêcha de reconstruire les baraques. Elles doivent être encore là-bas, y pourrissant depuis soixante ans et peut-être détruites par des incendies de forêt, ou peut-être emportées par les habitants pour en faire des poulaillers. Déjà, à ce moment-là, je les ai vues inutilisables, cassées, les panneaux ne jointant plus, les vitres des fenêtres brisées. Je me souviens m'être assis sur les montants de l'une d'elles un jour à vingt ans pour y méditer sur l'inutilité de la vie.

Il ne restait plus que la ressource du marabout. Le marabout était une invention du diable. Il fallait le dresser — mouillé il pesait quarante kilos. On disparaissait dessous, on patouillait dedans, le mât central, vétuste, cassait quelquefois. Et quand il était debout, nos hardes qui commençaient à sentir le moisi, comme nous-même d'ailleurs, entassées n'importe comment et nous voûtés, on ne pouvait y tenir droit qu'au centre, il ne fallait surtout pas toucher aux parois. L'armée française n'avait jamais eu les moyens de les imperméabiliser entièrement. Dès qu'on effleurait le plafond, une gouttière se formait qui ne s'arrêtait plus de tomber sur les matelas car nous n'avions plus de châlits. Les fourgons qui les rapportaient du Lavandou avaient été réquisitionnés par les Allemands et nos châlits déchargés en gare des Arcs. Mais enfin, on avait pu au moins sauver les planches de la chapelle et celles de l'isba conjointe du chef Mouisset et du père de Lagrevol. Vingt-quatre gaillards les avaient reconstituées sous la pluie. Ils avaient des airs de grognards de Napoléon jetant un pont sur la Berezina.

Quant à moi j'étais chef. J'avais touché un marabout et douze bonshommes dont six nouveaux incorporés à diriger, les diriger vers quoi ? C'est ce que l'histoire ne dit pas. Il fallait surtout les exhorter à ne pas heurter la toile des marabouts s'ils ne voulaient pas qu'il nous pleuve dessus toute la nuit. C'était difficile avec les ponchos. Les ponchos, c'était la seule chose que l'administration du camp avait trouvée pour nous garantir de la pluie. C'étaient des carrés en toile huilée qu'on enfilait par le col. C'était raide comme la justice, saluer les chefs de deux doigts scouts portés à la tempe avec ce raide tissu flottant autour de soi était un exercice de haute voltige, s'en débarrasser à l'intérieur du marabout sans effleurer la toile, ça tenait du prodige.

Une fois là-dessous, les nouvelles recrues me regardaient avec de gros yeux de veau, se demandant ce qu'ils foutaient là. Néanmoins ils me saluaient, les pauvres diables ! Ils portaient pour moi deux doigts à leur béret et ils rectifiaient la position. Je crois bien que ce que je n'ai jamais pardonné au chef Mouisset, c'est d'avoir un jour obligé un homme à me saluer. Le salut qu'on me rendait était un supplice constant que je ne pouvais pas souffrir. Il m'humiliait à l'égal d'un crachat, il me ravalait au rang des autres chefs plus grands que moi qui le supportaient sans frémir. Je regardais le père de Lagrevol S.J. accepter ce salut au lieu de se prosterner sur la terre devant ces jeunes, qu'ils soient intelligents ou imbéciles mais qui pour lui, au moins, eussent dû personnifier le Christ et à qui il eût dû laver les pieds.

Heureusement ce salut insupportable ne me fut pas longtemps rendu. En effet, Thyde était accourue aussi près de moi que possible. Elle logeait à l'hôtel Ollier à Lourmarin où j'allais tous les dimanches bien manger et faire l'amour. Je parcourais à pied les longues lignes droites qui séparaient Mérindol de Lauris et de Lourmarin. Thyde venait à ma rencontre. Nous nous faisions des signes de loin, nous nous rejoignions enfin, avec tous les transports d'amoureux qui se retrouvent. Nous allions vite faire l'amour avant le déjeuner. Elle me racontait ses journées. Elle avait découvert que la région avait été le siège d'une religion réformée persécutée dont elle allait écrire l'histoire sous le titre *Les Franches Mon-*

tagnes. La chère de l'hôtel était bonne. J'étais dans le ravissement et j'oubliais et que j'étais chef et que le chef Mouisset était mon prophète.

Un soir, il pleuvait tellement que, tant pis, je décidai de coucher à l'hôtel et de ne rentrer que le lendemain. Il faut dire que depuis quelque temps le camp était devenu une passoire. De plus en plus de jeunes s'égaillaient dans la nature, essayant de trouver chez les naturels quelque abri contre la pluie, quelque réconfort, quelque famille qui leur rappelât la leur.

Pour réagir contre tous ces désordres, ce fut ce jour-là que le chef Mouisset choisit de faire une inspection nocturne. Il réveilla le chef Viaud, notre chef, complètement ahuri, et tous les deux armés d'une lanterne et d'un tableau des effectifs ils s'en allèrent pointer sous toutes les guitounes les absences éventuelles. J'en étais et, circonstance aggravante, le seul chef d'équipe qui eût osé découcher, abandonnant ainsi ses troupes à tous les dangers, une sorte de déserteur.

Le lendemain, un certain Alfred, laitier, qui m'avait pris en grippe parce que j'avais le droit de le commander, ce que je ne faisais jamais, se chargea de m'apprendre ce qui m'attendait. Il était allé, pour savoir, forcer le bureau des chefs la nuit précédente. Il y avait trouvé mon dossier et voici la sentence qu'il y avait lue : je serai dégradé et remis jeune, j'aurai six jours de maintien aux chantiers et je serai muté au terrible camp cinq.

Le début de la punition commença le surlendemain sous une pluie battante, devant le front des troupes rassemblées et au pied du drapeau après la sonnerie aux morts. J'étais devant ce mât comme devant un poteau d'exécution, ce que le chef Mouisset regrettait sans doute qu'il ne fût pas.

Celui-ci, venant du carré des chefs dont il avait pris le commandement, s'avança calmement vers moi et, sans un mot, il entreprit de m'ôter mes insignes : mon col fut dépouillé de la cordelière et mon grade de laine me fut arraché sans douceur.

Pendant tout le temps où il se livra à cette exemplaire cérémonie, le chef Mouisset pas une seule fois ne chercha à rencontrer mon regard. Il fixa son attention sur mon front ou le plus souvent sur ma cravate dont il vérifia qu'elle était convenablement nouée.

Enfin libéré des attributs qui me distinguaient de la chiourme, me voilà remis jeune. Mes galons de chef d'équipe sont confiés au chef Viaud qui assiste et qui les recueille au garde-à-vous. Pendant un instant je me pris pour le capitaine Dreyfus et je vis nettement le chef Mouisset en train de briser une épée sur son genou. Je dissimulai une telle envie de rire que j'en eus les yeux pleins de larmes et que le chef Mouisset put bien goûter la pointe du mal qu'il me faisait. Après une dernière sonnerie étouffée par la pluie, et un dernier : « Jeunes de France toujours ? — Prêts ! », la compagnie se dispersa en désordre sous l'averse qui redoublait.

Il y a des moments où les éléments sont souverains,

où l'agitation des hommes leur est soumise sans merci. Ce printemps-là ralentit considérablement le zèle de tout le monde. Moi, on ne me demandait plus rien. On m'avait versé dans une équipe maçonne où je ne connaissais personne. Je n'étais plus qu'un jeune sans fourragère que nul, Dieu merci, ne saluait plus. J'écoutais la pluie tomber sur les grands arbres qui abritaient les tentes avachies où des poches se formaient au centre des toiles. Le camp se dégradait. Devant l'infirmerie de campagne, on rencontrait des jeunes qui faisaient la queue, ceinture de flanelle autour du cou, afin de se faire porter pâle. Les autres écrivaient sur leurs genoux avec de l'encre qui délayait les adresses sur les enveloppes, des lettres désespérantes à leurs familles désespérées.

Les trois inlassables communistes de Saint-Maime, tout en se conduisant vis-à-vis de la discipline avec le plus grand ordre et chantant : « Maréchal nous voilà », comme nous tous, faisaient de l'agit-prop parmi nous. Nous étions sans nouvelles du monde. Ils nous en donnaient. Le front de l'Est était leur unique souci. *Là-bas*, Stalingrad était devenu leur Verdun. L'espoir de la moitié de l'humanité reposait sur les bords de la Volga et le nom de von Paulus commençait à courir chez les camarades aux côtés de Staline. Chaque fois que je rencontrais Robert, le grand meneur, il me vilipendait pour mon pacifisme. Il me traitait de fasciste avec bonne humeur. Ça l'embêtait bien un peu que moi j'aie été dégradé et que lui demeurât chef d'équipe en dépit qu'il en eût, mais il s'y faisait. Je ne manquais pas de le saluer avec ostentation chaque fois que nous nous rencontrions. Ce fut lui qui m'aborda un matin sans ménagement.

— Magnan ! Armons-nous et partez ! Le Bougnat a décidé d'envoyer toute la classe 42 en Allemagne !

Le Bougnat, c'était le surnom dont *Le Canard enchaîné*, notre journal satirique, avait jadis affublé Pierre Laval, chef du gouvernement de Vichy.

La nouvelle me glaça le sang. L'Allemagne ! Les bombardements, les nazis, la margarine ! Mais une autre surprise m'attendait ce jour-là. C'était un élève de l'école des chefs qui me marquait quelque amitié et parfois me parlait littérature en faisant quelques pas avec moi. Ce soir-là, il m'invita dans sa carrée. Les aspirants-chefs étaient logés, eux, dans des baraques qui existaient avant notre arrivée.

— Vous n'avez pas peur, lui dis-je, de parler avec un dégradé ?

Il haussa les épaules.

— C'est parce que vous désobéissez, dit-il, que je sais que je peux parler devant vous.

Je ne lui dis pas que si j'avais passé la nuit hors du camp ce n'était pas par esprit de désobéissance mais parce que j'étais douillettement au lit avec une femme et qu'il pleuvait dehors. C'était vrai. Mon esprit peureux était bien loin de la révolte. C'était la force des choses qui m'y poussait.

Il me dit, en arpentant la pièce de long en large, qu'il était dans un grand trouble, qu'il ne savait plus ce qu'il devait faire, qu'il ne croyait plus à ce régime ni à tout ce qu'on leur inculquait.

Il parla longtemps. L'hésitation, le désarroi et parfois même le désespoir l'habitaient. Parfois il saisissait un livre sur sa table de travail. C'était *La Relève du matin* de Montherlant. Et c'était étrange pour moi de savoir que ce livre se trouvait aussi au chevet du chef Mouisset. Il me le brandissait devant comme un prétexte. Pendant qu'il soulageait sa conscience ainsi, la porte plusieurs fois s'était ouverte et deux ou trois élèves de l'école des chefs étaient entrés sans bruit. Mon compagnon leur jeta un vague coup d'œil, ce devait être des familiers. Des garçons avec lesquels il devait aborder souvent ce sujet.

— Qu'est-ce que vous en pensez, Magnan ? Qu'est-ce que vous feriez à notre place ?

Était-ce bien moi qu'il interrogeait ainsi ? Qu'ils interrogeaient, plutôt, car les trois autres me regardaient aussi comme si j'étais un oracle. J'avais l'impression qu'ils m'avaient choisi pour être le truchement de leur conscience. Était-ce parce qu'ils m'avaient vu en train de lire ? Était-ce parce que je tapais à la machine ? Était-ce parce que, ayant été le secrétaire du chef Mouisset, j'avais été à même de saisir l'essence de sa pensée, laquelle était impénétrable ? En tout cas il me fallait répondre. Je leur dis que j'étais pacifiste mais que, pour eux qui ne l'étaient pas, l'impératif catégorique (j'aimais beaucoup ce terme depuis que je l'avais découvert) était de suivre leur pente et d'aller s'enrôler chez de

Gaulle, que l'armée française c'était de Gaulle qui l'incarnait et nul autre. Au nom de De Gaulle ils avaient eu un haut-le-corps mais ça n'avait pas duré. J'avais eu raison d'employer le terme *impératif catégorique*, ils allaient le ruminer toute la nuit. Je les quittai assez tard. Ils m'offrirent et s'offrirent un verre de marc venant du vignoble de l'un d'eux qui était bourguignon.

Ce chef hésitant s'appelait Jean Dubois de La Patellière. Je ne l'ai jamais revu mais je revois son visage. Je n'ai jamais revu non plus ses trois compagnons, mais eux leur visage est un trou dans ma mémoire.

Je regagnai mon marabout (on m'avait reversé à la douze en attendant mon transfert au camp cinq). Je me souviens que la pluie avait cessé et qu'il faisait un clair de lune superbe, lequel s'insinuant par tous les interstices me permettait de distinguer parfaitement les traits de mes compagnons dormant à terre, la tête sur le sac. Mes trois communistes de Saint-Maime ronflaient la bouche ouverte, avec la conscience la plus sereine. Eux, contrairement aux indécis que je venais de quitter, ils n'avaient pas de doute, la ligne du Parti était logée dans leur tête comme un sextant. Ils avaient, dormant, de bonnes figures de Bas-Alpins bien tranquilles. Il fallait me garder des uns comme des autres ; de ces militaires de carrière comme de ces communistes de carrière. Tous étaient fraternels, sympathiques, et je pouvais facilement me laisser gagner à leurs idées à force d'amour. Mais moi je n'avais aucun combat à mener. J'avais décidé de ne pas mettre le bras dans la guerre avec la même irréductible volonté qu'à douze ans j'avais choisi de ne pas avoir d'enfant et qu'à dix-sept ans j'avais renouvelé cette promesse devant mon grand-père mort.

Par mon ennemi Alfred qui s'introduisait de nuit dans le secrétariat afin d'y glaner des informations, je sus que le chef Mouisset avait quelque difficulté à mon sujet avec son homologue du camp cinq. Celui-ci était plein à ras bord. La discipline se fissurait dans tous les camps. On chantait *Maréchal nous voilà* mais en réalité on ne le rejoignait pas du tout. Aussi le camp disciplinaire était-il plein à craquer et la nourriture y était de plus en plus précaire. Il paraît que je fus accepté du bout des lèvres et sans enthousiasme.

Enfin le grand jour arriva. On me munit d'un titre de transport, d'un quart de boule de pain, d'un morceau de coppa et d'un bout de fromage. Le chef Viaud m'accompagna jusqu'à la gare de Mérindol, voisine du camp. Il me saisit l'épaule au moment de me quitter.

— Ne vous en faites pas, va ! Ce n'est pas si terrible qu'on le dit, le camp cinq !

Je m'en fus ainsi. Tout seul, sans papiers, avec un barda aussi inutile qu'encombrant. Il ne me souvient ni du parcours ni de la manière dont je gagnai le camp éloigné de quelques kilomètres de la gare de Nyons (laquelle ne doit plus exister aujourd'hui). Je me souviens que ça montait. J'avais à la main mon ordre de mission comme un sauf-conduit. Je demandai au premier jeune rencontré où je pouvais trouver un chef. On me montra une baraque bien construite avec devant deux saules pleureurs qui verdissaient. D'ailleurs, ce camp-là était propre, bien tenu, les baraques bien installées et bien solides. Comme je m'approchai de la porte, il en sortit un individu corpulent et bref qui portait deux étoiles et deux pare-chocs. C'était le chef du fameux camp cinq. Il me sera à jamais impossible de décrire le visage de cet homme. La seule chose dont il me souvienne c'est de sa mine. Il avait l'air préoccupé, triste et découragé. Il prit connaissance d'un air blasé de mon ordre de mission. La lecture du motif qui m'amenait ici le dérida même un peu. La porte était restée ouverte, et entre ce chef et un personnage mystérieux demeuré à l'intérieur s'entama un dialogue auquel je pris part à la fin.

— Daniel ! Parais un peu, dit le chef trapu.

— Qu'est-ce qu'y a encore ? dit une voix excédée.

— C'est le muté de Mérindol !

— Qui ça ?

— Le muté de Mérindol.

— Comment il s'appelle ?

— Comment tu t'appelles ?

Le chef trapu n'avait même pas lu mon nom.

— Magnan Pierre.

— C'est tout ce que tu as comme papiers ? Cet ordre de mission ?

Je fis signe que oui.

— Il n'a pas de papiers !

— Comment ça se fait que tu n'as pas de papiers ?

— Ils m'ont dit qu'ils les enverraient.

À ces mots le personnage invisible sortit enfin de la baraque. Celui-là je me rappelle son visage. Il était long, maigre, brun, très brun, avec une barbe couleur lame Gillette. Il ressemblait à Torquemada. Mais lui, il n'avait qu'une étoile entre les deux pare-chocs.

— Tu te fous de nous ? proféra-t-il.

— Non, chef. Ils m'ont dit qu'ils les enverraient.

— C'est ça et tu arrives ! Et on sait même pas si tu as reçu les piqûres réglementaires et on sait même pas si tu es contagieux ! Tu n'es pas contagieux au moins ?

Je fis un grand signe d'ignorance qui dégageait ma responsabilité.

— Et il ne sait même pas s'il est contagieux ! clama le Torquemada.

— Non, chef. Ils m'ont dit qu'ils enverraient les papiers.

J'avais parfaitement conscience de répéter la même chose pour la troisième fois mais je savais que le crétinisme était notre meilleure défense à nous les sans-grade contre les chefs omniscients.

— C'est pas tout ça, qu'est-ce qu'on en fout ? dit le deux étoiles deux pare-chocs.

La question était en effet pendante : ou bien on me renvoyait chez moi, ou bien on me lâchait dans la nature, ou bien on me donnait un toit et de quoi manger.

— Il n'est pas question qu'il rentre dans une baraque sans qu'on sache s'il a été piqué ! dit le Torquemada.

— Alors où je le mets ?

Le Torquemada fit le geste de me jeter par-dessus son épaule et il dit :

— Donne-lui une paillasse et une bougie, et fous-le à la morgue ! C'est l'endroit le plus éloigné de nos bonshommes !

Et c'est ainsi que je me retrouvai au royaume des morts. C'était un bâtiment à la porte mal jointe et dont le toit était fait d'une dalle en ciment perméable (j'en eus la preuve dès la troisième nuit où il plut). Cette morgue venait juste d'être construite, les parpaings étaient encore vierges de tout enduit. Elle se composait d'une sorte d'antichambre où je m'installai avec ma bougie et de trois alvéoles oblongs à hauteur d'homme. Il n'était pas difficile, une fois couché sur une paillasse en écorce de maïs, d'imaginer qu'on habitait là sa dernière demeure.

On m'envoya manger sous un mûrier autour d'une table ronde en pierre et en plein air, éclairée d'une lampe à acétylène qui puait le carbure. Il y avait là douze gaillards le poignard bien en main. C'était au cas où celui qui avait le redoutable honneur de couper la boule en douze parties égales (c'était tiré au sort à chaque repas) aurait eu l'idée de tailler sa propre ration un peu plus grosse que les autres. Ça m'arriva une fois et je n'eus que le temps d'écarter les doigts pour éviter qu'on me coupe l'index. C'étaient des Ardéchois de Joyeuse et de Saint-Pierre-sous-Aubenas. Ils ne riaient jamais. Il n'y avait pas de quoi rire. J'appris par eux que le camp cinq n'était pas spécialement disciplinaire, qu'il y en avait un autre en Auvergne où l'on travaillait à la schlague et où les sacs qu'on vous mettait sur le dos pesaient trente kilos de terre mouillée.

Le bruit s'était répandu que j'étais arrivé sans papiers, qu'on ignorait si je n'étais pas contagieux. Cette idée faisait peur aux plus grosses têtes, aux gaillards les plus réfractaires à la réflexion, et comme par surcroît je couchais dans la morgue, j'étais un nid à microbes duquel il ne fallait pas approcher.

Dès la deuxième nuit j'eus un compagnon. Il était roide mort dans un grand sac à viande. On l'enfila tel quel dans un alvéole. On dit qu'on avait prévenu les parents et qu'ils viendraient le chercher le lendemain. Je ne sus jamais à quoi ce jeune avait succombé mais il faisait un printemps déjà chaud et, dès la nuit bien entamée, je me mis à respirer du cadavre jusqu'au matin.

Plusieurs jeunes malgré leur crainte vinrent tourner autour de moi dans l'espoir de provoquer ma révolte.

— Comment peux-tu dormir à côté d'un mort ?

Mais je jouissais d'une certitude absolue qui me venait de mes origines paysannes : c'était qu'un mort ne pouvait pas me tuer et quand j'avais peur c'était des vivants.

Les vivants pour faire peur ne manquaient pas. Il y

avait d'abord le Bougnat qui voulait nous envoyer tous en Allemagne périr sous les bombardements. Il y avait ce vieillard qui venait d'inventer la fête des mères afin que l'infanticide différé (la guerre) continuât jusqu'à la fin des temps. Mais là, il rencontrait quelque difficulté. On manquait de mâles, ils étaient prisonniers et la difficulté de se nourrir n'incitait pas le peu qu'il en restait à la procréation.

L'édifice commençait à craquer. À Nyons le bruit se répandait que la Milice (une invention du régime) avait cerné le camp de Romeyer et qu'on l'avait vidé de tous les jeunes. Romeyer, c'était un canton isolé du Diois où les appelés faisaient tranquillement des fagots qui s'entassaient en vain car il n'y avait plus aucun moyen de transport. On avait, paraît-il, emmené ces jeunes solidement encadrés par des hommes en armes, de nuit, jusqu'à la gare de Nyons où on les avait embarqués pour l'Allemagne dans des wagons à bestiaux.

Hommes 40, chevaux 8 en long, c'était la formule de la guerre de 14 qui était demeurée inscrite sur les fourgons pendant toute l'attente d'une autre guerre, entre 1918 et 1940. Les jeunes des autres camps étaient désœuvrés. Nombre de chefs avaient déjà disparu. Le peu qu'il en restait, fidèle au régime, essayait de continuer à hausser les couleurs le matin et à exhorter les enfants de Pétain à lier des fagots inutiles.

La nouvelle du camp de Romeyer et des wagons à bestiaux, répandue par les autres jeunes à leurs parents, fit un effet prodigieux.

Par le train, par voitures à gazogène et même, pour deux à trois d'entre elles qui venaient des Hautes-Alpes, par jardinières à cheval, les familles débarquèrent à Nyons, qui venaient chercher leurs enfants. Les hôtels se remplirent instantanément. Et l'on commença à voir rôder par tout le pays des recruteurs furtifs qui venaient enrôler les jeunes pour le maquis. Ceux qui n'avaient pas de famille disponible se volatilisèrent dans la nature. Par sa décision d'envoyer toute la classe 42 en Allemagne, Laval, qui fut fusillé par la suite, avait pourtant plus œuvré pour la Résistance que toutes les exhortations de De Gaulle, car les maquis jusque-là squelettiques commencèrent ici leur prolifération.

Thyde était accourue. Elle avait été retardée à Lourmarin pour compléter sa documentation concernant le livre qu'elle voulait écrire. Elle put à grand-peine trouver une chambre. Elle tomba nez à nez avec Maria Borély qui venait elle aussi, avec son mari Charles, chercher son fils de mon âge. Il y avait dans les couloirs et autour des tables de restaurant de grands paysans endimanchés qui écartaient sans ménagement les furtifs recruteurs des maquis car ils ne voulaient pas enrôler leurs fils dans la Résistance mais les ramener à la maison.

L'indécision flottait sur tout ce peuple. Nous portions un uniforme, et de temps immémoriaux abandonner cet uniforme impliquait le refus d'obéissance et par conséquent le peloton d'exécution et la mort. Chacun avait bien l'intuition que cette fois les choses ne se passeraient pas de cette façon, mais nous portions le poids du passé sur nos épaules et le fait que ce soit un général de brigade qui nous exhorte au refus d'obéissance ne faisait qu'ajouter à la confusion.

C'était le dimanche de la première fête des mères. Et l'on en voyait endimanchées de ces mères qui promenaient des bambins chéris dans des voitures ou sur les bras, et l'on en voyait d'autres de mères qui repartaient en pleurs pour leurs campagnes parce que leur fils venait de choisir de s'engager au maquis plutôt que de regagner la maison.

Les bruits alarmants se multipliaient. On avait vu arriver à Pierrelatte des rames de wagons à bestiaux alors qu'il n'y en avait jamais eu dans cette gare. Le temps pressait.

Thyde avait fait venir, en cas de quelque chose, une superbe bicyclette des Armes de Saint-Étienne. Je m'en servais pour aller la retrouver à Nyons, distant du camp de quelques kilomètres. Elle avait aussi pris à Manosque, en passant, un costume civil, des chaussures et du linge.

Il fallait se décider. La bicyclette une nuit me fut volée contre le mur de la morgue où je l'entreposais. À la place, le voleur avait épinglé un billet sur la porte : « Ne t'en fais pas, je te la renvoie à la gare dès que je suis arrivé. »

Thyde était désolée. Moi aussi. Nous n'en menions pas large l'un et l'autre. Nous imaginions toutes sortes de combinaisons, mais où aller ? Manosque était hors de question. Si la milice pouvait me piquer à Nyons, elle pouvait aussi bien le faire à Manosque. Les difficultés apparaissaient à mesure que nous évoquions l'avenir : comment vivre sans carte d'alimentation ? Comment vivre sans identité ? Et où se réfugier ?

— Si nous allions à Allevard ? dit Thyde.

Pas plus ou pas moins Allevard qu'ailleurs, mais il fallait partir. Il fallait s'extraire hors de cette nasse qu'on nous préparait. Miraculeusement la bicyclette était revenue en gare de Nyons. C'est ce qui nous décida. Il n'était pas question de risquer qu'on me la vole une seconde fois. Thyde alla à la gare consulter les horaires. Il y avait un train qui passait à onze heures à Montélimar et qui arrivait à Grenoble à une heure du matin. Un autre train assurait la correspondance jusqu'à Pontcharra, la gare la plus proche d'Allevard. Il n'y avait pas d'autre moyen. Quarante kilomètres séparaient Nyons de Montélimar. La soupe au camp avait lieu à sept heures, la nuit tomberait vers huit heures trente, on était au début du mois de juin. Dans la journée Thyde me fit un paquet de mes vêtements civils que je portai à la morgue. Je pris mon repas au pied du mûrier comme d'habitude puis je me dirigeai vers mon dortoir, les jambes coupées.

J'allais pour la première fois de ma vie risquer un acte volontaire, qui ne m'était pas imposé, pour lequel j'avais le libre choix. Et ce choix qui m'apparaît dérisoire aujourd'hui à quatre-vingts ans, à l'époque il équivalait à se jeter à la mer sans savoir nager. Du jour au lendemain, privé de carte d'alimentation j'allais ne plus pouvoir manger, privé d'identité j'allais ne plus pouvoir exister. Et comme protection je n'avais que cette femme de cinquante-cinq ans, fragile et qui allait risquer la prison pour moi.

Mais Thyde ne voyait qu'une chose, c'est qu'elle allait vivre avec moi sans partage. Elle était prête pour cela à tous les héroïsmes. C'était le temps des cerises. Nous en mangions beaucoup pour calmer notre faim. C'est Thyde qui eut l'idée de garnir une de mes chaussures avec des noyaux. Après quoi, elle m'acheta une canne que l'on fixa au cadre de la bicyclette. C'est elle aussi qui transforma le *deux* qui figurait sur ma carte d'identité en un *quatre* parfait. Du coup je n'avais plus vingt ans mais dix-huit. Ainsi camouflé j'étais infirme et mineur.

Néanmoins j'entrai dans la morgue le cœur battant. J'y étais seul. Le cadavre avait été enlevé depuis trois jours mais il demeurait encore présent par un restant d'odeur tenace et qui le rappelait. Je m'assis sur le matelas et je me souviens que, pour la première fois de ma vie, je me surpris à m'analyser. Pourquoi voulais-je détourner mon destin ? Des quantités de jeunes déjà, contraints ou volontaires, étaient partis travailler en Allemagne. Ce n'était pas le désir de rester avec ma maîtresse coûte que coûte qui me poussait. Ce n'était pas la peur, ce n'était pas le patriotisme. Ce n'était pas non plus la crainte de mourir au combat qui me dissuadait d'entrer en résistance. Que je ne vivrais pas longtemps était ma croyance la plus ferme depuis mon enfance. Je me persuadai d'abord que ce qui m'incitait à désobéir c'était cette liberté de choix qu'on voulait me retirer. Non ! Ça c'était seulement un beau prétexte. La vérité se fit jour peu à peu, dérisoire, absurde et sans objet : je voulais me préserver autant que possible afin de connaître la suite de l'histoire. Le monde était en train de vivre une grande période de son roman. Je ne voulais pas qu'on me tue avant d'en connaître la fin.

Cette pensée me réconforta parce qu'elle m'absolvait à bon compte et me laissait sans scrupule à considérer. Je me mis avec entrain à déposer mes godillots, mes leggings, la culotte vert forestier, le blouson de cuir. Je mis tout ça sur mon matelas, bien en ordre, en carré parfait comme on me l'avait enseigné. J'enfilai avec délices mes vêtements civils. Je me souviens que le complet était à carreaux prince-de-galles. Je l'avais acheté chez Peyrache voici trois ans. Mes chaussures quoique usagées me parurent d'une légèreté d'aile d'ange. J'ouvris la porte sur la nuit. Je n'étais plus qu'un homme libre qui avait choisi son destin. J'enfourchai la bécane. Il y avait une dynamo, une lanterne et des feux de position. Je laissai tout ça éteint. La nuit était suffisamment phosphorescente même sans lune pour me permettre de suivre la route. Je m'élançai comme un coureur, léger, aérien, la conscience tranquille. Une bouffée de bonheur me monta même à la tête et je fus soudain armé d'un sourire qui ne me quitta plus jusqu'à Montélimar.

J'abandonnais ma vie antérieure à tire-d'aile comme un pigeon propulsé hors de sa cage. L'inconnu était devant moi.

Sur toute la route qui va de Nyons à Montélimar en quarante kilomètres par Valréas et Grignan, je ne rencontrai âme qui vive sauf deux gendarmes.

Dans une dure côte où j'ahanais, sur une route de traverse qui coupait la mienne, je découvris soudain ces deux gendarmes qui montaient la garde au carrefour. Ils étaient en silhouette contre la nuit étoilée, leurs képis et leurs galons brillaient dans l'obscurité. Tout se passa en un clin d'œil : je les vis de face, je les vis de dos. Tous deux d'un commun accord se détournèrent comme s'il n'y avait jamais eu personne sur cette route.

Ils ne m'avaient pas vu, ils n'avaient pas voulu me voir. Ils savaient de science certaine que j'étais l'un de ces jeunes qui disaient non à Laval et à tout ce qu'il représentait. En eux, malgré le serment d'allégeance rendu au Maréchal, la conscience de la République parlait plus fort que leur désir d'obéir.

Je crois que le geste de ces gendarmes inconnus m'aurait permis de couvrir les trente derniers kilomètres du parcours avec allégresse si en moi mon impitoyable libre arbitre n'avait pas aussitôt pris la parole. Je me disais :

« S'ils t'ont autorisé spontanément, c'est qu'ils comptent sur toi, c'est qu'ils te font confiance pour prendre la bonne route. S'ils savaient qu'ils ont eu affaire à un embusqué en puissance qui va faire tout ce qu'il peut pour demeurer en vie, est-ce qu'ils n'auraient pas préféré t'envoyer en Allemagne ? »

Les questions soulevées par ces objections me poursuivirent jusqu'à Montélimar et me permirent de pédaler machinalement sans ressentir la fatigue.

Il est important de se connaître soi-même jusque dans ses replis les plus abjects si l'on prétend jouer au juste. Je ne prétendais rien de tel mais j'étais avide de savoir jusqu'au plus petit mouvement de mon âme afin de pouvoir me traiter avec décision si l'occasion s'en présentait.

Comme j'avais dit non une fois pour toutes à la procréation, j'avais dit non à la guerre, à ses meilleurs prétextes comme à ses moindres excuses, ainsi que l'écrivait Lucien Jacques. Fallait-il que je lui dise oui momentanément parce qu'une partie d'elle représentait le droit et la liberté ? Je ne l'ai jamais su. Je ne le sais pas encore aujourd'hui. Je ne l'ai pas fait, c'est tout. Sans doute que mes lectures étaient trop péremptoires pour ne pas incliner la balance du côté des pacifistes. Sans doute que la pensée de Giono et de Barbusse et de Martin du Gard et de Jules Vallès et de tant d'autres oubliés ou obscurs m'inclinait vers le refus.

Mais si je m'avoue la vérité comme je le fais sur tout le reste de ma vie, je dirai que ce qui me poussa à me tenir au-dessus de la mêlée, ce fut que je me persuadai qu'il y avait maintenant assez de forces adverses au nazisme pour emporter la décision, qu'il y avait, Dieu merci, assez de millions d'hommes qui ne pensaient pas comme moi et qui avaient assez souffert eux (car moi je n'avais pas souffert) pour vouloir se venger jusqu'à en mourir s'il le fallait. En somme, j'obéissais davantage à mon égoïsme qu'à mes convictions.

Toutefois, avec le recul de soixante années, je pense aujourd'hui que c'est bien la curiosité du lendemain, la passion de connaître la suite de ce roman du monde qui m'incita à vouloir préserver ma vie.

J'arrivai à la gare de Montélimar le cœur battant. Sous la grande verrière vide de train, vide de passagers, vide de gens en attente, il n'y avait sur un banc de jardin qu'un seul personnage assis et qui m'attendait. C'était Thyde Monnier, ma Nounoune comme je l'appelais.

Elle n'avait jamais été aussi petite, aussi mal habillée, aussi laide. Je me jetai vers elle et l'embrassai avec transport. Elle avait pris les billets. Elle avait enregistré ses bagages, elle n'avait avec elle qu'une méchante valise en carton, un sac de dame très avachi et plus aucune bague aux doigts, elle qui les aimait tant.

Moi je boitais tant que je pouvais avec mes noyaux dans la chaussure et ma canne dont je m'entraînais à me servir. Et soudain sous cette verrière vide, dans l'angoisse du moment et l'hostilité de la nuit, j'éclatai de rire.

— Qu'est-ce que tu as à rire ? me dit Thyde.

— Je pense à Stendhal !

— C'est bien le moment !

— Tu sais, c'est quand il dit : « J'achetai une canne et m'exerçai. Au bout de huit jours, je me trouvai avoir entre les mains une douzaine de tours de canne qui prouvaient à n'en pas douter l'homme de qualité. »

— Elpénor ! dit Thyde, méprisante.

Elle m'appelait souvent ainsi quand elle voulait souligner mon inconséquence. Elpénor, c'est un personnage de l'*Odyssée* qui tombe du toit par distraction.

— Nous avons une heure à attendre, dit-elle. Le train a du retard. Tiens, lis ça en attendant !

Elle sortit de son sac un paquet de lettres qu'elle me tendit. C'étaient de pauvres enveloppes où l'inscription hésitante disait qu'on n'avait pas l'habitude d'écrire. J'en ouvris une au hasard et je lus :

Madame, pardonnez-moi de vous écrire mais je tiens à vous faire connaître combien mon pauvre mari qui est prisonnier à Bamberg est heureux quand il lit vos livres. Il m'a bien recommandé de vous l'écrire et c'est pourquoi je vous l'écris. Et moi-même aussi je suis heureuse. Merci pour cet espoir que vous nous donnez à tous.

Il n'y a que cette carte que j'aie retenue par cœur, mais il y en avait trois ou quatre autres dans le sac qui disaient humblement la même chose.

Ainsi donc cette petite femme d'un certain âge, assise sur le banc de bois d'une gare inconnue, était en train de donner de l'espoir à des gens de partout, à des hommes et à des femmes qu'elle ne rencontrerait jamais, elle qui pourtant, cette nuit-là, n'en avait pas beaucoup dans le cœur.

Je ne l'aimais pas d'amour physique et je n'aurais pas aimé écrire comme elle, mais j'étais bouleversé d'une ferveur infinie à cause de cette force qu'elle opposait à la guerre, par sa lumière répandue sur tous, grâce au consentement du verbe qui l'irradiait.

En somme, je ne l'aimais pas tout le temps, mais il y avait des moments où je l'aimais et celui-ci en était un. Elle aurait pu se réfugier dans un de ces endroits du monde où les êtres de sa classe sont bien protégés de tout. Eh bien non. Elle était là, avec moi, sous cette verrière glauque, assise sur un méchant banc crasseux.

La gare sonore de vide fut soudain secouée par un bruit de charreton bancal qui venait de surgir au bout de la verrière. C'était un seul homme poussant un chariot chargé de fanaux éteints, un lampiste en bourgeron bleu, seule âme qui vive dans cette gare sonore où luisaient les rails mouillés. C'était toujours, à cette époque, ces hommes de peine que j'enviais le plus. Ils accomplissaient leur humble travail, utile et invisible, et après ils rentraient chez eux manger leur maigre soupe. Ensuite il ne leur restait qu'à se coucher, se taire et attendre, interminablement attendre. Ils n'étaient pas acteurs de ce drame universel, ils se contentaient, impuissants, de le regarder s'accomplir.

Celui qui s'approchait avait le visage délavé et triste. Les lumières au bleu de méthylène lui faisaient les orbites creuses d'un personnage de Goya. Il s'arrêtait parfois brusquement. C'est qu'il avait repéré un mégot sur le sol qu'il enfournait dans sa poche avant de repartir. Depuis qu'il était entré sous la verrière, il nous considérait de loin et, à mesure qu'il se rapprochait, il ne nous quittait pas des yeux.

Arrivé à notre hauteur, il passa entre le chariot et le banc où nous étions assis. Il se pencha encore comme pour ramasser un nouveau mégot mais il n'y en avait pas. Ce fut ainsi courbé qu'il dit à Thyde entre haut et bas :

— Méfiez-vous, madame, la gare de Valence est pleine d'Allemands ! Si vous voulez, je peux le planquer, votre fils.

Cet homme insignifiant était le fer de lance d'une force souterraine qui commençait à enfler partout et qu'on appelait la Résistance. On en avait parlé autour de moi aux chantiers.

— Non, dit Thyde précipitamment. On nous attend !

Elle ne voulait me laisser prendre ni par la Résistance ni par les Allemands. Mais ce lampiste avait laissé en nous un ferment empoisonné : la gare de Valence était pleine d'Allemands. Il était trop tard pour reculer et d'ailleurs, en un étrange silence et avec une étrange lenteur, le train entrait en gare. Il n'en descendait personne et pour y monter il n'y avait que nous sur cet interminable quai. On introduisit tant bien que mal la bicyclette dans le compartiment. Ce n'était plus un vélo, c'était une sorte de demoiselle toute neuve, toute rutilante et qui se tenait parfaitement à sa place entre les deux banquettes. Un autre employé de la compagnie, me voyant boiter, était accouru pour nous aider. C'était interdit naturellement d'installer les bicyclettes dans les compartiments. Thyde lui demanda :

— C'est vrai qu'il y a des Allemands en gare de Valence ?

L'homme haussa les épaules et fit un signe d'ignorance.

— Il y en a partout, dit-il.

C'était une sorte de chef de gare, et d'ailleurs il siffla pour donner le départ au train. Je dis à Thyde :

— Laisse-moi seul dans le compartiment et va dans un autre. Toi tu es une femme, ils ne te prendront pas.

Mais non, elle ne voulait pas. Elle se serrait contre moi. Elle avait peur et elle m'aimait. J'avais honte de ne pas aimer quelqu'un qui m'aimait tant. On resta serrés l'un contre l'autre jusqu'à Valence, nous attendant au pire. Le trajet était interminable. Les essieux et les roues qui tressautaient sur le ballast jouaient la *Lettre à Élise* de Beethoven. C'était fatigant, lassant, tuant. Le train entra en gare de Valence dans un silence de mort. Un homme d'équipe se promenait le long de la rame, portant un fanal qu'il balançait.

— Valence ! Valence ! Cinq minutes d'arrêt.

On entendait chuinter la locomotive. Thyde se leva pour aller timidement mettre le nez à la portière. Un vieux, avec un chien en laisse et une méchante valise, venait de descendre du wagon et clopinait vers la sortie. Sur les quais plus vastes que ceux de Montélimar, on ne voyait pas un Allemand ni un Français. C'était étrange ce train sans voyageurs où nous étions pratiquement seuls, sauf un bébé qui pleurait faiblement au fond d'un wagon qui n'était pas le nôtre (comment puis-je faire pour comprendre et faire comprendre que j'entends réellement à soixante ans de distance, ce bébé pleurer au fond d'un train vide ?).

Je m'étais moi aussi levé et j'avais mis le nez à la portière pour contempler ce vide. La gare était toute sonore d'un silence d'église. Celui qui n'a pas connu une gare de nuit entre 1941 et 1945 ne sait pas ce que le mot désespoir signifie. La moindre traverse de voie vibre encore de quelque déchirement, toute la gamme des tragédies possibles s'inscrit entre les rails et ne s'interrompt plus. On y perçoit les sanglots et les larmes que des séparations définitives ont provoqués chez ceux qui partaient ou chez ceux qui restaient.

— S'ils ne sont pas à Valence, dit Thyde, ils seront à Grenoble !

Des bruits sinistres couraient depuis trois jours à Nyons. La Gestapo aidée de la Milice cerne les gares et rafle tous ceux qui ont entre vingt et cinquante ans pour les envoyer en Allemagne au Service du travail obligatoire. À cette époque, on fut malade de peur sans répit parce que cohabitaient en soi, avec la même certitude apparente, ce qui était vrai et ce qui était faux. Il était impossible de deviner où et quand la main des tortionnaires se refermerait sur vous. Il *fallait* avoir peur tout le temps.

À Grenoble, les quais vides défilent devant nous lentement. Le train stoppe d'un coup, sans douceur. Sous le bleu de méthylène qui est la couleur dominante du désastre, il n'y a rigoureusement personne : ni Français, ni Allemands, ni voyageurs, ni gardes, ni employés. Il est une heure du matin. Interminablement le train stationne, puis il recule, puis il repart en avant sur une autre voie, enfin il démarre. Il ne reste plus qu'à guetter le nom des stations sous le bleu de méthylène quand on traverse les gares : Brignoud, Tencin, Goncelin, et voici notre terminus : Pontcharra-sur-Bréda. Pendant des années, ce nom n'a représenté pour moi qu'un fournisseur de papier quand je travaillais à l'imprimerie. Aujourd'hui il est au commencement de ma vie d'insoumis.

Un hôtel minable se dresse face à la gare, un hôtel pour films fantastiques : volets dégondés, quelques vitres remplacées par du papier huilé, peintures écaillées, un vrai hôtel de guerre, mais une loupiote timide veille au coin de l'entrée. Il abritera notre nuit dont je ne m'aperçois pas, tant elle sue l'angoisse, que c'est ma première nuit d'homme libre. Je sais que ni l'un ni l'autre nous n'avons eu le cœur de faire l'amour. J'avais l'impression d'être au centre d'une immense nasse où tout le monde avait raison sauf moi et où il fallait rester anonyme pour ne pas se laisser prendre.

Le matin, par un tortillard que commande une locomotive carrée comme je n'en ai jamais vu, nous montons jusqu'à Allevard-les-Bains où l'an dernier j'ai tué cette pauvre Chinou, mais je n'en suis pas encore à savourer le remords, un plat aussi qui se mange froid. Thyde a retenu une chambre à l'hôtel où nous logions. Elle va sur la pelouse où est enterrée la pauvre Chinou. Elle revient en pleurant.

Et soudain elle se souvient de cet instituteur de Saint-Pierre-d'Allevard dont elle n'avait pas voulu finir le manuscrit parce qu'on y arrachait les ailes aux libellules. Ils se sont écrit depuis deux ou trois fois. Elle décide que nous allons le voir.

Nous avons marché une demi-heure au sortir d'Allevard, sur ce chemin goudronné où durant trois kilomètres les noyers formaient voûte au-dessus de nous. Nous ne parlions pas. Nous étions oppressés par notre insignifiance, par notre sentiment aigu d'être des épaves. La beauté des grands arbres — il y en avait à perte de vue aux flancs des montagnes — aurait dû nous consoler pourtant. Des vaches luisantes de santé paissaient dans les prés opulents et parfois, quand elles broutaient, elles révélaient parmi l'herbe verte d'énormes fraises des bois dont, en effluves, le parfum se sublimait jusqu'à nos narines.

Du linge séchait sur des cordes, entre deux troncs, devant des fermes trapues au toit d'ardoise. Tout était neuf, lavé, la campagne luisait comme un meuble qu'on aurait récemment ciré. Il y eut une fontaine, soudain, embusquée dans un renfoncement de la route, et des campanules bleues sur des tiges robustes. Le blé était de juin, vert et dur. Ce fut ma première surprise : au lieu d'être dolents et fragiles sur leur tige comme en Provence, les épis était roides, barbus, trois fois plus gros que ceux de chez nous, incroyablement serrés et drus, aussi solides que des roseaux. J'avais vu cette sorte de blé autrefois dans mon Mallet-Isaac sur la photo du bas-relief d'une tombe étrusque.

Ces visions d'une éternité renouvelable et puissante auraient dû absorber notre tristesse. Mais non. Nous n'avions rien à offrir en échange de cette opulence, de cette solidité.

L'école était un peu en dehors du village, elle explosait de cris, c'était la récréation. Dalet, en blouse grise, vint tout de suite au-devant de nous avec un sourire de joie, nous ayant reconnus. Il prit la main de Thyde cordialement et moi il me serra l'épaule.

Immédiatement, une fillette de cinq ans, la fille de Dalet, fut à côté de lui qui nous regardait bien en face. Il se passa un phénomène étrange, j'eus l'impression très nette que cette petite fille inconnue m'avait percé à jour et qu'elle était seule en cet instant à me connaître à fond. Le sourire narquois dont elle me considérait sans baisser les yeux était une constante que je n'ai jamais oubliée.

Pendant ce temps la pauvre Thyde qui n'en menait pas large avait tiré Dalet à l'écart et elle essayait de balbutier, d'expliquer notre présence ici et surtout ce que nous venions y chercher. Mais Dalet ne la laisse pas longtemps patauger. Il a compris dès les premières paroles. Il s'écrie :

— Il se planque ? Mais vous n'avez pas besoin d'expliquer ! Ici tout le monde se planque ! Le procureur, les gendarmes, le percepteur, tout le monde se planque, tout le monde est au maquis !

Il nous regarde avec le sourire. Il nous entraîne vers la maison encadrée de rosiers. Il appelle sa femme.

— Hélène ! Viens voir qui nous rend visite !

Cet instituteur de campagne qui irradiait la bonté venait de nous rendre notre âme.

J'ai honte d'écrire que la période qui s'étend de juin 1943 à octobre 1944, où je vécus en pleine guerre à Saint-Pierre-d'Allevard, fut le moment le plus paisible de ma vie.

Séance tenante, après le repas, Dalet nous conduisit à l'hôtel Biboud, le seul du pays. Le pays est une longue et large rue bordée de hautes maisons dauphinoises ayant pignons et mansardes. Il commence en rase campagne, au bout d'une rude côte venant du Moretel, par une abondante fontaine, et il finit de même sous les noyers luxuriants.

Trois ou quatre rues conduisant aux montagnes y sont distribuées à droite et à gauche, vers Bramefarine d'un côté et vers le Crêt-du-Poulet de l'autre par le col du Barioz. Le nom de ces lieux me dispense de les situer. Saint-Pierre-d'Allevard est donc blotti au fond d'une vallée en V encadrée par deux montagnes : Bramefarine à 1 600 mètres et le Crêt-du-Poulet à 1 800 mètres.

La mairie et ses dépendances occupent tout un

côté d'une vaste place en déclivité, avec son fronton à devise républicaine, son pignon et son horloge ronde sous le fronton. L'église est en retrait comme un peu honteuse, comme contrite. Elle est là dans le plus simple appareil, sans aucun ornement, sans aucune ostentation. On a l'impression qu'on avait oublié qu'il fallait une église et qu'on en a alors bâti une à la hâte, à la sauvette, lui consacrant un emplacement qui n'était pas prévu dans le plan d'ensemble.

Si je décris ce village comme si son image illustrait un livre de classe pour élève de troisième dans une école communale, c'est que jamais pays par temps de guerre ne fut plus propice à la paix ni ne la figura mieux.

L'hôtel Biboud est situé dans cette longue rue jouxtant l'épicerie Martin et face à la boulangerie Bâtard. Tout est en bois dans l'hôtel. On y est comme à l'intérieur d'un coffre; un beau bois de noyer : les tables, les lambris, le comptoir étroit à côté du rideau qui sépare de la cuisine, l'escalier qui mène aux étages; le parquet lui, tant dans le café que dans les chambres, est fait de planches de chêne épaisses et mal rabotées, truffées de nœuds et d'interstices entre elles, mais tout ça est ciré à mort comme meubles anciens dans une maison patricienne.

Au beau milieu du café trône un poêle rond muni d'un tuyau qui monte jusqu'au plafond. Ce poêle est froid. Nous sommes en juin, mais alentour s'éparpillent une demi-douzaine de chaises dont quelques-unes sont mal paillées. Des chaises qui semblent attendre l'hiver et où d'invisibles interlocuteurs seraient déjà là, sagaces et commentant les malheurs du temps, autour de quoi se tissent les travaux et les jours.

C'est le premier signe amical que me fait le mystère où pénètre ma vie. Les trois ou quatre fantômes de montagnards qui sont, dans mon esprit, assis machinalement, car c'est l'été, autour de ce poêle froid, ont déjà des visages et des tics. Ils sont de marbre, ils sont figés dans une attitude de tableau naïf, mais ils incarnent sept mois d'hiver. Alors, sans aucune raison, sans que mon imagination y ait songé une seule seconde car je suis, par mes préoccupations, à mille lieues de la création littéraire (et j'en suis éloigné depuis trois ans par diverses tribulations), une belle phrase toute ronde m'envahit la tête et aussitôt s'y blottit, indiscernable. En un éclair, j'ai eu le temps de la tirer du néant avant qu'elle y retombe : « Ils étaient tous autour du poêle quand il entra. »

Mais c'est le père Biboud qui choisit de surgir de sa cuisine et c'est lui qui se place à côté du poêle. Dalet se met devant lui. Thyde s'avance pour serrer la main. C'en est fait. La phrase se sublime au seuil du passé, et c'est en vain qu'à l'instant même j'essaye de lui mettre la main dessus dans l'ordre exact de ses mots scandés. Elle m'échappe comme un papillon sur une vitre, elle s'abâtardit, elle devient terne à force de s'alourdir d'adjectifs dont je l'affuble, pris de panique à l'idée de la perdre. Elle se dénature, comme des pâtés d'encre s'étoilent sur un cahier d'écolier. Et l'angoisse qui me saisit devant cet anéantissement est plus forte que celle d'être insoumis.

Le père Biboud est un gaillard ébauché dans un tronc d'arbre à coups de serpe. Il ne dit rien. Dalet lui parle pendant quelques minutes. Il prête l'oreille. Il comprend. Il nous considère entre bas et haut. Il nous tend une main molle. Il a la moustache tombante mais de travers. Sa femme est ronde avec de gros yeux et, toujours indécise, ne parle pas beaucoup non plus. Une fille surgit du fond de la cuisine, leur fille Rosette, blonde aux yeux bleus, bien en chair, seize ans à peu près, et qui est chargée de communiquer avec autrui pour toute la famille. C'est elle qui nous accueille et nous précède vers notre chambre. Ses seize ans ont un cul divin qui fait plus que son âge. Il faudra que je m'habitue. Les Dauphinoises ont des fondements où nos Provençales n'atteignent que très rarement.

Elle monte devant nous dans l'étroit escalier, robuste, décidée, incarnation joyeuse du pays qui nous reçoit. Chère Rosette d'il y a soixante ans... Devant cette famille sculptée dans le noyer comme toute la maison, je me souviens de m'être dit : « Il ne peut rien t'arriver sur une terre dont les gens sont aussi solides. »

Mais la nuit c'est la panique. Il fait une série

d'orages épouvantables, en salves, en bouquets, en écroulements interminables. Je les écouterais avec ravissement si ma pauvre Thyde n'avait pas une peur viscérale de l'orage, une peur héréditaire, à croire que quelqu'un, autrefois dans sa famille, a été foudroyé. Et comme toutes les personnes qui ont peur de l'orage, elle l'attire. Je vivrai avec elle les plus beaux déferlements de tonnerre de mon existence, comme si la foudre, outragée, voulait la punir de la craindre.

À chaque coup de tonnerre et il y en aura plus de cent, je perçois tressauter son pauvre corps martyrisé, je l'entends gémir. Elle pleure aussi, sans bruit, à mouiller l'oreiller, malheureuse, résignée. Je la prends dans mes bras sans conviction. Elle pourrait vivre tranquille dans quelque palace de la Côte d'Azur ou en Suisse où elle a un éditeur et de l'argent. Non, elle est là avec moi, à souffrir. Elle m'aime. Elle ne veut pas me lâcher. Elle supporte. Et moi je m'efforce de l'aimer et je n'y parviens pas.

Mais au matin comme si de rien n'était, Thyde sort son manuscrit, sa documentation, elle décapuchonne son gros stylo rempli d'encre bleue. Et sur du papier bleuâtre elle commence à écrire ses dix pages. Moi je ne peux rien faire. Les bagages ne sont pas arrivés et la machine à écrire non plus.

Après huit jours à l'étroit dans cette minuscule chambre d'hôtel, nous émigrons en face chez le boulanger Bâtard et sa placide épouse. Ils ont deux fillettes patientes et taciturnes comme eux. Nous commençons à peine à revenir de notre surprise : personne ne nous demande rien ni pour le pain, ni pour le lait, ni pour la viande. Pour ceux qui sont nés après cette époque, il faut expliquer qu'alors on n'obtenait rien nulle part qu'avec des tickets parcimonieusement distribués et qui n'empêchaient pas toujours de mourir de faim.

Ici, il y a tout ce qu'on veut, à l'épicerie Martin, chez le boucher (j'ai hélas oublié son nom mais pas son visage bovin, rose et constellé d'éphélides). Il y a une boutique *Au bon lait* que dirige d'une main de fer madame Périer, une brave femme au verbe haut. Elle élève une oie qui pèse douze kilos, qu'elle ne sacrifierait pas pour un empire, laquelle oie tout de suite m'a pris en grippe à cause sans doute de ma canne, car je ne me suis séparé ni d'elle ni de mes noyaux de cerises. J'ai l'air de boiter pour l'éternité.

Au bout de huit jours, Thyde me dit :

— Il faut que j'aille prévenir tes parents, leur dire où tu es.

Elle revient au bout de quatre jours l'air navré.

— Tu sais ce qu'il m'a dit ton père ?

— Non.

— Il m'a dit : « Il vaut peut-être mieux qu'il y aille en Allemagne. »

Je suis beaucoup moins surpris qu'elle parce que je le connais, mon père. Il doit se dire qu'ici, malin comme je suis, je vais me faire cravater par le maquis et qu'alors je cours à une mort certaine, tandis que travaillant en Allemagne j'ai une chance de m'en sortir. C'est ce que j'explique à Thyde.

— Tu veux y aller, en Allemagne ?

— Non. Je veux rester ici avec toi.

Elle a laissé, la mort dans l'âme, Kit-San le pékinois chez sa sœur à Manosque. En revanche, elle a rapporté la malle-paquebot bourrée à craquer. Elle a pris aussi le courrier qui s'amoncelait. Il y a une lettre de Julliard : « *Nans le berger* marche très bien. J'ai quelque difficulté pour trouver du papier mais nous en sommes à quatre-vingt mille exemplaires vendus et ça continue. » Il y a une lettre de Marion von Schröder, éditeur allemand à Hambourg, qui a déjà acheté *Le Pain des pauvres* et *Grand-cap*, et qui veut publier *La Rue courte*. Et puis il y a vingt-cinq lettres de lecteurs et de lectrices qui l'encensent et disent leur amour, leur ferveur, le courage que ces livres leur donnent. La plupart les lisent dans les bibliothèques où on se les arrache.

Le nom de Thyde Monnier est parvenu jusqu'à Saint-Pierre. La libraire d'Allevard vient la voir à pied. Le courrier interrompu recommence à couler. Il apporte chaque jour sa manne de remerciements des prisonniers. Les livres de Thyde étaient chargés de ces nostalgies bucoliques qui faisaient l'effet du ranz des vaches aux pauvres exilés. Les cartes de prisonniers parlaient toutes d'une patrie perdue, mais c'était une patrie qui pour eux ne dépassait pas cinq kilomètres carrés. Ils parlaient de vignes, de blés, des tomates qu'on tuteurait chez nous paysans de Provence.

L'auteur qui leur donne tant d'espérance, il est ici dans ce village tutélaire mais il va vivre dans une chambre de vingt mètres carrés, pourvue d'une petite fenêtre mansardée au second étage de l'immeuble qui abrite la boulangerie Bâtard. Vivre à l'hôtel, Dalet a trouvé ça trop risqué. Il craint une rafle toujours possible. Dans cette chambre, il y a un grand lit, une table de toilette (le poste d'eau et le water sont dans le couloir) et contre le mur parallèle à la fenêtre une autre table un peu plus grande, deux chaises et un réchaud. La pièce est tapissée d'un papier rougeâtre à fleurs anonymes qui ne laisse place pour aucune rêverie. C'est le nez sur ce papier que je travaille.

Dès que nous y sommes, Thyde se remet à écrire. Elle écrit dans son lit jusqu'à onze heures et demie, et moi je prends en dactylo l'après-midi ce qu'elle a fait le matin. Elle écrit *Barrage d'Arvillard* pour l'éditeur suisse Le Milieu du Monde. Elle a déjà touché pour cela 10 000 francs suisses d'avance qu'elle ne peut pas recevoir.

Moi, le matin, je me lève et je vais faire connaissance avec le pays. C'est l'été. Les prés sont constellés d'énormes fraises des bois, j'en rapporte à Thyde dans des bocaux. Les talus sont brodés de champignons sanguins à profusion qui chez nous sont si rares. Au-dessus des prairies où les vaches sont grasses, commence la forêt avec des châtaigniers gigantesques. Ils sont en fleur.

— Les châtaigniers en fleur ça sent l'amour, m'a dit Thyde.

J'en recueille qui sont tombées. Je les flaire. Elles sont étranges mais inodores. Je m'enhardis, je grimpe à travers la forêt, toujours clopinant. Un jour je la dépasse. Un col est à mes pieds dans l'herbe. Une nostalgique atmosphère de vacances me fait oublier la guerre. À perte de vue les dômes de ces sommets sont couverts d'énormes boules rondes vertes et rouges. Ce sont des arbustes qui parfois me dépassent d'une tête. Des rhododendrons. C'est tellement bien rangé tous ces arbustes, c'est tellement domestiqué par la nature qu'on a l'impression qu'au détour du sentier un château va surgir. Mais quand je suis au dernier penchant du dernier dôme et que soudain ma tête en dépasse, ce n'est pas un château qui me saute au visage, c'est une couronne toute neuve de sommets constellés de névés. Abrupts, pointus, étincelants, ce sont les pics de la chaîne de Belledonne qui sont devant moi. Et c'est là, tout ébloui par tant de beauté, que la phrase de l'autre jour me revient avec force : *ils étaient tous autour du poêle quand il entra.* Je me tâte, je cherche un crayon, un bout de papier, je fais les gestes d'affolement d'un qui a perdu son portefeuille mais non : rien ! Pas un bout de crayon, pas un bout de papier ! Alors sans plus admirer la chaîne de Belledonne, je tourne bride sans plus penser aux noyaux dans ma chaussure. Je dégringole la pente en me retenant d'arbre en arbre, je me récite inlassablement pour ne pas la reperdre la phrase que j'ai déjà oubliée une fois. Et alors comme un ruisseau qui resurgit après un éboulis de pierres, d'autres phrases et d'autres images se heurtent à ma pensée. Je vois distinctement les personnages autour du poêle. Ils ne sont pas vieux contrairement à ce que j'avais cru d'abord, et je commence à entendre ce qu'ils ont à dire. C'est solennel, tragique, ça parle de sang et de larmes. Ces phrases, afin de ne pas les perdre, je me les réciterai tout le long en courant. Je reconnais la transe, le jaillissement incongru et inquiétant que j'éprouvais jadis en descendant du Contadour à seize ans, quand j'allais écrire *Périple d'un cachalot*. Je ne parle même pas à Thyde de cette éclosion que je viens de subir. J'ai un carnet, la seule chose qui soit mienne. J'y écris les six phrases qui viennent de m'arriver. J'ai la fin aussi. Il ne reste plus à combler qu'un immense vide.

Mais Saint-Pierre est comme un creuset pour la création. Il semble qu'aucune guerre ne s'est jamais arrêtée ici. Tout y est calme, paisible, ancestral. Le va-et-vient des chars à bœufs scande le temps. Il y a une usine où travaillent les paysans. Elle fait *les trois huit* de sorte que les travailleurs peuvent toujours, à un moment ou à un autre, cultiver leurs champs quand il y a lieu. Le jour, ils fabriquent des aimants sophistiqués et des roulements à billes pour les camions et les tanks de l'armée allemande. (Il n'y a pas d'autre client possible.) La nuit, ils vont tuer de l'Allemand par routes et chemins. Ils font sauter des convois, ils dressent des embuscades, ils exécutent des collabos qu'on retrouve morts dans les caniveaux et que l'on enterre à la sauvette, reconnus par personne, anonymes, sanglants, sans cercueil. On ne les découvre d'ailleurs que très tard quand ils commencent à sentir car le peuple passe devant eux hâtivement et ne signale pas les cadavres.

Il y avait deux maquis à Saint-Pierre et dans les environs. C'étaient les FTP, communistes, et l'AS, l'Armée secrète. Ces deux forces se rencontraient journellement et affrontaient leur propagande au sein de l'usine. Les FTP sont plus téméraires (le Parti a besoin de cent mille fusillés pour assurer son slogan). L'Armée secrète est plus précise, mieux organisée. Je n'ai jamais su le nom de son chef, mais la plupart des paysans en font partie. Les rangs des FTP en revanche sont plutôt grossis par les réfractaires au Service du travail obligatoire en Allemagne.

Mais, le soir à huit heures, silence de mort sur ce pays mi-paysan mi-ouvrier où il y a une majorité de Dauphinois, mais aussi des Italiens chassés par Mussolini, des Espagnols chassés par Franco, des Russes blancs même chassés par le communisme et qui sont là depuis vingt-cinq ans. On me montre un grand-duc vrai ou supposé qui n'a jamais perdu son accent jovial ni sa barbe de moujik, et qui tous les matins se rend à l'usine, sa gamelle à la ceinture comme tout le monde. À huit heures, tout cet étrange peuple rentre dans les maisons, se claquemure derrière les volets. Ceux qui n'ont pas de poste de radio, ce sera notre cas, se réunissent chez des amis. Nous, nous allons chez les Janet. Nous avons commencé par leur acheter du lait et des œufs puis nous sommes devenus amis. Les Janet sont des paysans pur cru. Le père est maigre, longiligne, la mère a quelques poils au menton, employe un langage imagé et dissimule un semblant de goitre sous une faveur rose. Adrien, le fils aîné, et Arsène sont des hommes d'aujourd'hui. Ils vont à l'usine et cultivent le bien.

Nous arrivons. Il est huit heures. Il y a toujours quelques sucreries, quelque compote de pommes, quelques crêpes que la mère Janet appelle des *matefaims*. Et le petit verre d'alcool pour faire passer. Je n'ai jamais autant bu d'alcool de ma vie que durant cette année-là. Mais la montagne faisait tout digérer.

Nous sommes tous penchés devant cette petite boîte, à têtes touchantes, pour capter sous le brouhaha du brouillage la voix qui nous distille l'espoir. Quelque part dans le monde, une France organisée existe hors du pays. On sait qu'elle commence à avoir la main de fer de la force. Éclate soudain *La Brabançonne* malgré le brouillage et l'exorde des Belges : « Bonsoir et courage, on les aura les Boches ! » Il s'ensuit une longue liste de messages cocasses ou grivois : « La main de ma sœur sur l'épaule d'un zouave. Trois fois ! Je répète : trois fois ! » « L'amande y est sous l'amandier. » « Le chêne un jour dit au roseau, deux fois, je répète deux fois ! » C'est interminable, distrayant. La mère

Janet rit aux anges. J'entends encore le brouillage monotone, la voix d'André Gillois ou celle de Maurice Schumann, rarement celle de De Gaulle. On se souhaite le bonsoir à mi-voix. On rentre chez soi furtivement.

C'est encore la nuit clémente de l'été. L'air est immobile. Là-bas dans l'ombre, deux vieilles femmes sur des ployants entourent un homme grand, voûté, la calvitie prononcée. Ils sont discrets sur le trottoir, anonymes, muets. C'est le général Dentz et ses deux sœurs, à moins que l'une ne soit son épouse. Le maquis tolère le vieillard, ferme les yeux, attend. C'est la dernière année que le général Dentz, qui opposa en Syrie son armée aux Anglais, peut profiter du serein dans sa maison de Saint-Pierre.

La nuit veille sur le village et aussi l'horloge de la mairie lumineuse, aveuglante dans tout ce noir. Les réverbères sont éteints, les fenêtres des maisons soigneusement occultées, mais l'horloge de la mairie pendant tout le temps de la guerre restera lumineuse, ce qui donnera à ce village, parmi tant de deuils, un petit air de fête.

Tout est calme. Tout dort. Et soudain au lointain de la vallée un soupir continu puis une rumeur qui s'enfle, puis surgissant du néant un bruit d'abeille géant, unanime, qui couvre tout. Ce sont les escadrilles de la RAF qui vont bombarder Milan, Turin, Munich, Stuttgart. Ils se sépareront au-dessus de nos têtes (nous l'apprendrons plus tard), pour aller les uns vers l'Italie, les autres vers l'Allemagne. C'est un roulement péremptoire. Il est minuit quarante. Il sera minuit quarante toutes les nuits pendant treize mois. La mort est d'une exactitude militaire. Ensuite, il y aura le retour. Ce sera également d'une exactitude militaire : 3 h 50. Toutes les nuits à 3 h 50, les escadrilles se retrouveront au-dessus de Saint-Pierre-d'Allevard avec quelques unités en moins, car la mort qu'ils ont semée est aussi leur compagne.

Jamais, malgré sa destination, l'usine de roulements à billes ne sera prise pour cible. Blottie entre trois replis de la montagne, elle ne pouvait être atteinte. De même, malgré un plan précis que l'on retrouvera à l'hôtel d'Angleterre à Grenoble, siège de la Gestapo, le village qui devait subir le sort du Vercors ne sera jamais attaqué. Il n'y a pas de prairies à plat assez grandes pour les planeurs et elles sont coupées par des haies de noyers. Les seuls défilés qui conduisent jusqu'à nous sont faciles à défendre. D'autre part, il semble que les chefs du maquis de Belledonne aient été plus intelligents que ceux du Vercors. Ici pas de rassemblement, pas d'uniformes, pas de lever des couleurs tous les matins, pas de groupement de plus de huit hommes, l'anonymat le plus total, la guérilla par petits groupes. Le grand mot de Belledonne c'est : l'éparpillement dans la nature. Jamais il ne sera transgressé. Ni par les FTP ni par l'Armée secrète. Il n'y aura pas d'affrontements au corps à corps avec l'ennemi. Ce n'est pas une guerre propre. On frappera dans le dos. On frappera par côté. On réfléchira avant de frapper.

C'est pourquoi à l'abri de cette armée de fantômes, les habitants peuvent compter les coups. Et c'est avec plaisir qu'ils écoutent passer vers 3 h 50 les avions aux soutes vides. Ils se retournent dans leur lit en murmurant *mezza voce* :

— Qu'est-ce qu'ils ont pris !

Mélange de crainte et d'admiration où n'entre jamais aucune pitié. Et ils ajoutent dans leur conscience, en filigrane :

— Ils ne l'ont pas volé !

On se retrouve le matin chez Bâtard où l'on va chercher son pain. On se congratule :

— Vous avez entendu cette nuit ? Qu'est-ce qu'ils prennent !

La pauvre Thyde a le cœur serré. Elle me saisit la main dans la nuit. La misère est dans ses doigts tremblants. En dépit de la crainte qu'elle éprouve pour moi, la vision des victimes écrabouillées la torture. Elle est bien la seule. Tout le monde exulte, tout le monde est épanoui, tout le monde trouve dans la manifestation solennelle de cette puissance brutale la force d'assumer sa propre faiblesse.

De la symphonie de la mort ce sera le leitmotiv. À quatre mille mètres d'altitude, c'est un bruit de ruche qui vrombit sur nos têtes, se rapproche, devient menaçant, s'éloigne, disparaît.

C'est alors que chez les Dalet, peut-être dans la classe, devant la carte de France suspendue, des ombres s'assemblent, jeunes et moins jeunes, lourdes carrures, fluettes constitutions. Peut-être même s'assoient-ils sur les bancs où ils ont jadis appris l'Histoire. Ce sont les combattants qui viennent prendre les ordres, pour la nuit, pour la semaine, pour le mois. Les paroles sont basses, les visages placides, ils vont faire la guerre souterraine comme ils s'en vont labourer leur champ.

La guerre est à ce point impressionnante dans le vrai sens du terme qu'il m'arrive de regretter amèrement de ne pas être au milieu de ces hommes, de ne pas partager leurs convictions, leurs buts. Mais non, je suis confortablement allongé dans un bon lit à côté de ma Nounoune.

Le rare est que personne ne m'en veut de mon abstention. Ils ont depuis longtemps éventé mon astuce des noyaux de cerises, à tel point qu'un beau jour, pour ne pas leur faire injure, je les retire. Tout le monde parmi ces résistants me fait bonne figure : les Janet, les Martin, les Bâtard, les Biboud, madame Périer elle-même qui est, sur le plan patriotique, la Notre-Dame-de-Thermidor de Saint-Pierre-d'Allevard.

Un jour même, Dalet l'instituteur traverse la place avec un paquet sous le bras. Il vient souvent voir Thyde, parler littérature avec elle, lui lire quelque poème qu'il commet. Ce jour-là il est épanoui. Il a réussi à arracher à l'administration parcimonieuse un cadeau pour moi. Avec son accent rocailleux de Morvandiau, il me dit :

— Tiens, Pierre ! Voici de quoi écrire ton premier ouvrage !

C'est un paquet de cahiers Le Calligraphe que je déplie devant lui. Ce sont des liasses de trente-quatre pages quadrillées au dos desquelles figure la table de multiplication. Ils sont verts, rouges, bleus. Par ces temps de pénurie, c'est un don royal car on ne trouve plus de papier. J'embrasse cet instituteur pitoyable, chose dont il n'avait certainement pas l'habitude ni moi non plus. Ses yeux pétillent du plaisir qu'il me fait. Dalet a envie d'écrire lui aussi et son envie s'augmente de la mienne. Mais il ne possède pas le ferment qui m'anime. Il ne sait pas que pour avoir envie d'écrire il faut être atteint d'une jalousie féroce contre tous ceux qui ont écrit avant vous. Se répéter leurs phrases immortelles. Se dire à chaque instant « Mon Dieu si je pouvais écrire ça ! » en joignant les mains.

Quand j'ai écrit à seize ans *Périple d'un cachalot*, j'étais inconscient. Aujourd'hui, ayant lu maintenant tant de livres, je suis humilié et le coup de grâce me sera porté par les Janet. Ces deux paysans sont des lecteurs acharnés, mais comme ils n'ont pas beaucoup d'argent ce sont des classiques qui meublent leur petite bibliothèque vitrée. Adrien surtout, ce phaéton d'une voiture à bœufs, a la tête plongée dans un livre sitôt qu'il vient de labourer son champ, sitôt qu'il vient de risquer sa vie dans quelque coup de main, en bas dans le bas Grésivaudan. Toujours placide, toujours souriant, toujours fraternel, Adrien Janet est un modèle d'homme de son pays, et à le voir on comprend que le Dauphiné ait produit Stendhal et Hector Berlioz. C'est lui qui un jour me tend un livre qu'il vient de sortir des rayons, soigneusement recouvert de papier bleu cachant l'auteur et le titre. Ce sont des morceaux choisis des Mémoires de Saint-Simon. C'est un livre de classe édité par Larousse avant la guerre de 14. Ce que j'ai écrit dans *Un grison d'Arcadie* est entièrement faux. Ce n'est pas la capiteuse madame Henry qui m'a fait découvrir Saint-Simon. C'est ce paysan dauphinois, ce qui est encore plus extraordinaire dans sa réalité que mon invention ultérieure.

Ce livre est précédé d'une préface où il est question d'un certain Sainte-Beuve (que je n'ai jamais lu) lequel, parlant de Saint-Simon, dit : « Il écrit à la diable pour l'éternité. »

J'ouvre ce volume comme tant d'autres avec une placide curiosité et je tombe sur cette phrase que j'ai citée : « Ce prince allant à Meudon le lendemain des fêtes de Pâques... » et j'oublie le monde de la guerre et j'oublie que je veux écrire. Chaque phrase que je lis me pénètre comme un coup de poignard. J'éprouve la même sensation que jadis au Contadour, quand chargé de mes deux seaux d'eau j'entendis pour la première fois la Cantate BWV 140 de Bach.

Mais il n'est pas temps encore pour moi de relever un défi sans espoir. Je continue à inventorier la faune de Saint-Pierre-d'Allevard. Ma curiosité, je la crois sans objet, un simple divertissement à mon oisiveté. Je ne sais pas que je contemple un monde qui va dérouler son énigme bien après la fin de la guerre.

Un peuple étrange et complètement en décalage avec ce peuple paysan hante les rues et les maisons. Ce sont les Juifs réfugiés qui se tiennent cois et ne se mêlent pas. Ils se sentent étrangers et le sont d'autant plus. Ils ont la manie, sauf les Fresco, les Marcus et les Bauberman, d'aller manger à Allevard dans un restaurant qui les accueille tous. Un jour, une rafle monstre les prendra tous ensemble. Aucun n'en reviendra.

Mais les trois familles juives de Saint-Pierre, nous allons les fréquenter et sympathiser avec eux. Les Marcus sont réservés et méfiants. Ils frayent peu. On sent que leur intelligence est tout entière focalisée sur le but d'en réchapper. Ils vivent chez eux avec des valises de dix kilos prêtes pour la fuite. Ils ne feront jamais confiance à personne, pas même à nous. Les Fresco, Juifs turcs, sont au contraire décontractés, joviaux, naturels. Ils logent dans la maison de madame Périer, laquelle, bien qu'antisémite, leur fait risette et se trouve honorée de leur présence.

C'est que monsieur Philon D. Fresco n'est pas n'importe qui. Tous les matins, pour aller chercher son journal à deux cents mètres, il s'habille de pied en cap : pantalon rayé ton sur ton, chaussures vernies ajustées sur des guêtres, redingote aux longs pans, chapeau melon et gants beurre-frais. Il traverse ainsi la place à huit heures du matin en faisant des tours de canne à pommeau d'or. Adrien Janet qui passe avec ses bœufs le regarde sidéré. De même que le fils du maire qui est taciturne et qui tous les jours va gouverner les terres avec un tombereau et son cheval Gamin. Madame Sylvestre la buraliste s'efface devant lui avec considération. C'est le meilleur homme du monde, mais il ne peut oublier le temps où il s'acheminait vers la Bourse autour de onze heures pour aller voir comment se comportait le change. Il a une femme qui fraye avec tout le monde, elle. Qui pousse les hauts cris si on essaye de la truander. Qui va elle-même laver son linge au lavoir, ce qui l'intégrerait si c'était possible. La fille, Denise, a pour son frère André un amour de tigresse. Elle veille sur lui comme un horticulteur sur une plante rare. Il est le dernier des Fresco. Il faut qu'il survive à l'épreuve. Elle n'en parle jamais, mais on sent très bien qu'elle est prête à faire le sacrifice de sa vie pour son frère.

Comme elle est jolie et belle, j'ai longtemps médité, bien après la guerre, sur mademoiselle Denise Fresco. J'ai imaginé qu'avant le cataclysme qui a frappé sa race elle devait être de mœurs libres et assez portée sur l'amour. La guerre a figé ses pulsions. Elle est secrète sans ostentation. Elle parle comme si elle n'avait dans la tête que des choses matérielles, mais je sens en elle une profondeur d'âme que je découvrirai en temps utile.

Cependant ceux qui vont devenir nos amis et nous faire enfin respirer à la hauteur où nous aimons à respirer, c'est Volodia et Doussia. Ce sont deux Juifs russes auxquels la guerre a miraculeusement permis d'enfin vivre ensemble. Ils ont fui Paris où lui était prisonnier d'une femme qu'il n'aimait plus. J'ai même retenu le nom de cette femme. Elle s'appelait Sacha. Ils en parlaient tout lc temps tous les deux. Elle n'était pas juive. Eux deux faisaient partie de ces Juifs stupéfaits de soudain, par la volonté d'un fou, découvrir qu'ils étaient d'une race alors qu'ils croyaient simplement être homme et femme.

Bauberman (Vladimir dit Volodia) est un grand peintre qui avait à Paris une belle clientèle. Il a Venise dans son obsession. Il est amer, désabusé, inquiet et sans espoir. C'est Dostoïevski empêché de jouer : une heure joyeux, une heure désespéré. Je n'avais jamais connu de Russe avant lui et le fait qu'il soit juif ne fait rien à l'affaire : il est russe dans l'âme. Il peint sur de grandes toiles Venise de mémoire, qu'il biffe soudain d'un pinceau rageur qu'il dévie sur une autre image : Saint-Pétersbourg peut-être, sa ville natale. Je l'ai vu dix fois peindre Venise et la détruire ensuite à coup de brosse vengeresse. Comme on taillade le portrait d'une amante trop aimée.

Parfois il se prend la tête dans les mains devant moi son témoin.

— Mais qu'est-ce que j'ai donc à vouloir peindre Venise à tout prix ? Alors que Canaletto a tout dit d'un seul coup !

Doussia, sa compagne, est blonde comme les blés d'Ukraine, elle a un nez mutin et des yeux bleu pervenche qui à l'abri de leur couleur et de leur expression peuvent dissimuler n'importe quel secret de femme. Rien de la Juive, tout de la Russe. Dans un temps pas si lointain, elle a été la maîtresse d'Ilya Ehrenbourg, le chantre de la Soviétie, le poète bien-aimé du régime. Qui se souvient d'Ilya Ehrenbourg ? Qui depuis trente ans a jamais ouvert un livre de lui ?

Doussia a eu une vie très agitée, Montparnasse et ses peintres n'ont pour elle aucun secret. Elle a rencontré Volodia fuyant Sacha son épouse, devant une table de marbre de La Coupole, à la veille de la débâcle. Ils sont partis ensemble en voyage de noces parmi l'exode qui les emportait. Ils se sont retrouvés ici nus et crus avec des malles, des valises et le samovar inamovible qui est l'emblème du nomadisme slave. Ils se sont appuyés l'un sur l'autre, ils ont fait l'amour. Ils sont pauvres. Ils fabriquent des icônes imitées des églises russes et Doussia monte des bijoux en verroterie qu'elle vend aux naturels. Avec sa bonne humeur habituelle, elle nous dit :

— Thyde, cette semaine on va vendre le zibeline que ma premier mari m'avait offert pour mes vingt-cinq ans. Ça va permettre de mettre quelque chose dans le poêle pour manger.

Le neutre n'existant pas en français, Doussia utilise le féminin à la place. Volodia la reprend doucement.

— Non, mon amour, tu ne mets pas le poêle sur la poêle, mais tu mets la poêle sur le poêle !

Doussia rit aux éclats. Elle a le plus beau caractère du monde. Parfois ils ont tous deux des effondrements slaves spectaculaires. Alors ils pleurent et, tout en pleurant, Volodia essaye de consoler Doussia. Être juif en 1943, c'est la pire condition du monde.

Ici, la main de fer du maquis fait régner l'ordre républicain dans toute sa rigueur. Celui qui irait dénoncer un Juif ou un réfractaire se retrouverait allongé dans un caniveau séance tenante.

Il n'empêche, et je pèse mes mots, qu'il y avait autant d'antisémitisme latent que dans n'importe quel village de l'Allemagne nazie. C'était *par raison* et par peur que tout le monde ne le fut pas. Et le fait que tous ces réfugiés aient de l'argent et fassent leur marché au détriment des pauvres ne contribuait pas peu à les faire détester en sourdine.

Un jour, étant en train de lire au bord d'un ruisseau, trois enfants qui sortaient de l'école me traitèrent de sale Juif et me jetèrent des pierres. Je me mis à rire sans mesure, le rire de Démocrite car la confusion universelle venait de me frapper. L'immense malentendu qui divisait le monde m'atteignait de plein fouet car ces enfants qui croyaient m'insulter étaient les fils des hommes qui la nuit allaient dresser des embuscades aux bourreaux des Juifs, au péril de leur vie. Un jour aussi que je réclamais une tranche de pain de plus à Rosette, chez Biboud, le Grenoblois planqué ici pour on ne sait quelle raison, car il avait plus de cinquante ans, se mit à grommeler je ne sais quoi, puis enfla la voix jusqu'à se faire entendre.

— Une tranche de pain ! ricana-t-il. Ces Juifs qui viennent ici faire la loi, on ferait mieux de tous les éliminer !

À ces mots, la mère Biboud sortit de sa cuisine.

— Je vous prie de vous taire ! dit-elle.

— Je ne dis que la vérité ! protesta le quidam.

— Taisez-vous, je vous dis ! Je vous dis de vous taire !

Elle le regarda fixement et le père Biboud vint se ranger à côté d'elle en silence. Le vieux était dompté comme un chien hargneux. Il avait beau être gaga (il imitait le clairon quand il se mettait à table), il savait que cette cuisinière, que ce paysan dauphinois, étaient le fer de lance d'une force qui pouvait l'écraser à tout moment. Il plongea le nez dans son assiette. Mais je savais maintenant que dans l'esprit de cet homme j'étais assimilé aux Juifs, tout l'opprobre qui les accablait je le partageais désormais.

Cependant un matin en descendant chercher le journal (c'est fin septembre), je vois qu'une étrange floraison occupe toute la place de la mairie. Ce sont d'énormes chaudrons à faire bouillir aux cochons qu'on a installés sur des trépieds.

Des femmes, des paysannes, des épouses d'ouvriers de l'usine, garnissent le creux des trépieds avec des planches et du bois. D'autres arrivent avec des cageots, des paniers. Tous les fruits de cette fin d'été figurent dans cette collecte. Poires, pommes, prunes, raisins et les fruits des forêts. Avec des peignes à myrtilles on est allé aux *embrunes* toute la semaine. La récolte est là dans des seaux. Les femmes ont les mains bleues jusqu'au poignet car le jus des *embrunes*, rose d'ordinaire, devient bleu sur la peau ou en tout cas d'un reflet bleu. On remplira les chaudrons jusqu'à dix centimètres du bord. Et maintenant les feux sont allumés sous tous les trépieds. Ces feux vont brûler jour et nuit, veillés et entretenus par les femmes et aussi les hommes qui passeront avant d'aller à l'usine ou au coup de main ou en revenant, attentifs, paternels, minutieux, touillant parfois le mélange avec de grands bâtons. La nuit de septembre est illuminée par ces brasiers tranquilles. On sent que les naturels sont prêts à faire ça chaque année pendant dix ans s'il le faut, avec patience, avec amour. Au bout de huit jours, il demeure au fond des chaudrons quinze centimètres d'un magma brun qui a condensé tout le sucre contenu dans les fruits. Alors arrivent deux bouilleurs de cru (les deux qui restent dans le pays). À la louche ils répandent un demi-litre d'eau-de-vie sur le magma qui va encore mitonner pendant vingt-quatre heures. L'opération va se renouveler pendant tout le mois d'octobre. Et cette confiture collective sera distribuée à tous les habitants du village sans oublier les réfugiés et les Juifs. Nous-même nous en toucherons deux pots que nous garderons en souvenir.

Cette confiture collective, les bœufs virgiliens d'Adrien Janet, les paysannes qui tous les vendredis apportent dans une brouette, chez le boulanger, les pains pour la semaine qu'elles viennent de pétrir, tout cela est la réalité que Giono a inventée dans ses livres. Je vois le linge blanc où sont pliés ces pains à cuire, je respire l'odeur des bœufs suants au retour du labour, je vais rôder autour des chaudrons à confiture que domine la couleur des myrtilles qu'ici on appelle des *embrunes*. Tous ces éléments d'une géorgique olympienne qui passe au large de la guerre comme si celle-ci n'existait pas, tout cela m'invite à écrire.

Cependant l'automne arrive : splendide, rutilant, opulent. Il commence par un seul peuplier soudain jaune au flanc de Bramefarine. La limite des arbres à feuilles caduques qui souligne la forêt s'applique à transcender la lumière et à la sertir d'or, comme si la nature avait choisi ce village pour le couronner. Il nous arrive de Nice une cinquantaine d'enfants affamés qui découvrent sous les châtaigniers de quoi apaiser leur faim perpétuelle. Le vent d'est sévit sur Belledonne et alors, sous l'allée de noyers qui borde la route de Saint-Pierre à Allevard, les noix se mettent à pleuvoir au bord de la chaussée. Les enfants viennent avec des sacs, des paniers. Ce qui tombe sur la route est à tout le monde. Les paysans impuissants se tiennent en faction au bord de leur bien, le fouet à la main.

— Faudrait voir de pas gauler, là-bas !

Mais allez donc empêcher par vent d'est les noix de se détacher de l'arbre. Tout juste peuvent-ils ramasser en même temps que les enfants.

Nous avons engrangé dans le cellier voisin de notre chambre trois ou quatre cageots de pommes vertes. Elles vont mûrir sur les claies, nous distillant le parfum de l'automne.

Ce qui me retient encore d'écrire, c'est cette ridicule situation de deux écrivains bâtissant leur œuvre à six mètres l'un de l'autre. Thyde dans son lit et moi à ma petite table.

C'est la pluie qui va m'inciter. Je ne savais pas que la pluie peut tomber des jours et des nuits entières avec cette régularité rigide. Un matin de novembre sans espérance où elle commence, cette pluie, dès l'aube, et où elle va durer une semaine, je m'y mets.

On a tout dit sur la page blanche, sauf qu'elle attire. Surtout quand comme moi on a depuis des semaines ces cinq ou six phrases en tête qui vont vous permettre, comme le *fa* majeur au début d'une partition, de prendre élan et d'échafauder.

Il y avait une chose que Giono n'avait pas eu besoin de m'apprendre et que j'avais découverte tout seul, à force de faire jouer la musique des phrases dans ma tête. Je m'étais rendu compte de ce que le mystère du tempo et la tonalité d'un texte sont capables de communiquer à une œuvre. Ça je l'avais enregistré bien avant de savoir que j'aurais un jour envie d'écrire. Je l'avais appris en huitième dans un livre de lecture. C'était un extrait tiré des *Mémoires d'outre-tombe*, de Chateaubriand (vous pouvez rire), cet extrait s'était gravé dans ma mémoire et c'était comme une partition de musique qui eût été vierge sauf sa clé au début de la portée. Je n'ai jamais oublié cette phrase : « Et cette bataille encore sans nom dont j'écoutais les échos au pied d'un peuplier et dont une horloge de village venait de sonner les funérailles inconnues était la bataille de Waterloo. »

Je ne savais pas écrire mais je savais que l'accent d'un récit, le mouvement et la respiration des mots étaient capables de saisir le lecteur à la gorge et de l'empêcher de s'arrêter de lire.

Je savais qu'en écrivant : « Ils étaient tous autour du poêle quand il entra », non seulement j'éveillerais l'attention mais que par surcroît je fournirais à mon imagination le grand air du dehors, la grande aspiration qui transforme la fumée en flamme.

Et il va sans dire que dès l'abord, et cette résolution ne me quittera jamais, je ne réclamai pas l'adhésion des intellectuels, je ne visai pas une élite mais une honnête moyenne de lecteurs tels que moi, ayant envie de profiter de la vie et curieux de celle d'autrui. Je ne recherchais pas le lecteur de Giono, ni non plus celui de Thyde Monnier. Ma parole tâtonnait vers quelqu'un ou vers quelque chose dont j'apercevais à peine la nature. Quelqu'un qui aurait pu pleurer à côté de moi ou rire de ce que j'écrivais. Quelqu'un qui aurait respiré à ma hauteur, ni plus haut ni plus bas. Et j'avais adopté pour le séduire cette tonalité dont je parlais, qui devait me permettre d'être totalement clair sans jamais aucun amphigouri ni ambiguïté.

Hélas, il y a loin de l'intention à la possibilité. J'aurai, pendant tout le temps où je vais écrire ce livre, la certitude que j'imite Giono dans ce qu'il a de moins bon : une certaine présomption, une certaine ambition poétique de mauvais aloi. Mes personnages sont rigides, empruntés, tous coulés dans le même moule comme santons dans une crèche. Ils sont peu crédibles, conventionnels et sans variété. Mes dialogues sont plats et sans humour et je ne peux pas élever mon écriture, l'aérer, la rendre légère. Elle retombe sans cesse comme une mauvaise mayonnaise. Je suis prisonnier de ma médiocrité, de mon immaturité. Il avait raison Giono avec son *incommensurablement*. Il me manque, et c'est le plus grave manquement car il ne s'acquiert pas, le sens du comique (la *vis comica*), le seul élément qui permette de donner à une œuvre assez de recul pour lui éviter l'emphase.

Et néanmoins, le nez sur l'humidité rougeâtre du papier peint, je m'obstine. J'éprouve même un certain plaisir à être emphatique. Je viens de m'inventer une héroïne factice que je ne voudrais pas rencontrer dans la vie. La portant en moi, la décrivant, la faisant convoiter par mon instituteur, jamais je n'entrerai en érection pour elle.

Mais je crois que je l'ai inventée à cause de Thyde. J'ai fait promettre à celle-ci qu'elle ne lirait pas une seule ligne de mon livre tant qu'il ne serait pas achevé, mais je sais qu'elle ne pourra pas se tenir et que, dès ma première absence, elle va se jeter sur mon cahier pour le dévorer. Et comme elle est d'une jalousie maladive, elle va tout de suite chercher chez mon héroïne quelqu'un de notre entourage qui pourrait m'avoir inspiré. Heureusement, par précaution, je l'ai affublée d'un de ces prénoms dont on a extirpé le ferment érotique à tout jamais : je l'ai appelée Henriette.

J'avais d'abord pensé à prendre pour modèle Doussia, l'amie de Volodia dont Thyde me soupçonne d'être amoureux.

— Non pas tant pour elle, me dit-elle, mais parce qu'elle a été la maîtresse d'Ilya Ehrenbourg.

Là, je me récrie avec colère, que Thyde puisse m'imaginer admiratif de ce Russe me hérisse. J'ai ouvert une fois un de ses livres. Il m'est tombé des mains à la dixième page. Elle insulte aussi Doussia d'ailleurs, car celle-ci a des attraits qui suffisent à la faire aimer.

Mais je ferme les yeux sur toutes les femmes de Saint-Pierre. Nous sommes menacés. Un conflit sentimental serait catastrophique dans notre situation. Je me cantonne dans la masturbation systématique en pensant à Rosette qui me frôle à tout instant sans songer à mal.

Je n'ai pas d'autre exutoire. Thyde m'a prévenu :

— Tu sais, avec ce que j'ai fait pour toi, je ne laisserai personne te prendre à moi.

Je me prosterne. Je proteste que je n'aime qu'elle, ce qui est peut-être vrai à l'instant présent. Je me garde de m'interroger là-dessus. Elle a déjà démystifié le peuple en annonçant à la mère Biboud, laquelle a pris la chose avec un étonnement poli, qu'elle n'était pas ma mère mais ma maîtresse. Certaines femmes de Saint-Pierre ont deviné en elle un esprit libre, propice à recevoir des confidences. Déjà j'ai entendu de sa bouche quelques histoires qui ont été suivies de l'irrémédiable : « Si vous connaissiez ma vie vous en feriez un roman. » À croire que la moitié de l'humanité n'a vécu et n'a souffert que dans l'espoir d'inspirer un créateur. Mais pour l'instant Thyde est aux prises avec *Barrage d'Arvillard*, ce qui est bien autre chose qu'une histoire d'amour. C'est la première fois que l'amour tient si peu de place dans l'œuvre de Thyde. Elle vient de le commencer en toussant, en crachant, dans cette chambre où elle gèle, qui suinte l'humidité sous le papier peint et que nous chauffons avec un réchaud électrique. Elle vient de le commencer en ayant peur pour moi, en ayant peur pour elle, en ayant peur des orages lesquels, à mon grand étonnement, éclatent ici en plein automne. Elle a peur aussi pour le monde entier. Il ne se passe pas de nuit sans que les avions la réveillent. Elle se tourne vers moi, elle me cherche avec ses petites mains attendrissantes. Je la prends contre moi. Il n'y a aucune sensualité possible. La guerre est avec nous, tout contre nous. Nous imaginons, oh, sans peine, les corps martyrisés et déjà morts, de nouveau projetés en l'air.

Mais le matin sans désemparer Thyde enfile ses trois gilets en angora et ses socquettes, et toussant à fendre l'âme, à s'arracher les poumons, elle déploie ses cartes, sa documentation. Elle dévisse son stylo. J'ai fait le café — de l'orge —, mais depuis quelque temps une lectrice du Portugal lui envoie tous les quinze jours un quart de café et trois boîtes de sardines. Tout ça arrive miraculeusement. Pas une seule fois ce colis ne nous sera soustrait pendant le trajet. Nous buvons ce vrai café avec onction, en le savourant comme un vieux cognac. Enfin, en décembre, Thyde dénichera un appartement dans l'immeuble du *Bon lait* qui appartient à madame Jacquemin, la femme du maire. C'est un vrai appartement doté d'une grande chambre, d'une grande cuisine, de deux fenêtres et — merveille —, dans la cuisine, une énorme cuisinière noire munie d'un four et d'une bouillotte. On se mettrait à genoux devant. On fait rentrer du bois, on allume le feu. On se chauffe avec ravissement. On reste longtemps le foyer ouvert pour en contempler les flammes. Il me semble qu'il y a des années que je n'ai plus eu chaud.

J'ai pour travailler, à côté du fourneau, une

grande table ovale recouverte d'une toile cirée à motif de cerises en corymbe. Je crois que c'est une simple toile cirée et qu'il ne sera pas utile de s'en souvenir. Je me trompe. Un jour, dans quarante ans d'ici, je la retrouverai cette toile cirée sur une table, devant un poêle comme celui-ci. Elle aura été le leitmotiv d'un livre, l'obsession qui en me poursuivant m'aura permis de construire tout autour d'elle une histoire qui me captivera moi, à défaut de lecteur. Autour d'elle, deux forbans et un instituteur qui jouent benoîtement aux cartes supputeront le moyen de s'entre-tuer.

Pour l'instant, je n'écris que *L'Aube insolite.* Ce titre m'est venu en tête depuis des années, depuis que mon père me fit lever certain soir pour aller contempler une aurore boréale, spectacle unique au monde sous nos latitudes. J'écris dans le confort, dans la sérénité, dans la paix. Et pourtant !

Nous avons pour voisin de palier un tueur, César. Il vient de Marseille. Il n'a pas de brassard, pas de mitraillette, aucun fusil. Une nuit sur trois, une camionnette à gazogène vient le chercher et le ramène ponctuellement deux jours plus tard. On l'appelle depuis la rue :

— César !

Il répond jovialement. Il dévale l'escalier en vitesse. Il échange quelque plaisanterie avec ses collègues. J'entends leurs rires qui s'estompent dans le bruit du moteur relancé. Il reviendra, dans la nuit aussi, d'ici deux jours mais discret cette fois, on ne l'entendra pas monter l'escalier. Il surgira devant moi le matin, rigolard, ayant bien dormi.

Il s'est pris d'amitié pour moi. Il m'appelle Pierrot. C'est un hirsute bon enfant toujours prêt à plaisanter. Une fois il me convie dans sa turne pour me montrer ses dépouilles opimes. Sur une ardoise d'enfant accrochée au mur, il a tracé quatorze bâtons à la craie. Ce sont les morts qu'il a tués. Il me désigne avec orgueil un casque à croix gammée, une vareuse de galonné bien proprement suspendue à un cintre. Mais son plus beau trophée c'est une croix gammée en or prolongée d'une chaîne en même métal. Il en est très fier.

— Ça aura de la valeur, ça, plus tard ! me dit-il.

César est un fauve sans regard. On ne lit rien dans ses prunelles tranquilles. C'est un fauve sans conscience prêt à risquer sa vie pour tuer quelqu'un. Un héros comme les nations les aiment. Quelqu'un qui tue pour la patrie comme un lion tue pour manger. Ça ne le gênait pas que moi je ne tue pas et que je sois planqué bien à l'abri grâce à des gens comme lui. Il me frappait sur l'épaule. Il savait que j'écrivais, que Thyde écrivait et ça, ça lui en bouchait un coin. Il n'était pas loin d'être admiratif. Et il me dit un jour entre deux portes qu'il tuait pour que Thyde et moi nous puissions continuer à écrire tranquilles.

Il me désigna sur le mur, placardée par quelques punaises, une grande carte de la région. Ses quatorze victimes y sont nommément situées par des cercles rouges qui constellent la carte.

— Plus tard, dit-il, quand je montrerai cette carte à mes enfants, ils seront fiers de moi !

Jamais aucun César ne figurera dans aucun de mes livres. Et pendant des jours, l'ayant connu, le voyant vivre journellement, j'hésiterai, je vacillerai, à continuer d'écrire. La nature me paraît démesurément cruelle pour avoir créé des hommes que leur conscience ne gênera jamais comme si elle leur avait été mystérieusement retirée afin qu'ils puissent perpétrer les actes que les êtres pourvus de conscience ne veulent pas commettre.

Sur le même palier, à la porte en face, demeure mademoiselle Gentile, personnage pâle et fragile, mystérieuse jusqu'au bout des ongles. Elle est adepte de la Christian Science et invite vivement tout ce qui passe à sa portée, y compris César, qui la traite de folle, à la rejoindre dans cette croyance. Mais il y a des jours entiers où elle se dispense de tout prosélytisme. On l'entend crier « Dios santo ! » par tout l'immeuble. On la voit passer funambulesque, se promenant sur le palier un doigt contre le front pour comprimer la douleur. Elle est atteinte d'une névrose faciale dont j'ai oublié le nom.

Entre le tueur, la Christian Science adepte, les Fresco qui fêtent leur jour de l'an en plein été et deux écrivains qui bâtissent leurs romans à six mètres l'un de l'autre, l'immeuble de madame Jacquemin est bien pourvu en personnages étranges. La scierie Jacquemin d'ailleurs n'est pas en reste. Monsieur Jacquemin, maire du pays, fabrique des cercueils pour les Allemands. Pour les vieux du pays c'est un divertissement et un indice. Le tas devant la porte qu'on expédie tous les huit jours ne diminue guère, reste stable, puis commence à grossir. Les vieux appuyés sur leur canne évaluent, hochent la tête :

— Vains dieux ! Il en meurt quand même pas mal !

Il m'est difficile, en écrivant mon roman, d'évacuer la réalité de Saint-Pierre. Maintenant, c'est de jour comme de nuit que défilent les bombardiers. Leur jugement dernier est interminable, omniprésent, omnipotent. À quatre mille mètres d'altitude, il arrive que nous apercevions une aile qui scintille, une hélice qui capte un rayon de soleil. Tout le monde est sur la place. Tout le monde a le nez en l'air. Madame Périer applaudit à tout rompre.

Il y a des cadavres de collaborateurs dans les caniveaux et les ravins des routes et des cols. La panique est partout. Toutes les nuits quelqu'un hors d'haleine tambourine à nos portes.

— Sauvez-vous ! *Ils* montent.

Ils, ce sont les Allemands, les SS, la Gestapo, on ne sait pas. On s'éparpille dans les granges du Crêt-du-Poulet ou de Bramefarine, réconfortés par force gnôle. C'est une fausse alerte. Il n'y en aura jamais de vraies. Mais la peur se venge. On est ivre de nuits blanches.

Les Juifs avec qui nous nous sommes liés ont peur

pour de bon, tout le temps et avec raison. J'entends dire aujourd'hui qu'ils ne savaient pas, que personne ne savait. C'est faux. Ils en parlaient entre eux des fours crématoires. Une espèce d'osmose funèbre s'était tissée au fil des gares et des rails qui vont de France en Pologne. Il y a toujours un pour dix mille qui échappe par miracle. C'est la proportion. Sans cela tout le monde serait mort à Verdun. Ici, ils ont peur à juste titre. Et nous comprenons qu'il est aussi vain d'essayer de les rassurer que s'ils se savaient atteints d'un cancer. Leur cancer c'est d'être juifs. Le temps presse pour tout le monde : les Allemands qui doivent exterminer le plus grand nombre de Juifs possible avant d'être vaincus et les alliés qui doivent s'efforcer d'en sauver le plus possible. Tous les soirs à la radio brouillée, les appels, les messages personnels crépitent, s'étoffent, deviennent de plus en plus précis.

Un matin d'été, allant chercher le pain, je rencontre le fils Marcus qui en revient. C'est un jour comme à l'ordinaire, l'oie de madame Périer menace mes arrières et les oiseaux pépient dans les platanes.

— Vous avez vu ? me dit le fils Marcus sans élever le ton. Ils ont débarqué !

Je suis incrédule. Je cours aux nouvelles chez les Janet. Oui c'est vrai, ils ont débarqué. Dalet n'est pas chez lui. Il doit être en train de réveiller ses troupes. L'ordre de soulèvement général sera donné en France, comme toujours un peu prématurément.

Il y a l'Armée secrète dont les chefs sont ivres de revanche, même si leurs troupes sont mal armées. Il y a le parti communiste qui a besoin de cent mille fusillés pour asseoir son slogan. Nous sommes tous rivés aux postes de radio. D'abord nous ne comprenons pas grand-chose : Sainte-Mère-l'Église, Arromanches, l'embouchure de la Vire, mais Philon D. Fresco s'est procuré, je ne sais comment, une carte détaillée du département de la Manche.

On est chez les Janet. On n'ose plus manger. Eux aussi ont une carte du Calvados qui déborde sur la Manche. La mère Janet nous fait vite quelques matefaims. Elle tourne sa pâte devant la radio. La radio est devenue une bouée de sauvetage. On s'y cramponne. On suit avec le doigt, mais le territoire de France délivrée est si petit mon Dieu que Philon D. Fresco, qui s'est procuré de la ficelle rouge et des épingles à tête bleue, ne peut même pas encore en planter deux. C'est sur quelques centaines de mètres que pendant ces jours notre sort va se jouer.

Et c'est alors que se produit à Saint-Pierre un événement épouvantable.

Il y a d'immenses vignes à Saint-Pierre, parfois plus hautes qu'un homme pour aller accrocher le soleil, parfois conduites en treille, avec des grappes qui sont atteintes du même gigantisme que les épis de blé qui sont ici deux fois plus gros que ceux de Provence. Le vin qu'on tire de ces grappes est sympathique.

Un vigneron qui a son tonneau dans une petite

cabane au milieu de son bien mais réside au village, s'aperçoit un jour qu'on lui vole son vin. Il se met une nuit à l'espère. Mais les voleurs sont deux. Quand ils se voient surpris, ils estourbissent le vigneron et s'enfuient. En chemin l'un dit à l'autre :

— Il faut retourner le sécher sinon il va nous dénoncer !

Ils achèvent le malheureux à coups de pierre. J'ai cru pendant longtemps sur la foi de ce qu'on disait alors que ces deux jeunes faisaient partie du maquis. Mon ami Arsène Janet m'a assuré avec indignation qu'il n'en était rien et que c'étaient de simples voyous.

On les arrête, on les interroge. Le parquet (qui est au maquis) instrumente. Le tribunal se réunit. Ils sont condamnés à mort tous les deux. La population est avertie. Ils seront exécutés sur la place de la Mairie le lendemain à cinq heures du matin. Tout le monde devra assister à l'exécution. Il s'est écoulé trois jours entre le crime et la sentence.

Thyde a pris une femme de ménage qui s'appelle Incarnation. Elle l'a choisie parce qu'elle est couverte de boutons d'acné et qu'elle croit qu'ainsi ce laideron n'excitera pas ma convoitise. Cette jeune fille, elle a dix-huit ans, habite la cité de l'usine, à côté de la famille d'un des assassins. Ainsi nous pouvons suivre tout le drame par le verbe d'Incarnation. Il paraît que la sœur du coupable est allée supplier la veuve du vigneron pour qu'elle demande la grâce de son frère.

— Moi ? a répondu la veuve. Que j'aille demander leur grâce ? J'irai les voir fusiller tous les deux demain matin !

Je m'éveille à cinq heures moins dix. Un grand piétinement parcourt la rue de Saint-Pierre.

Comme le maquis a ordonné que tous les habitants soient présents à l'exécution, madame Périer frappe fermement à tous les volets du rez-de-chaussée sur toute la longueur de la rue qui fait cinq cents mètres.

— Allez, allez ! Levez-vous ! On va les zigouiller !

Madame Périer figure à elle seule ces pétroleuses de la Révolution qui s'en allaient tricoter gaiement au pied de la guillotine. Elle est un raccourci de la France à elle toute seule.

D'abord nous sommes tous loin des deux poteaux d'exécution, mais l'adjudant en tenue qui tout à l'heure commandera le feu nous enjoint de nous rapprocher. Il veut faire un exemple. Le parquet aussi, les gendarmes aussi qui sont là en tenue.

Alors l'oie de madame Périer qui doit se demander ce que signifie tout ce remue-ménage sur son terrain de promenade, l'oie de madame Périer s'avance en majesté, forte de ses douze kilos et de son bec en dents de scie. Elle caquette doucement, interrogative, semble-t-il. Elle se dandine entre les groupes en sifflant un peu. L'adjudant qui va commander le feu la regarde d'un œil mauvais, la désigne d'un doigt vengeur, hurle qu'il ne tolérera pas ! L'oie siffle, gonfle ses ailes, ouvre le bec.

L'adjudant recule. Madame Périer accourt indignée, la chasse à grands coups de tablier. Elle ne tolérera pas elle non plus que son oie bien-aimée nuise au bel ordre de la cérémonie.

Pendant ce temps, la veuve a parcouru les quatre cents mètres qui séparent sa maison de la place. Deux gendarmes accourent pour la soutenir. Elle fait signe d'un geste sec de la main qu'elle n'a pas besoin de soutien. Elle se campe à gauche des poteaux avec son voile noir qui lui descend jusqu'à la ceinture et sous lequel elle est invisible. Elle veut que les assassins la voient bien en mourant. Il n'y a pas de prêtre. Sans doute est-il au maquis, clandestin, anonyme, avec le seul secours d'une croix à son cou sous les oripeaux de maquisard.

Presque en silence pendant ce temps une camionnette à ridelles est venue se ranger devant les poteaux. Les deux assassins sont au fond entassés. Quatre solides gaillards (quatre pour chaque homme) les extraient de là à grand-peine. Les deux condamnés ont des soubresauts prodigieux pour échapper. Ils hurlent qu'ils ne veulent pas mourir. On les traîne sur six mètres. La trace de leur résistance restera imprimée huit jours sur l'asphalte et comme les poteaux auront disparu on pourra se demander à quoi riment ces étranges sillons.

Enfin on les a, plus ou moins debout et toujours hurlant, attachés à chaque poteau. L'adjudant lit la sentence à toute vitesse. C'est un papier. Il le replie, l'enfonce dans une poche. Quatre hommes avec des mitraillettes sont devant les poteaux, très proches des condamnés.

— En joue ! Feu !

Après la salve l'étrange silence, et l'adjudant qui se précipite revolver au poing et tire sur chaque supplicié. Un seul coup, derrière l'oreille.

Sauf madame Périer qui applaudit vigoureusement et crie victoire, il n'est pas une seule des trois cents personnes rassemblées qui songe à la victime. Et moi non plus.

Nous sommes tous atterrés par le spectacle que viennent de nous offrir ces deux meurtriers. Nous avons leur peur et leur agonie fixées sur la rétine. Nous ne pouvons chasser de nos narines l'épouvantable odeur de caca qu'ils ont laissée derrière eux tandis qu'on les traînait au poteau. Le coup de grâce parfaitement entendu, nous le sentons exploser derrière nos propres oreilles. Compassion ? Non pas ! Mais beaucoup plus mystérieux que la compassion cette osmose qui nous soude, ces assassins et nous.

Pourquoi notre pitié va-t-elle toujours plus aux coupables qu'aux victimes ? Tous ceux-là autour de moi qui frissonnent et pantellent, ils n'ont ni pantelé ni frissonné quand ils ont appris la mort du pauvre vigneron. Nous pourrions penser, ne serait-ce que pour nous justifier, au terrible moment où la victime a probablement entendu ses bourreaux « revenir pour le sécher », selon leur propre aveu, et des coups de pierre sur le crâne vous donnent loisir de voir venir la mort plus longtemps que l'explosion d'une balle derrière l'oreille. Mais non, notre attention passionnée est étrangement tournée vers les coupables et aujourd'hui encore je me demande pourquoi.

Tandis que nous nous dispersons presque furtivement, les avions aussi reviennent de leur mission, invisibles, scintillants là-haut, dans le soleil levé. Tout le monde les applaudit.

D'un côté, le vigneron à l'église qu'on va enterrer seulement ce jour car il a fallu l'autopsier et il y a eu un dimanche après le crime ; de l'autre les deux assassins gisant dans le camion de boucher réquisitionné et qui va aller rendre les corps aux familles. Ils y ont été balancés sans ménagement, car ils ont donné tant de mal pour les extirper de là lorsqu'ils étaient encore en vie qu'on ne peut pas se défendre d'un peu de rancune pour leur dépouille. Là-haut, à quatre mille mètres, défilent les assassins en gros où, chez eux aussi, quelques-uns sont portés manquants.

Dans l'air clair du paisible Saint-Pierre-d'Allevard aucune danse macabre ne peut être mieux rassemblée chez aucun peintre pour évoquer l'horreur, mais l'espèce humaine, selon Eliot, ne peut pas supporter beaucoup de réalité et tous, le nez en l'air, nous applaudissons à tout rompre ces escadrilles qui vont raccourcir la guerre.

Thyde m'attend dans son lit, écrivant déjà. Elle a été dispensée du spectacle par la charitable madame

Périer. Cela ne l'empêchera pas d'en faire un livre qu'elle appellera *Le Vin et le Sang.*

L'épisode passa comme lettre à la poste car nous avions bien d'autres chats à fouetter. Maintenant les fausses alertes avaient lieu non seulement la nuit mais le jour aussi, au moment de la sieste. Il faisait chaud, très chaud.

— Acré les gars, les Boches arrivent !

Et nous voici tous éparpillés par les drailles de Bramefarine, nous enterrant sous les fascines, grimpant aux épicéas, morts de peur et de regret car nous sentons bien que la fin approche et nous voudrions bien être là pour la voir.

Les Fresco avaient maintenant installé contre le mur de leur salle à manger une carte de la Normandie avec l'énorme appendice du Cotentin, laquelle à elle seule eût suffi pour les expédier aux camps de la mort si déjà ils n'eussent été juifs.

Nous étions suspendus à ces épingles à tête rouge, à ce fil à peine visible qui traversait les morts, les chars incendiés, l'odeur de défécation qui traîne souveraine sur tous les champs de bataille. Nous n'avions plus qu'un seul mot en mémoire qui occultait tous ceux que la suite des civilisations nous avait enseignés ; un mot aussi mémorable que l'avaient été pour l'humanité le défilé des Thermopyles, Waterloo ou Verdun.

Ce mot c'était Avranches. Derrière les quatre mille chars qui s'entrechoquaient et s'exterminaient entre Saint-Lô et Caen, nous savions que des forces s'accumulaient lesquelles calculaient que si l'on réussissait à dépasser Avranches, il n'y aurait plus devant soi qu'un immense vide.

Ce pays de Normandie que je n'avais jamais vu de ma vie, je m'éveillais à deux heures du matin en l'imaginant. Ayant fui de nouveau en quelque grange de Bramefarine et rotant une dernière lampée d'eau-de-vie, j'entendais la bataille. Je dénombrais les morts. Les bombardiers qui passaient n'avaient plus d'importance. Notre vie se jouait ailleurs : à Avranches. Philon D. Fresco se promenait de long en large devant sa carte en se rongeant les poings. Parfois il lui échappait quelque énormité :

— Mais qu'est-ce qu'ils foutent ?

Pendant ce temps, il y a beaucoup de morts en France parce que l'ordre d'attaquer a été donné trop tôt. La plupart des stèles, élevées un peu partout au bord des chemins, les tombes de deux ou trois résistants à la fois, datent de ces jours-là. De Gaulle lui-même intervient.

— Aujourd'hui c'est la bataille de France et c'est la bataille de la France ! Tout vaut mieux que de se laisser mettre hors de combat sans combattre ! Françaises, Français, le meilleur est au bout du chemin !

Mais voici que le communiqué de Londres emploie pour la première fois le nom de « trouée ». La trouée à deux kilomètres, puis six puis dix. L'embouchure de la Sée est franchie. Un beau jour, dans le communiqué allemand que publie *Le Petit Dauphinois*, on voit apparaître le nom de Saint-

Hilaire-du-Harcouët. Alors monsieur Fresco promptement déplace son fil rouge entre deux épingles. Il clame :

— Ils sont passés !

C'est le grand déferlement du fleuve guerrier à travers la France, à travers l'Histoire, à travers nos consciences.

C'est alors que la guerre que je suis en train de raconter dans mon livre me paraît risible, incongrue, étriquée. J'ai envie de jeter au feu mes cahiers bien remplis. Je pleure littéralement sur la suprématie de la réalité par rapport à la fiction. Comment sublimer la guerre d'aujourd'hui comme le fit Thucydide avec celle du Péloponnèse ?

Cependant, un beau matin, la guerre fait irruption dans ma vie. Mais ce n'est pas la guerre des batailles sordides, c'est celle de la victoire. Elle apparaît, elle surgit irréelle, entre la maison Jacquemin et l'épicerie Martin. Je me souviens : je suis en train d'échanger quelques banalités au bord du trottoir avec monsieur Philon D. Fresco, moi en short, lui en gentleman prêt à partir pour la City. Il était ainsi, le cher Philon, un peu ridicule, infiniment bon, infiniment respectable. Il est pour toujours lié à cette vision. Soudain je tends le doigt vers la route. Je crie :

— Là ! Là !

Pour désigner la chaussée à laquelle monsieur Fresco tourne le dos. La vision que je désigne, c'est un tank camouflé comme un chasseur de la jungle, vert et jaune. Ses chenilles sont aussi neuves qu'une paire de chaussures à peine étrennées. À sa suite déferle une armée innombrable et briquée à mort. Elle n'a encore rencontré devant elle que des routes poussiéreuses et des ornières. Elle n'a pas tiré un coup de fusil. Ses canons sentent l'huile de l'usine. Eux non plus n'ont pas tiré une bordée. Comment je sais ça ? Parce qu'il y a un homme dans la tourelle et que, profitant de ce que le tank s'est arrêté pour laisser passer le char à bœufs de Janet, je l'ai escaladé et que je suis en train d'embrasser cet homme et d'essayer de le serrer contre moi, en dépit de son fourniment, de son casque, en dépit de tout l'acier qui l'entoure et où je me salis de graisse en mettant mes mains pour m'équilibrer sur le canon lui-même. Je hurle :

— Vive les Américains !

À Saint-Pierre-d'Allevard je suis le premier à le faire. Philon D. Fresco fait comme moi. En dépit de ses guêtres, en dépit du pli de son pantalon.

— C'est un Néo-Zélandais ! me dit-il entre deux embrassades.

C'est une Amazone d'armée. Elle se répand sur la place, dans les venelles, elle s'engorge sur la route à pas d'escargot, pléthorique. Elle n'a que faire de Saint-Pierre-d'Allevard. Elle coule, elle s'écoule, comme la crue d'un fleuve. Elle coulera pendant dix semaines au même rythme. C'est à peine si entre ses tronçons nous pouvons passer à la hâte pour traverser la route jusque chez Martin, jusque chez

Biboud. On lui clame de s'arrêter, de venir boire un coup. On crie :

— Vive les Américains !

Je me précipite jusqu'à la fenêtre pour planter un drapeau tricolore et un drapeau étoilé. C'est madame Périer qui vient de me les donner. Elle en avait plein son arrière-boutique pour ce jour-là. En refermant la croisée sur une hampe fixée, je casse un carreau.

C'est le 25 août 1944. Le soir nous somme tous haletants devant le poste des Fresco. Pour la première fois, il n'y a plus de brouillage. Et dans ce minuscule morceau de bois ajouré, une voix formidable parle :

— Paris meurtri ! Paris endeuillé ! Paris martyrisé ! Mais Paris libéré !

Car la libération de Paris a coïncidé avec la nôtre. De Gaulle parlant de ce jour et du peuple qu'il a devant lui écrira : « C'est la mer ! » À travers notre misérable petit poste de radio sous le silence qui écoute cette voix, nous pouvons percevoir le barattement, le souffle, cette respiration unanime. Il n'y a plus que Thyde Monnier pour penser aux morts.

Le lendemain, notre premier acte d'indépendance c'est d'aller chez Raffin au bureau de tabac où au lieu du *Petit Dauphinois* nous trouvons une feuille aussi chétive mais qui s'appelle *Les Allobroges*. Longtemps j'ai gardé la collection de ce quotidien pour les dix semaines que nous allions encore vivre à Saint-Pierre-d'Allevard, puis je l'ai perdu au cours de la vie.

Je me souviens encore de ce regard désolé que nous avons échangé avec Thyde au lendemain de cette libération, lequel pouvait se comprendre sans paroles. Nous exprimions notre désespoir que par rapport à cette histoire grandiose et que d'autres allaient avoir à raconter, les nôtres fussent désormais obsolètes.

Et pourtant on s'y est remis. Je n'avais plus guère que trente pages à écrire. Elles l'ont été dans la sérénité de la résignation, dans la tristesse, alors qu'autour de moi tout le monde exultait. Pour la première fois de ma vie j'ai été écrasé par la perception très nette de n'être pas en phase avec le siècle, d'avoir été largué par l'Histoire au bord du chemin. Des choses flamboyantes allaient s'écrire qui me reléguaient au rayon des œuvres avortées et cette sensation depuis ne m'a jamais quitté.

Cependant, Saint-Pierre vivait une révolution personnelle qui faisait beaucoup de remue-ménage. Dès le 26, un rassemblement se forma au début de la rue, au coin de la place. C'était Dalet et d'autres qui clamaient après le fabricant de cercueils. Un paysan, qui sera maire ensuite et qui brandit une paire de chaussures d'enfant manifestement trouée, est en train de s'exclamer :

— Voilà ce que nos enfants portent à leurs pieds pendant que monsieur le maire fait fortune avec les Allemands !

La foule, dominée par cette paire de chaussures brandies à bout de bras, se dirige vers la demeure de monsieur Jacquemin où elle brisera dans l'atelier quelques cercueils qui restent. Thyde n'a pas pu se tenir de se mêler à cette manifestation.

Elle interpelle Dalet nommément.

— Et alors ? Et le directeur de l'usine lui ? Il a sorti les drapeaux ! Et il a fabriqué des roulements à billes pour les Allemands ! C'est pas de la collaboration, ça ?

Dalet la regarde durement puis il détourne le regard et, le bras levé en direction de la foule, il s'écrie :

— Désormais tous ceux qui ne sont pas avec nous sont contre nous !

On se dirige résolument vers la maison de monsieur Jacquemin. Lui n'est pas là, mais sa femme est sur le balcon, un peu désarçonnée par tant de haine. Certains montrent le poing, d'autres vont à l'atelier et commencent à donner des coups de pied dans les cercueils.

Alors Thyde se détache de la foule. Elle gravit tranquillement les marches qui conduisent au balcon où se trouve madame Jacquemin. Elle lui tend la main en lui disant :

— Nous nous comprenons, n'est-ce pas, madame ?

Un mètre cinquante-trois de résolution interne fait plus que force ni que rage. La foule en maugréant après ces étrangers qui viennent faire la loi, se disperse lentement pour aller vaquer à ses occupations.

À propos de l'ire de Dalet, d'ailleurs, je me suis toujours demandé en quoi ce fabricant de cercueils pouvait bien faire obstacle aux visées du Parti ?

Nous dormons tranquilles pour la première fois depuis des mois en dépit des avions qui continuent à déferler encore quelques jours, puis c'est le silence. La libération des territoires fait qu'ils n'ont plus besoin de passer au-dessus de nous. On a réquisitionné la maison du général Dentz pour y entreposer provisoirement les prisonniers. Souvent des camionnettes s'arrêtent. Encadrés de maquisards, des hommes blonds descendent un peu titubants. Quelques villageois veulent leur faire un mauvais parti. Alors je vois César menaçant, la mitraillette braquée qui interpelle la foule :

— Pas touche aux prisonniers ! Si vous voulez en faire vous n'avez qu'à aller en montagne ! Y en a encore !

Un soir, rentrant d'Allevard où nous somme allés au cinéma avec les Bauberman, nous trouvons devant la porte Denise Fresco effondrée.

— Vous ne savez pas ce qui nous arrive ? André veut s'engager !

— Mais il est turc !

— Oui, mais il se sent juif d'abord ! Il veut participer à la guerre. On a tout essayé, il nous a dit que sa résolution était prise !

Elle est désolée. La mère Fresco sort à son tour de l'appartement. Elle est en larmes.

— Notre seul fils ! dit-elle. Nous aurions fait tout ça pour qu'il aille se faire tuer à la guerre !

Denise me regarde droit dans les yeux.

— Vous qui savez, dit-elle, vous devez le dissuader !

Je hoche la tête. L'enthousiasme de la libération est tel que je ne suis pas sûr moi-même de n'avoir pas été tenté. Néanmoins, je dis que je veux bien essayer.

Je me retrouve donc seul à neuf heures du soir avec André Fresco. Nous nous tutoyons. Il est plus jeune que moi mais de peu. C'est un garçon enjoué et heureux de vivre qui jusque-là se laissait bercer par sa mère et sa sœur, mais surtout sa sœur.

Quand je suis seul avec lui je commence sur le ton de la plaisanterie :

— Que ferait un mort de plus parmi tant d'autres morts ?

— Mais je ne mourrai sûrement pas.

— Ça dépend comment va tourner la guerre. Si elle retourne à la guerre de position, on te fera attaquer des endroits imprenables comme en 14 et alors tu mourras.

Je lui parle de l'inutilité des guerres. « Mais celle-là était utile », dit-il, et je suis bien obligé de reconnaître que si on voulait débarrasser le monde de ce fou il fallait bien lui faire la guerre.

— Mais maintenant, lui dis-je, tu crois pas qu'ils sont assez ? Un mort de plus ça ne serait qu'un symbole, tu ne peux pas te faire tuer pour être seulement un symbole. Tu n'es pas curieux de ce qui va se passer après ? Moi, je t'avoue que c'est la principale raison qui me fait résister aux pressions.

— Oui, mais toi tu n'as rien à venger.

— Tu as une autre façon de le faire et beaucoup plus efficace : procréer ! Tu es juif, avec l'hécatombe que Hitler doit avoir faite des tiens, tu as meilleur temps de faire des enfants plutôt que de te faire tuer.

Je lui sortis toutes les citations pacifistes que je connaissais. Ça en faisait beaucoup et notamment Giono : « Il faut plus de courage pour être pacifique que pour être guerrier. » Je lui ressortis même le père Hugo :

Tout cela pour des altesses
Qui vous sitôt enterrés
Se feront des politesses
Pendant que vous pourrirez !

Et tandis que je lui parlais doucement, que je le voyais fléchir, je me demandais de quel droit je faisais ça ? Nos actes nous suivent, certes, mais ils sont muets. Nous ne savons pas, nous ne savons jamais quand nous nous mêlons de peser sur le destin d'autrui si nous avons bien ou mal fait. Ce qui me paraissait bon pour moi, l'était-il pour André Fresco ? N'allait-il pas regretter un jour de n'avoir pas fait la guerre ? Elle en aurait peut-être fait un homme déterminé alors que, dans le cocon familial, il était plutôt le contraire.

— Tu les as vus, tout à l'heure ? Ceux qui conspuaient le maire, ceux qui voulaient sortir les prisonniers pour les molester. C'est cela qui te tente ? C'est ça que tu veux être ?

Je parlai jusqu'à trois heures du matin. Je pense l'avoir à peu près convaincu que c'était désormais inutile d'ajouter un grain de sable aux millions qui savaient pourquoi ils se battaient. Quand je me levai, ankylosé et me tenant les reins, je lui dis en plaisantant :

— Eh ben ! C'est moi qu'on aurait dû appeler Israël !

— Pourquoi ? me dit-il avec un doux sourire.

— Comment ? Tu ne sais pas ?

— Pourquoi devrais-je savoir ?

J'admirai qu'un Juif ne connût pas l'origine de sa race. Je me gardai de le lui expliquer.

Le lendemain même, de bonne heure, un gros taxi vint se ranger devant l'immeuble où logeaient les Fresco. Ils avaient fait leurs valises en toute hâte. Tout était prêt dans le corridor. Ils s'engouffrèrent tous dans la voiture, André bien serré entre sa mère et sa sœur et Philon devant, triomphal à son habitude.

Mademoiselle Fresco garda ma main dans la sienne plus que de raison en me la serrant pour la dernière fois.

— Nous nous comprenons tous les deux, dit-elle.

Dans le luxueux taxi qui les emportait, je vois son visage tourné vers moi par la lunette arrière qui s'imprime dans mon souvenir. Elle ramène à la maison son frère chéri. Par lui elle ne m'oubliera pas.

Le taxi a donné des idées à Thyde. Elle en a assez de Saint-Pierre-d'Allevard, moi aussi. Nous bramons après Manosque tous les deux d'un commun accord. Les voies sont coupées, les trains ne circulent plus. Un mécanicien de La Rochette (à deux pas d'ici) possède une Hotchkiss confortable et il se fait pas mal d'argent en rapatriant les réfugiés. Nous le prenons. Le 13 octobre nous quittons Saint-Pierre sans espoir de retour, ingrats envers ce pays auquel peut-être nous devons d'être en vie.

Nous rapportons au moins quinze kilos de gelée de framboise faite avec celles que je suis allé ramasser dans les profusions du Crêt-du-Poulet où, cet été, elles ont été particulièrement abondantes. Nous rapportons deux cageots de reinettes vertes qui embaument le taxi. Promettant de nous retrouver un jour, nous nous sommes fait de grands adieux avec les Biboud, les Dalet, les Martin, les Janet, les Bâtard et nos amis Volodia et Doussia qui rentrent à Paris cette semaine. Mais c'est comme le rideau qui tombe sur une tragédie. Sauf les deux derniers, nous ne reverrons jamais tous ces êtres qui nous ont secourus.

Les hommes de mon âge se souviennent qu'il y a soixante ans, la route qui va de Monestier-de-Clermont à La Faurie-Montbrand était bordée de grands érables qui dataient du temps des diligences. En ce 13 octobre 1944, ils ont allumé d'immenses lanternes tout au long du chemin. Notre taxi qui gravit majestueusement et à petite allure les pentes du col de la Croix-Haute les révèle par bouquets, par touffes et lorsqu'ils sont trop gros, par individus casqués de pied en cap de samares rouges illustrant le feuillage jaune des arbres.

Nous ne cesserons pas de nous exclamer de bonheur devant tant de luxe déployé. Nous avons oublié notre condition humaine d'amants dépareillés et d'exilés rentrant dans un pays qui peut-être ne va pas nous reconnaître.

Nous serons heureux pendant deux cents kilomètres à cause de ces érables car la nature nous unit Thyde et moi.

Ici, j'ai quelque mal à me suivre, car je vais évoquer une époque où je ne voyais pas très bien à travers ma vie.

Quand nous débarquons de notre taxi à Manosque devant l'atelier de charron Vinatier frères, là où Thyde a loué un appartement au premier étage, nous nous rendons compte tout de suite que Manosque est froide et sévère. Dans leur atelier, les frères Vinatier, que j'ai toujours connus prolixes et fort disants, se taisent comme si quelque chose leur faisait peur. Pourtant ici aussi la libération est passée. On ne craint plus rien des Allemands.

Je quitte tout de suite Thyde pour courir vers mes parents. Leur joie me ravit et je me retrouve bien dans ce couloir étroit de la rue Chacundier où rien n'a changé. Rien n'a changé ? Si : dans la glace au-dessus du buffet, fichée dans le coin en bas, une photo : celle du maréchal Staline. Jamais mon père n'a eu dans la maison un seul fétiche, une seule preuve de son identité communiste, aucun livre, même pas *L'Humanité* qu'il lisait au café. Je m'étonne brièvement. Après tout... Non, c'est ma sœur qui s'est prise d'un amour fou pour le régime stalinien. Ceux qui ont lu *L'Aube insolite* et les rares qui ont lu *Lignes de force* se seront aperçus que moi-même, j'avais flirté avec les idées communistes, par amour pour mon père qui l'était, par osmose, par exaltation pour la Révolution française, que je croyais la mère de la Révolution russe. Et pourtant, j'avais lu avant la guerre *La Patrie humaine*, *Le Combat syndicaliste*, journaux qui n'étaient pas tendres pour le Parti ; j'avais lu *Faux Passeports* de Charles Plisnier, Giono m'avait donné à lire les comptes rendus sténographiés des procès de Moscou, j'avais été témoin qu'il s'était désolidarisé d'avec le Parti : « Je n'étais pas communiste, je ne le suis pas maintenant », écrit-il dans *Refus d'obéissance*. Thyde m'avait parlé aussi des trotskistes persécutés, de Victor Serge dont avec Giono elle s'était occupée. J'étais donc bien au fait et sans excuse.

La droite et le régime de Vichy en le vilipendant avaient fait du parti communiste un épouvantail. L'Allemagne nazie en avait fait un parti martyr. Il n'en demeure pas moins qu'en Russie en 1944, le marxisme était bien mort et que les tronçons qui en demeurèrent un peu partout en Europe, mais surtout en France, n'étaient plus marxistes que par malentendu. Mais le grand malentendu c'était que tant de jeunes gens se soient fait tuer et que de ce fait il soit devenu un parti patriote. Car le marxisme en 1944 revendique hautement un patriotisme intransigeant.

J'emboîte le pas à la masse ainsi dévoyée. Je sollicite même par l'intermédiaire de mon père, qui lui n'a jamais dévié, un travail quelconque qu'on me donnerait à faire au sein du Parti local. Mais, par prudence, et bien que je sois réfractaire au STO, on décline poliment mon offre. Mon ami Robert, de Saint-Maime, celui qui était aux chantiers avec moi, est passé par là. Il a maintenant une serviette noire et des responsabilités au sein du Parti. Il se souvient certainement qu'en 1942 je lui ai tenu un discours pacifiste. Le Parti n'a que faire des pacifistes. Les bons communistes se sont enrôlés dans l'armée. Les autres s'occupent de faire des adeptes. Le puissant levier inventé par le Parti qui figure sur tous ses journaux, c'est : « Le parti des cent mille fusillés. » Jean Galtier-Boissière, dans *Mon journal pendant la drôle de paix*, prétendra qu'ils n'ont jamais été que soixante-cinq mille, ce qui lui vaudra de la part d'Henri Jeanson le conseil de s'acheter une cotte de mailles.

Pour moi, en dépit de tout ce que je viens de dire, la vision de cette photo devant laquelle je mange tous les jours avec mes parents me cause un trouble profond. Je regarde ces moustaches impressionnantes, ce regard qui veut être conquérant et qui n'est que dominateur.

Nous ne discutons pas politique ni avec ma sœur ni avec mon père. Ma mère, qui s'est toujours débrouillée pour n'y rien comprendre, essaye de mettre la conversation là-dessus, nous ne suivons pas. Avant le repas, je suis allé m'assurer que le manuscrit de *Périple d'un cachalot* était toujours à sa place dans la cave.

Nous avons décidé avec Thyde qu'elle allait me donner un peu de champ libre pour retrouver mes copains. Mais mes copains, presque tous, sont encore au STO en Allemagne. Ceux qui n'y sont pas travaillent ailleurs. Jef est dans une vallée retirée de l'Isère et Chevaly est à Digne employé au ravitaillement. Le soir, désœuvré, je vais au *Café Glacier* à six heures pour y boire un chocolat.

Ce *Café Glacier* est encombré de gens qui parlent haut et sérieusement. Les collaborateurs sont en fuite ou bien, comme à Saint-Pierre, ils ont été éliminés. On se montre les nouveaux chefs, les nouvelles têtes pensantes, et bien sûr il y a beaucoup de gaullistes car les communistes, eux, ne fréquentent pas le *Café Glacier*.

Mais finalement on ne sait pas encore très exactement qui gouverne. Le maire nommé par Vichy a été immédiatement destitué et mis en prison, en cas de quelque chose, ainsi que plusieurs notables, et naturellement on a coffré Giono, alors que les trois Juifs qu'il héberge sont en train de mourir de faim parce qu'il ne peut plus, ce qu'il faisait à bicyclette, les ravitailler grâce à sa ferme de La Margotte.

En cet octobre luxuriant comme ailleurs et où un Espagnol d'autrefois (c'est-à-dire d'avant-guerre) vend toujours des châtaignes devant la porte Saunerie, je vois des Manosquins de grise mine qui adoptent un profil bas quoique n'ayant rien à se reprocher. La joie de la Libération était sous-entendue. On parlait surtout de punition, d'intolérable indulgence pour les collabos. Les morts au maquis rendaient ici de grands services car ils interdisaient de rire jamais. Des jeunes gens remuants armés de mitraillettes parcouraient les rues la nuit. On bronchait encore moins que sous la botte nazie. Les sifflets pour signaler les lumières (la guerre n'était pas finie) retentissaient plus fréquents, plus vigilants, plus dissuasifs que sous l'ancien régime. Une atmosphère de punition sévissait sur Manosque. Je m'en rendis compte tout de suite sitôt que je voulus parler librement avec un homme seul qui se défila. Le Parti communiste souligne qu'il faut être très vigilant et que la réaction peut encore gagner. On chuchote qu'il y a des caches d'armes prêtes à servir. Ça permet de conserver les mitraillettes, tant chez les FTP qu'à l'Armée secrète.

C'est dans cette atmosphère empoisonnée, malsaine, où à la fin les malins qui attendent leur heure vont gagner ; c'est dans ce Manosque que je ne reconnais pas, où tous les vieillards qui maintenaient notre civilisation semblent avoir fondu dans la tourmente, que je vais moi m'offrir une histoire d'amour pour m'éclaircir le ciel.

Les filles de 1944 ont de hautes coiffures, de hauts talons de liège, de courtes jupes ; comme celles d'aujourd'hui elles se ressemblent toutes, mais moi je vais en distinguer une parmi ces ressemblances que je vais croire unique. Elle s'appelle Ève. Elle est fille de Juifs réfugiés et elle vient librement avec les garçons s'attabler au *Café Glacier* pour y boire un chocolat. Il ne me souvient plus si elle avait de beaux seins, de belles fesses (je ne crois pas). Je tombe en arrêt devant elle et je ne sais pas pourquoi. Peut-être parce qu'elle est seule fille parmi trois garçons, trois amis d'enfance que j'ai connus avant-guerre. On m'interpelle, on m'accueille, on me fait place. Me voilà assis à cette table de marbre en face d'Ève. Je n'analyse pas mes sentiments. Je suis subjugué. Je suis tétanisé. *Je ne sais si je veille ou si je rêve encor.* Peut-être parce qu'elle est seule fille parmi tant d'hommes. Mais non, au hasard des tables je vois d'autres amies d'enfance qui boivent et qui fument.

Ève ne fume pas. Elle avance pour boire sa tasse de chocolat, des lèvres précautionneuses sur lesquelles mes yeux sont rivés. Belle ? Non pas, mais comblant d'un coup ce rêve d'un garçon à jeun d'amour romantique depuis qu'en 1938 il a perdu Louisette sur le boulevard de la Plaine.

Ève est avenante, diserte, parle haut, dit son avis sur tout, met tout de suite à l'aise. Je me persuade qu'elle est intelligente et le soir, faisant l'amour avec Thyde, je pense à Ève mais pas en tant que femme. Je ne la verrai jamais en tant que femme. C'est le terme « jeune fille » qui s'impose à moi sitôt que je pense à elle.

Tous les soirs assidûment je me retrouve au *Glacier* avec les trois commensaux et Ève. Nous parlons littérature, l'un de mes trois camarades, qui sera plus tard un gionien inconditionnel, soutient que Giono ne restera pas parce qu'il n'écrit pas en français. Ève renchérit :

— C'est trop cru ! C'est trop cru ! s'écrie-t-elle.

Je manque en venir aux mains avec le camarade. Je manque abandonner tout de suite cet amour naissant qui n'aime pas Giono. Mais hélas il n'y a pas que la chair qui est faible, l'intellect aussi et je passe outre.

Je fais mieux, comme autrefois ce soir de Noël où j'avouais mes ambitions à une confidente de passage, je prête à Ève le manuscrit dactylo achevé de *L'Aube insolite.* C'est le même soir sans doute que je lui avoue avoir quelque chose à lui dire et qu'elle me répond :

— Oh, mais je sais déjà ce que vous voulez me dire.

Avec une sauvage détermination, je poursuis mon travail de perdition. Il fait un automne nocturne splendide. Devant les réverbères toujours bleu de méthylène tombent les feuilles des platanes. Je suis tellement joyeux que je pense à la mort sans inimitié. Et c'est sous cet automne, par les ruelles où les poulies des fenières grincent encore au vent et tandis que je la reconduis chez elle, que j'avoue à Ève que je l'aime.

— Il ne faut pas, dit-elle. Je suis fiancée !

Et c'est vrai. Elle a un fiancé qui guerroie quelque part dans les Vosges. Elle lui écrit tous les jours. Mais en même temps qu'elle m'avoue cela elle me caresse les mains. Ainsi elle me fait comprendre que j'ai supplanté le fiancé dans son cœur.

Elle loge place des Ormeaux, une maison qui appartient à ma cousine Rose la bouchère et où ses parents ont loué un étage.

C'est une étrange maison à cheval sur deux rues, avec des corridors sonores et obscurs, des escaliers profonds. On peut y entrer soit par la place des Ormeaux, soit par la rue Danton.

Sans doute que la lecture de *L'Aube insolite* l'a persuadée que j'étais un être à part et elle m'aime par curiosité, intriguée, désorientée, entraînée par ma force de persuasion. Naturellement nous n'allons plus au *Café Glacier* tous les soirs. J'arrive par la porte de la rue Danton ouvrant sur le grand corridor. Je l'attends dans un recoin favorable à nos étreintes platoniques. Elle n'a qu'à descendre de chez elle pour venir me retrouver. C'est commode. Je me dis qu'elle a dû en user ainsi avec son fiancé, avant que celui-ci parte pour l'armée.

Naturellement, les trois commensaux se sont aperçus que je leur soufflais leur égérie. Naturellement ils l'aimaient tous les trois mais jamais ils n'auraient osé le lui dire, le promis soldat leur était un obstacle. Le contempteur de Giono qui sera plus tard son plus fervent disciple, la rencontrant un soir seule dans la nuit, lui glisse dans l'oreille que ma mère boit.

Ce soir-là, j'ai de la peine à trouver consentante la bouche d'Ève. Je lui demande ce qu'elle a. Elle finit par m'avouer ce qu'elle sait et de qui elle le tient.

— Tu comprends, dit-elle, je ne veux pas risquer d'avoir des enfants alcooliques !

Cette perspective, avoir des enfants, sur quoi j'étais jusque-là irréductible, me glace le sang mais quand on est emporté par le délire de l'amour on est prêt à tout balayer autour de soi. J'ai déjà renié Giono, je renie maintenant le serment fait à mon grand-père mort et je proteste que ma mère ne buvait pas avant ma naissance.

En un mois, Ève a réussi à me fabriquer une mentalité d'homme à fiancée. Elle fera plus encore, elle m'entraînera au bal des Variétés. Je me mettrai, tant bien que mal, à faire ce dont j'ai le plus horreur : danser ! Car danser est son plus beau souci. Et je suis là, moi, vêtu de ma canadienne en peau d'agneau, de mon pull blanc à la mode de l'époque, cadeau de Thyde, avec mes cheveux en saule pleureur qui me font une tête de chouan et cet air complètement stupide des hommes enamourés. Je vous jure qu'à l'époque je n'ai jamais cessé de me voir ainsi, de me juger de très haut, d'être humilié par ma sottise, de juger ma cavalière dont je n'ai jamais cessé à l'époque de me dire : « Elle a des mollets de coq. » D'ailleurs, curieusement, moi qui suis si privé du corps d'une vraie femme, ni au bal ni dans le renfoncement où nous nous pressons l'un contre l'autre, étreints dans un baiser qui dure parfois un quart d'heure, je ne m'érige pour elle. Sa respectabilité m'inhibe. Sa phrase préférée qu'elle lance avec défi, c'est :

— Je suis une vraie jeune fille.

Elle coquetait amoureusement avec sa virginité. Elle éprouvait beaucoup de plaisir à en jouer, à la faire miroiter à autrui, quitte à en tirer peut-être une jouissance assez analogue à la vraie.

Et pourtant ces étreintes vaines, ces faux-semblants, ces « je t'aime » répétés en pure perte m'ont laissé, grâce au vent qui soufflait dans la cour du patronage voisin sur les platanes défeuillés, une nostalgie poignante et jamais recommencée ; la sensation d'une autre vie que j'aurais pu avoir, aussi joyeuse et aussi belle que celle que j'ai réellement vécue.

Je ne sais pas dans le fond si je ne me jette pas dans cette aventure avec l'espoir secret que ça va tout briser entre Thyde et moi et que je vais repartir dans la vie nu et cru certes, mais dispos pour happer l'inconnu du hasard.

En tout cas je vais être aidé par quelqu'un qui veille dans l'ombre. C'est la sœur de Thyde : Janou. Janou voit d'un mauvais œil se promener autour de l'héritage de sa sœur quelqu'un qui n'a pas vingt-cinq ans. Elle songe à ses enfants, Janou. Elle en a deux.

Se renseignant à droite à gauche, elle laisse mûrir la situation jusqu'à ce qu'elle la juge à point. Alors, elle va trouver Thyde, qui ne se doute de rien puisque nous faisons l'amour toutes les nuits et qu'elle s'endort la tête sur mon épaule. Elle la met au courant dans les détails : l'adresse d'Ève, l'endroit où nous nous rencontrons. Thyde, avec sa combativité habituelle, va frapper chez Ève, tombe sur la fille et la mère, leur clame que je suis à elle et qu'elle ne laissera personne me prendre. Ève épouvantée s'enfuit, la mère met Thyde à la porte non sans l'avoir traitée de salope. C'est Thyde elle-même qui m'en fera l'aveu.

Moi, sans méfiance, je me présente comme d'habitude le soir dans le renfoncement, le cœur battant et friand de caresses fallacieuses.

J'attends. Le clocher de Saint-Sauveur sonne une demie assourdissante selon sa coutume. Je suis là, l'échine glacée d'appréhension, commençant à ne plus me sentir aimé. Le silence, l'absence, la nuit. Le clocher imperturbable qui soudain assène sept coups épouvantables sur mon amour, puis une deuxième fois. J'attends toujours. Le désespoir froid me tombe sur les pieds. Je n'entends plus le murmure du vent dans les platanes ni la trompe lointaine du laitier, lequel au long de ces rues depuis mon enfance berce mon imagination. Mon amour est devenu immense. Et soudain, juste avant que sonne la demie de sept heures, elle est là, toute frémissante, toute tremblante, toute réticente, en proie à l'émotion la plus vive de son existence. À mes bras qui s'efforcent de se refermer sur elle, elle oppose un recul horrifié. Elle murmure :

— Je voudrais être morte !

Et elle me conte par le menu l'intrusion de cette furieuse quinquagénaire qui l'a traitée de salope.

— Ce que ma mère lui a bien rendu ! m'avoue-t-elle.

Je suis atterré. Je suis dans une colère noire. J'échappe à Ève qui n'essaye pas de me retenir. Je me précipite chez Thyde.

— Tu n'as pas le droit de faire ça !

— J'ai tous les droits ! Qu'est-ce qu'elle a fait pour toi cette maigre chèvre qui a des mollets de coq et des genoux qui se touchent !

— Tu t'es pas regardée, non ?

En reproches et en pleurs nous en avons pour jusqu'à minuit puis nous ferons l'amour. Je m'éveille le matin avec le goût amer de la rupture dans la bouche. Le soir je vais quand même attendre Ève sans espoir dans le renfoncement. Elle est là tout de suite. Elle se colle contre moi. Elle murmure :

— Ma sœur m'a dit : pourquoi tu ne le lui laisses pas à cette pauvre femme ? Elle, ce sera le dernier de sa vie. Non ! Je ne veux pas te laisser ! Je ne veux pas que tu me quittes !

Elle est convulsivement attachée à mes poignets, elle me regarde dans l'ombre avec des yeux suppliants. Je fonds d'amour.

Sur ces entrefaites le père du fiancé soldat a eu lui aussi vent de l'affaire. C'est un jeune homme svelte qui file le parfait amour avec son épouse depuis plus de vingt ans. Ils ont eu un enfant, le fiancé soldat, mais il les gêne plutôt dans leur amour qu'ils ne l'aiment. N'importe, ils font ce qu'il faut et ils sont fort inquiets quant à la réaction de leur fils au front si jamais il apprend l'histoire.

Ils me posent le cas de conscience tous les deux, Thyde et lui. J'arrive tout juste à leur promettre d'être plus discret à l'avenir et notamment de ne pas me montrer au bal avec Ève. Il s'en va content, le père, d'avoir fait son devoir.

Mais désormais, entre l'amour et les reproches, nos nuits sont un enfer. Janou appuie de tout son poids sur sa sœur pour que celle-ci me foute à la porte. Thyde tient bon. Elle me fait miroiter tout ce que je perds en la perdant. Je finis par lui dire que je veux les garder toutes les deux, Ève et elle. Elle se récrie. Elle ne supportera pas de partager.

Elle croit, la malheureuse, qu'il y a un remède contre le désamour et moi, par l'indifférence glacée que j'oppose à sa douleur, j'expérimente qu'il n'y en a pas. C'est une grande leçon qu'il ne faudra pas me répéter : chaque fois que dans ma vie on me manifestera du désamour, je me retirerai sur la pointe des pieds, me souvenant parfaitement de ce que j'ai éprouvé avec Thyde en cet automne 1944. C'est ça l'avantage de la mémoire, c'est que l'on se souvient autant de ce qui vous a desservi que de ce qui vous a servi.

Je ne céderai jamais, Thyde non plus. Le pauvre Kit-San, fils de Chinou, pékinois primé, meurt dans l'indifférence de notre affrontement. Thyde qui a tant pleuré sur moi n'a plus que quelques maigres larmes à lui accorder. Je vais l'enterrer tout seul au pied d'un pommier, dans le grand champ de madame Dol, la pitoyable, qui me prodigue sa consolation alors que je n'ai pas de chagrin. Le grand champ ni le pommier n'existent plus. Un collège ou un lycée, je ne sais plus, est assis sur cet endroit poétique où foisonnaient les pâquerettes.

Un événement extérieur va intervenir qui va nous séparer Ève et moi. Les parents qui en ont assez de Manosque où ils s'étaient réfugiés pour échapper aux nazis, ses parents décident de rentrer à Paris. Notre dernière entrevue est pathétique, nous nous jurons un amour éternel.

— Tant mieux ! dit Thyde. Vous ne vous reverrez jamais plus !

Là-dessus elle va déployer pour me détacher d'Ève tous les mirages de la vie. Mais je ne suis pas dupe. Il y a dans son attitude de l'amour déçu et combatif, certes, mais il y a aussi la terreur de me voir prendre une route qui m'éloignerait pour toujours de ce qu'elle rêve pour moi. Depuis qu'elle a lu *L'Aube insolite*, elle est certaine que je dois être écrivain. Elle en est certaine plus que moi qui considère mon ambition avec une sorte de honte.

Nous partons pour Nice presque tout de suite après le départ d'Ève. C'est l'hiver. À Digne, il y a un mètre de neige de chaque côté de l'autorail. À Nice c'est la pluie. Cette ville sent la misère. Un vélo taxi vient nous offrir ses services. C'est un pauvre diable maigre. Nous montons dans une sorte de tricycle bricolé, nous et nos trois valises, et le pauvre diable remorque ces cent quatre-vingts kilos sur une avenue dite de la Victoire qui est heureusement en légère déclivité.

La pension des États-Unis est devant la mer grise. Le soleil est éteint. La pension est baroque. Bâtiment mal conçu, chambres mal distribuées, salle à manger glaciale. Thyde l'a choisie sur les conseils d'une amie qui habite l'étage au-dessus avec sa fille, laquelle a un chagrin d'amour et dix-huit ans. Je me souviens encore de cette amie, végétarienne, écologiste avant l'heure.

Aussitôt installée Thyde se remet à écrire ses dix pages par jour. C'est mon histoire en filigrane, ça s'appellera *Pourriture de l'homme*. Moi aussi j'écris, pour Ève, parce que je crois que je vais pouvoir me délivrer de Thyde et voler vers mon amour si j'arrive à me faire éditer. Mais Nice et l'amour m'ont séché l'imagination. Je suis en train d'accoucher d'une œuvre informe, parce que je crois que c'est d'actualité. Je peine sur ce livre dans lequel je ne me reconnais pas. J'emprunte, en cachette, la documentation que Thyde a utilisée pour *Barrage d'Arvillard*.

Thyde m'observe avec dérision. Elle peut jeter sur moi le regard de l'entomologiste. C'est dur de vivre toute sa vie démasqué, transparent. Pendant des années ainsi je vais agir sous le regard lucide de Thyde, me tortillant comme un ver sous une lumière trop crue.

Denise, son amie, et elle ont imaginé de me jeter dans les jambes de la fille de Denise et de son chagrin d'amour.

— Puisque tu sais ce que c'est, me dit Thyde, tu vas pouvoir parler de ça avec elle, ça lui fera du bien.

Me voici donc face à face avec cette fille qui est beaucoup plus belle qu'Ève mais qui me regarde avec ironie. Qu'est-ce que je peux bien comprendre à son histoire (elle aime un drogué, déjà...) et elle qu'est-ce qu'elle peut bien comprendre à mon aventure avec la fille d'un menuisier. Nous nous jetons à la tête nos amours déçues, les obstacles qui se dressent contre nous. Elle me fait part de ses idées de suicide, auxquelles je me garde bien d'acquiescer. En dépit de tout ce qui nous unit, les choses qui nous séparent sont bien plus immenses encore, je sais qu'elle ne sait pas regarder le monde, qu'elle ne le voit pas, qu'elle n'a pas conscience qu'autour d'elle existent d'immenses pôles d'intérêt qui méritent qu'on ne se suicide pas. Moi je suis passionné par le spectacle du monde, cette catharsis qui lève son rideau de tous les côtés, je ne m'arracherai pas à lui, il faudra qu'on m'y arrache. Elle non. Elle est stupide.

On nous a enfermés dans une pièce. Nos mentors, Thyde et son amie Denise, se sont discrètement retirés mais on pourrait nous laisser cent ans ensemble, jamais nous ne nous rejoindrons.

L'hiver se poursuit. Je jette un regard désolé sur

les palmiers qui ressemblent à des plumets d'époussetage à l'envers, ce cirque de collines sans grandeur et sans passé d'où il est impossible de tirer un mystère, c'est-à-dire une histoire. Je commence à Nice un interminable ennui.

Dès que l'on sait que Thyde est à Nice, le cycle du confessionnal des lectrices se reforme de plus belle. Des dames parfumées viennent avidement faire part de leurs aventures à la romancière. La romancière leur complaint notre histoire d'amour. Les dames en se retirant me jettent un coup d'œil distant.

L'une est particulièrement tenace à venir s'expliquer. C'est une grande bourgeoise à la mode de Grasse. Elle est fort connue sur le pavé à Grasse où elle vit. Elle s'appelle Danièle.

Devant une tasse de thé bue avec distinction, on a fini par m'admettre en tiers dans ces conversations comme on admettait autrefois les grooms dans la préparation des femmes pour les fêtes d'amour.

— Ce n'est pas, dit Danièle, que je jouisse très fort avec mon mari, mais c'est le père de mes enfants. Je ne tolère pas qu'on me le dispute.

Elle joue avec ses gants disant cela. Elle a envoyé au mari de sa rivale une lettre à peine anonyme qui va bouter le feu dans l'autre ménage, et c'est cette vengeance savourée qu'elle vient raconter à Thyde devant moi avec un air gourmand.

Danièle a une bouche petite, mince, une bouche qui, selon moi à cette époque où je suis encore très ignorant, révèle un tempérament à peine capable d'une jouissance calculée. Les grands spasmes doivent lui être étrangers.

En se retirant et tandis que je lui passe son manteau pour qu'elle l'enfile, elle a vers moi contre mon ventre un mouvement de fesses significatif quoique à peine frôlé que je me garde d'interpréter.

Des Danièle ainsi vont défiler devant moi, toutes plus capiteuses les unes que les autres ; toutes grandes lectrices de Thyde et qui vénèrent en elle la liberté de la femme enfin reconnue. Celle-ci trône dans sa chambre au centre d'une corolle de beautés assises genoux croisés, telles que j'ai toujours proclamé les aimer : entre trente et quarante ans et les jambes gainées de soie, prêtes à consentir à ce qu'on les déshabille lentement.

Je pense que Thyde pour me détacher d'Ève est disposée à me jeter en pâture à l'une de ces lectrices blasées d'amour qui me consommeraient et me rejetteraient aussitôt « comme un papier vide qui tournoie », ainsi que chante l'un de ses poèmes.

Mais moi je suis là, empêtré dans l'écriture d'un livre austère et pesant, un livre fait pour être lu par des idéalistes parce que je crois qu'il n'y a plus qu'eux qui lisent et que j'ai besoin d'argent pour aller rejoindre Ève. Aux jambes délicieuses de ces femmes distinguées, je préfère le *genu valgum* et les mollets de coq de ma lointaine jeune fille. Ah, je suis bien toujours le jeune homme dont la naïveté, quand à dix ans il voulait être peintre, n'avait d'autre ambition que de reproduire l'illustration du calendrier des postes !

Cependant, ailleurs, au loin et autour de nous, la guerre s'englue dans un cloaque nauséabond. Là-haut vers les Ardennes, une nouvelle fois classées infranchissables, Von Rundstedt menace de rejeter les Alliés à la mer. Tous les jours, Thyde et moi, nous allons consulter les tableaux du *Patriote* accrochés au balcon du journal et où nous prenons le pouls de la guerre. La ville est pleine de soldats de toutes nations qui se promènent avec les filles accrochées à eux comme s'ils allaient à l'instant s'évanouir dans la nature.

C'est là qu'un soir, à la nuit tombante, nous rencontrons Rachel, sous la pluie. Rachel c'est la sœur de Louisette. Je la reconnais sans peine, huit ans plus tard, grâce à ses taches de rousseur. Nous nous arrêtons un instant sous nos parapluies. Je la présente à Thyde dont elle a lu les livres. Elle nous dit qu'elle retourne vite auprès de Louisette qui est en train de mourir d'une pleurésie. Et elle ajoute, des larmes dans la voix :

— Nous attendons l'issue fatale d'un jour à l'autre.

Quand on prétend se regarder en face, il faut minutieusement tout dire.

Je m'observe soixante ans plus tard écouter sous la pluie le récit désolé d'une sœur qui aimait. Je suis froid. Cette passion d'adolescence qui eut tant d'importance et qui finalement la gardera entière pour le restant de mes jours ; en cet hiver de 1944 à Nice, aux abords de Noël, je reçois la nouvelle de sa fin avec un manque d'intérêt, une pitié polie, parce que ma préoccupation essentielle, ce jour-là, c'est d'arriver à temps, avant la fermeture de la poste, pour retirer la lettre d'Ève que j'attends car nous nous écrivons tous les jours désormais. Dans ces lettres de deux pages, nous nous disons des « mon amour » à n'en plus finir. Je vais à la poste du cours Saleya chercher ma lettre quotidienne. Je déchire l'enveloppe, ivre de lire « mon amour ». Je me souviens parfaitement être resté transformé en statue de sel devant l'éventaire de la fleuriste de service dont les roses sentaient trop fort.

C'est que cette lettre n'est pas le bain de mots doux où je plonge d'ordinaire. S'il y a bien « mon amour » au début, le contenu affolé a été écrit par un papillon qui se heurte aux vitres. Ève relate dès la première ligne que le fiancé-soldat est arrivé inopinément chez elle, lui faisant la surprise de venir en permission. Il a reçu le baptême du feu. Il est grandi dans son uniforme, plus viril qu'avant de partir. Bref, elle ne sait plus si elle m'aime moi ou le fiancé couvert de gloire.

Je tremble. Je n'ai plus aucun sens du comique pour rire de moi. J'arrive à la pension des États-Unis. Je me jette sur le lit. Thyde accourue s'inquiète de mon état.

— Tout est fini ! lui dis-je.

Je lui désigne la lettre. Et alors je me rends

compte — et c'est un choc équivalent à celui que je viens de subir — que cette petite femme laide et presque vieille, avec de si beaux yeux pourtant, m'aime pour moi, m'aime de compassion qui est le seul amour. Elle s'allonge à côté de moi, elle me prend contre elle, elle me caresse la tête. Elle me chuchote :

— Pense à ton art ! Tu es plus grand qu'elle ! Tu es plus grand que celui qu'elle aime ! Tu es fait pour autre chose que pour l'amour ! Tu es comme moi, tu es fait pour souffrir !

À peine si je comprends ce qu'elle veut dire. À peine si je l'entends. Je ne pleure pas (je ne sais pas pleurer), je suis perdu de sèche désolation. Pourquoi, pourquoi ai-je refusé d'être soldat ? Car je comprends bien que ce que Ève aime à travers le fiancé qu'elle vient de retrouver, c'est le soldat.

Ça s'est terminé que nous avons fait l'amour une fois de plus avec Thyde et que le lendemain j'ai écrit à Ève une lettre chevaleresque où je montrai de la grandeur d'âme et aucune douleur. Au surplus, le fond de mon âme n'était pas si malade car je me suis relu deux fois. Je m'admirais. La missive se terminait ainsi : « Je vous retourne vos lettres afin que vous les détruisiez. Je vous demande de me retourner les miennes afin que j'en use de même. »

L'hiver est fini. La guerre s'achève. Nous regagnons Manosque, toujours aussi triste. Thyde prépare notre voyage à Paris où l'appelle la gloire. Cela fait quelques mois que Julliard l'invite à venir récolter les fruits de ses travaux. D'après lui, elle aurait de bonnes chances pour le Goncourt de 1944, qui va être décerné au printemps puisqu'il n'a pas pu l'être l'an dernier. Mais la traversée de la France à cette époque n'est pas facile. Tout est ruine et deuil. Notamment sur le réseau ferré. Nous irons en car jusqu'à Grenoble où nous rencontrons les Dusaugey, des libraires de la place Victor-Hugo, qui la pressaient depuis longtemps de leur rendre visite.

Cette fois je prends le temps d'aller visiter le musée Stendhal. C'est un musée confidentiel et mal situé où l'on comprend bien que la ville a eu honte de son grand homme.

Dusaugey nous loge chez lui dans le somptueux appartement que le couple habite cours Jean-Jaurès. Le lendemain, il organise une séance de dédicaces. C'est la première confrontation de Thyde avec la notoriété. Les lecteurs font la queue jusqu'au bord du trottoir de la place Victor-Hugo. Des femmes surtout, mais aussi d'anciens prisonniers évadés et même des gens de l'université.

De là nous gagnons Lyon où Thyde a une cousine riche qui nous héberge. La romancière a rendez-vous avec le commissaire de la République, Yves Farge, Grégoire dans la Résistance. Elle veut lui parler de Giono et obtenir un ordre de mission pour aller à Paris. J'ai évoqué cet entretien dans *Pour saluer Giono*, et le récit que Thyde m'en fit en sortant. « Surtout que Giono ne bouge pas, qu'il ne rentre pas à Manosque. Il y a là-bas des gens qui sont dévorés de haine pour lui. » Nous savons aujourd'hui que ce n'était pas de Manosque que venait le péril mais de Paris, du Comité national des écrivains, un organisme d'obédience communiste camouflée où régnait Aragon. Aragon ne pardonne pas son génie à Giono. Giono fut interdit de publication par le CNE pendant cinq ans, ce qui équivalait à lui couper les vivres. Les puissants ont toujours assassiné sans qu'il y paraisse.

Thyde a obtenu son ordre de mission. Il neige sur Lyon le 7 mai 1945. Demain c'est la paix. Nous prenons place dans le seul autorail qui fasse le trajet. Il n'est pas public. Ce sont des fonctionnaires qui sont autorisés à l'utiliser, ou des gens comme nous qui avons obtenu une faveur. Le trajet de Lyon à Paris durera huit heures sans arrêt. Huit heures où l'on peut voir la ruine de la France d'un bout à l'autre du parcours. Les voies sont encombrées de locomotives renversées, ouvertes en deux, de wagons de voyageurs ou de marchandises calcinés dont il ne reste plus que les châssis déjà rouillés. Dans l'autorail personne ne parle. Tous ceux qui sont là ont des mines fort graves et des serviettes fort lourdes. Que la paix soit annoncée pour demain ne les déride pas.

J'ai le nez collé à la fenêtre. Je vois avancer Paris tout de suite après l'immense Beauce qui n'en finit pas de dérouler ses tristes champs. Dans le crépuscule sale qui s'annonce, soudain au loin, dans un halo rouge, la tour Eiffel. À cette époque, quand la voie tourne à Villeneuve-Saint-Georges, on apercevait la tour Eiffel dominant Paris. On ne doit plus la voir aujourd'hui. Je me dis car je n'ai pas oublié :

— C'est là où elle vit !

À la gare de Lyon, furtifs et absorbés, nos compagnons de voyage, attendus par des personnages aussi graves qu'eux-mêmes (et auxquels ils tendent leurs lourdes serviettes), s'en vont vers des voitures noires qui les emportent vers les arcanes du gouvernement.

Il ne reste plus sur le quai qu'une maigre personne en boa de fantaisie et aux cheveux en accroche-cœur anachroniques qui fait de grands signes vers nous et accourt. Elle porte sur elle, outre le boa usagé, tous les stigmates des temps de misère que nous venons de vivre. Ses jambes sont teintes au lieu de porter des bas. Les semelles compensées de ses chaussures sont inégalement usées et les rides de son visage sont celles de la sous-alimentation.

C'est elle, j'ai oublié son nom, qui est la sœur du dernier faiseur de sonnets de Montmartre. Depuis des années et des années, elles s'écrivent avec Thyde des lettres enflammées d'amour littéraire. Elle a connu Gil (du Lapin), Forain, Willette, Poulbot. C'est une encyclopédie de Montmartre.

Elle serre longuement Thyde sur son cœur. Elles se dévisagent. Elles ne se sont jamais vues. Moi j'ai droit à un sourire usé de sa bouche peinte. J'ai l'impression de contempler un Toulouse-Lautrec.

Pour nous pas de voiture noire, mais le métro circule. Je fais pour la première fois connaissance avec cet extraordinaire remugle de catacombes que Carné va appeler les portes de la nuit. On change à Châtelet, par ces interminables corridors à escaliers que Paris conserve soixante ans plus tard comme son Parthénon. J'ai l'impression, à cause des carreaux blancs, de me trouver dans une douche publique.

On s'engouffre entre d'immenses Américains en battle-dress. Direction Porte-de-la-Chapelle. Je regarde à travers les richesses solides des uniformes américains le peuple de Paris en vêtements usés, en mines défaites, en pauvres visages sans soleil. Il sort d'un hiver rigoureux où tout le monde a eu froid et faim, et ça se voit. Mai ni la victoire ne l'ont encore réchauffé.

Lamarck-Caulaincourt. On peut dire que je n'entre pas dans Paris par l'Arc de Triomphe. Nous sommes devant un mur d'acier qui s'écarte lentement. On s'engouffre. On nous pousse jusqu'à un autre mur d'acier sur lequel on nous tient le nez collé. Il y a une odeur de drames sur cet acier. « Paris martyrisé », a dit de Gaulle l'an dernier. Le visage collé sur la paroi de l'ascenseur, station Lamarck-Caulaincourt, je comprends la métaphore. On a dû suer de peur contre cette paroi.

Mais, à ma grande surprise, c'est cette paroi qui s'ouvre et non pas celle par où nous sommes entrés. La rue est devant moi. On me pousse. J'avance sur le trottoir. Paris ! La rue est très déclive. Des cheminées d'usine fument au fond. Paris et Montmartre ! D'un coup ! La rue Lamarck pavée et convexe comme au temps de la commune. À gauche une blanchisseuse immaculée repasse devant sa boutique, matrone opulente, dépoitraillée, le litron de rouge à côté d'elle sur la planche à repasser, des biceps de forçat. Je crois rêver. En face de la blanchisseuse, l'hôtel de Flore, notre gîte.

Une dame qui sourit à pleines dents vient nous prendre nos bagages. Je tombe tout de suite en arrêt devant elle. Par son sourire, par sa démarche, par sa capiteuse personne, par sa poitrine strictement voilée mais qui par deux fois, tandis qu'elle se saisit de nos bagages, se soulèvera en un soupir, cette femme respire par tous les pores l'envie de faire l'amour. Elle projette cette envie devant elle comme un feu d'artifice de promesses. J'apprendrai que son mari est prisonnier, qu'elle est drivée par sa belle-mère, patronne de l'hôtel qui veille sur sa chasteté comme un chien de garde. Depuis combien de mois, d'années, n'a-t-elle plus fait l'amour ? C'est la première impression durable, tenace, que Paris me fait dès sa connaissance. Madame D., je crois que je n'ai jamais su son prénom, m'inspire tout de suite une compassion tragique et sans espérance, parce qu'une fraternité de frustrés s'installe entre nous. Moi non plus je n'ai pas été invité aux fastes du plaisir, jamais, et je sais qu'avec Thyde à côté de moi à perpétuité, madame D. peut dormir tranquille.

Mais nous ne sommes pas venus à Paris pour rire.

Thyde n'a pas oublié le dangereux amour platonique qui a failli m'arracher à elle. Elle veut absolument me montrer qu'elle peut me décrocher la lune et elle sait quelle lune je veux décrocher. D'abord, un souvenir historique doit se graver dans nos mémoires, un souvenir collectif, solennel, quelque chose comme l'éruption du Vésuve en 73 avant Jésus-Christ ou le soleil d'Austerlitz. Dès sept heures du soir le 8 mai, une foule de Parisiens est vomie par le métro, monte en silence dans la demi-obscurité vers le bout de la rue Lamarck qui est un cul-de-sac sous le Sacré-Cœur. C'est une marée, c'est un flot ininterrompu. Avant d'aller nous mêler à elle, depuis la fenêtre ouverte de notre chambre, nous écoutons ce piétinement de troupeau, puis nous descendons le rejoindre.

Nos amis de Saint-Pierre-d'Allevard nous attendent devant la porte. Depuis qu'ils ne sont plus des Juifs traqués, Doussia et Volodia ont rajeuni de dix ans. Ils habitent à côté, place Jules-Joffrin, ce sont d'élégants Parisiens que nous serrons sur notre cœur, dont nous caressons les cheveux. Dans une fraternité d'âme qui nous enchante tous les quatre, nous remontons les escaliers de la rue des Saules. Sous les réverbères de Willette qui n'ont pas été déracinés, nous gagnons, pressés comme des anchois au milieu de la foule qui souffle en gravissant les marches, la place du Tertre où il n'y a plus de quoi poser une fesse.

Paris est là-dessous, à nos pieds, pénombreux,

enfumé, drapé très haut sous des lambeaux de nuages que je crois entendre claquer comme des étendards tant ils sont bien déployés.

Le piétinement — on ne peut pas bouger — de la foule anxieuse est le seul bruit qui trouble le silence, et quelque part sur les coupoles du Sacré-Cœur une chouette qui ulule. Il est impossible de ne pas avoir le cœur abominablement serré par la fragilité, par l'éphémère de l'instant que nous allons vivre.

Quelque part, une seule horloge lointaine sonne lentement neuf heures. Nous attendons et attendons. Les quelques secondes qui suivent le dernier coup sont interminables. Le souvenir que je conserve de cet instant, c'est que je ne m'en aperçus pas tout de suite. Je venais de détourner légèrement les yeux pour admirer le cou de Doussia qui flottait à côté de moi estompé dans le clair-obscur et soudain si beau. Simultanément j'entendis les bravos et les applaudissements de la foule et je regardai devant moi. D'abord on ne voyait que l'immense V dressé de ses deux branches vers le ciel maintenant noir au milieu de l'Arc de Triomphe. À côté de ces traits qui biffaient l'obscurité, tout ce qui venait de s'éclairer à Paris faisait pâle figure, même la tour Eiffel cernée de lumignons. Les dômes de l'Observatoire et du Panthéon et des Invalides scintillaient vaguement. Mais c'était en réalité tout Paris qu'on voyait esquissé en filigrane par les réverbères de ses boulevards et le cours de la Seine en courbes savantes, comme dessiné par un artiste appliqué, fluctuant et divers, qui traversait sa ville au pas de promenade, brillant de reflets, mais discret mais de bon goût, comme blasé par tant de leçons d'Histoire que celle-ci lui avait données.

Mais moi ce qui me ravissait sur ce Paris brusquement révélé, c'étaient ses cheminées. Longtemps, dans mes livres de classe et les illustrés de mon enfance, j'avais rêvé sur les dessins de ces maisons noires dominées par des créneaux baroques qui n'existaient pas chez nous, parce que chez nous il n'y avait que des maisons individuelles dotées d'une seule cheminée.

Comme les cheminées de Venise, celles de Paris par grappes, par batteries, inégales comme des sifflets de syrinx, coiffées de mitres dont le dessin révélait l'imagination de chacun, étaient, du pouvoir magique de la ville, l'illustration la plus familière et que personne ne remarquait. Ces tuyaux d'orgue sans musique qui parlaient toutes d'humbles conforts d'hiver offraient ce que Paris possédait de plus fraternel. Et c'étaient elles que j'admirais, innombrables.

Dans un bistrot de la Butte s'acheva cette soirée avec Doussia et Volodia. Nous évoquions, fort aises, le passé de Saint-Pierre « que j'ai cru ne pas aimer », nous dit Thyde. Car à Saint-Pierre, il n'y avait pas de Ève entre elle et moi.

Cependant, Thyde est impatiente de rencontrer son éditeur qu'elle n'a jamais vu. Dès le troisième jour, Julliard nous invite à sa table, chez lui, rue

Jouffroy, mais auparavant il veut que la romancière passe à son bureau pour parler affaires. En 1945, les Éditions Julliard qui portent toujours le sous-titre de Sequana viennent de déménager de la rue de Naples pour émigrer un peu plus loin, rue de Monceau.

Nous arrivons par le métro vers dix heures. On nous ouvre la porte. Tout de suite Julliard est là, long, maigre, un peu voûté, le regard enfoncé et le nez droit. Il a une allure de grand civilisé. Il embrasse Thyde avec effusion mais il n'oublie pas auparavant de lui baiser la main. Thyde se fera très vite à cette jolie coutume parisienne qui s'est malheureusement perdue.

Il y a dans l'antichambre quatre jeunes gens qui attendent d'autres responsables des Éditions Julliard. Celui-ci les présente à Thyde. Il y a là Claude Roy, tout fraîchement libéré du front et qui porte encore son uniforme de correspondant de guerre, puis Jean-Jacques Gautier, mince et coupant. Je me souviens parfaitement de Claude Roy et de Jean-Jacques Gautier, les deux autres, Maurice Druon et Jean-Louis Curtis, leur physionomie m'échappe pour toujours. Je me souviens seulement que Jean-Louis Curtis était parfaitement naturel et que ses commensaux étaient déjà installés dans leur rôle. Il fut d'ailleurs le seul à sourire à Thyde Monnier. Les trois autres s'efforcèrent de prendre l'air le moins condescendant possible qui était leur air ordinaire.

En général, même encore aujourd'hui, dès qu'on

est plus de trois dans une antichambre, je passe inaperçu. Là, ils étaient tous très grands, encombrants, et tout le monde m'oublia, ce qui aurait pu paraître vexant à tout autre que moi, mais j'avais l'habitude. D'ailleurs il était bien plus commode d'être insignifiant pour observer à loisir.

J'ai quatre écrivains devant moi. Je ne sais pas, eux non plus, que trois d'entre eux vont devenir prix Goncourt et qu'ils iront s'asseoir à l'Académie française, mais déjà dans la façon dont ils devisent gaiement et à leur aisance décontractée, je devine que je ne ferai jamais partie du monde où ils vont entrer.

Notre tête-à-tête ne va durer que quelques minutes. Un petit homme bancroche vient les cueillir pour les emmener déjeuner. J'apprendrai plus tard que c'est Pierre Javet, le secrétaire de René Julliard. Mais ces quatre hommes jeunes, il faut insister là-dessus, dont je n'ai pas retenu le visage, je sais que je n'atteindrai jamais à leur destin.

Cependant c'est en vain aussi que j'essaye de les imaginer à côté de Giono. Giono non plus ne sera jamais comme eux. Ils ne me le feront pas oublier. Qu'est-ce qui les différencie eux et lui ? Je ne sais pas mais je vais réfléchir là-dessus pendant des mois et des années, jusqu'à ce que ce soit la postérité qui décide pour moi.

René Julliard en revanche va se fixer dans ma mémoire pour toujours. Il devait être un homme différent pour chaque interlocuteur qu'il rencontrait.

Pour Thyde et pour moi il se fait simple et chaleureux. Je l'imagine tout autre lorsqu'il rencontre la comtesse de La Rochefoucauld ou madame Simone. Mais cet air de grand civilisé il ne l'abandonne jamais, même en mangeant. C'est lui, achevant son potage, qui m'apprendra à pencher mon assiette vers l'intérieur de la table et non vers moi comme je le faisais benoîtement jusqu'ici. Lui et sa femme Gisèle d'Assailly forment un couple homogène mais lié plus par leurs différences que par leurs points communs. J'essaye en vain de les imaginer ensemble dans un lit.

J'écoute humblement ce qu'ils se disent Thyde, lui et cette femme mystérieuse qui ne livrera sa pensée ni dans ses paroles ni dans ses écrits, et qui mourra aussi mystérieuse qu'elle vécut parmi tous les grands de la littérature française, avec son masque sur le visage. À un moment Julliard se tournera vers moi et me dira :

— Pierre, vous avez écrit un très beau livre et qui mérite d'être publié mais il faut que vous fassiez des corrections. Je vais vous mettre en rapport avec mon collaborateur Maurice Hugo qui se tiendra à votre disposition pour vous aider.

Thyde est aux anges. Elle me regarde comme si j'étais le Messie. Ses beaux yeux pétillent de plaisir. Elle en est arrivée là où elle voulait : prouver que je n'étais pas seulement le sigisbée d'une vieille femme mais que j'existais par moi-même. Elle a peut-être convaincu René Julliard et son épouse mais pas moi. Je suis sûr qu'elle a dû insister beaucoup pour que mon manuscrit soit pris en considération.

On ne s'est pas soigneusement observé depuis l'enfance pour être soudain dupe de quelque compliment qu'on vous fait. *L'Aube insolite* était peut-être une sorte de miracle, mais le livre que j'écris maintenant est très mauvais et le pire est que je sais pourquoi il est mauvais : parce que, à cause d'Ève, j'ai voulu, comme on dit vulgairement chez nous (mais cette vulgarité est faite pour rabaisser l'orgueil), « péter plus haut que mon derrière ». Je me suis guindé. J'ai pris tout au long de cette œuvre une tonalité qui n'est pas la mienne. En un mot : je chante faux.

C'est à cela que je pense pendant tout le repas et cependant, vis-à-vis de Thyde et de ses hôtes, il faut que je laisse éclater ma joie. Je viens d'apprendre que mon premier livre va être publié. Si j'ai toujours su admirablement feindre la contrariété ou la tristesse, en revanche je n'ai jamais su imiter la joie. J'ai dû paraître ce jour-là bien peu reconnaissant de tout ce qu'on venait de faire pour moi.

Mais Thyde n'a pas fini de m'inonder de ses bienfaits. Elle est comme moi avide de théâtre. Paris en 1945 est une explosion de l'art théâtral. En six semaines nous allons nous plonger dans la catharsis d'où nous sortirons sinon purifiés du moins éblouis. J'ai oublié dans quel ordre nous avons vu tous ces chefs-d'œuvre mais je crois que nous avons commencé par *Meurtre dans la cathédrale* avec Jean

Vilar qui avait fait la mise en scène. Je me souviens du temps où, au Contadour, Fluchère nous lisait ce texte qu'il était en train de traduire. Vilar l'a monté comme une église. Le décor est obtenu grâce à la simplicité grisâtre de rideaux qui figurent des arches. Le chœur multicolore, vêtu de couleurs qui furent vives mais qu'on a soigneusement éteintes par des jeux de lumière, est un modèle de voix à l'unisson et quand le soprano s'écrie :

Je les ai flairés les courriers de la mort !

chacun dans l'assistance sent passer ce courant d'air mauvais. Vilar est l'archevêque, lenteur du pas, certitude de la sainteté à portée de la main. Je ne sais pas si à ce moment-là Vilar a une vie personnelle mais je suis sûr, quant à celle-ci, que lorsqu'il monte en chaire pour le sermon de Noël, il l'a laissée au bas du praticable. Cette chaire est une invention probablement très pourpensée. Elle s'avance hors de la scène jusqu'à surplomber le public et quand l'archevêque se penche sur nous au début du second acte pour nous dire :

Mes chers enfants de Dieu, mon sermon aujourd'hui sera très bref...

tout le monde dans la salle est devenu chrétien. Après les dernières paroles du *Dies irae* et la retombée du rideau, il y a un silence significatif avant les acclamations journellement reçues, un silence d'une seconde, le temps que le public redescende du douzième siècle.

Quand on vient de Manosque et qu'on n'a encore qu'une intelligence nébuleuse, c'est un coup à vous assommer que ce mariage entre un Américain d'aujourd'hui qui a su saisir l'âme médiévale et Vilar, cet athée soudain devenu religieux irréductible par la puissance du verbe. Je n'en dors pas de la nuit. En moi résonnent les répliques plaintives, fulgurantes, toutes frappées au coin du génie, cette annonce fabuleuse, pendant une heure, d'une mort désirée. Ce suicide mystique si bien imité par Vilar me poursuivra jusqu'au matin. Ce n'était rien que la lecture de Fluchère, il fallait y ajouter la conviction de Vilar.

J'en tremble intérieurement d'impuissance en me remettant au travail chaque jour. Car nous écrivons dans notre étroite chambre, la meilleure de l'hôtel de Flore et qui surplombe les toits de Paris.

En bas, tous les dimanches matin, dès potronminet, une traîne patiente de chaussures usagées se fait discrètement entendre tout au long des trottoirs de la rue Lamarck. Ce sont les rapins qui montent par bataillons entiers à l'assaut de Montmartre. Ils vont une nouvelle fois essayer de savoir si ce n'est pas l'asphalte lui-même de la place du Tertre qui donnerait du génie. Quelques-uns même (héritage de leur père ?) portent encore crânement le béret de velours noir comme on en voit dans *La Vie de bohème*.

Leur chevalet est sur leur épaule telle une croix chrétienne. Ils vont peindre le Sacré-Cœur comme chez nous d'autres rapins peignent nos lavandes bien alignées.

Et quand ils sont passés, sur le coup de onze heures, je descends à mon tour sur le pavé. Et je me trouve à l'intérieur d'un chef-d'œuvre. C'est le coin de la rue Damrémont. Les portes bleues du café, fermées quand Utrillo l'a peint, le sont toujours. Et c'est toujours, dans l'atmosphère, un dimanche matin d'ennui mortel qui végète sur ce coin de rue désert.

Paris est attendrissant vu de Montmartre. Paris est très vieux et si jeune à la fois. Parfois je pousse jusqu'au cimetière sous la rue Caulaincourt, je me dirige sans hésiter (Thyde me l'a bien située) vers la tombe de *Beyle Milanese*. Pourquoi l'a-t-on enterré ici ? Il n'aimait presque pas Paris et il a adoré Milan. Non loin de là, noire et solennelle, il y a la tombe d'un monstre sacré : Harry Baur. On a fait ce qu'on a pu pour que *tant de marbre soit tremblant sur tant d'ombre*. Le monument est aussi énorme que l'était l'acteur dans *Les Misérables*.

Et le soir, Thyde et moi nous allons à la Comédie-Française voir Jean-Louis Barrault, lui tout seul en scène, mimer la bataille navale d'Actium armé d'un seul sabre de bois. C'est *Antoine et Cléopâtre* dans la traduction d'André Gide. L'émerveillement à jet continu m'écrase, me pulvérise.

Chaque matin, studieusement, je vais rue de

Monceau corriger *L'Aube insolite* sous la férule de Maurice Hugo. C'est un long bonhomme maigre, élégant et qui promène dans la maison son grand corps dégingandé en me présentant à tout le monde : « Tu ne connais pas Pierre Magnan ? Il a écrit un sacré bon bouquin. » Ces compliments sont destinés à me faire avaler les corrections et les suppressions qu'il veut m'imposer. Il agit avec un tact immense. On sent qu'il a l'habitude d'avoir affaire à des auteurs à l'épiderme sensible qui considèrent la moindre de leur virgule comme voulue par Dieu. Moi, depuis que je suis secoué comme un prunier par le génie de Paris, je suis prêt à tout supprimer. Je n'ai jamais eu de vanité mais maintenant je n'ai même plus d'orgueil. *L'incommensurablement plus difficile* de Giono ne cesse de fulgurer devant mes yeux. À chaque page, Maurice Hugo me met le nez sur mes insuffisances, à tel point que si je n'avais pas coupé les ponts je reprendrais mon manuscrit sans bruit et le chemin de Manosque. Mais voilà, Thyde, en me retirant de l'imprimerie, m'a interdit d'apprendre le seul métier où j'aurais pu végéter tant bien que mal. Je ne peux pas retourner en arrière, je ne suis pas apte à aller de l'avant. Tout juste puis-je m'emplir les yeux et la tête avec la beauté que Paris dispense à profusion. Je vois *Huis clos*, le soir où la vedette en titre, Gaby Sylvia, est remplacée au pied levé par une actrice qui lit avec grâce son rôle dans le livret. Elle est allongée sur un canapé et nul n'est incommodé par cette nouveauté.

On sort de la guerre, l'improvisation où qu'elle se trouve est chose commune, au théâtre comme à la ville.

Cependant la soirée qui me laissera le plus pur souvenir, vraiment comme un bouquet de roses que l'on respire, c'est *L'École des femmes* à l'Athénée. Le rideau se lève brusquement, presque brutalement, en tout cas avec une vivacité qui veut nous assener d'un seul coup la merveille qu'il cachait, et cette merveille c'est une haute maison seule sur le ciel, ornée d'un balcon innocent qui ne servira jamais à rien. Elle est fermée sur un jardin par un haut portail champêtre probablement peint en vert (comment détailler quand on est ébloui ?) qui s'ouvrira ou se fermera au gré des scènes. Je sais que le créateur de cette œuvre s'appelle Christian Bérard et je l'imagine peignant joyeusement et barbe au vent ce tableau ravissant, alors qu'il est plein des phrases de Molière :

J'étais sur le balcon à travailler au frais
Lorsque je vis passer sous les arbres d'au près...

J'ai vu dix fois avec le même plaisir Louis Jouvet dans toutes sortes de films jouant divers personnages. Mais le voir ici chez lui, en trois dimensions, comme si l'on venait lui rendre visite, est d'une autre pointure.

Arnolphe est immense, on dirait que ses épaules touchent les cintres. Ses chaussures amarante ont l'air d'être grossies dix fois pour le spectateur afin que celui-ci se dise que c'est un homme en sabots dont la bêtise est digne de ses grands pieds.

Son costume (lui aussi imaginé par Bérard) parle en aparté un langage qui lui est propre, que nul ne pourrait lui disputer. Et la tête du personnage, emperruquée de travers juste ce qu'il faut pour exprimer qu'elle a été coiffée à la hâte, sa tête elle-même peinte à outrance comme celle d'un cadavre, est un défi au rire. Molière est servi sur un plateau de diamants par cette voix tonitruante, grondeuse et pourtant toujours sur le point d'expirer. L'asthme dont il mourra un jour permet à Jouvet un rire que personne ne pourra jamais imiter, toutes les nuances du rire : du sardonique au rire jaune quand Horace lui reproche :

Et vous n'en riez pas assez, je vous proteste.

Et qu'Arnolphe répond :

Pardonnez-moi ! J'en ris tout autant que je puis !

Le bruit qu'il tire de son gosier martyrisé est un long sanglot d'homme malheureux. Ce sanglot rieur mille fois répété au long d'innombrables représentations par l'effort que mille fois il dut exiger de lui mènera Jouvet au tombeau aussi sûrement que sa cigarette éternelle.

Mais ce qui m'impressionna le plus, ce fut la

canne, enrubannée et fort longue, dont il s'était armé pour gesticuler. C'est le moment où Arnolphe, se promenant de long en large, vient d'ordonner à ses valets de rosser Horace :

Voici pour le prochain une leçon utile !

Soudain, il fait trois pas jusqu'au bord de la scène et brandissant cette canne en nous désignant un par un, il gronde :

Et si tous les maris qui sont dans cette ville,
De leurs femmes ainsi recevaient les galants,
Le nombre des cocus ne serait pas si grand.

Le rire qui nous secoue alors, pour être jaune, ne nous rend pas moins heureux.

Si je me complais à décrire ce moment, c'est que la puissance de la catharsis était telle qu'elle me consolait d'être un mauvais auteur parce que l'art d'autrui m'exaltait autant que s'il eût été mien.

Mais il fallait travailler aussi à la gloire de Thyde et, outre les dix pages que je continuais à taper tous les jours, on me dépêchait un peu partout sonder et exploiter. Thyde avait un ami, Jean Josipovici, qui lui avait promis l'Amérique. On m'envoya donc à la rencontre d'un personnage qui, paraît-il, éditrice, était l'Amérique à elle toute seule. C'était la veuve d'un écrivain, Bruno Franck, que Josipovici nous avait présenté comme prestigieux.

Madame Bruno Franck me reçut dans le hall de l'hôtel George-V, immense et encombré, où les galons américains étaient plus nombreux que les chapeaux des dames élégantes. Je lui baisai la main. Elle était fort embarrassée, évasive et néanmoins très polie. J'eus la certitude au bout de trois minutes que madame Bruno Franck n'avait jamais entendu parler de Thyde Monnier. Je me retirai sur la pointe des pieds.

Julliard n'était pas très certain que Thyde eût quelque chance pour le Goncourt, aussi ratissait-il du côté des Renaudot. On m'envoya un jour, muni d'un livre, chez Charensol qui l'avait réclamé. Georges Charensol était à l'époque directeur des *Nouvelles littéraires*. C'était un monsieur très sec et très occupé.

— Monsieur Charensol ? Il est au marbre. Si vous voulez y aller.

Ainsi me reçut-on aux *Nouvelles littéraires*. Il ne me souvient plus où se situait l'imprimerie. Je crois que c'était rue Réaumur mais je n'en jurerais pas. Charensol était en train de distribuer des morasses aux protes entre les marbres. Il prit le livre sans me regarder et, continuant tranquillement son travail, il me dit :

— Mais est-ce que vous êtes sûr qu'elle acceptera ce prix ? Parce que vous comprenez, si elle le refusait, nous aurions l'air de quoi ?

— Mais puisqu'elle m'a fait apporter ce volume !

Il n'eut pas l'air convaincu et, hochant la tête,

continua sa distribution sans plus s'occuper de moi. Je compris que je n'avais plus qu'à me retirer.

Pendant ce temps Thyde allait quêter auprès des deux seuls membres des Goncourt qu'elle connaissait. Le cher Léo Larguier lui confirma que, de toute façon, il votait pour elle depuis *La Rue courte,* quant à Colette, qu'elle connaissait depuis la villa *Toi et moi* à Sainte-Maxime, dès l'entrée en son Palais-Royal — c'est Thyde qui me le raconta —, elle lui lança :

— Alors, ma pauvre Thyde, vous aussi vous avez votre petit salaud ?

Elle la fit asseoir, lui offrit le thé, attira un chat sur ses genoux avec lequel elle se mit à jouer et, pressant la main de sa visiteuse dans sa main afin sans doute que sa réponse eût plus de poids, elle lui dit :

— Vous savez bien, ma chère Thyde, que s'il ne vous fallait qu'une seule voix vous auriez la mienne.

Les deux femmes pratiquaient parfaitement le français et Thyde en tira la conclusion que, comme il ne lui manquerait pas qu'une seule voix, Colette ne lui donnerait pas la sienne. Elles se quittèrent en se serrant dans les bras l'une l'autre.

Il ne me souvient pas bien d'une visite que je fis aussi à madame Simone, membre d'un autre jury, j'ai oublié lequel. C'était une grande dame dont Julliard en me chapitrant m'avait expliqué qu'elle utilisait son salon en guise de scène afin d'y jouer la comédie pour tous ceux qui venaient la voir.

On peut s'étonner que Thyde, au lieu de se déplacer elle-même, n'ait envoyé que son secrétaire chez madame Simone qui était alors Notre Dame de Paris, pour y plaider sa cause, mais c'était alors la coutume dans cette ville de ne pas se présenter directement aux personnes qu'on sollicitait.

Au seul nom de Thyde Monnier, madame Simone s'écria et ne me laissa pas poursuivre :

— Thyde Monnier ! Depuis *La Rue courte* je répète à mes consœurs qu'il faut la récompenser ! S'il ne fallait que mon nom pour qu'elle ait le prix, elle l'aurait demain !

Elle secoua la main dans la direction du ciel comme pour l'attester puis elle la laissa retomber, découragée.

— Mais, dit-elle, vous savez ! Avec mes consœurs ! Elles sont tellement pusillanimes !

Je fus reconduit avec ces paroles :

— En tout cas, assurez bien Thyde Monnier que je lui suis tout acquise !

À la lumière de ces quelques rencontres (je ne les cite pas toutes) et de celles que Thyde fit de son côté, je m'avisai que j'avais commencé par la fin : sans doute ne savais-je pas écrire, mais en revanche j'étais désormais parfaitement au fait du langage des écrivains entre eux. C'était le langage diplomatique qui consiste à dire exactement le contraire de ce qu'on dit sans engager sa bonne foi.

Jusqu'ici je croyais que seul Giono aimait faire verbalement plaisir à ses amis. À Paris, pour cette sorte d'amitié, ils étaient légion. Finalement le prix ſut décerné à une autre femme. Elle avait la meilleure des armes pour triompher : elle faisait peur et par la puissance de son mari et par celle du Parti qui étendait son ombre sur toute la littérature française. En 1945, même ceux qui n'avaient rien à se reprocher tremblaient à l'idée que le Parti puisse leur découvrir quelque chose. Seul Léo Larguier vota pour Thyde Monnier. Encore ne tint-il pas la distance et se rallia au second tour pour ne pas paraître avoir été à la traîne.

Je nous vois encore avec Thyde, sur notre lit de l'hôtel de Flore, attendant le verdict, elle toute pimpante dans un tailleur de haute couture et moi cravaté de neuf. Soudain le téléphone : on nous prie de descendre. Au bas des marches, Gisèle d'Assailly et René Julliard nous attendent. Gisèle ouvre des bras impuissants, tous deux se précipitent sur Thyde pour l'embrasser, la consoler comme si elle venait de perdre un être cher.

Julliard a eu une fausse bonne idée : il a retenu un cabinet particulier chez Drouant. C'est là qu'il nous amène déjeuner.

Je ne saurais pas retourner chez Drouant. Nous y sommes allés en voiture et je n'ai pas noté l'itinéraire. La seule chose dont il me souvienne c'est que ça sentait rudement bon en entrant et que d'ailleurs la chère fut succulente, mais ce fut tout de même un morne repas.

Nous écoutions, ils étaient dans la pièce voisine à

la porte grande ouverte, les dix qui se portaient des santés à n'en plus finir. On entendait le bruit cristallin des verres heurtés, on entendait aussi les voix péremptoires, campagnardes pour certains. Le monde impénétrable de ceux qui détenaient les clés de la fortune, bonne ou mauvaise, respirait là à côté de nous en toute joie. Manifestement, ils étaient satisfaits d'avoir si bien voté.

C'est au cours de ce repas que Julliard sortit une enveloppe de sa serviette et qu'il me la tendit.

— Voilà, Pierre, me dit-il, je vous ai préparé un contrat. Je vous en laisse le brouillon, vous le lirez et nous discuterons ensemble des modifications que vous souhaiterez y apporter. Je suis très satisfait des corrections de *L'Aube insolite.* Nous publierons le volume dans le courant de l'hiver.

Je me saisis de l'enveloppe. Dès que nous avons quitté les Julliard et sommes rentrés à l'hôtel, Thyde malgré la déception qu'elle vient d'éprouver n'en peut plus d'impatience.

— Ouvre vite ! dit-elle.

Je m'exécute. Je lis :

— *Entre les soussignés...*

J'ai déjà vu les contrats de Thyde et je vais tout de suite à l'essentiel.

Pour prix de cette cession l'éditeur versera à l'auteur des droits de 10 % jusqu'au dixième mille et de 12 % au-delà. Une somme de 6 000 F (six mille francs) à valoir sur ces droits sera versée à l'auteur à la signature du présent contrat.

Je n'en lis pas plus. Six mille francs ! À moi qui n'ai jamais eu plus de cinquante francs en poche ! Six mille francs !

Je dormirai comme un loir toute la nuit sur ces six mille francs.

Six mille francs ! Je rentre à Manosque avec six mille francs et un complet neuf ! De l'appartement Vinatier où je suis seul désormais — Thyde mange son argent en Suisse —, je donne un tour de clé à la serrure avant de lisser soigneusement les deux exemplaires du contrat sur la table de la cuisine. Tous deux sont signés René Julliard fort lisiblement et je n'ai plus qu'à les signer à mon tour. On m'a demandé de les parapher et ce mot me paraît encore plus important qu'une signature.

Un contrat et six mille francs ! Il est fou, Julliard, de me donner six mille francs pour trois cent cinquante pages d'écriture ! Du contrat que je signe des deux mains, je n'ai retenu que deux choses, les six mille francs et celle-ci : « L'auteur s'engage à soumettre en lecture, en priorité, à l'éditeur, les trois prochains ouvrages qu'il écrira. »

Est-ce que je serai jamais capable d'écrire trois prochains ouvrages ? Celui que je suis en train de rédiger me paraît déjà tellement mauvais ! J'essaye tant bien que mal de demeurer dans le présent : un auteur qui vient de signer son premier contrat.

Fier comme Artaban, le contrat sous enveloppe, je m'en vais le mettre à la poste. Pour la première fois, au lieu de raser furtivement les murs des maisons comme je fais d'ordinaire, je prends le boulevard de la Plaine dans l'axe des platanes, je monte l'escalier en vainqueur, posément. Je contourne le lévrier de bronze immémorial et, comme je l'ai vu si souvent faire à Giono, je m'installe au beau mitan de la chaussée, en pleine vue d'Odette qui a toujours été, à nous jeunes de Manosque, notre idéal inaccessible depuis sa fenêtre de l'hôtel Pascal. Je règne. J'ai oublié le point de vue de Sirius d'où je croyais toujours pouvoir m'observer. Je ne suis plus qu'un pauvre homme aux prises avec la vanité.

Je passe devant le *Café Glacier* le pas assuré. Mademoiselle Benoît qui me reçoit au guichet de la poste et avec laquelle depuis des années j'entretiens des rapports mitigés, regarde avec un air interrogateur la lettre et le bulletin de recommandé que je lui tends, du même air qu'ensuite elle me scrute. Ça ne dure pas, bien sûr, une demoiselle des postes n'a pas le droit de faire durer, mais je suis bien content qu'elle ait lu l'adresse et que désormais elle s'interroge à mon sujet. Il y a toujours eu, depuis que je travaillais à l'imprimerie, une muette relation intime entre mademoiselle Benoît et moi, souvent je me suis masturbé en songeant à elle, souvent je lui ai trouvé me regardant à travers ses lunettes des yeux beaucoup trop courroucés pour être honnêtes. Pauvre mademoiselle Benoît qui n'est jamais rien devenue dans la vie. J'évoque sa démarche précautionneuse quoique bien balancée sur de hautes fesses, elle était d'une gentillesse bourrue qui révélait la pauvreté de sa vie.

En revenant de mettre ce contrat à la poste, je regarde depuis les trois marches la montée du Terreau d'où naguère à minuit, accompagné de Marcelle la secrétaire, nous nous hâtions, avec entre nous une corbeille, pour venir jeter les journaux à la boîte. En dépit du contrat que je viens de signer, j'ai toujours l'impression que lorsque j'ai quitté l'imprimerie pour suivre le destin de Thyde je me suis fourvoyé, je me suis coupé de la vie que j'aurais dû avoir et là, au pied de cet escalier de la poste, cette panique me reprend : « Les trois livres qu'il écrira », dit le contrat. Où vais-je trouver la force de faire trois livres ?

Je rentre boulevard des Tilleuls, immeuble Vinatier. L'appartement est froid, vieux, on a l'impression que des morts depuis très longtemps l'ont habité autrefois et que depuis il était fermé.

C'est là-dedans que je vais achever *Pylônes* sans conviction. Ce livre, commencé pour prouver à Ève que j'étais quelqu'un, se dissout en moi depuis qu'Ève a disparu de ma vie. Du contrat signé je ne parle à personne, ni chez moi ni avec les amis retrouvés.

Giono est rentré à Manosque. Je vais le voir. À

lui non plus je ne raconte rien, je ne parle pas du contrat, je ne parle pas non plus de *L'Aube insolite* écrit dans l'Isère. Je ne lui ai jamais parlé de *Périple d'un cachalot*, je ne lui parle pas de celui que je suis en train d'écrire.

C'est l'époque où, interdit de publier par le Comité national des écrivains commandé par Aragon, il prend sa plus grande dimension.

L'acharnement d'Aragon contre Giono est de même nature que l'ostracisme de Gide vis-à-vis de Proust, c'est une bataille de génies, c'est le combat de Clorinde et de Tancrède. Aragon ne pardonne pas à Giono ses fulgurantes peintures, cette manière noble et familière de raconter le pays provençal qui est aussi le sien, et surtout il ne lui pardonne pas d'avoir créé une langue. Lui, il est contaminé par la ville et par le Parti. Il a suivi par obligation une voie qui l'éloigne de sa naissance, de ses gènes, de son hérédité. Il est frustré de la Provence comme d'un héritage par un frère plus doué. En somme, la Provence lui est passée sous le nez. En effet, par une curieuse coïncidence, Aragon qui est né à Neuilly partage avec les Basses-Alpes des accointances génétiques : son père illégitime, le sénateur Andrieux, a été député des Basses-Alpes, et c'est à Forcalquier probablement que le poète a été conçu.

Aragon est un poète de la ville, Giono est un poète bucolique. Aragon est communiste d'obédience intangible (comme mon père). Le Parti ne peut pas se tromper; Giono a subodoré que, comme le fascisme, le communisme pouvait engendrer l'esclavage de l'homme. Il s'en est dépris très tôt, ce que le Parti ne lui a jamais pardonné. On a saisi pour l'assassiner en douceur le beau prétexte d'un article qu'il n'a pas signé, qui n'est pas de lui, qu'il n'a pas demandé, dans *Signal*, journal de l'Armée allemande en France, oubliant qu'au péril de sa liberté il a aidé, hébergé, nourri pendant de longues années des Juifs traqués qu'il a accueillis sous son toit.

Je ne m'enorgueillis pas de grand-chose dans ma vie sauf d'avoir été le seul, entre son retour à Manosque fin 1945 et mon départ pour Nice au printemps 1946, le seul avec son compagnon de tranchée Ludovic Eyriès (que ceux qui peuvent me contredire se lèvent !) à oser venir frapper à la porte de Giono.

Je me souviens encore du jour où mon père, tancé vertement par les camarades, me dit sur un ton de contrition, parlant de Giono :

— Tu sais, tu ne devrais pas tant aller le voir !

Prononcer ces paroles devait coûter bien cher à mon père, homme juste et devenu communiste par révolte contre des injustices que lui-même, le fait est à souligner, n'avait jamais personnellement subies, et donc par pur altruisme.

Pour être avec Giono, le proclamer, entre novembre 45 et juin 46, il fallait partager son humiliation et son abaissement. Tous ceux, derrière le Comité national des écrivains, qui ne savaient pas écrire et auraient bien voulu le faire le traînaient dans la boue. Ses filles en classe subissaient cet ostracisme. Il ne fallait pas prononcer son nom.

J'admire qu'aujourd'hui sa ville où tant de gens réclamèrent qu'on l'exécute ou crurent que c'était déjà fait, se targue de cette naissance en son sein dans un but purement lucratif. Grenoble elle-même n'a jamais osé faire ça avec Henri Beyle. Elle s'en accommode modestement, sans éclat particulier, en une discrétion qui efface la ville derrière le grand homme, laissant le soin à celui-ci d'en être le chantre dans *Vie d'Henri Brulard* où, en dépit de l'auteur, Grenoble apparaît bien comme le berceau indispensable de Stendhal.

Mais moi, ne suis-je pas encore plus à blâmer car, sitôt quitté Giono, je me remets à écrire un livre à la gloire du Parti ? En vain j'essaye toutefois d'introduire la présence d'un poète dans cet appareil à écraser les individus.

L'hiver s'avance et se passe. Dans le froid appartement Vinatier où j'essaye de me chauffer maigrement, à l'aide d'un poêle trèfle aussi vieux que celui de mes parents, j'achève sans joie d'écrire ce livre *Pylônes*, aidé de la documentation amassée par Thyde pour *Barrage d'Arvillard*.

Mon ami Chevaly est rentré à Manosque. Nous nous voyons tous les jours, à lui non plus je ne raconte pas mes rencontres avec Julliard ni ne lui parle du contrat que je viens de signer.

Nous organisons à quelques-uns, filles et garçons,

des séances de spiritisme désopilantes à l'Éden. La table nous échappe et fonce vers le mur, nous nous écroulons de rire. Nous inventons une Zoé Meimo dont la table nous a dicté le nom lettre après lettre. Jef est là avec Jeannette devenue sa femme.

Il y a une fille à qui je plais. Elle est grande et pas belle, la pauvre. Elle se farde mal, elle a une petite bouche rétrécie mais elle dit qu'elle a été opérée et qu'elle ne peut plus avoir d'enfant. Dans le vestibule un soir en descendant du bureau de Maurice, elle me tend ses lèvres à la sauvette. Elle va être la deuxième femme de ma vie. Toutes les fantaisies auxquelles j'ai tant rêvé de me livrer quand j'étais entre les bras de Thyde, je vais les assouvir en cette femme, avec joie, avec voracité.

Je suis libre ! Fort de mes six mille francs, d'un contrat et de cette fille qui se répand partout dans Manosque en proclamant que je suis un bon amant, le roi n'est pas mon cousin.

Un matin, le facteur me délivre un colis à mon nom portant l'étiquette des Éditions Julliard. J'ouvre. C'est un paquet d'épreuves avec en premier placard mon nom et le titre de l'œuvre et *roman* dessous entre parenthèses. Je contemple bouche bée cette merveille : un paquet d'épreuves, puis je me mets à lire. Et alors toute ma joie tombe à mes pieds. Tant de phrases dont en les écrivant j'étais très fier, aujourd'hui les relisant je les contemple avec stupeur comme on fait d'un bouquet qui vient de faner devant vous. C'est exactement cette impression-là. C'était un bouquet plein de couleurs, aujourd'hui toutes ces couleurs sont devenues d'une seule teinte, celle d'un brun de feuilles d'automne quand l'or de leur mort a cessé de les éclairer. J'écris, naturellement, à Thyde une lettre enthousiaste clamant une joie que je n'éprouve pas.

Je vais chez Giono. J'ai le cœur assez gros pour peut-être ne pouvoir me retenir de lui parler de tout : du livre, de ma déception, mais sitôt que j'arrive il ne me laisse pas prononcer un mot.

— Mon vieux Pierre, me dit-il, je viens de commencer un livre qui sera extraordinairement épatant ! Il sera tout entier en dialogue ! Entre trois personnages qui viennent veiller un mort ! Assieds-toi là, je vais te lire les premières pages !

Aragon et le CNE, Manosque et ses envieux, le reniement de ses amis de toujours, desquels il aura la faiblesse d'oublier un jour les offenses ; tout cela joint à une déception encore plus grande, encore plus désolante dont il m'est interdit de parler, tout cela va permettre à Giono d'embellir son œuvre d'une tonalité inattendue chez lui : l'amertume, la dérision, la prise en compte enfin des laideurs de l'homme que jusqu'ici il n'avait considéré que comme une victime. Ses portraits, les aventures de ses héros vont désormais être enrichis de l'ironie qui permet le détachement.

Avec cette lecture des premières lignes des *Âmes fortes*, j'ai assisté à cette éclosion.

« Nous venons veiller le corps du pauvre Albert ! »

Les dix premières pages de ce roman m'éblouissent comme chaque fois que Giono me lit une de ses œuvres. Sa joie interne, sa certitude, le bonheur qu'il éprouve à guetter chez l'auditeur l'effet que la magie de son écriture produit; tout cela est inoubliable pour moi soixante ans plus tard.

J'ai raconté cette journée du 20 janvier 1946 où jamais Giono ne fut plus seul. J'ai dit qu'à l'enterrement de sa mère il n'y avait pas assez d'amis pour descendre le cercueil par les dix marches qui conduisaient au seuil de notre église et combien de gens depuis m'ont affirmé qu'ils y étaient. Mais ma rancune plus tenace que ne l'a été l'indulgence de Giono envers cette foule d'absents et ma mémoire impitoyable me restituent le maigre cortège de vieillards, contemporains de la Pauline Jean, sa mère, qui l'accompagnait à sa dernière demeure. Il n'y avait pas un seul fervent d'aujourd'hui. Qu'on m'oppose qu'ils sont tous morts ou qu'ils n'étaient pas encore nés, je dirai alors qu'il n'y avait pas un seul fervent d'hier. Lucien Jacques lui-même était ce jour-là ailleurs.

Pour moi, c'est la période de ma vie où Giono va être le plus proche de moi. Je vais le voir presque tous les jours malgré le murmure de « fasciste » qu'on prononce dans mon sillage.

Il est toujours seul. Sauf son travail, il n'a rien à faire, à part de me parler. Il est en train d'écrire *Mort d'un personnage*. Il commence à l'envers le cycle du *Hussard*. A-t-il quelque chose à tuer ? J'ai toujours pensé que les amours mortes étaient beaucoup plus faciles à supporter que des amours toujours vivantes mais hors de portée. C'est pendant cette période où nous sommes en tête à tête tous les soirs qu'il m'apprendra le plus de choses sur le métier d'écrivain, qu'il m'apprendra l'exigence suprême : tout sacrifier à ce que l'on veut faire et surtout ce à quoi on tient le plus. Nos conversations, c'est surtout un monologue, ne tourneront jamais à la confidence. Je n'ai pas été le disciple de Giono — d'autres le seront beaucoup plus que moi qui auront le sans-gêne nécessaire pour en tirer profit, moi non. Je suis en face du même phénomène que l'aurore boréale en 1938. Je contemple avec admiration. En 1945, Giono m'apparaît comme un phénomène cosmique. Je n'ai pas de mots pour exprimer ma ferveur et d'ailleurs je ne la lui exprime pas. Je compare la magie de son verbe avec cette pauvre chose dont je viens de corriger les épreuves. Je suis écrasé.

C'est sur ces entrefaites qu'un matin de février le facteur me dépose sur les bras, contre signature, un paquet de trois kilos. Ce sont vingt-cinq exemplaires de *L'Aube insolite*, avec la célèbre couverture verte de Julliard et imprimés en Suisse. L'homme est si peu conséquent avec soi-même qu'une bouffée de vanité m'envahit. Elle ne durera pas mais, contre le poêle de la cuisine qui ronfle, je me surprends à être resté une grande minute en contemplation devant la couverture du livre : Pierre Magnan, L'aube insolite Roman, Éditions René Julliard.

J'en donne tout de suite un à mes parents avec une belle dédicace. J'en porte un rue Danton, à mon oncle Désiré qui a toujours douté que je puisse être bon à quelque chose. Je l'ai récupéré à sa mort. Il n'était pas coupé. (On vendait encore les livres à cette époque reliés par cahiers, les pages non séparées.)

Avec une joie sans mélange je pense à tous mes commensaux du *Café Glacier* auxquels, tout en la tournant en dérision, cette parution va faire énormément de peine. Je pense à eux bien avant ceux à qui ça va faire plaisir. Je ne suis pas naturellement bon. Je m'efforce de l'être mais à cette époque je n'avais pas encore fait de gros progrès.

Le dilemme c'est Giono. Mon premier mouvement m'incite à lui taire cette sortie mais je réfléchis qu'il le saura tôt ou tard. Un soir je me décide et je lui apporte timidement le volume. J'ai honte, je suis bien conscient qu'au moment où lui est interdit de publication, moi j'arrive là avec un livre fraîchement imprimé et que c'est le coup de pied de l'âne.

Giono feint l'enthousiasme. Il me conseille immédiatement d'envoyer un exemplaire à son ami Maxime Girieud et à Lucien Jacques. Le premier ne m'accusera jamais réception et le second m'écrira un mot rapide ainsi conçu et par retour du courrier :

« Mon vieux Pierre, j'ai bien reçu *L'Aube insolite* et je te suis reconnaissant d'avoir bien voulu me l'envoyer. Il me tarde de faire un plongeon dedans. »

Je n'en entendrai jamais plus parler. Dix fois par

la suite, je rencontrerai Lucien Jacques au hasard des chemins, jamais plus il n'ouvrira la bouche sur *L'Aube insolite*.

À défaut d'être immédiatement exploitable, cette attitude de Lucien me servira dans le courant de ma vie en de multiples occasions. La formule « il me tarde de faire un plongeon dedans », dix fois je l'utiliserai. La virtuosité dans cette manière d'éluder consiste en la foudroyante rapidité de la première réponse. Si on attend dix jours on est foutu, en dix jours on aurait eu tout le temps de lire le livre.

Ces deux réactions négatives, l'une de celui qui avait littéralement découvert Giono et l'autre d'un ami de trente ans de celui-ci, seront les deux seuls éléments dont je tins compte par la suite et qui eurent pour moi valeur d'un verdict sans appel.

À cause de ces deux connaisseurs qui me rappellent que je suis né sous l'ombre d'un chêne géant, l'humilité littéraire où j'ai dû me borner m'a interdit l'emphase, la délivrance d'un quelconque message, la défense d'une idée qui m'aurait été chère ; la recherche d'une de ces éthiques originales dont sont tant friands les écrivains d'aujourd'hui. J'ai dû me limiter à raconter le plus vite possible, et en m'excusant presque, une histoire, fût-ce la mienne, de la façon la plus linéaire possible. C'est pourquoi j'ai dû me contenter, à ma grande satisfaction, de n'intéresser que les intelligences moyennes dont je me flatte de faire fraternellement partie.

En ce temps-là, Manosque ne faisait pas étalage

d'être la cité du livre. C'était déjà, ce qu'elle n'a jamais cessé d'être, une bonne grosse ville commerçante qui faisait tranquillement son beurre. Les changements intervenus depuis n'existaient pas encore. La guerre n'avait modifié ni sa façon d'exister ni sa façon de penser. Qu'il y eût un écrivain dans la cité, c'était déjà scandaleux, alors, vous pensez, deux !

Giono avait été le fils d'un cordonnier et d'une blanchisseuse. Moi c'était pire : mon père était communiste et ma mère buvait. Imaginez l'opprobre ! Plusieurs compagnons d'école m'interpellent de loin :

— Oh Patouillard ! Oh le poète ! Alors tu es toujours poète poète ?

Les plus indulgents se taisent comme si j'étais tel qu'autrefois et qu'il n'y ait pas lieu de rien m'ajouter ni de rien me retrancher.

J'abonde dans leur sens d'ailleurs. Je suis écrasé par ce ridicule : être le second dans le lieu de naissance d'un écrivain qui est déjà universel. Je me juge comme ces rapins de Montmartre qui escaladaient le dimanche la rue Lamarck pour courir après le génie d'Utrillo.

Mes parents furent exemplaires : ils comprirent que la plus grande preuve d'affection qu'ils pouvaient me donner c'était de ne rien me dire de mon livre. Ma sœur continua à me témoigner le même amour fraternel qui m'incommodait, mon père et ma mère ne m'en ouvrirent jamais la bouche ; il ne fut pas jusqu'au grand-oncle Désiré qui fit semblant de ne jamais l'avoir reçu. Cette preuve d'intelligence collective m'impressionna beaucoup à l'époque car c'était exactement ce que je recherchais : qu'on ne m'en parlât point. Giono de même, d'ailleurs, tout en me recommandant de l'envoyer à tel ou tel, ne m'encouragea ni ne me blâma. Je compris à ce seul silence que je devais faire le point tout seul, dans le désert.

Je venais d'envoyer le manuscrit de *Pylônes* à Julliard. Je reçus une lettre de Thyde où elle me disait : « René va t'écrire. Il a bien reçu ton manuscrit. Je te cite ses propres paroles : "*Pylônes* de Pierre est un livre remarquable." »

Cette appréciation sur un livre que je regrettais déjà d'avoir écrit me permit de me livrer à mon exercice favori : chercher derrière les mots les intentions cachées. Ici, pour moi, c'était flagrant : Julliard avait tout intérêt à flatter le penchant de Thyde Monnier, son auteur le plus populaire. Cette appréciation n'avait donc aucune valeur. Les seules jusqu'à ce jour dont je devais tenir compte, c'était le silence de Lucien Jacques et de Maxime Girieud, et le silence de Giono bien plus profond pour moi que celui de la mer.

Il se passa huit jours à peine. Un matin comme d'ordinaire, je m'en allai prendre mon quotidien régional au kiosque du boulevard de la Plaine et puisque j'y étais et que c'était le jour de parution, je pris aussi *Les Nouvelles littéraires*. J'achetais toujours cet hebdomadaire pour voir s'il y avait quelque chose sur Giono ou sur Thyde Monnier.

Il faisait beau ce jour-là, malgré février. Un temps à aller s'asseoir sur un banc de la Plaine pour y lire tranquillement son journal, ce que je fis. À l'époque, le monde allait déjà mal et je savais que les nouvelles de lui ne pouvaient être que mauvaises et que, par conséquent, elles pouvaient attendre.

J'ouvris donc d'abord *Les Nouvelles littéraires*. Il y avait toujours des échos amusants sur les écrivains et les éditeurs et surtout, surtout, il y avait, tenant la moitié de la seconde page, le feuilleton littéraire du terrible Robert Kemp. Le nom ne dit plus quelque chose qu'aux rares érudits attentifs au passé. C'était alors le plus redouté des aristarques. Il avait le compliment élégant quoique mesuré et la désapprobation assassine. Il tenait les rênes des deux pouvoirs capables d'envoyer un homme à l'Académie française : le pouvoir littéraire et le pouvoir théâtral. Il sévissait aussi dans *Comœdia*, une revue qui jouissait d'un monopole. C'était là qu'on allait chercher l'autorisation d'aller ou de ne pas aller voir telle ou telle pièce de théâtre, et Robert Kemp n'en ratait jamais une soit pour la louer, soit pour l'esquinter. *Robert Kemp était un pouvoir*. Même Giono lisait avidement le feuilleton de Robert Kemp avant de le jeter au panier.

Ce jour-là comme d'habitude et attentivement, je me plonge dans ce creuset à succès. En ce temps-là où les médias n'exercent pas encore sous la forme et l'ampleur codifiées qu'ils ont prises aujourd'hui, un article de Robert Kemp vaut un prix littéraire. Pour les écrivains à révérencer et qui ont un nom, le tarif est d'un feuilleton entier par auteur, mais le plus souvent c'est un pot-pourri d'écrivains auxquels on consacre une colonne ou une colonne et demie. Ce jour-là, le contenu du feuilleton me fait bâiller et je vais l'abandonner pour passer aux échos lorsque mes yeux balayant la page tombent sur mon nom. C'est au milieu d'une quinzaine de lignes tout en bas de la dernière colonne et ça dit ceci :

« Je ne commenterai pas longuement mais je recommande avec élan *L'Aube insolite* de monsieur Pierre Magnan qui me paraît dans le domaine du récit poétique, une manière de chef-d'œuvre. Des descriptions remarquables, un sens pour ainsi dire inné dans le choix des caractères et des situations qui fait qu'on ne peut s'arrêter dans sa lecture. Il y a quelques bizarreries dans les comparaisons entre Mozart et Karl Marx, mais l'auteur n'insiste pas. C'est d'un accent superbe et madame Thyde Monnier peut être fière qu'on le lui ait dédié. »

J'arrêtai là ma lecture des *Nouvelles littéraires*. Je ne lus pas non plus les faits divers du jour dans mon quotidien. Je refermai le journal lentement. Le banc de la Plaine où j'étais assis était peut-être celui où Louisette et moi nous nous étions fait nos adieux pour toujours. C'était à elle, sans doute morte, que je pensais et non à l'article que je venais de lire et allais relire quatre ou cinq fois dans la journée et dont je n'allais non plus parler à personne.

« Qui me paraît dans le domaine du récit poétique une manière de chef-d'œuvre », une manière de chef-d'œuvre...

Je suis pris de panique. Giono lit *Les Nouvelles*, il va voir ça ! Mon Dieu, que va-t-il penser ? Dieu merci, il ne me parla pas plus de l'article que du livre.

Durant les semaines qui suivirent je dépensai inconsidérément de quoi acheter tous les journaux ayant une rubrique littéraire qui paraissaient alors. Un inconnu qui ne signait pas publia ces deux lignes dans un hebdomadaire dont j'ai oublié le nom : « Voici enfin quelque chose de neuf et de jamais lu ! » De nouveau dans *Les Nouvelles* quelques semaines plus tard, Frédéric Lefebvre, un autre qui faisait et défaisait les réputations littéraires, écrivit, toujours péremptoire : « Les deux meilleurs livres parus cette année sont *Travaux* de Navel et *L'Aube insolite* de Magnan. »

Robert Kanters, un jeune loup qui aiguisait sa plume pour supplanter Robert Kemp dans l'art de renvoyer les auteurs à leurs chères études, daigna s'occuper de moi dans *La Gazette des lettres*. Il écrivit :

« Avec *L'Aube insolite* enfin M. Pierre Magnan a failli réussir l'histoire que le titre de M. Jean-Louis Bory annonçait, celle d'un village à l'heure allemande. Gageons qu'il écrira beaucoup de petits romans faciles et qui auront beaucoup de succès. Il sera peut-être le Pierre Benoit de sa génération. Dans l'état actuel des choses, c'est une place plus difficile à prendre qu'il n'y paraît. »

Il est à remarquer que Robert Kanters, chemin faisant, esquinte trois écrivains au passage : moi, avec mes petits romans faciles, Jean-Louis Bory qu'il accuse d'avoir raté son coup et Pierre Benoit qu'il rabaisse au rang de débutant.

Ce petit Belge sournois et vindicatif, qui atteindra les sommets de Paris pour faire peur à tout le monde, cache en réalité un malheur interne qui le conduira au suicide.

Julliard m'envoya au cours des mois une centaine de coupures de presse. Certains m'encensèrent en trois lignes ou me reléguèrent avec la même brièveté. D'autres se contentèrent de raconter l'histoire afin qu'on ne prît pas la peine de la lire. Cette technique est encore fort usitée de nos jours.

Croira-t-on que j'étais au comble du bonheur comme un héros de Giono ? Pas du tout. À vingt-quatre ans que j'avais alors, éloges, critiques ou mépris glissaient sur moi comme de l'eau sur de l'huile. Je m'en tenais pour avoir une opinion sur mon œuvre à l'abstention totale de ce trio : Jean Giono, Lucien Jacques et Maxime Girieud. Ceux-là ne pouvaient pas se tromper et s'ils jugeaient que *L'Aube insolite* ne valait pas la peine qu'on s'y arrêtât, c'étaient eux qui avaient raison.

Mais je connaissais une autre préoccupation. Déjà *Pylônes* m'avait été pénible à écrire, déjà je m'y étais essoufflé, et ce que je me disais dans mes nuits d'insomniaque pouvait se résumer en cette pensée angoissante : « Si tu réussis, il va te falloir écrire un livre par an pendant peut-être cinquante ans. »

Là-dessus, je reçois une lettre de Julliard me disant sa satisfaction des ventes de *L'Aube insolite* (on en a vendu dix mille en trois mois) et aussi de la lecture de *Pylônes* qu'il a dévoré, dit-il. Il me propose de me donner deux mille francs par mois pour me permettre de continuer à écrire. Continuer à écrire ! Mais je n'ai plus aucune idée ! Ou alors elles sont extravagantes, impraticables ! Ah, comme je serais bien à l'imprimerie gagnant maintenant, sûrement, soixante francs par semaine, avec des camarades de travail chaleureux et humbles. J'irais au cinéma tous les samedis soir, je fréquenterais le café Molinas. Je serais heureux, intégré et modeste dans ce Manosque où j'ai ma place, d'où je ne bougerais plus et qui me suffirait pour vivre.

Dans ce costume d'écrivain trop grand ou trop petit pour moi je me sens mal à l'aise. Le succès relatif de *L'Aube insolite* ne m'a pas convaincu. En ce moment je n'écris pas, je n'ai aucune idée. Je pense à Giono qui écrit tous les jours de sa vie. Je n'ai rien à dire ! Voilà la vérité ! Je n'ai plus rien à dire et un éditeur va me donner deux mille francs par mois pour que je continue à imaginer ! C'est le désarroi total. Les Manosquins rencontrés, l'Auguste Franc, l'Auguste Michel et tant d'autres me regardent avec un petit sourire amusé. Ils sont les amis de Giono, ils ont reçu sa confidence à mon sujet, elle finira par parvenir jusqu'à moi à l'aide de quelque bonne âme. Il a relevé dans *L'Aube insolite* nombre d'invraisemblances qui l'ont fait sourire. À part ça il est tout indulgence. Voilà ce qu'il ne me dira jamais.

Sans doute tout cela va me dissuader de continuer à écrire. Sans doute vais-je répondre à Julliard que je renonce. Je ne vais pas signer le contrat pour *Pylônes* qu'il a joint à sa lettre.

Cependant, tout occupé par ces dérisions et ces déboires et ces haussements d'épaule de mes contemporains, je n'ai pas vu s'avancer dans l'ombre le formidable changement qui va bouleverser ma vie, lequel va, lui, me persuader de continuer à écrire. Le propre de tous les miracles c'est de s'installer dans l'existence d'un homme avec le plus parfait naturel et sans aucun chambardement.

Un soir, je suis au cinéma, seul dans un coin. Il n'y a pas grand monde. Arrive Justine qui ne m'aperçoit pas et s'assoit sur une travée parallèle, mais en ôtant son manteau elle me voit, fait des signes de joie, m'appelle auprès d'elle. Justine, c'est une amie d'enfance. À treize ans elle était maigre et marchait comme un automate (« Justine, tiens-toi droite ! » lui disait sa mère à tout bout de champ), maintenant c'est une superbe blonde souple et sensuelle. Elle a été la maîtresse d'un ponte de la Résistance qui tenait ses certitudes du fait qu'il savait faire jouir les femmes. La vengeance, même injuste, est un plat qui se mange froid, j'ai fait de cet olibrius qui tortura Giono moralement la victime de *Un grison d'Arcadie*, soixante ans plus tard.

Pour l'instant Justine n'est plus que la veuve d'un pauvre diable de maquisard tué dans un traquenard il n'y a pas un an. Elle me prend la main, ne cesse plus de la serrer. Elle me balbutie tout ce que *L'Aube insolite* lui a fait connaître, toutes les vibrations qui l'ont secouée pendant qu'elle le lisait. Le film a beau commencer elle n'en a cure, elle ne se tourne pas vers l'écran, elle cherche mon regard, elle qui m'a connu minable, elle cherche à savoir ce qui a bien pu me transfigurer ainsi. Tout ce que j'attendais inconsciemment qu'on me dise et que ne m'ont pas laissé entrevoir les critiques, Justine, qui n'a jamais, de son propre aveu, ouvert un autre livre de sa vie, Justine me le dit, me le crie à voix basse. Et soudain elle se tait. Sans se préoccuper de nos voisins, elle saisit ma tête entre ses mains, elle ouvre sa bouche pour que la mienne s'y encastre. Je sens sa langue active, fougueuse. Je lui livre la mienne, sans retenue. Elle me dit :

— Viens !

Nous nous levons tous les deux. Sa maison n'est pas loin. Nous nous engouffrons dans l'ombre. Il fait un clair de lune suffisant pour que nous distinguions nos traits. Longtemps, longtemps, debout, serrés l'un contre l'autre, nous nous rassasions de baisers. Je suis dans l'extase et en même temps tranquille car elle ne peut avoir d'enfant. Je pense à tout à l'heure. J'entends qu'elle fait sauter les boutons de son corsage, elle prend ma main qu'elle attire sur son sein, sans que nos bouches ne se déprennent. En un clin d'œil elle est nue et moi aussi. Le lit est dans un coin. Je suis superbe, exaspéré, prêt à toutes les attentes. Jamais même moi allongé sur elle nos bouches ne se désunissent. Elle presse le bouton qui est à son chevet pour me voir, pour que nous fassions l'amour les yeux ouverts, ses magnifiques yeux bleus. La lumière est verte, je vois Justine, ses seins sous ma bouche et soudain elle dit :

— Attends !

Elle se tourne. Elle se met à genoux, elle se tapote une fesse pour m'inviter. Elle est tellement belle ainsi, accroupie et vue de dos, qu'il m'arrive ce qui ne m'est jamais arrivé avec Thyde, laquelle n'excitait pas mon imagination. Je suis frappé d'éjaculation précoce et ce sera sans appel car il m'a toujours fallu un temps certain pour retrouver mes forces. Même à vingt-cinq ans, je n'étais pas grand abatteur de bois, aussi serai-je toujours cocu.

Justine pousse un soupir excédé. D'un romancier qui d'après elle parle si bien d'amour, elle s'attendait à autre chose. Il n'y aura pas de seconde chance dans mon cas. Dès le lendemain, Justine me relègue d'un bon baiser sur les deux joues et d'un signe amical de la main.

Le lendemain, à peine le lendemain, tandis que je m'efforce de trouver sur un carnet où je gribouille des idées pour le prochain livre que je suis obligé d'écrire, on frappe à la porte du boulevard des Tilleuls. C'est Mimi, Émilienne, que tout le monde appelle Mimi. Je la connais un peu par une autre amie qui elle est d'enfance, mais je crois bien que je n'ai pas échangé dix paroles avec elle.

Je sais cependant qui elle est. C'est une famille de petits-bourgeois et Émilienne essaye de s'en sortir par tous les moyens. Elle est audacieuse, fréquente des peintres, des sculpteurs. Ils sont légion à Manosque, laissés en rade par la guerre et incapables de retourner chez eux. Mimi est leur égérie clandestine. Clandestine parce qu'elle doit sans cesse se méficr. Elle a un père qui la traque partout, qui la surveille. Et elle, rieuse, mutine, lui échappe avec un éclat de rire. Mimi est indépendante, ne songe pas à l'avenir, même immédiat. Elle est d'une témérité incroyable et elle n'a que dix-huit ans! C'est une fille petite, potelée, un vrai tanagra.

Que vient faire chez moi cette presque inconnue à six heures du soir? Elle s'assied devant la table de la cuisine, devant mes carnets épars. Elle me demande de lui mettre un disque de Bach.

Dans la chambre à côté trône un tourne-disque d'acajou que Thyde a sauvé du naufrage lors de son divorce avec Indro. Je m'imprègne de musique, Bach ou Mozart, en imitation de Giono car je me suis naïvement laissé accroire que la musique classique aidait à la création.

Ce soir-là, quand Mimi est arrivée, c'étaient *Les Steppes de l'Asie centrale* de Borodine que j'écoutais. Je lui obéis. Je mets une cantate de Bach.

— Pas très fort! me dit-elle.

Quand je reviens auprès d'elle, assise, les deux

pieds sur le barreau de la chaise, elle s'est emparée d'une paire de ciseaux et d'une enveloppe ouverte et elle taillade cette enveloppe à toute vitesse, elle en fait un rectangle frangé et je contemple ça avec stupeur. Sauf pour réclamer la musique, elle n'a pas ouvert la bouche. Je ne la questionne pas, j'attends. Et soudain, les yeux baissés et très vite, elle dit :

— Je suis émerveillée par ton livre !

Alors elle se met à parler sans cesser de taillader son enveloppe et toujours les yeux baissés. Elle me dit des paroles qui sont des aveux. Elle ne me voit même pas. Ce n'est pas l'homme qui l'intéresse, qui la subjugue, c'est ce qu'il y a à l'intérieur de lui. Je m'aperçois que cette fille qui m'a réclamé Bach en arrivant, cette fille qu'on dit légère, en réalité elle abrite une maturité d'âme qui va la faire souffrir toute sa vie car, en révolte contre son milieu, elle ne risque pas d'y être comprise, elle ne risque pas de s'y intégrer. Et soudain nous sursautons. En bas du corridor, nous sommes au premier, une voix terrible retentit.

— Mimi !

— Mon Dieu mon père ! dit Mimi.

Elle se lève, moi aussi, livide.

— Ouvre vite la fenêtre !

— Tu ne vas pas t'en aller par là !

— Si, je vais monter sur la toiture et je vais passer chez les Burle ! C'est une terrasse où la mère Burle étend son linge ! Après je descends par le corridor ! Retiens mon père tant que tu pourras !

La fenêtre donne sur la toiture de l'atelier Vinatier et à sa suite il y a une vaste dalle cimentée qui sert en effet d'étendoir. Mimi légère vole de tuile en tuile. Je la vois sauter lestement sur la terrasse attenante et s'enfuir. On frappe énergiquement à la porte. J'ouvre tout de suite. Je me trouve devant un monsieur bref et portant lunettes.

— Ma fille n'est pas là ?

Je ne me récrie pas, je dis seulement :

— Mais non ! Pourquoi ?

J'écarte largement le battant, l'invitant à entrer. Il va jusqu'à la chambre où le disque de Bach se déroule toujours. Il contemple l'enveloppe tailladée sur la table. Il tourne les talons, s'en va rapidement, ne me donne aucune explication. Je l'entends grommeler entre ses dents :

— Cette fille me fera mourir !

Je crois que Mimi ne reviendra plus. Je me trompe. Le lendemain à la même heure elle gratte à la porte, elle est là. Je dis :

— Non non ! Ton père va venir.

— Non ! Il est à la chasse à Vinon ! Il rentrera tard.

Elle recommence à découper de l'enveloppe. Je suis terriblement sur mes gardes : dix-huit ans et probablement normale, celle-ci. On ne peut pas tomber trois fois sur une femme qui ne peut pas avoir d'enfant.

Elle me raconte sa vie : elle aimait un homme, il était fou d'elle, elle ne l'aime plus. Il la cherche partout pour la tuer, dit-elle.

— Accompagne-moi dans les rues ! J'ai peur.

Elle a aussi un fiancé à qui elle écrit tous les jours. Il est aux Antilles ou en Nouvelle-Calédonie, je ne sais plus. Elle me demande de l'aider à faire sa lettre quotidienne. Je résisterai trois jours à sa bouche offerte, à son corps qui ne rate aucune occasion de me frôler. À la fin je la prendrai dans mes bras.

— Je savais, me dit-elle, que tu ne me résisterais pas longtemps !

Nous allons nous promener dans la nuit. Nous échangeons des baisers. Je lui dis :

— Je ne suis qu'une fantaisie pour toi.

Et elle répond :

— Tu sais, des fantaisies comme ça je n'en ai pas éprouvé souvent !

Un jour, elle ouvre ma porte sans frapper. Elle est surexcitée.

— Mon père est parti pour la journée !

Elle se déshabille fébrilement. Elle va vers le lit où si souvent j'ai fait l'amour avec Thyde.

— Viens vite !

Elle est nue, moi aussi et je bande pour elle. Elle le crie joyeusement. Et moi je ne pense qu'une chose : « Si tu fais un enfant à cette fille, tu es foutu. » Je ne l'ai jamais vue nue, elle est superbe, les épaules hautes, les seins debout. Je me glisse à côté d'elle, je lui serre les fesses entre mes mains et alors il se produit la même chose qu'avec Justine : je suis frappé d'éjaculation précoce. Je retombe flasque à côté de ce corps magnifique. Croira-t-on que je suis désespéré ? Pas du tout. Je pense avoir échappé à ce que je crains le plus au monde : faire un enfant à une femme. Mimi ne comprendra jamais pourquoi dès le lendemain je ne vais plus la voir, je vais l'éviter même. Jamais plus nous ne nous embrasserons, jamais plus nous ne serons nus l'un contre l'autre. Mais à la faveur de cette bonne fortune ajoutée à celle de Justine, quelque chose commence à se révéler à moi qui est encore obscur mais qui va éclater bientôt d'une lumière aveuglante.

Un soir, je sors de chez Giono. Il est tard, il est nuit. Les réverbères éclairent encore très mal. Une femme élégante chemine au coin de la villa des Violettes, à la bifurcation des deux voies : celle qui va vers la montée des Manents où je descends et celle qui conduit aux Jardins d'Armide vers où cette inconnue se dirige. Elle me voit, s'arrête indécise, vient vers moi enfin, se plante devant moi.

— C'est vous, Pierre Magnan ?

— Oui.

— Vous êtes pressé ?

— Non.

— Venez avec moi.

Je la suis. Elle habite non loin de là (le quartier a tellement changé qu'il n'y a aucune chance pour qu'on reconnaisse le lieu). Elle m'ouvre la porte verte d'un jardin. Nous entrons dans une maison. Celle-ci existe toujours, cernée d'autres plus opulentes, et chaque fois que je passe devant je me dis que la vie n'a pas été aussi cruelle pour moi que je ne veux bien le dire. Sitôt entrée, sitôt jeté son manteau sur un divan, elle éclate en sanglots et se blottit contre mon épaule. Je referme les bras. Je ne parle pas, j'attends. À travers ses sanglots elle se confie :

— Vous écrivez de si belles choses ! Je ne peux parler à personne. J'ai deux garçons. Je suis veuve ! Je viens de perdre mon amant !

— Il est mort ? dis-je.

— Mais non ! Il m'a quittée !

Ses sanglots redoublent. Les larmes mouillent mon épaule mais une étrange chaleur (que je ne retrouverai chez un être que quarante ans plus tard) monte dans son corps et dément ses paroles et dément son chagrin. Je m'érige contre elle sans aucune gêne tant nos deux corps sont en train de s'appeler. Je n'ai pas le temps de m'apercevoir si elle est belle ou laide, la pénombre est parfaite, mais à la toucher je constate qu'elle n'a pas la morphologie de Justine ou de Mimi mais plutôt celle de Geneviève, mon second amour. Nous roulons vers le divan, elle toujours pleurant et moi la déshabillant. Je n'ai pas peur. Je sais qu'avec celle-là je ne vais pas être atteint d'éjaculation précoce. Mon enthousiasme n'est pas suffisant pour évoquer une défaite prématurée comme avec Mimi et Justine qui étaient trop belles. Devant celle-ci je suis maître de moi. Elle jouira autant au cours de la nuit qu'elle pleurera. Parfois dans ses transports, ce n'est pas mon nom qu'elle prononce, c'est celui d'un autre (je ne peux pas l'écrire). Croira-t-on que cela me chagrine ? Pas du tout. J'aurais plutôt envie d'éclater de rire.

Par cette inconnue qui ne me cèle rien de ses pulsions, je vais en apprendre plus sur la femme qu'avec Thyde et ses confidentes. Nous ferons l'amour ensemble pendant des mois, et après nous ferons naître des rencontres. Jamais le mot aimer ne sera prononcé entre nous. Il y aura des traverses : elle a de la famille qui est là parfois. Alors je passe par la fenêtre car sa chambre est au rez-de-chaussée. Je me glisse par la porte verte du jardin comme un voleur. Un jour en sortant, alors que je lève les yeux, un étrange objet lumineux en forme d'enclume apparaît dans le ciel et disparaît aussi vite après une brève trajectoire et plonge vers le néant. À peine ai-je le temps de mettre les mains sur la tête que le phénomène a disparu.

Cette aventure sans amour qui se prolongera pendant dix ans par intermittence (entre-temps la dame aura d'autres amants) me laissera une certitude de plénitude que je résumerai une nuit entre ses bras. « Je vais exister par les femmes. C'est pour elles que je dois continuer à écrire. »

C'est ça la lumière du miracle. Justine, Mimi et celle dont je ne puis écrire même le prénom m'auront appris que si ni Giono, ni Lucien Jacques, ni Maxime Girieud ne m'apprécient, en revanche j'ai la chance de plaire aux femmes par l'écriture, et que celle-ci viendra au secours de mon physique quelconque pour me faire aimer d'elles.

Cette évidence comme une éclaircie entre les nuages ne s'impose pas tout de suite à mon esprit. La pression adverse venant de la désapprobation des aristarques de ma ville est trop forte pour être levée. Le doute est toujours le même. Je ne crois pas être écrivain. Je n'ai ni la morphologie, ni la prestance, ni la rouerie qui s'attachent à cette profession. Je ne suis toujours qu'un pauvre diable d'apprenti typographe sans beaucoup d'avenir.

Cette certitude va me rejeter dans les bras de Thyde parce que je crois qu'elle seule est une protection efficace contre mon destin.

Elle est revenue de ses fastes helvétiques. Un jour, elle m'écrit de l'hôtel Royal à Nice où elle loge, « Téléphone-moi si le cœur t'en dit », conclut-elle.

Je me souviens. Je suis chez Rico, l'imprimeur. Comme d'ordinaire le long Manfredi le pâtissier est planté au milieu de l'étroit espace. Je demande à Antoine la permission de téléphoner. Je m'isole derrière le massicot. J'entends la voix de Thyde au bout du fil. Elle est enjouée, rieuse. Elle me dit :

— Je suis à Nice, à l'hôtel Royal. Je cherche un appartement. Tu viens ?

— J'ai bien envie de te rejoindre.

Ma réponse est spontanée, sans appel. Je ne me sens pas assez solide pour résister à l'adversité. La perspective de lutter seul contre mon destin m'épouvante.

Trois jours plus tard, par le train des Pignes je descends à Nice me constituer prisonnier.

J'arrivai à Nice tout humide. Je m'étais arrêté à Digne pour faire l'amour avec une Ninon connue l'an dernier par mon ami Maurice qui travaillait au ravitaillement. Je l'avais laissée sur notre faim, obligé de partir pour je ne sais quelle raison. Cette Ninon m'avait poursuivi en songe durant toute l'année. Elle avait des bras robustes et un corps volumineux. Nous sommes restés sous la pluie battante à mélanger nos bouches pendant une heure avant qu'enfin elle m'invite à entrer. Elle logeait chez une parente et sa chambre donnait sur un balcon. Quand je repartis par le train, je claquai des dents tout au long du parcours.

Nice avait beaucoup changé en deux ans. On lui avait rendu son aspect de femme de mauvaise vie et les illuminations étaient à profusion.

Quoique très simple, Thyde avait gardé le goût des palaces contracté lorsqu'elle allait chez son frère à Sainte-Maxime. L'hôtel Royal sur la promenade des Anglais où elle logeait n'était pas parmi les plus luxueux mais il faisait cossu. Les carpettes à réglettes de cuivre ne manquaient pas au long des escaliers et le concierge chamarré et de toute importance était maire de Tende où il était à la tête du mouvement qui réclamait le rattachement de cette vallée à la France.

Thyde avait pris de l'altitude en Suisse. Elle y avait été reçue comme une reine et s'y était fait de nombreux amis. Elle en avait rapporté une cape de vison gris et une bague avec un gros cabochon serti de petits diamants.

Elle me fit part de ses projets. Trouver un appartement à louer et acheter une villa à Cimiez.

— Je t'ai gardé du travail, dit-elle. J'étais sûre que tu reviendrais !

Je me remis à taper à la machine incontinent. Il y avait du retard dans le courrier et elle venait de commencer une nouvelle série, *Les Franches Montagnes*, dont elle avait trouvé la source chez les Vaudois de Provence lorsqu'elle était venue vivre à Lourmarin quand j'étais aux chantiers.

Elle était maintenant encadrée par deux personnages dont elle s'était entichée car tous deux avaient su faire éclater leur admiration bien au-dessus de celle du commun des mortels. C'était une chose, l'admiration, que Thyde goûtait de plus en plus en vieillissant, et ceux qui savaient la lui manifester avec le plus de chaleur étaient sûrs d'entrer dans ses bonnes grâces.

Elvire était une manipulatrice de première force.

Elle était comédienne et besogneuse dans ce métier qu'elle accompagnait pour subsister de quelques cachets de postsynchronisation, c'est-à-dire de doublage d'acteurs étrangers. Au surplus elle avait trouvé à se marier avec un Grec fortuné qui lui avait fait un enfant.

À l'époque où j'arrivai à Nice, les affaires d'Elvire auprès de Thyde étaient en fort bonne posture. Je la vis et dès que je la vis je compris que celle-là ne me raterait pas si je me ratais et qu'elle me desservirait auprès de Thyde avec un doigté infini. Dieu merci elle était mère et mère idolâtre, ce qui ôtait un peu de pointe à l'aiguillon qu'elle portait. Son fils avait entre deux et trois ans, elle l'élevait devant elle, en le regardant dans les yeux, et elle lui disait :

— T'en fais pas, Nans, à dix-huit ans tu l'auras ta Packard !

C'était l'utopie automobile de tous ceux qui rêvaient d'Amérique, et Elvire dressait son fils de manière à lui donner cette ambition. Elle nous invita chez elle plusieurs fois. C'était luxueux. Le Grec avait les moyens. Mais le pot de chambre à dossier rose trônait sur la table de la salle à manger, Nans ne pouvait faire *son gros* qu'à cet endroit précis.

Elle avait appelé son fils Nans en souvenir de *Nans le berger*, car depuis des années elle caressait l'ambition de devenir au cinéma Sylvaine, l'héroïne du *Pain des pauvres*. Elle se démenait là-dessus tant qu'elle pouvait car Sylvaine avait vingt ans à l'époque du drame et Elvire frisait les trente-cinq ans quand je la connus.

C'était une fort belle femme, grande et droite, naturellement blonde aux yeux froids quoique bleus et qui paraissaient toujours attentifs à autre chose qu'à ce qu'ils voyaient. Sans doute était-ce l'habitude du théâtre qui la rendait ainsi aux aguets de ce qui se passait ailleurs.

Le second personnage était entré dans la vie de la romancière par effraction. Sa mère était une amie d'enfance marseillaise qui avait un jour crié au secours vers Thyde parce que son fils voulait se suicider. Son histoire était simple : il était tombé amoureux fou de la femme de son frère qui le repoussait avec constance. Il avait alors imaginé que s'il devenait écrivain, car c'était une grande lectrice, elle lui tomberait dans les bras. Aussi s'était-il mis à écrire séance tenante. Et il ne fallait surtout pas le décourager sinon il se tirerait une balle dans la tête avec le revolver d'ordonnance de son père décédé. Il avait toujours cette arme dans sa valise. Thyde le corrigeait maternellement, il faisait six fautes de syntaxe à la page. Elle s'était prise pour son cas d'un tel intérêt qu'elle avait fondé un prix littéraire afin de le lui donner.

Ce dément de l'écriture vint à Nice pour y respirer l'air littéraire dans le sillage de Thyde. Celle-ci avait trouvé un appartement rue de France où il y avait une chambre pour le pauvre Victor. On ne l'appelait jamais Victor tout court mais le pauvre

Victor. Il avait eu le génie de faire partager ses déboires amoureux par toute la parentèle.

L'appartement était bien meublé. J'avais pour moi seul un bureau où trônait une grande table supportant la machine à écrire et tout le courrier qui stagnait. À l'époque Thyde Monnier recevait à peu près dix lettres par jour.

Le matin tandis que Thyde travaillait dans son lit, moi j'étais libre d'occuper la table où j'essayais de trouver un sujet. Ça faisait un tas de brouillons innommables qui tenaient toute la place avec les lettres entassées.

À neuf heures, dans une luxueuse robe de chambre en soie, arrivait le pauvre Victor, sortant de son lit mal en point, bourré de Maxiton (dont c'était alors la grande mode) et de calcium en ampoules. Il installait son dossier, me disait qu'il avait passé une mauvaise nuit, allumait sa première Gauloise et se mettait incontinent à écrire. Voir écrire devant moi avec facilité et pour ainsi dire sans réfléchir cet être qui n'avait jamais ouvert un livre de sa vie était proprement hallucinant. J'en hurlais comme un loup intérieurement. Mon imagination en était ligotée, paralysée. À onze heures le pauvre Victor s'arrêtait. Il avait pondu ses dix pages comme Thyde. Il se frottait les mains, il disait qu'il avait bien travaillé. Il courait au lit de Thyde pour lui lire ses pages.

Si je ne me suis pas définitivement arrêté d'écrire à cette période c'est qu'il fallait vraiment que j'aie le feu sacré.

C'était l'heure fatidique du repas qui allait d'abord nous faire traverser la ville dans un de ces tramways, aujourd'hui objet de collection, qui avaient un timbre de bicyclette en guise d'avertisseur. Quand nous l'entendions klaxonner au coin du boulevard Gambetta, nous descendions en vitesse, le pauvre Victor et moi, pour gagner notre crèche, de l'autre côté de la ville, vers la place Garibaldi.

À l'angle de cette place, à l'aplomb de la cave Ricord, s'ouvre une rue qui est une institution. C'est la colonne vertébrale de Nice. On l'appelle la Païrolière. Et dans cette rue, raide et droite, un peu effacée, sans grande couleur, une devanture annonçait *La Cicoulatiera* d'Armida Tabucchi. C'était le poumon de la Païrolière. Tout ce que Nice comptait d'extravagant avait franchi cette haute porte, très étroite, en haut de trois marches, qui tentait de dissuader le chaland plutôt que de l'inviter.

Il y avait deux salles, l'une pour le vulgum pecus et l'autre pour les habitués. L'ensemble ne dépassait pas sept mètres de large sur vingt mètres de long. Derrière le passe-plat, une cuisine de trois mètres sur trois contenait deux réchauds à gaz. Il y avait une glacière encastrée dans le mur. Au fond, sous une fausse fenêtre, trônait toujours sur l'entablement une pyramide de chayottes dans une grande coupe. La chayotte était l'emblème de l'établissement. On la mangeait bouillie, rôtie, en salade, en beignets. On faisait même, avec les graines, des infusions.

La moitié des pratiques consistait en une douzaine de pâles fantômes, rescapés des hôpitaux, des morticoles et des charlatans. Il y avait même deux ou trois cancers guéris grâce au végétalisme strict qu'on pouvait observer chez Armida Tabucchi.

Le reste, c'étaient les extravagants. Il y avait un cabot qui avait joué avec Le Bargy les pères nobles, un baryton qui avait chanté Massenet et qui parfois, croyant nous distraire, s'y escrimait encore avec conviction. Une dame Bailet avec un chapeau de postillon ne mangeait que du poisson parce que le poisson ne crie pas quand il meurt. Mais l'ensemble était égayé par Bichette, une Belge amie d'Armida dont celle-ci s'était aperçue un jour qu'elle faisait du cinq à sept. L'appétissante Lola, Vénitienne blonde, y venait avec son amant laotien dont l'extravagance était interne : il exposait dans sa galerie tout ce que Nice pouvait compter comme peintres illuminés qu'on n'appelait pas encore de l'art brut. Y venait aussi monsieur Vuillermoz, critique musical au *Figaro*, qu'Armida entourait de toute sa considération. Tout l'hiver 46-47 nous fûmes enorgueillis par la présence d'un ténor de charme célèbre qui jouait à l'Opéra de Nice et dont le faible estomac ne s'accommodait que de végétaux.

À sa suite, je vis entrer une splendeur d'homme tout droit sorti d'un tableau du Quattrocento. Il s'appelait Orphéo et il était inverti comme un phoque, inverti avéré, militant et proclamatoire. Un jour où le ténor était malade de la grippe, sa chambre à l'hôtel était gardée par un cerbère. Orphéo se présenta, le cerbère s'interposa.

— On ne passe pas ! Je suis son garde du corps !

À quoi Orphéo répondit tranquillement en écartant le gêneur :

— Et moi je suis son amant !

Ces beaux caractères n'existent plus aujourd'hui. Cet Orphéo, en ses mœurs, était une perte irréparable pour les dames de chez Armida. Lola, en dépit de son galeriste, le regardait avec douleur. Elle était vénitienne, il était padouan. Ça aurait pu faire des enfants superbes. C'est ce que me disait Armida quand je m'attardais, étant seul avec elle.

Cependant de tant de personnages dont j'oublie la moitié, Armida était le plus fabuleux. Je l'appelai Armida milanese car elle était de Milan. C'était une femme imposante ayant dépassé les cinquante ans, avec des yeux bleus de pervenche naïve où toute la bonté et la charité de son caractère apparaissaient. Elle était d'humeur égale et compatissante avec tout le monde, sauf avec sa mère la Nonna.

La Nonna était maigre et noire. Elle ne parlait ni le français ni l'italien. Elle ne parlait pas d'ailleurs. On aurait dit qu'elle était en deuil d'au moins deux fils perdus en quelque guerre. Mais, dans cette étroite boutique où la majestueuse Armida officiait avec des plats à la main, la Nonna encombrait, était toujours au milieu, alors on entendait Armida qui entonnait les airs de sa chère Lombardie :

— *Nonna per favore ! Nonna per carita !*

Il y avait des soirs où le restaurant était fermé. C'est alors qu'il y avait gala à l'Opéra. Il s'agissait d'honorer le compositeur tant aimé. Il s'agissait de se faire belle et Armida excellait dans cet exercice. Il était impossible quand elle partait pour l'Opéra, la partition sous le bras, de reconnaître l'Armida qui se glissait entre les tables pour nous servir. Elle scintillait de stras et de plaisir. C'était un navire qui voguait vers le bonheur. Elle allait entendre *La Sonnambula*, *Lucia di Lammermoor* ou *Il Trovatore*. Le roi n'était pas son cousin.

Chère Armida Tabucchi, son fantôme doit encore avancer dans l'immortelle Païrolière, en route vers l'Opéra où Verdi tonitrue.

Cependant l'âge d'Elvire, l'autre parasite, avançait de mois en mois et jouer Sylvaine devenait de plus en plus problématique. Un jour, bousculant l'étiquette (Thyde interdisait sa porte jusqu'à midi), Elvire arriva en trombe avec un parfum à chavirer l'âme. Elle se jeta sur Thyde, la couvrant de baisers.

— Ça y est, dit-elle, j'ai trouvé un producteur !

Et incontinent, elle se tourna vers moi, disant :

— Pierre ! Il faut que vous téléphoniez tout de suite tout de suite à Charles Vanel ! Tenez ! Voici son numéro ! Il est au Négresco !

Thyde était prête à tout pour voir son nom sur l'écran. Ça faisait des années et des années qu'elle essayait en vain de placer un de ses romans. On téléphone à Vanel sur-le-champ. Au nom de Thyde Monnier — je tenais l'écouteur —, il grogna quelque chose d'aimable prouvant qu'il avait entendu ce nom-là quelque part. Il donna rendez-vous en plein air, promenade des Anglais, tel jour.

À l'heure dite, j'étais adossé à la rambarde et je vis venir vers moi cet autre monstre sacré. Il marchait posément, chacun de ses pas prouvait qu'il savait ce qu'il se devait. Il avait la pipe au bec et le chapeau sur la tête. Je nageai en pleine irréalité. Voir Charles Vanel en gros plan, là devant moi et me tendant la main avec ce petit sourire forcé qui était sa marque de fabrique, c'était réveiller des souvenirs d'enfance poignants dans ma mémoire. Je l'avais vu pour la première fois au Cercle des travailleurs quand j'avais onze ans. Il incarnait un cocu au grand cœur dans un film muet qui s'appelait *Les Yeux noirs*.

— Il y a longtemps, me dit-il, que j'ai envie de jouer le père Resplandin dans le roman de Thyde Monnier, mais malheureusement ce ne serait pas avant deux ans car j'ai trois films en chantier en ce moment !

Il frappa sa pipe contre la rambarde et il me dit :

— Vous écrivez vous-même, je crois ?

Sitôt que j'entendais le mot écrire je pensais au pauvre Victor et l'envie m'en passait.

— Non, dis-je, c'est un homonyme. Excusez-moi, monsieur, et navré de vous avoir dérangé pour rien !

Il m'octroya un autre sourire et s'en alla en me serrant la main.

Je rentrai bredouille rue de France où Elvire attendait anxieusement, assise sur le lit de Thyde, laquelle en avait cessé de travailler. J'écartai les bras et hochai la tête.

— Mais le producteur ne voudra jamais sans Vanel ! s'écria Elvire.

Les larmes lui sautaient des yeux. Elle savait que sa dernière chance venait de s'envoler. Dès cet instant l'emprise d'Elvire se fit moins pressante et on la vit beaucoup moins rue de France entourer Thyde Monnier de ses petits soins.

Le film fut finalement tourné en Italie avec Folco Lulli. Ce fut un four retentissant mais les écrivains sont habitués à ces sortes d'avanies, l'essentiel c'est qu'une adaptation rapporte un peu d'argent et Thyde se remit fort bien de cet échec.

C'est l'époque où je l'ai vue déployer une énergie formidable pour réaliser son rêve : avoir sa villa à Cimiez. Elle s'était abouchée avec un certain monsieur Meer qui était agent immobilier et qui se piquait de littérature. Il avait pris de l'estime pour moi le jour où il m'avait vu plongé dans les œuvres de Vauvenargues. Il disait à Thyde :

— Vous comprenez, ma pauvre Thyde, vous arrivez avec votre pauvre petit million alors qu'il y a ici plein de gens qui en ont trente ou cinquante ou cent et qui sont prêts à tout pour vivre sur la Côte d'Azur.

Il manque un million à Thyde pour accéder à son rêve. On va aller le gagner à Paris. Mais cette fois, ce n'est plus l'hôtel de Flore (parfois de façon cuisante je pense à madame D. dont je me suis privé à l'époque). Aujourd'hui, c'est l'hôtel Pont-Royal, rue Montalembert, devant la rue du Bac, à deux pas (trois cents mètres) de la cathédrale de l'Édition française, les Éditions Gallimard.

Le Pont-Royal est l'hôtel des Nobel. Hemingway y est descendu et Steinbeck, Pearl Buck et tant d'autres. Cette fois c'est de la moquette rouge à foison, des cabinets secrets pour conciliabules fructueux, des corridors larges de cinq mètres.

Une certaine nuit, rentrant de je ne sais où, je vis poindre dans la pénombre d'un de ces corridors rouge sombre, deux géants, l'un contre l'autre jetés et qui chantaient à l'unisson et à pleins poumons, de leurs belles voix de basse, l'agonie de Boris Godounov. Le couloir était à peine assez large pour eux tant ils étaient pleins comme des bourriques. Si je n'avais trouvé l'abri providentiel d'une embrasure, ils m'eussent écrasé tant l'espace pour eux et moi était insuffisant et tant ils me faisaient deux fois en hauteur et en largeur.

J'appris le lendemain par une femme de chambre qu'il s'agissait d'Ilya Ehrenbourg et de Constantin Simonov (*Et l'acier fut forgé*) et qu'ils buvaient six bouteilles de champagne par nuit.

C'étaient deux héros de l'Union soviétique, chantres officiels de l'URSS. Ces joyeux drilles venaient manger en France les droits d'auteur acquis auprès des trois millions de communistes que comptait alors le corps électoral, l'atmosphère en URSS étant encore trop sombre pour pouvoir s'y esbaudir décemment.

C'est au Pont-Royal qu'un beau jour mon ami Jef débarque pour nous voir. Il a conçu une ingénieuse machine à essayer les décors de théâtre sur une scène miniature et il compte beaucoup sur cet engin pour échapper à la Camargue sa nourrice (c'est ainsi qu'en 1947 on nomme encore la Compagnie Péchincy). Il faut la faire connaître au Tout-Paris du théâtre. C'est difficile, ni Thyde ni moi ne connaissons grand monde dans ce milieu. Jef a déjà obtenu une entrevue avec Jacques Hébertot lequel, sitôt devant lui ce provincial, lui a dit :

— Appelez-moi maître pour ne pas vous singulariser !

Ce personnage outrecuidant n'a pas eu l'air d'ailleurs très épaté par l'invention de Jef. Soudain je pense à Robert Kanters. J'ai rencontré Robert Kanters dans l'antichambre Julliard. Je l'ai remercié pour sa critique pourtant mi-figue mi-raisin, il m'a paru affable (c'était l'air qu'il savait le mieux prendre).

— Et si je téléphonais à Robert Kanters ?

Sitôt dit sitôt fait dès que j'eus le numéro par les services de Julliard. Je revins épanoui.

— Nous avons rendez-vous vendredi à cinq heures et demie à L'Aquarium !

L'Aquarium c'est le bar du Pont-Royal où viennent se montrer tous les littérateurs un peu avertis. Parfois on y voit poindre Michel Gallimard ou Gaston plus rarement.

Au jour dit nous nous retrouvons dans la chambre de Thyde. Jef met bas de son épaule la merveille sur quoi il compte pour assurer son avenir. Elle est dans une housse de cuir astucieusement conçue par Jef lui-même et munie d'une courroie pour la passer sur l'épaule.

Nous nous installons confortablement sur le lit tous les trois avec Thyde. Nous nous regardons tous avec de beaux yeux. Nous avons tant à nous dire, nous avons tant de souvenirs communs, nous sommes si heureux de nous retrouver.

— Tu te souviens du jour où ?

Les histoires de notre enfance, de notre jeunesse fusent entre nous, l'une s'enchaînant à l'autre, et Thyde qui nous pousse à raconter, qui s'exclame que telle chose elle ne la savait pas. Nous sommes passionnés. Nous ne sommes plus à l'hôtel du Pont-Royal, nous sommes à Manosque, Basses-Alpes, par un beau soir d'automne, et quand enfin nous nous réveillons de ce joli songe :

— Merde ! s'exclame Jef. Il est sept heures !

Nous nous levons d'un seul mouvement, il assure sa boîte sur son épaule, nous fonçons par le couloir rouge, nous négligeons l'ascenseur, certains d'arriver plus vite en dévalant l'escalier.

L'Aquarium se trouvait au sous-sol, au bas d'un tourniquet de marches peu commodes. En le descendant on voyait toute la salle. Il n'y avait personne. Personne sauf un petit homme tout seul devant un pot de thé vide et froid, au bas bout d'une table, et qui nous voit venir avec un sourire à la Sodoma. C'est Kanters. Il nous attend depuis cinq heures et demie.

Le malheur c'est que nous sommes des rustres, incapables de nous confondre en excuses, incapables de trouver les mots qu'il faut, incapables de nous abaisser ; d'autant plus qu'à l'intérieur de nous-mêmes nous pouffons de rire de notre imbécillité.

L'entretien fut petit, la démonstration peu concluante, le sourire à la Sodoma ne disparut pas des lèvres de Kanters.

Trois jours après, ayant rendez-vous avec Julliard, je lui contai la chose. Il en ôta ses lunettes de stupeur.

— Pierre ! Vous n'êtes pas en train de me dire que vous avez laissé Kanters seul avec lui-même pendant une heure et demie ?

J'acquiesçai de la tête, contrit. Julliard leva la sienne au plafond et la secoua. Il ne me dit rien de plus, mais trois semaines plus tard dans *La Gazette des lettres*, il y avait quatre colonnes sur *Pylônes* (qui était devenu *Lignes de force* parce que l'autre titre existait déjà chez Faulkner) dont Kanters n'avait pas encore parlé. En quatre colonnes le critique m'esquintait soigneusement comme on frappe à coups de poing un homme qui est déjà mort.

On avait vendu dix mille *Aube insolite*, on vendit quatre mille *Lignes de force*, et sur ce chiffre, dans le courant de l'année, il y eut cinq cents retours.

J'ai médité longtemps sur cet article. Les premiers temps je me suis dit : « Parbleu, ça c'est le coup de L'Aquarium », puis la réflexion m'est venue que moi-même j'avais gémi sur ce livre inspiré par l'amour, que j'avais regretté de l'avoir écrit, que je n'avais absolument pas été convaincu quand Julliard m'en avait fait compliment et que, d'une certaine façon, j'en avais honte. Kanters avait raison : *Lignes de force* était un mauvais livre. On ne devrait jamais écrire un livre sous l'emprise de l'amour ou de la haine. Ce sont deux sentiments qui rendent l'imagination partiale et qui la stérilisent.

Pendant ce temps Thyde court toujours après son million. Elle en a touché deux mots à Julliard qui a fait la sourde oreille. Mais elle est convoitée par Fayard et surtout par Plon qui veut rénover sa vitrine et est d'accord pour avancer un million. Je suis en train de taper à toute vitesse les cinquante premières pages du premier tome des *Franches Montagnes*, qu'elle veut faire lire à Maurice Bourdelle et surtout à la femme de celui-ci qui est une inconditionnelle de l'écrivain. Celle-ci a une autre inconditionnelle, ardéchoise comme elle et qui s'enorgueillit de l'avoir pour payse. Il y a longtemps que madame Dupont-Ferrier veut inviter Thyde à déjeuner. Elle lui a même dit :

— Et naturellement vous pouvez nous amener Pierre.

Car à Paris tout le monde sait que la romancière a son sigisbée.

À l'heure dite, nous nous présentons avenue Montaigne où les Dupont-Ferrier ont leur appartement au quatrième. Ici aussi, il y a de la moquette rouge dès le vestibule et le long de l'escalier, mais l'ascenseur est un vieil Otis-Pifre de collection que l'on doit avoir gardé par fidélité domestique.

Après avoir pompé, ça dure une minute, l'air comprimé qui lui est nécessaire, il nous conduit jusqu'au quatrième sur sa colonne, avec des oscillations d'athlète qui soulève un poids de cent kilos. Il vibre, il halète, il crachote. Il est énorme, ventripotent et capitonné. Il nous vomit enfin sur le palier avec un bruit de locomotive qui exhale son dernier souffle. Suffit pour l'ascenseur des Dupont-Ferrier.

Madame est sur le pas de la porte qui nous guettait. C'est une grande et grosse femme qui s'assume telle quelle avec beaucoup de charme. Après qu'elles se furent prises dans les bras l'une de l'autre avec une passion qui ne peut naître que de l'amour commun du terroir, le regard de madame Dupont-Ferrier tombe sur moi et je me casse en deux pour lui baiser la main.

J'ai tout de suite compris que ce geste formidable était capable de modifier l'opinion première qu'une femme pouvait avoir d'un homme et je plonge jusqu'aux mains tendues, à tout bout de champ. On nous reçoit dans un vaste couloir-vestibule où se distribuent quatre ou cinq portes à deux battants, l'une est vitrée et c'est là qu'on nous introduit.

Un faible aboiement émane d'un lieu qu'on ne peut situer, mais constant, mais furieux.

— Vous ne connaissez pas Mitsou ? dit madame Dupont-Ferrier.

Elle dit ça avec l'intonation de Saint-Loup répondant au narrateur : « Comment ? Tu ne connais pas ma cousine Oriane ? »

Madame Dupont-Ferrier nous désigne sur une grande table, parmi le couvert mis, une coupe d'argent oblongue ornée d'initiales : c'est là-dedans que règne Mitsou, Princesse de Guise, c'est son nom de pedigree que j'apprendrai par la suite. C'est une chienne de peut-être un kilo et demi, le poil couleur vif-argent mais qui montre les dents avec beaucoup de détermination et qu'il n'est pas question de caresser. Elle est soulignée d'un ruban couleur parme qui ceint son cou et dont on doit refaire le nœud tous les matins.

— Vous excuserez Pierre, dit madame Dupont-Ferrier mais, comme tous les jours, il aura quelque retard.

Elle nous désigne la moitié de la pièce où trônent autour d'une table basse quelconque quelques fauteuils Louis XVI, lesquels sont de cette largeur et de cette assise qui signent leur authenticité. Et si l'on me demande comment à mon âge et dans ma situation je peux reconnaître un vrai fauteuil d'un faux, je dirai que j'en ai vu assez chez des parvenus de Nice, en compagnie de Thyde, pour pouvoir faire la comparaison. Ce n'est que lorsque je suis assis que je peux contempler les murs. Ils sont nus avec seulement trois tableaux : un Miró, un Picasso et un Juan Gris. Si je peux les reconnaître c'est aussi pour en avoir déjà vu à Nice, chez le galeriste amant de Lola, une cliente de *La Cicoulatiera*.

Je me dis que pour la propriétaire d'un chien qui vaut plus cher que la coupe d'argent où il est installé, ces trois tableaux ne peuvent être des copies. Une espèce de respect irrésistible commence à me poindre pour les Dupont-Ferrier.

Pierre, le maître des lieux, arrive enfin. Il surgit dans la salle à manger comme si l'air ambiant venait de le créer. Il doit avoir sa clé et les tapis ont dû étouffer ses pas. C'est un homme grand, avec une bonne tête blonde. Il doit être ardéchois lui aussi. Thyde m'a décrit sa position. Monsieur Dupont-Ferrier est un homme que son chauffeur vient chercher en Rolls tous les matins pour le conduire à son bureau. Sa femme appelle cet équipage « votre char à bancs ». Il n'en est pas plus fier pour ça d'ailleurs (il doit y avoir longtemps qu'il a perdu l'habitude d'être fier de quoi que ce soit au monde).

C'est un homme d'une exquise urbanité qui se penche lui aussi sur la main de Thyde mais n'oublie pas celle de son épouse qu'il honore ensuite d'un baiser sur les deux joues.

Il me serre la main en me dévisageant avec un sourire absolu comme si à l'instant j'étais l'unique objet de son attention et qu'il me connût depuis longtemps. Il fera pendant tout le repas, alors que son épouse et Thyde se racontent des histoires ardéchoises, tout son possible pour me mettre à l'aise.

Ce sera au dessert, devant une bouteille de Brane-Cantenac, que nous prononcerons le nom de Saint-Simon. Alors là, nous ne tarirons plus, nous volant la parole l'un l'autre, et toute l'histoire du Grand Siècle fusera entre nous dans le souvenir de ce petit homme qui écrivait à la diable pour l'éternité.

— Mais de quoi parlent-ils donc ? diront ces dames étonnées.

— D'un duc ! dira Dupont-Ferrier d'un petit air mystérieux.

— Mon cher, vous, vous devez vous contenter d'une noblesse d'Empire !

C'est une fine allusion à la banque où Dupont-Ferrier est à cinquante pour cent.

— Ah ! s'exclame-t-il, si je pouvais j'achèterais Versailles pour pouvoir m'y promener tout seul parmi les jardins et les salons vides !

Il soupira :

— Pouvoir méditer tout le temps sur les caractères que dépeint Saint-Simon !

Ses ancêtres, un peu plus tôt que les miens, sont probablement nés dans la boue d'une cour de ferme ardéchoise parsemée de fiente de poule, mais il a oublié ce qu'il est aujourd'hui comme j'ai oublié ce que je suis. La communion sacrée autour d'un géant de l'écriture nous prosterne dans la même humilité.

Mais si la tête de Dupont-Ferrier est dans les

nuages, ses pieds de financier sont sur la terre. Il se tourne vers les deux dames qui sont elles aussi engagées dans un débat passionné. Thyde est en train de dévoiler ses projets de villa et les obstacles qu'elle rencontre.

— J'entends que vous parlez d'argent? dit Dupont-Ferrier en dévisageant Thyde, avec son agréable sourire.

— Non non, dit Thyde, continuez à parler de Saint-Simon!

— Mais si mais si! invite Dupont-Ferrier. J'ai entendu que vous cherchiez un million. Vous savez que je suis tout disposé à vous le faire prêter.

— C'est ça! dit Thyde avec son franc parler habituel. Douze pour cent d'intérêt!

— Mais non, ma chère Thyde, pour vous ce sera zéro pour cent et pour aussi longtemps que vous voudrez!

Thyde le dévisage médusée.

— Mais vous me connaissez à peine!

— Ma femme vous aime, ça me suffit.

Thyde secoue la tête.

— Non, dit-elle, mon argent je dois le gagner toute seule! Avec ma tête! Par mon travail!

— N'insistez pas, mon cher Pierre, dit madame Dupont-Ferrier que cette conversation ennuie, vous voyez bien qu'elle est têtue comme une Ardéchoise!

Moi, j'ai les yeux fixés sur la grande fenêtre ouverte devant l'avenue. Le vent de Paris secoue les platanes verts. C'est à ce moment-là, tandis qu'on parle argent à côté de moi, que la première idée du *Monde encerclé* jaillit dans mon imagination jusqu'ici stérile. C'est la première fois de ma vie que la puissance de l'argent me rend révérencieux comme devant une œuvre d'art. J'ai frôlé un monde comme une planète en frôle une autre et pour l'avoir frôlé je vais vouloir le dépeindre, mais j'y échouerai parce que je suis frappé d'éjaculation précoce jusque dans ma création. Je ne reverrai jamais les Dupont-Ferrier et c'est à tâtons que je chercherai le monde qu'ils cachent. Je crois encore, erreur de jeunesse, que la création peut se passer de filtre pour traverser le souvenir et qu'on peut utiliser sur-le-champ les impressions qu'on vient d'éprouver.

Cependant pour l'instant, je sors de là tout joyeux croyant avoir trouvé un sujet alors que je n'ai trouvé que le support d'un sujet.

Thyde doit rencontrer Julliard pour un ultime entretien concernant le million qu'il lui refuse. Le temps presse. Elle doit partir pour la Suisse faire une tournée de conférences. En bons provinciaux que nous sommes, nous nous donnons rendez-vous au Fouquet's, qu'aucun Parisien bien né ne fréquente déjà plus sauf le matin, avant que les touristes ne soient levés.

Ce soir nous allons voir *Werther* de Massenet à l'opéra. Thyde veut me souligner les passages de l'œuvre où elle a vibré quand elle accompagnait à dix ans son parrain Guimet à l'opéra de Marseille, au poulailler.

Vers six heures elle arrive avec de joyeux signes de la main, lesquels me font croire que Julliard s'est incliné. En fait elle a coqueté avec lui et il n'a pas cédé.

Elle lui a parlé de la proposition Plon, des avances de Fayard et même d'un coup de téléphone qu'elle a reçu de chez Gallimard (je crois que c'était Hirsch mais je n'en suis pas bien sûr). Tout cela en vain. Julliard ne cède pas. Il ne sait pas et Thyde non plus qu'en Suisse un pavé de cinq cents pages se prépare qui s'appelle *Barrage d'Arvillard* à l'enseigne du Cheval Ailé (Le Milieu du Monde) et qu'on va en vendre quatre-vingt mille exemplaires. Le nom de Thyde Monnier est alors à son apogée. Thyde me rapporte point par point la conversation entre elle et son éditeur.

— Mais que faut-il donc vous promettre, Thyde, pour vous garder ?

— C'est bien simple, René : un million !

— Alors pour un million vous me quittez ?

— Vous savez, René, dans le fond vous n'aimez pas mes livres !

C'est une des seules choses qu'il ne faut jamais dire à un éditeur, lequel se demande à chaque ouvrage nouveau d'un auteur qui va bien pouvoir acheter ça. Si un éditeur devait aimer tous les auteurs qu'il publie, sa capacité d'amour serait bien vite saturée et il cesserait d'être crédible. Julliard sursaute derrière son bureau et frappe violemment dessus comme si on lui avait planté une banderille.

— J'ai cru, me dit-elle, qu'il allait me prendre par la peau du cou et me jeter dehors !

Elle en rit encore. Elle est toute joyeuse de son exploit. Incontinent depuis le Fouquet's elle téléphone à Bourdelle de chez Plon qu'elle est tout à lui. Elle n'a aucun remords, aucune reconnaissance non plus pour la maison qui l'a lancée. Elle est solidement assise sur les quelque cinq cent mille exemplaires des *Desmichels* que Julliard a déjà vendus. Et elle n'est pas femme à retirer la moindre de ses paroles. Julliard de son côté n'est plus un éditeur besogneux. Il vient d'avoir le Goncourt avec *Histoire d'un fait divers* de Jean-Jacques Gautier ; il l'aura l'an prochain avec *Les Grandes Familles* de Druon et l'année d'après avec *Les Forêts de la nuit* de Jean-Louis Curtis, un livre de qualité que j'aurais bien aimé avoir écrit. À l'horizon de son palmarès pointent Minou Drouet (une poétesse de douze ans qui a un nom de maître de poste) et surtout Françoise Sagan qui lui fera oublier Thyde Monnier par la longévité de son œuvre. Il va bientôt intégrer, rue de l'Université, le sixième arrondissement sans lequel il n'est pas d'éditeur possible. Avec Thyde ils ne se parleront plus pendant trois ans.

À l'époque, il vient de me refuser *Périple d'un cachalot*, ce livre écrit quand j'avais seize ans et que j'ai eu le front de lui présenter. Il vient de m'écrire à son propos cette lettre dont j'ai retenu l'essentiel : « Après vous avoir dit tout le bien que je pensais de *Lignes de force* je suis obligé de vous dire qu'ici vous vous fourvoyez complètement. Cette histoire invraisemblable devait être contée avec un humour que vous ne possédez pas. Elle est écrite beaucoup trop gravement. Bref c'est le type même du livre raté. Mais ne vous découragez pas pour cela, vous mûrirez, vous vous décanterez et je continue à vous faire confiance. »

Comme je n'aurai plus l'occasion de parler de René Julliard d'ici la fin de ce livre, je dois dire qu'en dépit du million qu'il a refusé à Thyde et de la rupture qui s'est ensuivie, jamais il ne me tiendra rigueur. Il continuera à me verser ma mensualité, il acceptera même *Le Monde encerclé* avec le même espoir que les deux premiers. Il croit en moi. Ce n'est qu'après l'échec du *Monde encerclé* (on en vendit deux mille) qu'il me dira désabusé :

— Pierre, vous écrirez de bons livres quand vous aurez soixante ans.

Quant à Thyde, triomphalement quelques jours plus tard, elle m'envoie mettre à la banque les quatre chèques qu'elle vient de toucher : un de Plon, le plus important, un de Fayard, un des Éditions du Rocher et un, beaucoup plus petit, des Éditions Gallimard. Là-dessus, saturés de Paris et Thyde attendue en Suisse pour une série de conférences, nous faisons fébrilement nos valises. Il est entendu que sitôt après les conférences nous nous retrouverons à Baden où l'écrivain va faire une cure. Nos passeports sont prêts. Le clearing (contrôle des changes) nous a alloué bravement cent francs suisses, mais Thyde a de l'argent là-bas.

Moi je vais au lac d'Annecy où le libraire Dusaugey à Grenoble possède un chalet minuscule qu'il me prête pour les vacances. Jef viendra aussi amener sa colonie de vacances presque à côté, un village qui s'appelle Brédannaz d'où je tirerai un jour le nom de mon herboriste des *Charbonniers de la mort* et de *La Folie Forcalquier*.

Le lac d'Annecy en 1947 est un rêve pour les vieillards de mon âge. N'y retournez jamais. Le chalet de Dusaugey est un bijou pour riche. C'est une pièce de cinq mètres sur cinq meublée en précieux par madame Dusaugey. Il y a une poupée sur le lit et un réchaud à gaz pour faire à manger. Mais un petit balcon suisse orné de géraniums permet de s'accouder et même de loger une chaise longue pour contempler la Dent du Chat et le lac devant soi jusqu'au golfe de Talloires bordé de grands arbres. C'est encore un de ces endroits, malgré sa beauté, où je ne me sens pas à ma place. Il faut que dès cet instant je médite silencieusement sur ce qui m'est particulier : je ne me sentirai jamais bien nulle part ailleurs que dans les Basses-Alpes, comme s'il fallait que je sois né en tel lieu pour être à l'aise. Ce sentiment, je l'éprouverai tout au long de ma vie devant les plus beaux paysages du monde (le Saint-Laurent devant Québec, vu du château Frontenac). Je m'ennuierai à mourir partout où mes propres montagnes ne seront pas à ma portée.

Le lac d'Annecy en 1947 c'est un désert grandiose, avec à peine parfois le sillage au loin d'une barque de pêche, quelque cormoran invisible qui plonge du haut du ciel ayant visé un poisson. La berge est à dix mètres du chalet. Le terrain pas très grand est bordé de deux clôtures solides qui se prolongent jusque dans le lac par un encorbellement de fils de fer barbelés. Je ne comprendrai pourquoi qu'en m'approchant du bord. Au bas de la murette qui plonge dans le lac il y a un seuil à fleur d'eau et tout de suite, Dusaugey m'en a averti, il y a quatre-vingts mètres de profondeur d'un seul coup. Quand on regarde au-delà de ce seuil, on voit vingt mètres d'eau limpide jusqu'à l'obscurité de l'abîme. Et dans ces vingt mètres, croisant en spirale autour d'un axe invisible qui se déplace, il y a dix, vingt, cinquante poissons longs de cinquante centimètres à un mètre, majestueux et lents, dont les mufles roses et en perpétuel mouvement recherchent un plancton invisible. Ce sont des ombles chevaliers et je comprends pourquoi Dusaugey a fait mettre des barbelés. Il m'a dit :

— Dix mètres en aval il n'y en a pas et dix mètres en amont non plus !

Parfois, des pêcheurs téméraires viennent faire flotter leurs lignes jusqu'au-delà des barbelés. Je n'ai pas qualité pour les chasser, bien que Dusaugey me l'ait recommandé. Ils sont du pays, moi pas. Je détourne le regard.

Jef arrive dans un camion à bancs de bois où sont serrés les uns contre les autres quinze gaillards du Centre d'apprentissage Péchiney de Rioupéroux sur quoi Jef veille avec vigueur. Ce sont tous des adolescents de quatorze à quinze ans qui mesurent un mètre soixante-dix et pèsent soixante-dix kilos ; des gaillards taillés pour être bûcherons et qu'on asservit au travail d'usine.

Ils logent dans une grande maison à usage de grange où les pièces à vivre sont imbriquées dans une vaste écurie transformée en dortoir.

Jef et son adjoint Pottier conduisent tout ça d'une main de fer et ne négligent pas de temps à autre le coup de pied au cul rectificatif. Les élèves ne leur font pas de cadeau. Plusieurs fois les éducateurs trouveront leur lit en portefeuille ou garni d'aiguilles de mélèze en guise de poil à gratter et quant à moi (je mange avec eux), un jour où je vais pisser aux latrines rudimentaires, je pousse la porte avec décision et je reçois sur la gueule dix litres d'eau d'un bidon pour le lait judicieusement disposé au-dessus du chambranle, sur une planche mobile. Je pisse dans ce bidon malencontreusement retourné et je reviens en expliquant la chose. Ça jette un grand froid.

— Excusez-moi, dis-je, je ne savais pas que c'était le bidon pour le lait.

Parfois il y a plus grave. Un soir où tous les trois nous sommes partis à bicyclette pour aller au théâtre à Annecy, quand nous revenons vers une heure, le dortoir est vide. Nous jouerons à cache-cache toute la nuit pour récupérer nos bonshommes. Il en manque trois. Nous repartons. Nous en trouverons deux dans la paille d'une grange couchés avec deux jeunes filles d'une autre colonie voisine, qui Dieu merci se lèchent le museau en se contemplant dans les yeux, mais le troisième nous le dénicherons dans une autre grange aux prises avec une vraie femme, en train de faire vraiment l'amour.

Ces gaillards ont un appétit d'ogre. Toutes les semaines, un mandat arrive au nom de Jef pour payer le ravitaillement. Un jour le mandat n'arrive pas. Il ne reste plus que des pommes de terre. Les gaillards s'éparpillent dans les poulaillers et volent des œufs. Alors je sors mon argent et pendant trois jours la colonie se nourrit sur mes deniers. Comme je mange avec eux et que le chalet m'est prêté gratuitement, je n'ai rien à dépenser alors je peux faire le large.

En allant chercher en barque à Talloires, là-bas en face, le mandat poste restante, Jef a rencontré une dame rousse et sa fille. Leurs deux barques se sont heurtées à la sortie du port. Jef ébloui contemplait la fille qui le buste en avant et les seins bien cambrés s'escrimait à décrocher l'amarre. Un instant d'inattention, et la secousse a jeté Jef à l'eau tout habillé. La dame s'est confondue en excuses et ils se sont installés sur la berge pendant que Jef en short séchait au soleil son portefeuille où tout était trempé : argent, photo de l'épouse et de la fillette et papiers divers. Il y a toujours quelque chose de burlesque dans la vie de Jef. Lui, oui, des péripéties qu'il provoque, on ferait un roman.

Jef revient à la plage où la dame et sa fille se baignent. Il me conseille de louer une barque et de venir aussi. Nous voici tous trois adoptés, lui, moi et Pottier le barbu, son adjoint. Ces messieurs qui sont mariés ôtent leur alliance afin de paraître moins empruntés. La dame et sa fille ont une gouvernante, une Russe d'une vingtaine d'années, plus que russe, soviétique. Elle ne rate pas une occasion de critiquer toutes nos organisations bourgeoises. Je m'en méfie dès le début et la tiens à distance. La fille, elle, a à peine quinze ans, nonobstant Jef rêve sur elle. Il a tout oublié de sa vie. Ce sont les grandes vacances du lac d'Annecy.

La dame est veuve de guerre, elle a perdu son mari voici trois ans dans la tragédie du Vercors. Elle a loué pour deux mois à Talloires, entourée d'un parc, la vaste maison de l'écrivain André Theuriet. Il y a encore les livres de celui-ci sur les étagères d'une bibliothèque dans la précieuse petite collection Nelson. En 1947 déjà, qui lit encore André Theuriet, lequel était au programme quand, à douze ans, nous allions en classe ?

C'est la grande vie. Le soir nos barques vont s'amarrer dans l'anse des Libellules. Les Libellules c'est l'endroit sélect du lac, à Duingt, où se rencontrent les désœuvrés. Grâce aux économies faites sur la nourriture, j'offre avec magnificence des Alexandras à nos hôtesses charmées. Elles nous invitent chez elles, avec le vieux père de la dame, un avocat égrillard. Nous faisons des promenades au clair de lune dans le grand parc. Jef et Pottier, qui sont restés fleur bleue en dépit qu'ils soient pères de famille, se promènent au bras des jeunes filles. Je constate qu'au contact de la civilisation française la Soviétique est de moins en moins communiste. Moi, je m'égare et je m'éloigne avec la dame rousse dans les allées couvertes mais en dépit du fait, je l'ai vue en maillot, qu'elle soit à mon goût, la fatigue prévue d'une aventure où je serai peut-être encore ridiculement précoce éjaculateur me tient en lisière et calme mon ardeur.

L'exaltation me viendra de deux hommes. Je ne sais comment ils sont entrés dans ma vie pour en sortir aussitôt. La dame rousse les a invités à sa table, on nous les présente comme deux polytechniciens. Ils habitent de l'autre côté du lac à Faverges. Ils n'ont pas de barque, moi j'en ai une, je m'offre en fin de soirée à les reconduire. Nous voici tous trois, eux inconnus de moi et moi d'eux. On m'a peut-être dit leur nom, mais selon ma bonne habitude qui me suivra toute ma vie je ne l'ai pas enregistré.

Nous avons eu tous les trois sur notre barque nonchalante une de ces conversations que le vent emporte et qui n'en sont pas moins sublimes. Moi j'étais aux rames, eux ils méditaient à voix haute. Nous avons fait le tour de l'Univers et je leur ai récité *Le Lac* de Lamartine qu'ils ne connaissaient pas et ils ont dit : « C'est beau » comme je m'y attendais. Je crois bien que dans la nuit j'ai peu distingué leur visage.

Comme pour Dupont-Ferrier, je vais les faire entrer dans *Le Monde encerclé* mais ce sera en vain. Ce seront des fantoches, pas des personnages. Je suis inhabile à saisir leurs contours, leur âme, leur entéléchie, alors qu'ils sont présents dans ma mémoire comme un rendez-vous d'amour.

J'ai installé face au lac sur une avenante petite table, devant la porte grande ouverte, mon manuscrit bien étalé, prêt à servir avec quantité de pages blanches numérotées et néanmoins le titre déjà écrit : *Le Monde encerclé.*

— Comme vous serez bien pour écrire dans mon chalet ! m'a dit Dusaugey extasié.

Je fais dix lignes par jour avec peine, en ahanant. Un beau matin, le camion qui a apporté Jef le remporte avec sa redoutable phalange d'apprentis. Le lac mélancolique prend soudain des allures de souvenir de vacances. En outre, à cause de mes largesses en Alexandras, je n'ai presque plus d'argent. Je n'ai rendez-vous à Genève avec Thyde que dans trois jours mais je décide d'aller la rejoindre à Baden. Avec mon billet de cent francs suisses j'achète une place, à Genève, dans un express direct pour Zurich. À cause d'un demi de bière dont je ne me suis pas méfié (en Suisse la bière est beaucoup plus alcoolisée qu'en France), je fais le trajet dans un état second.

J'arrive à Baden à peu près ivre. Thyde est très surprise de me voir et même un peu fâchée. Les cent francs suisses que j'ai dilapidés, elle comptait que je m'en serve pour un billet circulaire car elle veut me faire visiter la Suisse. Sa cure est terminée. Elle s'apprêtait à partir pour Genève me chercher.

Après qu'on a fait l'amour, elle me raconte qu'elle est allée consulter une voyante à mon sujet et que pas plus tôt ma photo soumise au pendule celle-ci s'est écriée :

— Oh, j'ai beaucoup de respect pour celui-là ! Il fait le mal mais il sait qu'il le fait !

Je me gausse des cartomanciennes et n'en ai jamais vu une seule, mais cette façon d'avoir cerné mon caractère en une seconde me foudroie sur place. D'autant plus que c'est une révélation. J'étais mal à l'aise jusque-là de ne pouvoir me définir. Maintenant je sais et je ne cesserai jamais de savoir.

Baden baigne au bord de la Limmat dans une bienheureuse et glauque humidité. Une plaque ancienne sur céramique bleue atteste qu'ici l'écrivain Stefan Zweig, prix Nobel, et sa femme vinrent souvent faire leur cure.

La nuit, le bruit de la Limmat m'empêche de dormir mais je crois qu'elle n'est pas seule en cause : je pense à tout l'argent que Thyde va dépenser pour moi et cette idée me remplit d'angoisse. Je sais que c'est en pure perte. Je sais que je ne vais pas aimer ce pays plus qu'un autre et que tout cet argent dépensé le sera inutilement.

Mais Thyde est bien décidée à me faire aimer les voyages.

— Tu te souviendras de moi, me dit-elle, par

tout ce que je t'aurai fait connaître et à quoi je serai liée.

À Zurich nous restons trois jours. Thyde comptait que nous couchions au Schweizerhof. Il n'y a plus de place, c'est la foire. On nous envoie à Zollikofen où Thyde fait un poème sur le nom du pays. La capacité de la romancière à écrire un poème par jour a toujours été une énigme pour moi et j'ai toujours préféré d'elle ses poèmes à sa prose.

Il pleut toujours. De grosses gouttes qui font flaque. Le lac est une désolation sous la pluie en dépit des bateaux à aubes qui meuglent comme des vaches dans le brouillard. Nous continuons chaque jour notre vie studieuse : Thyde écrit ses dix pages quotidiennes et moi je les tape à la machine. Néanmoins, elle prend le temps de faire du lèche-vitrines. Elle m'offre un imperméable, un ensemble en tweed, une paire de chaussures comme je n'en ai jamais eues.

Nous repartons, toujours sous la pluie, pour Lucerne où Thyde veut absolument me faire coucher à l'hôtel des Balances où tous les écrivains français ont résidé. Je vois le pont de bois et sa danse macabre. Je suis déjà saturé de pittoresque à en hurler. J'ai l'impression que la Suisse a été balayée de frais à notre intention. En Suisse, à l'époque, on n'avait jamais la sensation d'être des touristes mais des émigrés tolérés. On n'aurait pas été étonnés de rencontrer des affiches ainsi conçues : « Passez mais surtout ne salissez pas ! »

Ça ne s'arrange pas : comme il pleuvait sur Lucerne il pleuvra sur Interlaken. Je vois une officine luxueuse où il est écrit sur le fronton « Jungfrau Bahn ». C'est vaste et désert. Il y a des images de la Jungfrau partout sous un ciel bleu. Un employé se ronge les ongles désœuvré. Il me voit approcher l'œil critique.

— Un billet pour la Jungfrau ! S'il vous plaît.

Les Suisses sont réservés avec les étrangers mais honnêtes.

— C'est pas la peine, monsieur. Vous allez payer trente-six francs pour rien. C'est tout bouché, vous verrez rien du tout.

Berne sur l'Aar, en bas au fond des bois, transpire la pluie à grosses gouttes par tous les géraniums de ses joyeuses fontaines. On passe son temps à boire du thé et à courir les pâtisseries. Je suis indécrottable et morne. Je n'ai pas encore aperçu une femme, une vendeuse, une servante de restaurant où accrocher ma libido.

Après avoir visité les ours, ces pauvres ours, nous repartons par le MOB, comme ils disent, c'est-à-dire leur chemin de fer de prestige : le Montreux-Oberland bernois. Combien de fois ai-je rêvé durant toute ma jeunesse de m'installer un jour dans un de ces trains suisses ! Mais la Suisse ne veut pas se montrer, ça m'apprendra à dénigrer ses beautés. L'Oberland bernois n'est visible qu'au ras des pâquerettes. La pluie est si drue et si opaque qu'on ne voit que le bas de l'herbe. Parfois, dans un trou de la pluie, j'aperçois sur le flottant d'un pré une vache solide et propre, portant au cou une grosse campane artistement niellée. Ce sera tout ce que je verrai de l'Oberland bernois. Mais je le sens vibrer autour de moi dangereusement. Les ingénieurs qui ont conçu cette voie ne l'ont pas faite pour le plaisir ou le confort des voyageurs, c'était déjà beau qu'ils la fissent et l'on sent tout du long les obstacles que la patience suisse a dû vaincre. Les viaducs en encorbellement sont à la limite du possible, ainsi que l'inclinaison de la voie. J'insiste pour expliquer ce qui va se passer.

Devant nous, un couple monté à Berne se tient sagement en silence, le buste bien droit et à bonne distance l'un de l'autre. Ils se sont dit trois mots en s'installant et depuis plus rien. La dame est sous le porte-bagages où une valise est mal engagée. Ça fait plusieurs fois qu'elle essaye de tomber. Thyde la surveille mais elle ne peut intervenir, après tout ce n'est pas sa valise. Soudain, dans un encorbellement un peu plus penché que les autres, la valise se décide et choit droit sur le crâne de la dame qui pousse un cri perçant et commence à se tenir la tête à deux mains. À côté d'elle le mari n'a pas bronché. Je ne le vois que de dos mais la glace latérale me renvoie son image. On lit sur son visage que sa femme vient de se donner en spectacle et qu'il en est consterné. On sent que, pour un peu, il s'excuserait auprès de nous. Impassible, il ne se tourne même pas vers la malheureuse qui continue à gémir.

Thyde est outrée. Comme lorsqu'elle alla serrer la main de madame Jacquemin que la populace conspuait, comme le jour où elle alla trouver Ève pour lui intimer de me laisser tranquille, comme lorsqu'elle interpella dans le car le gaillard qui lutinait la servante, elle se dresse en se tenant au dossier.

— Mais enfin, monsieur, vous ne pouvez pas aider votre femme ? Vous ne voyez pas qu'elle souffre ?

Le mari stupéfait détourne le regard et rencontre celui de Thyde. Il est égaré, il ne comprend pas ce qu'on lui veut. Il se demande quelle faute il a bien pu commettre. Une dame, sur la banquette à côté, se penche vers Thyde et lui dit à voix basse :

— Laissez, madame, c'est un Romanche. Il ne comprend pas ce que vous lui dites.

— Un Romanche ? s'exclame Thyde.

J'ai entendu moi aussi. Je suis surpris. Cet homme n'a pas l'air d'un Peau-Rouge.

— Un Romanche, explique la dame, ils sont encore quatre mille à parler cette langue. Ils sont irréductibles !

À Gstaad, il se produit un remue-ménage intense autour des machines. On attend un bon moment et nous repartons en descente cette fois. Et soudain le ciel de pluie se déchire comme si quelqu'un le froissait à pleines mains. En bas très loin devant nous le Léman apparaît comme un joyau, frais, épousseté, couronné de vignobles incroyablement propres. Il semble que chaque propriétaire en ait fignolé la peinture. Je suis attendri par tant de soins attentifs mais je regarde plus loin. Le ciel au sud, quelque part en dépit des entassements de cumulus qui l'écrasent, le ciel se lève sur les Basses-Alpes. Si j'étais à la hauteur de ces cumulus il ne me faudrait que quelques secondes pour les voir au-dessous de moi. Ce n'est après tout qu'à quatre cents kilomètres à vol d'oiseau.

— Regarde ce que c'est beau ! s'exclame Thyde. Ce pays est magnifique !

Elle serait navrée si elle savait qu'à l'instant même, c'est aux Basses-Alpes que je pense. Longtemps et souvent je me suis demandé d'où me venait cette incuriosité totale pour le reste du monde, que je proclame et qui me fait passer pour le dernier des snobs.

Il m'est pourtant facile de répondre : je défile devant tous ces pays comme devant un livre fermé. Seul le mien, parce que j'y suis né, est ouvert devant moi, je ne comprends que lui mais lui je le comprends bien.

À Montreux terminus, la dame qui se tient la tête et qui porte la valise, alors que l'homme a les bras ballants, passe devant nous douloureuse mais décente et sans gémir. Je regarde s'éloigner ce couple au milieu duquel il y a un mur ou un abîme ou une solution de continuité. Ils ont la cinquantaine. Comment se sont-ils connus ? Quel idéal les a soudés ? Ils vont vivre peut-être encore trente ans ensemble dans l'ignorance totale l'un de l'autre. Je suis épouvanté.

Heureusement Mermoud arrive enjoué selon son habitude. C'est le directeur de la Guilde du Livre avec qui nous devons déjeuner. Ses amis l'appellent Albert. Ses ennemis l'appellent La Gazelle.

Il règne en maître sur une édition qui se vend par correspondance et dont Thyde a eu le prix voici quelques années. Cette édition réputée doit l'essentiel de sa notoriété à un caractère d'imprimerie d'une élégance certaine qu'on appelle le baskerville.

Au milieu du repas, Mermoud nous dit :

— Excusez-moi, ma chère Thyde, mais je ne pourrai pas rester avec vous très longtemps. Je vais à la gare à trois heures et demie recevoir Gide qui arrive d'Innsbruck.

— Mon Dieu ! Gide ! s'exclame Thyde. Nous ne pourrions pas vous accompagner ?

— Mais bien volontiers !

Nous voici partis pour la gare de Lausanne attendre André Gide. Thyde a voulu en route acheter un bouquet de fleurs pour exprimer son enthousiasme. Je l'en dissuade.

— Qu'est-ce que tu penserais, toi, chargée d'une valise, si on t'attendait à la gare avec un bouquet ?

Nous arrivons de justesse, le train est déjà à quai. Gide voyage en seconde comme tout le monde en Suisse. Je vois descendre du wagon un grand monsieur un peu dégingandé et tête nue. Il n'a pas son légendaire chapeau. Sa calvitie est distinguée. Il a le crâne cabossé mais c'est celui de Socrate. Il n'a pas de valise non plus. Quelque porteur doit s'en occuper.

Depuis ce jour de mon enfance où Jacques Michel me le désigna accompagnant Giono mais à une distance de cinquante mètres, je n'ai plus revu André Gide. J'ai tout lu de lui, y compris *Paludes*, y compris *Geneviève*, deux fois, à cause de la fille du car de Nice qui le lisait, vêtue d'un manteau d'agneau.

C'est un vieillard maigre, aux grands pieds, aux grandes mains, costaud et large d'épaules. Je pense à l'enfant chétif, *au regard biais* qu'il décrit, mordant comme Stendhal au même âge, l'épaule d'une grasse cousine dans *Si le grain ne meurt.*

Il nous tend une main molle, fatiguée par tant d'admiration universelle sous laquelle il ploie. Thyde lui balbutie quelques paroles à ajouter à ce concert de laudateurs lequel, alors, frémit sur le monde entier. André Gide ! La littérature française faite homme !

Il laisse errer sur nous un regard bienveillant, à travers ses lunettes. Un sourire qu'il doit tenir en réserve pour ce genre de rencontre sinue au coin de ses longues lèvres. C'est, malgré tout, un regard qui ne peut se garder de sa vigilance entomologique.

Il a l'air exténué. C'est peut-être nous qui l'exténuons. Mermoud l'envahit, se hausse jusqu'à lui pour l'embrasser puis nous l'arrache, avide de l'avoir pour lui tout seul. La seule phrase que j'entendrai jamais de la bouche d'André Gide, c'est celle-ci :

— J'ai envie de pisser!

Thyde qui est la raison même me dira plus tard :

— S'il avait tant envie de pisser, que ne l'a-t-il fait dans le wagon avant de descendre?

Comment ce vieillard prix Nobel, comblé de gloire et d'honneur, drapeau de toute une génération d'intellectuels, pouvait-il se douter qu'il sera un jour biffé du monde des morts, supplanté, mis méchamment aux oubliettes, pour avoir refusé le titre d'écrivain à tant de scribouillards qui ne le lui pardonneront jamais?

Comment pouvait-il se douter que ce petit jeune homme timide et sans relief qui le regarde stupidement, sera l'un de ses derniers lecteurs? Je veux dire lecteur par plaisir, par passion. Et non comme on lit dans les facultés. Qui le citera, qui ouvrira cinquante ans plus tard, pour la quatrième ou cinquième fois, son *Journal*, le vrai, la première édition, celle de 1939, celle qu'il avait amoureusement ciselée non pour en faire un témoignage humain absolument véridique mais tout simplement une œuvre d'art! Celui qui s'insurgera en vain, symboliquement et sans espoir, contre les distorsions qu'on a fait subir à son œuvre majeure sous prétexte d'en tirer un texte intégral, ce qui ne contribuera qu'à l'alourdir de toutes les scories dont il l'avait soigneusement expurgée. Un texte intégral qui n'aura plus ni tempo ni tonalité, lui qui attachait tant d'importance à l'expression musicale de son œuvre; lui qui était prêt à sacrifier dix lignes de sa vie réelle afin que le legato d'une phrase à l'autre soit absolument conforme à la respiration générale de l'œuvre ? Comment imaginerait-il tout cela, ce grand vieillard à l'orgueil tranquille, ce jour de 1947, en gare de Lausanne ?

Le lendemain de notre rencontre avec André Gide, laquelle, pour superficielle qu'elle fût, nous a laissé à chacun une impression profonde tant la personnalité de l'écrivain transparaît à travers sa benoîte apparence, nous partons pour Lugano par le Saint-Gothard.

Jamais plus grand contraste que la Suisse de part et d'autre du Saint-Gothard. D'un côté les sapins et les mélèzes serrés, les nuages compacts au-dessus des vallées obscures et soudain, à Bellinzona, l'apparition des treilles sur pierres levées et des mimosas au long des chemins, par-dessus les murs des clos. Un bonheur dont on ne jouit pas transfigure tous les jardins. On voudrait s'arrêter, pénétrer ces maisons qui vous tendent leurs riants balcons. On voudrait profiter en même temps de toutes les invites que vous font les haies, les collines, les ruisseaux. Le Tessin est un pays heureux. Si j'étais homme à goûter au plaisir que d'autres ont forgé, je nagerais ici en pleine félicité. Mais tous ces gens invisibles — le train va trop vite — qui ont construit ici leur propre idéal de beauté ne correspondent pas à celui après lequel je cours. Le mien est ailleurs, là-bas, en un lieu improbable vu d'ici et qui s'appelle les Basses-Alpes. Pour la première fois je cristallise par des mots ce que je ressens : « incuriosité totale ». Je ne ferai jamais partie de ces treilles muscates, de ces jardins en terrasses parfois orgueilleux d'une allée de cyprès pour imiter l'Italie.

Nous arrivons en triomphe devant l'hôtel Splendide, venant en calèche au cheval à pompons depuis la gare de Lugano. Nous sommes sans bagages comme tous les gens bien nés, sauf un sac en crocodile que Thyde balance à bout de bras. Notre fourniment suivra plus tard dans une camionnette sans grâce.

Le phaéton de la voiture à cheval nous a fait défiler lentement devant les palmiers épanouis de la jetée qui font son orgueil comme s'ils étaient siens. Au-delà le lac Ceresio. Thyde me désigne les trois montagnes qui font la célébrité du site : le monte Bre, le monte San Salvatore et plus loin là-bas, oblong et gras, le monte Generoso avec son antépénultième syllabe qui chante sur un air de Mozart. Mon Dieu que tout cela est beau !

Mais voici l'allée triomphale bordée de camélias qui conduit à l'hôtel Splendide. Celui-ci est un parallélépipède imposant comme une cathédrale où flottent au sommet des étages les drapeaux des nations de tous les hôtes qui y séjournent. Une incroyable collection de voitures Mercedes Benz, lourdes et trapues comme des tanks, gênent l'avance de notre fragile calèche. Nous surplombons, sur l'allée en pente, une vaste terrasse à balustrade très encombrée. Des gens sont là, échoués par couples qui ne se mélangent pas et qui s'exposent au soleil en se tenant parfaitement cois. De fois à autre, ils plongent leur cuiller en pomponne dans un énorme *cappuccino* comme s'ils n'allaient pas dîner dans deux heures.

Nous descendons devant le perron en encorbellement qui dessert le tambour de l'entrée. Madame Fedele en personne attend Thyde de l'autre côté du battant. L'an dernier, Thyde a séjourné la moitié de l'hiver dans ce Palace, tout l'argent qu'elle a gagné en France avec la série des *Pierre Pacaud* par les éditions du Milieu du Monde et tout l'argent qui a été gagné en traduction chez Marion von Schröder, éditeur à Hambourg, s'est entassé ici en Suisse, et le miracle c'est qu'il est interdit de l'en sortir. Sinon Thyde pourrait facilement se payer la villa qu'elle convoite.

Pendant trois mois l'hiver dernier Thyde a été la pensionnaire la plus dépensière de l'établissement, aussi madame Fedele a toutes les raisons du monde de venir vers elle dès le tambour franchi, mais il s'y mêle aussi de l'amitié et l'orgueil d'accueillir un écrivain français.

Madame Fedele est une femme prête à représenter dès le point du jour. Elle veille aux bagages comme aux voyageurs. Elle a l'œil fixé sur le domestique, huilé comme une mécanique suisse, jusqu'au groom en faction à l'entrée, à côté du porte-parapluies où il y en a un, vaste et rouge. Elle regarnit elle-même les vases avec des bouquets de fleurs fraîches, dont quelques-uns sont énormes aux carrefours de l'hôtel. Stricte, fardée, recoiffée chaque jour par son coiffeur particulier, madame Fedele offre l'aspect froid et affable de qui n'est pas accessible, et bien qu'elle porte toujours des jupes collantes qui l'avantagent, je ne la verrai jamais jeter un regard sur un homme. Il doit y avoir un monsieur Fedele que je ne verrai jamais. Néanmoins Thyde et elle s'étreignent si longuement qu'on sent qu'il doit y avoir de la confidence entre elles. Mais Thyde, en Suisse, deviendra aussi réservée qu'un Helvète, et des confidences de madame Fedele elle ne me fera jamais part.

Ici la carpette est bleu pâle au lieu d'être rouge comme dans tous les palaces que je fréquente depuis que je voyage avec Thyde Monnier. Elle est bleu pâle comme tous les meubles de cet immense salon. J'y soulèverai une rumeur de scandale le jour où, venant de la plage, je prétendrai le traverser en maillot de bain, une simple serviette jetée sur les épaules.

Pour l'instant je suis en retrait des deux femmes qui se demandent des nouvelles l'une de l'autre. Mais soudain Thyde qui est intriguée comme moi par les usagers de la terrasse :

— Dites-moi, Rosa, qui sont tous ces Allemands là-dehors ?

Rosa met un doigt sur ses lèvres. Elle se penche vers Thyde et elle lui murmure tout bas mais je l'entends :

— Ce sont des réfugiés !

La Suisse hospitalière a donc étendu sa main tutélaire sur les bourreaux comme naguère elle le fit sur les victimes. C'est pour ça qu'au passage, et immédiatement, j'ai ressenti une curieuse impression devant ces personnages : celle de voir des gens courber l'échine dans l'attente de quelque malheur. La peur a donc changé de camp. Fuyant l'armée russe, ils doivent encore avoir les yeux pleins de visions d'horreur. Ils sont là par miracle, sauvés par l'argent, mais tous ceux qui avaient de l'argent ne se sont pas sauvés.

Beaucoup ont des chapeaux ornés de discrètes faisaneries comme en Tyrol. Ils s'efforcent malgré leur corpulence de passer inaperçus. Ils sont traités avec politesse mais jamais aucun sourire n'éclaire le visage de ceux qui les servent. La Suisse est hospitalière, mais les Suisses se souviennent.

Dès le lendemain de notre arrivée, Thyde se remet fébrilement aux *Franches Montagnes*. Il faut bien commencer à honorer ce million que Plon lui a consenti.

Quant à moi, pendant tout mon séjour à l'hôtel Fedele je n'écrirai pas une ligne. Thyde me morigène :

— Quand on est écrivain on écrit n'importe où.

Mais il n'y a rien à faire : ces sortes de palais m'ont toujours estomaqué par leur futilité, et j'admire Thyde vautrée de côté sur son lit somptueux et qui écrit, écrit, écrit...

Cependant quelque chose va m'obliger à faire comme elle. Son amie Jacqueline Perret lui téléphone de Genève que la société Nestlé lui commande un petit texte qui doit être illustré sur les albums pour enfants où on colle des images trouvées dans les tablettes de chocolat. Elle ajoute que si le cœur m'en dit je peux en faire un moi aussi, cinq pages dactylographiées à double interligne. C'est payé cinq cents francs, suisses donc. Cinq cents francs suisses ! Une paire de chaussures comme celle que Thyde m'a achetée vaut trente-trois francs suisses ! Ça vaut la peine de se mettre à penser ! Mon imagination, pour l'instant stérile — *Le Monde encerclé* n'a pas bougé d'une seule ligne depuis le lac d'Annecy —, mon imagination qui ne m'a jamais manqué quand il s'agit d'argent, se met en marche et m'offre une histoire de pendule et d'horloger. Ça s'appellera : *L'Homme qui arrêtait les pendules* et ça me fournira, cinquante-cinq ans plus tard, le seul roman pour enfants que j'aie jamais écrit : *L'Enfant qui tuait le temps*.

C'est à Lugano justement que je vais trouver mon premier admirateur et ce sera un enfant. Thyde a des amis qui ont été d'abord des lecteurs et qui aujourd'hui l'entourent de leur affection. Ils habitent Lugano mais ils ont un domaine près de Vence où ils vont très souvent. Ce sont les Petitpierre. Les Petitpierre ont un fils de douze ans. Un jour que nous sommes invités chez eux, soudain cet enfant de douze ans se met à me faire une véritable déclaration d'amour et d'abord, tant il est ému, j'ai de la peine à comprendre ce qu'il veut me dire. C'est pourtant très clair : il vient de lire *L'Aube insolite* et il veut m'inciter à continuer, et pour ça il emploie des mots qui ne sont pas de son âge, des mots qui réveillent en moi l'ardent désir de lui complaire.

Je suis bien plus gêné que lui. Je ne lui dis pas que je dois encore progresser, ce que je devrais modestement répondre, parce que je ne crois pas que je saurai le faire. Je me contente de grogner quelque chose qui tente de le dissuader de tant m'aimer puis je m'enhardis et je lui donne, devant tout le monde, les raisons qui font que *L'Aube insolite* n'est pas un bon livre et qu'il ferait mieux de lire Saint-Simon et Stendhal. Il n'a pas l'air convaincu. Cet enfant avait douze ans, il doit être encore de ce monde. S'il lit ces lignes qu'il daigne me rencontrer. Nous parlerons.

C'est à Lugano qu'il va m'arriver une de ces aventures sans espoir qui seront le fil de ma vie. Thyde, qui a horreur des montagnes à cause des orages, m'envoie explorer toutes celles de Lugano. J'ai déjà fait le monte Bre et le monte San Salvatore. Le monte Generoso est un peu plus compliqué, il faut d'abord prendre le bateau à aubes et gagner ensuite en longeant le lac l'embarcadère du funiculaire. Les places sont étroites dans la cabine, y pénètrent un couple d'Anglais et leur fille qui doit avoir dix-huit ans, le couple s'installe derrière moi et la fille à côté de moi sur le banc de bois. Le banc est exigu, nos épaules se touchent. Je fais ce que je peux pour me rendre le plus mince possible. Mais elle prend de plus en plus ses aises, comme s'il lui était agréable de sentir contre elle mon épaule.

Nous arrivons au sommet, nous quittons la cabine. La fille s'en va encadrée par ses parents. Mais le sommet du monte Generoso qui offre un panorama magnifique sur le lac est judicieusement parsemé de toutes sortes de belvédères à balcon qui surplombent le vide. Je m'accoude à l'un d'entre eux, seul, il n'y a pas grand monde. Quelque chose de léger vient se poser à côté de moi. Je me tourne. C'est l'Anglaise. Seule. Ses parents sont plus loin penchés sur un de ces appareils à sous qui permettent de grossir le paysage. Elle me regarde en souriant.

— *Do you speak english?* dit-elle pleine d'espoir.

Je rassemble tout ce qu'il me reste d'anglais venu du fond de ma sixième quand le père Jacquin nous faisait nous escrimer sur cette langue qui n'était pas pour nous. Je réponds :

— *No I don't. I am sorry!*

Je ne sais pas si en anglais cette expression banale *être navré* peut aussi exprimer la profonde désolation ou s'il en existe une autre. Mais je prononce ce mot trop bref avec tout le regret que j'y puis mettre. Elle a une petite exclamation déçue puis le silence s'installe. Nous ne bougeons plus, puis soudain sa voix qui est très juvénile s'élève encore :

— Je préfère beaucoup vous ! dit-elle.

Je comprends qu'elle aussi a rassemblé tout ce qu'elle savait de français pour me laisser ce message imparfait. Ses parents arrivent, l'encadrent de nouveau. S'en vont vers un autre panorama. Mais le sommet du monte Generoso est un croisement d'indications, de tables d'orientation où l'on se retrouve sans cesse. Chaque fois que nous nous rapprochons, l'Anglaise et moi, nos regards s'accrochent et ne se quittent plus.

Avec mon ensemble en tweed, mes chaussures suisses et mes cheveux enfin disciplinés et qui cachent mes oreilles, et surtout mes vingt-cinq ans musclés par trois semaines de nage et de rame sur le lac d'Annecy, je dois apparaître comme une sorte d'idéal. Le cloaque que je porte sous cette apparence est, comme chez chaque homme, heureusement invisible.

J'ai ôté de ma bouche cette pipe éternelle que j'ai d'abord fumée pour imiter Giono et qui maintenant ne me sert plus que de prétexte. Je regrette que la révérence n'existe plus car, passant dix fois devant cette Anglaise, j'ai envie de lui en faire une à chaque fois.

Mais le temps se gâte. Le lac disparaît sous un rideau de brume. Les promeneurs se hâtent pour attraper le premier funiculaire. Adroitement, tandis que ses parents s'assoient, la jeune fille s'agrippe au pilier en fer au centre de l'habitacle et reste là à subir la bousculade de la foule qui se rue. Je fais de même. Bientôt nous sommes séparés des parents par deux immenses Suisses qui reviennent d'excursion avec de grands sacs.

Nos visages sont à dix centimètres l'un de l'autre. Nos mains se touchent sur la colonne de fer encrassée par tant de doigts qui s'y sont accrochés et « nos yeux sont ensorcelés par le charme de nos regards ». Mon Dieu, si je pouvais lui murmurer ces mots de Shakespeare dans sa langue natale ! Si je pouvais lui communiquer à quel point nous nous sommes compris ! Car la descente est interminable, dix fois, si nous parlions la même langue nous pourrions engager l'avenir, échanger nos adresses, nous promettre de nous revoir. Mais un visage sans voix que peut-on en tirer ? Nos mains se serrent l'une sur l'autre autour de la colonne de fer, n'osant en faire plus.

Je donnerais je ne sais quoi à l'instant où j'écris ces lignes pour retrouver les traits de cette Anglaise car cette fille contemplée toute la journée et dont je cherche en vain la beauté au fond de ma mémoire, cette fille sera le seul bon souvenir que je garderai de Lugano.

Thyde est à l'embarcadère qui m'attend. Comme à Nice l'inconnue au manteau d'agneau, l'Anglaise de dix-huit ans se perd dans la foule qui fuit sous la pluie. Pauvre Thyde qui ne peut égaler le contenu d'un rêve ! À l'âge de cette fille, elle a peut-être été, elle aussi, le souvenir cuisant de quelque jeune homme. Qui sait ?

Elle m'apprend qu'il y a du nouveau du côté de la maison et que nous devons regagner Nice tout de suite.

Nous rentrons en France par Milan dans la désolation de l'Italie en ruine.

Ma vie errante est terminée. Je ne partirai plus avec Thyde. Monsieur Meer, en attendant l'achat d'une maison, nous a trouvé un appartement à Cimiez et aussi, à proximité, la villa de ses rêves pour Thyde Monnier.

En 1947, Cimiez est une nécropole. Derrière les portails de fer, l'herbe croît et rouillent les huis des portes et des fenêtres. Cimiez contient des tombeaux grands comme des manoirs où aucun corps n'est couché sous le marbre. Les corps sont en cendres, dispersées quelque part du côté d'Auschwitz ou de Buchenwald.

Ce quartier à lui tout seul est un personnage : en 1947, parmi les palaces vendus par appartements, s'insèrent des prés opulents avec vaches et laitières accortes qui font du porte-à-porte chargées de bidons attachés sur leur dos par des courroies. On les attend, car la chère est encore rare, dans les vestibules de l'hôtel Windsor ou du Winter Palace. Parfois l'odeur d'un fumier qu'on aère monte jusqu'aux fenêtres de Matisse, au cinquième étage du Victoria Régina, un caravansérail comme on n'en construira jamais plus, tout en tourelles roses et écaillées d'ardoises, pourvu d'un hall à contenir un hôtel. Ce bâtiment, à Nice en France, flanqué d'une arène deux fois millénaire, exprime à lui seul tout l'orgueil plein de confort de l'Empire britannique. Ce n'est pas sur la promenade qu'il faut chercher le souvenir des Anglais, c'est à Cimiez.

Monsieur Meer a déniché une villa pas chère dans une sorte de lotissement de luxe qui s'appelle le parc Liserb. Deux gros piliers où il n'y a plus de grille depuis que le parc tout entier est loti en marquent l'accès. À l'époque où Thyde vient s'y installer, il y a quantité de propriétés à vendre dans ce domaine. Liserb, c'est Brésil à l'envers par la fantaisie du propriétaire, lequel fortune faite en Amérique acheta la colline tout entière qui était en friche.

Il y a trois villas en enfilade à l'entrée. De la première j'ai oublié le nom, la seconde s'appelait villa *Magda* et la troisième *Le Lys rouge*. C'est la plus célèbre. Elle appartenait à un comédien nommé Le Bargy qui fit fureur avant 1914 dans les pièces d'Henry Bernstein où, toujours en frac et monocle dans l'orbite, il jouait les séducteurs sans scrupule. Il est mort il y a longtemps. La villa est en déshérence. Elle est blanche comme un mausolée. Des colonnes engagées en marbre y font beaucoup plus décor de théâtre que Grèce antique. Le parc ensuite s'enfonce par une mauvaise route vers des propriétés beaucoup plus modestes.

C'est à la villa *Magda* que monsieur Meer a loué pour nous tout le rez-de-chaussée. C'est une maison carrée ancienne quoique sans beauté dont madame Robert, une septuagénaire, habite les caves, c'est-à-dire un appartement donnant sur le jardin mais sous le sol de la colline. Le premier étage est habité par une dame qui est coiffeuse. Elle a deux filles dont l'une joue du piano. Voici l'univers où je vais devoir vivre pour subsister. Contre la villa qui n'a pas de nom, à l'aplomb d'un garage qui contient les caisses à eau (ça y est, je crois que j'ai retrouvé le nom, ça s'appelait villa *Thalassa* !), s'insère un long escalier de marches en pente, à peine hautes de cinq centimètres, comme on en voyait à Manosque pour les ânes il y a cinquante ans. Ces marches longent une muraille puis bifurquent vers un massif d'agaves énormes et acérés, dont l'un au moins érige comme un énorme phallus le bouton d'une fleur gigantesque. J'attends des roses et des bleus irréels, mais quand elle s'ouvrira elle avortera d'une couronne jaune d'étamines minuscules qui tout de suite faneront en bistre. Au-delà de ce talus exotique se déverse un étroit escalier de briques qui conduit sur un balcon pourvu d'une balustrade à arquets. C'est la maison, construite d'un étage sur les arcades d'un rez-de-chaussée, elle croule sous les bougainvillées. Devant il y a un jardin complanté de huit orangers et mandariniers. Une haie de cyprès taillés en arceaux souligne ce quadrilatère qui se déverse plus bas en trois petites terrasses commandant une allée bordée d'yeuses immenses, des yeuses inattendues ici et qui font vingt mètres de haut. Par la suite, derrière la maison qui jouxte une forêt vierge descendue de la villa *Le Lys rouge* et que borde un simple grillage mangé de rouille et ployant sous les aristoloches, nous découvrirons une grande grotte dangereuse car des blocs de calcaire s'en sont déjà détachés.

Après cette description sommaire, vous, vous ne voyez rien mais moi je vois. Mon pessimisme naturel prend tout de suite cette villa en grippe. Je sais que Thyde va l'obtenir. Depuis que je la connais je sais qu'elle obtient toujours tout ce qu'elle veut. Quand elle a descendu l'escalier, déjà charmée, elle a entendu un oiseau chanter dans les arbres. La villa s'appellera donc *L'Oiseau chanteur*. Quand elle voit la haie de cyprès taillée en berceau sa religion est faite. Elle va acheter *L'Oiseau chanteur* qui pour l'instant n'a pas de nom.

Je n'ai pas encore parlé du domaine mitoyen qui borde tout le côté au midi de la propriété. Quand on est sur le balcon de la villa, on aperçoit parmi les grands eucalyptus un bâtiment imposant fait de blocs assemblés que j'évalue à un mètre cube chacun. C'est un opéra. Un opéra où personne ne chante plus depuis cinquante ans. C'est l'opéra privé du château Valrose, édifié par une famille russe du dix-neuvième siècle qui venait à Nice en deux trains entiers depuis Odessa : l'un pour la famille des maîtres, l'autre pour les domestiques. Cette propriété s'inscrit entre l'avenue Valrose et le boulevard de Cimiez. Une route privée la traverse de part en part sur un kilomètre de long depuis une grille monumentale que je n'ai jamais vue ouverte. Elle appartient aujourd'hui au roi de l'étain, Antenor Patinho. Ce potentat qui a un prénom d'alchimiste n'y met jamais les pieds, mais Thyde s'arrangera pour connaître le gardien. Nous aurons accès à ce cimetière grandiose où le pépiement des voix russes a dû parfois retentir. Un jour même, nous nous faufilerons dans cet opéra au grand lustre immobile et terne, à la pénombre fantomale mais qui n'a même plus d'odeur, quand je pense à tous les parfums qui ont dû s'y sublimer sur les épaules de princesses russes bâties comme des grenadiers.

Pour l'instant, ce qui préoccupe monsieur Meer, lequel comme nous visite pour la première fois, ce sont les cinq cyprès hauts de quinze mètres qui bordent vers le haut, dissimulant le portail monumental, la propriété Patinho. Monsieur Meer hoche la tête.

— C'est que je le connais, moi, monsieur Patinho ! Bien que vous soyez parfaitement dans votre droit, vous aurez à vos trousses une armada d'avocats qui vous interdira de couper ces arbres.

— Comment couper ! Mais jamais je ne ferai couper un arbre !

Thyde s'est récriée scandalisée.

Monsieur Meer hausse ses épaules fragiles. Il n'arrête jamais de se frotter les mains et ce n'est pas chez lui un signe de satisfaction. C'est un Juif autrichien plein de finesse. Il a l'habitude de naviguer entre tant de parvenus qui veulent se faire une noblesse en habitant Cimiez.

— Sans doute, dit-il, mais voyez, il est onze heures et la moitié de votre jardin est dans l'ombre. Avec ces cyprès devant, jamais il n'y poussera rien ! Et voyez, même le tiers de la maison est encore sans soleil.

Mais Thyde ne fait qu'en secouer l'oreille. Elle se bande les yeux devant tous les inconvénients. C'est déjà sa maison, ne serait-ce que pour le titre qu'elle vient de lui inventer : *L'Oiseau chanteur*. Ça vaut bien un peu d'ombre et nous sommes à Nice !

Monsieur Meer réfléchit profondément.

— Ça, marmonne-t-il, c'est un coup à faire baisser le prix de trois cent mille francs !

Il réfléchit toujours et parle seul.

— La propriétaire est la très vieille madame Duchêne qui céderait tout de suite, mais malheureusement elle va vous opposer sa fille !

Son œil infaillible s'attache alors à moi et me considère, me jauge, devrais-je dire. Depuis qu'il m'a surpris lisant Vauvenargues dans le texte, il a pour moi une sympathie exagérée.

— Vous devriez lui envoyer Pierre ! dit-il soudain inspiré.

Et c'est ainsi que par un bel après-midi d'automne,

je m'en vais sonner à la villa voisine, la villa *Thalassa*, où tout de suite la porte s'ouvre. Je me trouve devant une grande femme de quarante ans au nez impertinent curieusement séparé en deux par une fossette. C'est la première chose qu'on voit d'elle. Après, on s'aperçoit qu'elle est tout en noir, bas compris, avec pour seule clarté ses yeux qui sont verts et une chaîne d'or prolongée d'un crucifix de même matière, autour du cou qu'elle a parfait. Elle ondule en marchant mais elle est anguleuse et s'efforce de le cacher. Cela se révèle hélas au pli de la jupe autour des hanches, plus larges et plates qu'elle ne veut bien le laisser paraître. Mais sa tenue est d'un art consommé : à la fois d'une décence stricte, elle peut aussi bien devenir affriolante si elle arrange son drapé avec tact et s'inquiète de lui donner l'aspect d'une surface moirée. Les jambes en revanche sont fort belles, fortes aux mollets (je pense qu'elle est normande) et fines à partir de la jointure des genoux, lesquels sont volumineux à souhait pour être montrés sous la jupe. Les seins quoique soutenus sont en forme de poire. Je m'étends sur cet aspect physique de la dame, parce qu'elle s'est apprêtée pour me plaire et que je tiens à lui faire savoir qu'elle ne s'est pas trompée.

En fait, ce ne sont pas deux corps qui s'affrontent mais deux intelligences, dans l'inconnaissancc totale l'une de l'autre. Elle, bien sûr, elle en sait plus que moi, elle m'a vu avec Thyde et sait très bien que ma libido ne peut pas s'en satisfaire.

Moi, en revanche, je suis devant le mystère. Elle a deux enfants, un mari, elle est catholique et bourgeoise. A-t-elle un amant ? Est-elle comblée par cet amant ?

Nous sommes deux énigmes qui vont s'affronter à propos d'une demi-douzaine de cyprès qui valent trois cent mille francs (monsieur Meer a pris soin d'aviser la dame que je venais pour obtenir ce rabais).

J'ai mis mes chaussures suisses, mon ensemble tweed suisse, une chemise claire et un nœud de cravate couleur châtaigne que Thyde m'a refait avant mon départ.

Ce n'est pas sur cela que je compte. Dès que j'ai vu la dame, en dépit du choc érotique qui m'a immédiatement frappé, j'ai compris qu'elle a des limites. Son alliance, la bague de fiançailles, le mince collier d'or qui lui vient probablement de son baptême et cette croix suspendue après, qui est l'ultime sauvegarde contre l'apparition du péché, tout cela est éloquent, tout cela parle de barrière que l'éducation a rendue infranchissable.

Donc elle est loin d'atteindre à la finesse psychologique d'un futur romancier. Et si mon écriture est encore pataude et si j'use encore dans les fantasmes d'une imagination trop sans mesure, en revanche ma connaissance innée des êtres et des situations est déjà parfaitement au point à force de m'observer moi-même.

Dès mon « bonjour madame » cérémonieux et

mon baisemain qui toutefois la désarçonne un peu, elle m'a lancé en pirouettant sur les talons un :

— Appelez-moi Simone ! Ce sera plus simple !

Elle me conduit à travers un vestibule d'assez bonnes proportions pour me permettre, durant son parcours, de contempler la cambrure de mon hôtesse marchant vers un cabinet dont elle ouvre la porte en m'invitant à entrer.

La pièce est plongée dans une pénombre savante qui n'a pas l'air d'en être une, ce qui suppose toute une science. Les rideaux sont tirés mais ils sont clairs, et nous savons fort bien l'un et l'autre qu'on ne peut rien distinguer de l'extérieur vers l'intérieur. Le mobilier du cabinet est ahurissant : il consiste en deux fauteuils couleur tulipe fanée et un divan du même rouge dont le terme *profond comme un tombeau* résume bien le confort. Je n'en ai jamais vu comme cela de ma vie, sauf peut-être, il y a longtemps, dans un album sur Toulouse-Lautrec où une toile figure un salon de maison close peuplé de filles désœuvrées espérant le client. Ce divan au rouge passé offre au-dessus de ses trois places trois cœurs allongés, amoureusement cloutés par un ébéniste de charme ; trois cœurs adorablement ambigus. Par quel héritage inavouable ce salon est-il venu échouer ici, chez la respectable madame Duchêne ? Quel mari, de longtemps décédé, en a fait l'acquisition en quelque vente aux enchères ?

En tout cas, c'est sur lui, c'est dans l'enfoncement irrémédiable de sa profondeur que Simone me commande de m'installer. Elle, elle ne se laisse pas aller sur le capiton moelleux où grincent des ressorts fatigués. Elle se tient sur une fesse, au bord, le buste bien droit qui met ses seins en valeur. En outre, retroussée par l'arête du meuble, la jupe aura tendance, petit à petit, à dégager les genoux carrés que je ne vais plus quitter des yeux.

Je ne me fais pas d'illusions, moi je ne cours qu'après un rabais de trois cent mille francs. Elle, elle sait bien que, sauf un hurluberlu comme Thyde, personne ne lui achètera jamais cette villa. Elle est invendable. Plusieurs chalands ont déjà renoncé, en dépit du prix alléchant : à cause de ce chemin impraticable aux voitures et aux déménageurs, qui fait plus de cent mètres à parcourir sous la pluie quand il y a lieu ; à cause de sa situation, bâtie dans un trou ; à cause de la proximité redoutable de la propriété Patinho où s'élève, rehaussée de cyprès ténébreux, un mur de soutènement haut de huit mètres dont la reconstruction serait à la charge du riverain inférieur en cas d'écroulement, ce qu'un architecte n'a pas exclu. Ce n'est pas le pire : la villa est occupée par un colonel de Kermadec qui, malgré sa prestance, a plus de soixante-dix ans. Couvert de décorations, il jouit de l'estime générale, il est en outre le père d'une personne de charité qui n'est pas loin d'être en odeur de sainteté. On ne sait pas pourquoi elle n'est pas entrée dans les ordres. Sa miséricorde la fait ployer sous de lourds fardeaux de vêtements chauds qu'elle va distribuer dans les prisons aux détenus de droit commun. En outre, elle claudique.

Et tout cela cette Simone, inconfortablement assise au bas bord du profond divan, le buste bien droit et me surplombant et me faisant presque face, cette Simone le sait bien. Elle n'a que son charme pour contrebalancer tous ces inconvénients et elle ne va pas se priver de l'utiliser. Ses yeux verts notamment vont faire merveille. J'ai l'impression d'un pinceau de phare qui me balaye jusqu'au tréfonds.

Elle s'est aspergée, outrageusement car elle ne doit pas le faire souvent, d'un parfum tenace et chaud.

Il serait fastidieux de rapporter la conversation en trompe-pensée (comme on dit trompe-l'œil) qui roula sur tous les défauts de la villa et notamment sur les cyprès qui faisaient de l'ombre.

— Allons, Pierre Magnan, vous n'allez pas me mégoter pour trois cent mille francs !

— Mais c'est vous, ma chère, qui me mégotez !

Ses yeux me font l'amour. Sur l'arête du divan, la jupe glisse contre ses genoux bien joints. La croix au bout de la chaîne est maintenant engagée par le bas dans la charmante échancrure de ses seins dont je n'avais pas remarqué jusque-là qu'elle pouvait les décolleter.

Elle se déplace très peu mais assez sur l'arête du divan, tout en me vantant avec volubilité les avantages de la propriété, pour que de plus en plus haut se découvrent ses jambes. Les jambes jointes d'une femme esquissant un angle avec ses genoux haut levés m'ont toujours fait un effet effarant.

Et soudain, elle pose légèrement sa main sur ma cuisse.

— Allons ! Trois cent mille francs ! Qu'est-ce que ça peut faire à quelqu'un d'aussi riche que Thyde Monnier ?

Elle se met à me triturer la jambe et je ne fais pas un mouvement de recul, et quand enfin, s'étant assez sournoisement démenée, elle aura fait glisser sa jupe jusqu'à révéler un liséré de chair après ses bas noirs, sa main toujours sur ma cuisse s'avancera un peu plus haut, à peine, sans en avoir conscience. Je n'ai qu'à ouvrir les bras, elle y tombera et, sous cette trappe refermée, c'est moi qui serai pris au piège. Les mots ne sont plus de saison. Nous sommes là, haletants l'un devant l'autre, les yeux rivés sur les yeux adverses, prêts aux plus sauvages assauts. L'insolence tranquille de mon érection délicieuse m'offre tous les symptômes que cette fois, avec cette fée, juste assez anguleuse pour ne pas trop m'exciter, ce sera un triomphe appelant, réclamant la récidive. Quand on a l'expérience de l'éjaculation précoce, on sait d'avance ce qui la provoquera et ici je suis sûr de moi.

Si je cède je suis perdu car ce n'est pas elle qui va m'aimer, c'est moi qui vais en être fou. Il n'y a pas un bruit au-dehors, pas un souffle. Nous sommes seuls au monde avec notre libre arbitre. Jamais bataille de cœur ne me sera si terrible à gagner.

Mais je suis ainsi bâti que si peu me coûte de tromper Thyde, en revanche la spolier de trois cent mille francs est au-dessus de mes forces. L'éventualité ne m'en traverse même pas l'esprit. Je me lève, je tourne le dos à Simone pour lui cacher mon état, j'échappe à la pression de sa main. Je me mets à penser à la mort de toutes mes forces, suscitant des images de charogne qui sont insupportables et qui me concernent. Ça me calme un peu mais pas suffisamment. Une terrible envie de me coller contre Simone et de la dénuder m'oblige à faire deux pas en avant vers la porte. Si je me retourne je vais succomber.

Heureusement elle éclate en sanglots derrière moi, puis elle se ravise et ravale sa douleur. Toutefois elle a des hoquets dans la voix pour me lancer cette supplique :

— Mais enfin, mon cher Pierre, vous qui êtes si délicat, vous n'allez pas essayer de dépouiller une pauvre femme. Je suis veuve, j'ai deux enfants à charge !

Je ne me retourne toujours pas, je dis :

— C'est à prendre ou à laisser ! Monsieur Meer viendra demain chercher votre réponse !

J'ouvre la porte, je sors tout tremblant. Je laisse cette pauvre femme interdite douter de ses charmes, alors qu'elle m'a troublé si profondément que les cent cinquante mètres d'allée qui me séparent de la villa *Magda* ne seront pas de trop pour reprendre mes sens et mes esprits.

La nuit suivante, quittant le lit de Thyde après l'amour pour gagner celui qui m'est alloué, je me masturberai avec délicatesse, faisant durer le plaisir longtemps par l'évocation de cette femme sensuelle que j'aurais pu accompagner jusqu'au sommet de l'orgasme en une très patiente et très haletante privation préalable, lui confisquant son plaisir au ras bord du paroxysme. Ah, maudit soit l'argent qui fait faire de ces coups-là !

Encore aujourd'hui, à quatre-vingts ans, écrivant ceci, le profond regret m'arrache un soupir et Thyde ne saura jamais ce que ces trois cent mille francs économisés ont coûté à son amant secrétaire.

Cet argent épargné va d'ailleurs nous être fort utile pour nous débarrasser du locataire encombrant. J'ai dit que Thyde Monnier obtenait toujours ce qu'elle voulait. Elle va le prouver avec monsieur de Kermadec. D'abord, elle se fait amie avec lui, l'appelle « colonel », ce qui est toujours agréable pour qui est à la retraite. Elle loue fort la sainte fille qu'est mademoiselle de Kermadec, ensuite elle se met en quête d'un appartement décent contre un pas-de-porte confortable. C'est alors l'usage qui se perpétuera longtemps que de payer un déduit pour être locataire.

Monsieur de Kermadec est bon prince et c'est un brave homme. En outre, à soixante-treize ans, son épouse à peu près autant, il est perclus de rhumatismes, l'entretien même minime d'un jardin est au-dessus de ses forces, sa fille, claudicante et toujours lourdement chargée, parcourt le long escalier plusieurs fois par jour. Il a réfléchi à tout cela.

Mais en attendant le départ de monsieur de Kermadec, la vie continue villa *Magda*. Thyde imperturbable écrit chaque jour ses dix pages de *Franches Montagnes,* sa nouvelle dynastie. Elle téléphone à des maçons, elle visite son jardin et le transforme sur le papier. Nous commandons, pleins d'espoir, aux roseraies de La Haye des rosiers-tiges qui s'obstineront à faire des gourmands robustes autour des racines au lieu de fleurir à un mètre trente du sol comme le catalogue nous l'avait promis. Monsieur de Kermadec l'a autorisée à visiter la maison. Elle est experte dans l'art des plans. Après Allauch et Bandol, c'est la troisième fois qu'elle se dessine un home. Armée d'un double décimètre et d'un cahier à carreaux, elle esquisse les pièces qu'elle aménagera après avoir fait tomber les cloisons, la volière qu'elle fera grillager, la cheminée monumentale dont elle a déjà acheté la plaque de fond armoriée.

Tout cela suffirait à essouffler une femme ordinaire, mais Thyde dit qu'elle puise dans l'amour son extraordinaire vitalité.

Elle s'est prise d'un goût immodéré pour l'Italie et notamment pour Venise, à cause des gondoliers qui lui baisent la main en la faisant pirouetter sous leurs grands bras. (Cent fois elle m'imitera ce geste.) Cette exquise révérence lui fera aimer Venise à la folie et elle me décrira le plafond de la Poste, peint par Titien, dit-elle.

Elle me supplie d'y aller avec elle. Je refuse énergiquement. Je ne veux pas voir Venise après le Canaletto dont elle a rapporté, en reproduction, la plupart des œuvres. Jamais je ne rêverai autant devant la vraie Venise que devant ce que le Canaletto en a imaginé. Il y a une autre raison : j'espère, toujours en vain, qu'une femme inconnue va me tendre ses lèvres.

Un jour où je l'ai accompagnée à la gare, où je suis seul dans la maison (et je sais soixante ans après qu'il était dix heures du soir), on sonne à la porte. Je vais ouvrir. Devant moi, tel un songe, un songe dont on a longtemps rêvé, une dame souriante me demande :

— Puis-je entrer ?

Je m'efface largement pour qu'elle ne s'évanouisse pas dans l'air de la nuit. Nous nous connaissons, nous nous disons bonjour, parfois nous échangeons trois paroles sur le temps qu'il fait. Bien sûr je la convoite en vain depuis que je la connais. Bien sûr je me suis masturbé sur son image bien des heures durant. C'est la locataire du dessus, pourvue de deux filles dont l'une joue du piano.

La villa *Magda* est dotée d'une porte bourgeoise à deux battants et, à cet abri, d'un très grand vestibule où se distribuent les pièces principales.

Ma voisine avance lentement dans cet espace, nonchalante, et tandis que je referme la porte :

— Je suis venue vous emprunter un livre ! Je n'ai plus rien à lire ! dit-elle.

Elle me fait face, elle me sourit. C'est une beauté méridionale aux formes pleines, chez qui (combien de fois l'ai-je suivie des yeux !) la chaleur et la sensualité sont à fleur de peau. Son air avenant et gentil fait croire qu'elle est toujours prête à toute éventualité.

Je suis certain que sous sa robe de chambre bleue en laine des Pyrénées elle est nue, et que les babouches dont elle est chaussée, ses pieds sont prêts à les envoyer promener. Je devine ce qu'elle vient chercher. Elle a eu soudain envie de faire l'amour et elle s'est dit : « Pourquoi pas lui ? » Le fait que je sois l'amant de la célèbre Thyde Monnier lui a mis l'imagination en ébullition et elle attend de moi je ne sais quelles mille et une nuits.

Et moi je suis là, les bras ballants, m'efforçant de croire à cette fable du livre recherché, tandis qu'elle compulse nonchalamment les titres de la bibliothèque dont le vestibule est meublé.

Pour des raisons différentes, la même scène que chez la Simone de l'autre jour se répète avec cette femme dont je ne connaîtrai jamais même le prénom mais qui est prête à m'offrir son quant-à-soi dans l'anonymat de cette nuit.

Pour la seconde fois je suis frôlé par l'amour sans pouvoir le happer, comme si le destin me faisait miroiter à perpétuité des réalités auxquelles je n'ai pas droit. J'ai peur. Peur de faire un enfant, c'est l'impératif catégorique, mais aussi peur de me mettre à aimer, à cause de mon caractère, à cause de mon recul devant toute responsabilité, à cause de ma crainte de décevoir, à cause par-dessus tout de ma fainéantise qui répugne à changer de vie. Que deviendrai-je (je ne sais rien faire) si demain Thyde s'aperçoit que je la trompe et qu'elle me chasse de sa maison ? Mais j'ai soudain l'intuition que tout cela est faux et que si je refuse l'amour c'est parce que je sais bien que je ne suis pas adapté à lui. À cet instant même, l'intuition me traverse que je saurai un jour parler de l'amour mais que je ne saurai jamais le faire.

Madame D., c'est le seul nom sous lequel je la connus, ne pouvait pas prolonger indéfiniment cette quête irréelle d'un homme qui faisait chaque nuit l'amour avec une vieille femme et qui ne voulait pas le faire avec elle. Je ne crois pas qu'elle mit mon refus tacite sur le compte de ma fidélité. Elle dut se dire que j'étais un benêt en dépit de mes vingt-cinq ans et, prenant congé, son livre prétexte à la main, et passant devant moi, son sourire cette fois dissimulé était tout à fait éloquent.

— Mon pauvre vieux, disait-il, si tu savais ce que tu viens de rater !

Et le pire est que je le savais. Ainsi, au fil des jours, des semaines, des mois, à la faveur des absences de Thyde, le monde de mes regrets ne cessa de s'agrandir. Il y eut Bébé que j'invitai à l'hôtel Royal à boire des cocktails et qui venait d'Afrique du Nord et me racontait qu'elle s'habillait en femme voilée pour suivre son mari qui la trompait, c'était pour ça qu'elle s'était exilée en France ; il y eut Sylviane, une Persane trop grande pour moi, la seule que j'embrassai sur la bouche et qui me dit avec calme :

— Vous auriez pu me demander la permission.

Elle avait un nom d'ange annonciateur. Il y eut la lingère de l'hôtel Négresco, la dame dont la chaise longue s'écroula sur la promenade des Anglais à côté de la mienne. À toutes j'eus la faiblesse d'offrir *L'Aube insolite,* aucune ne m'en dit jamais rien.

Il y eut madame G. qui vint voir Thyde en son absence et avait mis ce jour-là une robe transparente, je l'agressai sauvagement car elle avait cinquante ans et ne pouvait avoir d'enfant. Je fus repoussé avec une joyeuse surprise, la dame ayant trouvé la chose agréable mais s'excusant sur le fait que l'admiration proche de l'amour qu'elle portait à Thyde lui interdisait de m'aimer. Elle dit aimer sans gêne mais sans espoir.

Cependant le colonel de Kermadec avait enfin déménagé et Thyde prit possession des lieux. Mais d'abord la maison fut livrée aux corps de métier. On bâtit une serre. On s'aperçut que le mur latéral présentait des fissures parce que, pour asseoir la bâtisse, on avait égalisé le terrain afin d'en tirer une plate-forme et que la moitié de celui-ci était faite de terre rapportée.

Je m'enivre, j'oublie ma condition dans la construction du rêve de Thyde autour de cette maison qui sera son tombeau. Elle fait creuser un bassin en mosaïque bleue au centre des orangers. Elle fait transporter une auge en pierre d'un seul tenant et de deux tonnes qui servira de fontaine pour entendre le bruit de l'eau. Nous plantons les douze rosiers-tiges devant les arceaux des cyprès. On fait une pergola en pierre comme au Tessin, surplombant le jardin sous le talus aux agaves. À chaque traverse de cette pergola, on plante une vigne pour faire une treille. La maison, longue, a besoin d'être soulignée par un arbre élevé. On achète un cyprès de huit mètres de haut que deux pittoresques jardiniers viennent nous planter et qu'il faudra remplacer deux fois. On sème dans la serre toutes sortes de fleurs. Nonobstant on continue à écrire dix pages tous les matins et à tousser à fendre l'âme parce que l'air est insalubre.

Cimiez est un golfe, *L'Oiseau chanteur* est une anse de ce golfe. Au soir d'hiver, succédant brutalement à un chaud soleil, une langue invisible d'humidité comble les creux du jardin, envahit la maison, impalpable, sournoise. Un parfum suave d'humus à violettes gonfle dans le volume de ce nuage invisible, c'est l'odeur de la mort mille fois atténuée. Il n'y a que des nez comme le mien pour la capter. Thyde tousse avec insouciance. Je ne lui dis rien. À quoi bon ? Il n'y a plus pour elle de marche arrière possible.

Chaque soir, nos bronches s'emplissent d'un air arraché mi-partie à la tiède Méditerranée, mi-partie aux sommets de trois mille mètres qui cernent la baie des Anges à moins de soixante kilomètres à vol d'oiseau. L'air chaud monte jusqu'à mi-hauteur de ces sommets et s'alentit en pulvérisation sans gouttes. On est tout étonné de trouver mouillé le sol sous nos pas. Nice, choisie par les vieillards pour son chaud soleil, est en réalité une ville pour jeunes gens robustes. L'air de Nice, à moi, ne me fait ni chaud ni froid. Thyde, en revanche, va bientôt être atteinte d'asthme chronique, un mal terrible parce que tous les remèdes qu'on lui oppose sont pires que le mal. Les médicastres vont fondre sur *L'Oiseau chanteur,* tous avec des remèdes miracles, depuis l'homéopathie jusqu'à la radiesthésie, en passant par l'iridologie. Pour essayer de s'en sortir Thyde ira passer une partie de l'hiver à Vence chez ses amis Zacha qui sont libraires. Elle aura sa crise d'asthme la plus dramatique jusqu'ici, sans que cela ralentisse son train de travail.

Elle a décidé d'écrire un livre sur les quatre filles de Raimond Bérenger IV qui fut comte de Forcalquier et qui engendra quatre reines. Elle retourne en Italie mais c'est Naples cette fois, où vécut l'une de ces reines.

Nous menons une vie mondaine très agitée dans les intervalles des voyages. Beaucoup d'admirateurs et d'admiratrices viennent voir la romancière en son jardin.

J'essaye d'écrire moi aussi parmi toute cette agitation. Je poursuis l'invraisemblable histoire que je raconte dans *Le Monde encerclé.* Je ne sais par quel miracle de volonté ou d'inconscience je m'obstine. Sur les conseils de Thyde j'ai présenté *Périple d'un cachalot*, celui que Julliard a refusé, à un prix littéraire suisse, le prix Charles Veillon. Je n'aurai pas le prix mais un membre du jury qui est éditeur en Suisse me propose de le publier moyennant quelques corrections. Seulement j'ai une telle confiance dans le jugement de René Julliard que je négligerai longtemps de donner suite.

C'est alors que nous faisons la connaissance d'un peintre belge qui habite le port de Nice. Il s'appelle Frans Masereel. Son œuvre est très connue. Elle s'apparente à celle de Fernand Léger.

Masereel a été le compagnon de Gide pendant le pèlerinage en URSS de celui-ci. Il raconte une histoire à la fois triste et burlesque [1]. Lors du voyage de Gide en Union soviétique, qui comprenait plusieurs artistes parmi lesquels Eugène Dabit, auteur de *Hôtel du Nord*, celui-ci mourut en route de la typhoïde. Il n'était pas question, Gide s'y opposait, de laisser le corps de Dabit en terre étrangère. Il fallait le ramener à Paris, ce qui était impossible étant donné la longueur du voyage. Alors on incinéra le corps de Dabit et l'on remit ses cendres dans une urne à ses compagnons de voyage.

C'est l'histoire de ces cendres qui est burlesque car dans les pays de l'Est déjà atteints d'espionnite aiguë, le cas d'une urne funéraire voyageant d'un

1. Cette histoire est manifestement fausse puisque Gide raconte dans son *Journal* (p. 1256 et 1257, Gallimard, la Pléiade, 1951) l'enterrement de Dabit au Père-Lachaise.

pays à l'autre n'est pas prévu par les règlements douaniers. Il faut à chaque frontière en référer en haut lieu et les hauts lieux en ces pays sont difficiles à atteindre. Dans chaque région traversée, Bulgarie, Hongrie, Yougoslavie, on examinera l'urne de Dabit avec suspicion à l'aide, chaque fois, de quelques hauts fonctionnaires consultatifs et se concertant longuement devant un repas payé par les Français.

D'autant que cette urne attirait l'attention. Les Soviétiques ne savent pas faire simple et ils ont voulu honorer le grand écrivain français mort chez eux. Il s'agit d'une urne de gala, en argent, pourvue de deux anses à la grecque et d'un couvercle frappé de la faucille et du marteau symboliques. Elle ne rentre dans aucune valise ni malle, il faut la porter solennellement sur les genoux, fardeau que se partageront les compagnons de Gide et parfois Gide lui-même.

Le voyage ainsi freiné dura huit jours et, à la fin, la délégation culturelle française, le linge propre étant épuisé, ressemblait assez aux rescapés d'un naufrage.

Malgré son caractère élégiaque cette histoire racontée par Masereel avec l'accent belge finissait toujours par faire rire l'auditoire.

D'abord, j'étais allé avec Thyde voir Masereel, puis il m'avait pris en amitié et me convia bientôt à venir seul. Il fumait la pipe comme moi, il connaissait bien André Gide et aussi Roger Martin du Gard. Nous parlions interminablement de ces grands hommes qui étaient alors les têtes d'affiche de la littérature française. Masereel savait sur André

Gide, que je vénérais à l'égal de Giono, de savoureuses anecdotes. Il avait une bibliothèque d'éditions de luxe de cet auteur presque aussi importante que celle de Giono, dont certaines qu'il avait illustrées. Cet artiste possédait une culture humaine universelle, il ne se prenait pas pour un génie et dans sa peinture l'homme était toujours sa préoccupation majeure.

Il habitait un quatrième étage dans un curieux immeuble qui avait dû être une confiturerie ou une fabrique de pâtes et qu'on avait aménagé en appartements de luxe. Ses fenêtres s'ouvraient sur le port et le rocher de Rauba-Capeou.

L'ascenseur donnait sur un palier à deux entrées côte à côte, faites de portes à deux battants qui annonçaient des logements cossus.

Un jour, dans le vestibule, tandis que j'attendais cet ascenseur qui redescendait des étages, une dame, sans bruit, qui venait d'entrer, se posa à côté de moi pour attendre aussi. Nous étions l'un à côté de l'autre, le nez sur la porte de fer sans grâce qui garde tous les ascenseurs du monde, et nous pensions, chacun de notre côté.

Ce que je vais raconter va ressembler au récit d'un romancier à court d'imagination, sauf qu'aucun romancier ne se risquerait à imiter la logique imperturbable du hasard, un hasard qui s'avance comme circulant sur des rails, tant sa marche paraît peu orientable.

La dame sentait bon, la dame était une vraie

dame. Elle avait traversé sans bruit, sans déplacer l'air, le vaste vestibule d'une démarche lente et mesurée.

On aura compris en me lisant que je suis curieux de toutes les dames mais je pensais à des choses tristes : ma condition domestique, mon passé, mon avenir, ce manuscrit où je m'étais fourvoyé et qui allait me conduire au désastre littéraire, de sorte que Julliard ne pourrait plus me verser ma mensualité, que je serais à la merci de Thyde et que j'irais vieillissant sans amour. Ces choses enfin qui végètent en soi, qui stagnent, qu'on n'approfondit pas mais qui un jour vous font cette face ennuyeuse qui fait fuir tout le monde.

Voilà des réflexions, je vous l'assure, qui vous empêchent de regarder une femme.

Je m'effaçai pour laisser entrer celle-ci. Elle avait des paquets sur les bras. Elle dit merci. Je lui demandai :

— Quel étage ?

— Quatrième, dit-elle.

Je jure que de tout le trajet je ne jetai pas un coup d'œil à ma voisine tant était grand mon désespoir, tant je n'espérais un peu de réconfort qu'auprès du jovial Masereel.

Je retournai à Cimiez ne pensant pas à la dame, morne devant mon manuscrit avec le bruit nouveau de la fontaine devant *L'Oiseau chanteur*, avec le parfum explosif des tubéreuses dont Thyde avait planté tout un parterre et qui sentaient autour d'elles jusqu'à plus de trois cents mètres. On les respirait déjà en arrivant par l'étroit escalier.

Sous la lampe dans l'appel des musiques qui éclataient au loin, sur le cirque de Nice étalé à mes pieds, je me mis à écrire ma lettre bihebdomadaire à Thyde qui était à Naples.

« Ma Toutoune, le parfum de tes tubéreuses embaume l'air de la nuit autour de moi. Tout languit de toi. »

Je pensai d'une manière cuisante à Madame D. dans la villa au-dessus qui peut-être m'eût aimé. J'étais sur le parquet du grand salon, regardant distraitement tous les disques, près de l'appareil, qui me consolaient tant d'ordinaire : Bach, Beethoven, Mozart. Rien ne me convenait. Jamais autant qu'à cette époque je ne me suis senti seul, sans conseil, aux prises avec une atmosphère, un entourage, une liesse sur les soirs d'été qui restaient neutres, ne m'encourageaient ni ne me stimulaient, demeuraient à mon égard complètement énigmatiques. Je finis par me dire que de la musique pompier était la seule chose qui m'empêcherait de pleurer. Je mis *Faust* sur l'appareil, non celui de Berlioz, trop génial, mais celui de Gounod qui convenait à mon état d'âme.

En vain j'interroge en mon ardente veille,
La nature et le créateur.
Aucune voix ne souffle à mon oreille
Un mot consolateur !

Je me sentais aussi vieux que le vieil alchimiste, et celui qui, ce soir-là et tant d'autres, serait venu poser sa main sur mon épaule, disant : « T'en fais pas ! Après un temps vient un autre », n'aurait tiré de moi qu'un ricanement.

Si au moins j'avais eu l'esprit de lucre ! Il y avait longtemps que Thyde me disait :

— Marions-nous ! Comme ça à ma mort tout te reviendra !

Mais non, je me foutais de la villa de Cimiez, de son luxe, de ses beaux meubles, de son jardin de rêve. Je me foutais des confortables droits d'auteur. J'étais jaloux sans espoir et ce n'était pas d'une femme ou de plusieurs femmes, c'était de ceux qui avaient écrit des phrases immortelles. Je me promenais autour du bassin parmi les orangers en me récitant *Le Cimetière marin* que je venais de découvrir :

Fermé, sacré, plein d'un feu sans matière,
Fragment terrestre offert à la lumière,
Ce lieu me plaît, dominé de flambeaux,
Composé d'or, de pierre et d'arbres sombres
Où tant de marbre est tremblant sur tant d'ombres.
La mer fidèle y dort sur mes tombeaux.

J'en avais les larmes aux yeux, ivre de vénération, de respect, de tant de sentiments liés au mystère de l'écriture que je commençais à peine à percevoir.

Ce fut le temps où je connus Eliot. Il était venu au Victoria Régina chez un ami de Thyde qui avait été enseignant dans une université anglaise, et qui avait une marotte : les géants. Il prétendait que la terre avait jadis été habitée par des êtres qui mesuraient deux fois notre taille et il fondait sa théorie, comme Cuvier pour les dinosaures, sur un fémur long d'un mètre qu'on aurait trouvé je ne sais où. Sous cette douce rêverie gîtait un homme parfaitement normal et très érudit qui se disait descendant des cathares tout en étant dans la vie un parfait Démocrite. Je n'ai pas oublié son nom. Il s'appelait Denis Saurat.

J'allai un jour avec Thyde prendre le thé chez cet universitaire et T.S Eliot était là, modestement assis dans un fauteuil. L'auteur de *Meurtre dans la cathédrale* était un homme pas très grand, relativement âgé et qui, à l'inverse de Giono et de Gide, ne se signalait par aucune originalité vestimentaire. Ce dont il n'avait surtout pas l'air, c'était d'être américain. Il était entouré, c'est peu dire, ils étaient à genoux à ses pieds, par deux ou trois écrivains niçois jeunes et aux dents longues, lesquels méprisaient Thyde Monnier et pensaient faire une grande carrière. Mais à l'entrée de Thyde, Eliot se leva et vint l'embrasser sur les deux joues. Naguère, en français — il parlait notre langue sans l'ombre d'un accent —, il avait lu *La Rue courte* et en avait été impressionné.

J'eus le temps, en dépit de ses admirateurs, de lui parler de *Meurtre* et d'où et de quelle manière je l'avais d'abord entendu. Et c'est là qu'il me dit :

« Ce qui a fait la valeur de ma pièce, c'est la traduction pour ainsi dire gothique, que Fluchère en a tirée. »

Ce sera ma dernière rencontre pour longtemps avec l'un des vrais grands de la terre, l'un de ceux qui élèvent l'âme par leur création et dont la seule présence permet d'avoir confiance en la décourageante vie.

Thyde est malade de son asthme ; Matisse est mourant dans son fauteuil, en son palais du Victoria Park ; Maurice Chevalier, à *La Louque* à Cannes, se fait faire en vain le sérum Bogomoletz en maugréant ; Gide est à Cabris qui termine sa vieillesse. C'est de lui que Giono dira à cette époque : « Il était tout occupé par la grande affaire de sa mort ! »

Je m'en vais voir Masereel, en son quatrième du port de Nice, pour parler avec lui encore de Gide et que, avant sa mort, nous le ressuscitions encore un peu tous les deux.

En cet hiver-là, la villa *L'Oiseau chanteur* est triste à mourir avec son occupante perpétuellement suffocante et qui fume des cigarettes médicales au *datura stramonium*. La maison en est tout imprégnée. Et malgré cela, elle continue à avoir envie de faire l'amour et moi de la contenter. Elle continue à se battre avec ses éditeurs.

La signature du contrat mirifique avec Plon a été une erreur magistrale. La clientèle lectorale de cet éditeur est parfaitement ciblée et, à cette époque, elle est à l'opposé des inconditionnels de Thyde

Monnier. Ceux qui vont acheter Thyde Monnier sur la foi de leurs lectures habituelles, de tout repos, sous le sceau de Plon et Nourrit, vont être scandalisés, outrés, révoltés. Dès le deuxième volume, Thyde est *convoquée* rue Garancière.

— J'étais coincée, me racontera-t-elle, entre Maurice Bourdelle qui feignait de prendre la chose à la légère et me disait : « Voyons, ma chère Thyde, une personne gentille comme vous, vous ne pouvez pas écrire des horreurs pareilles », et monsieur de Clermont-Tonnerre qui me morigénait doucement ! J'ai fini par leur dire : « Écoutez, si ce que j'écris ne vous plaît pas, je vous rends votre million, nous déchirons le contrat et je vais voir ailleurs si vous y êtes ! »

Elle est prête à revendre sa villa s'il le faut, plutôt que de changer une virgule à sa manière d'écrire. L'éditeur s'incline la mort dans l'âme mais *Les Franches Montagnes* seront bien loin d'atteindre les ventes des *Desmichels*.

Je médite tristement sur tous ces déclins tandis que je pousse la porte du vestibule chez Frans Masereel. Je m'avance vers l'ascenseur pour l'attendre. Il est dans les étages. Masereel a manifesté l'intention de lire *L'Aube insolite*. Je le lui apporte. Je l'ai à la main. Je patiente. J'écoute le borborygme de l'élévateur qui machine dans les cintres. J'entends se refermer la porte du vestibule. Quelqu'un sans bruit vient s'installer à côté de moi pour attendre. Je jette un coup d'œil de côté machinalement, comme on fait toujours dans ce cas-là. C'est la dame. C'est la dame de l'autre fois, les bras chargés de paquets et avec la même robe comme si trois mois ne s'étaient pas écoulés. Je m'efface devant elle. Mais au moment où elle passe, son manteau accroche le livre que j'ai en main et qui tombe sur le tapis. Nous nous baissons ensemble pour le ramasser et nos fronts se heurtent avec violence. La dame n'en fait pas semblant, moi non plus, mais moi c'est par amour-propre. Je lui dis :

— Pardon. J'espère que je ne vous ai pas fait mal?

— Mais non!

Elle rit.

— J'ai la tête plus dure que ça!

Simultanément elle me tend le volume que je lui reprends. L'ascenseur arrive au quatrième. Je livre le passage à la dame. Elle dit :

— Bonsoir!

Je lui réponds :

— Bonsoir et toutes mes excuses!

Cette fois j'ai eu le temps de la voir. J'ai eu le loisir de humer son parfum, moins chaud que ceux dont use Thyde d'ordinaire. Ce n'est pas une dame, c'est une femme. C'est une belle femme de trente-cinq ans environ au visage coloré. Elle a d'immenses yeux verts à la Giono, à la fois gros et grands, un peu à fleur de tête et qui paraissent préoccupés plutôt de ce qui se passe à l'intérieur de l'être que par le spectacle du monde.

Masereel me reçoit chaleureusement, me remercie pour le livre qu'il pose sur sa cheminée de faux marbre, à côté d'une palette où les couleurs sont encore humides.

Il me dit qu'il vient de recevoir une lettre de Gide pleine d'optimisme. Que les nouvelles sont bonnes. Que le grand homme a assisté à la première du *Roi Candaule*, qu'on a réclamé l'auteur et que celui-ci a été ovationné par la foule debout. Masereel me lit la lettre de Gide, lequel a joint une photo de lui en habit sur la scène de la Comédie-Française et saluant le public sans sourire avec ce regard d'entomologiste curieux qui sera le visage en lequel l'éternité le changera. Quand je redescendis de ces hauteurs, le parfum de la dame était resté dans l'ascenseur.

Il se passa encore trois mois avant ma nouvelle visite à Masereel. Thyde était absente pour de longues semaines. Elle était à Baden, où elle prenait les eaux. Je passais mon temps entre la dactylographie de son journal qui avait un an de retard, essayer de travailler *Le Monde encerclé* et chercher, le soir, sur la promenade des Anglais, l'éventuelle promesse d'un amour passager. J'avais quelques espérances du côté de *La Cicoulatiere* chez Armida Tabucchi, où plusieurs habituées me lançaient des sourires agréables, mais il y avait toujours des malencontres ou des contretemps entre elles et moi. J'avais l'impression qu'elles n'osaient pas m'arracher à Thyde Monnier ou alors qu'elles n'osaient pas m'aimer parce qu'elles savaient, mieux que moi, où j'en étais.

Je retournai donc chez Masereel alors que Thyde venait juste de partir. J'arrivai à l'immeuble du port. Je me souviens que c'était aux environs d'une fête, le 14 juillet sans doute car l'immense monument aux morts qui fait face à la mer était illuminé *a giorno* comme un arbre de Noël.

Je pénétrai dans le vestibule et c'est là qu'il va falloir me croire. Pour la troisième fois en un peu plus d'un an j'entendis se refermer derrière moi la porte du vestibule et une dame vint se poser à côté de moi. La dame sentait bon, la dame était une vraie dame. Elle était entrée sans bruit dans le vaste espace et n'avait pas déplacé d'air. La seule différence avec les deux fois précédentes c'était que cette inconnue, rencontrée pour la troisième fois, ne portait pas de paquets. Elle était seulement munie d'un sac à main assez grand, et aujourd'hui elle était légèrement vêtue.

Comme chaque fois que le destin nous impose une manifestation flagrante de son poids, toute la ressource dont nous disposons pour masquer notre effroi, c'est le rire. Nous nous mîmes à rire, la dame et moi, mais il me sembla que son rire à elle était plus retenu que le mien et qu'il était empreint d'une certaine anxiété.

Quand la porte de l'ascenseur se fut refermée sur nous, la dame me dit :

— Vous allez chez les Masereel ? Ils sont partis en Suède depuis trois jours.

— Dans ce cas...

Je fais mine de redescendre par l'ascenseur car nous venons d'arriver au quatrième et la dame a ouvert la porte.

— Attendez ! dit-elle. Attendez ! répète-t-elle sur un ton de commandement.

Nous sommes sur le palier. Elle s'est appuyée contre l'ascenseur comme si elle avait peur que je m'enfuie. Elle ouvre son sac. Elle en tire un livre qu'elle me met sous le nez.

— C'est vous, dit-elle, qui avez écrit ça ?

C'est *L'Aube insolite*. Je me sens rougir jusqu'à la racine des cheveux. Je balbutie :

— Oui, c'est moi.

— Vous êtes pressé ?

— Non. Je venais chez Masereel...

— Alors entrez ! On sera mieux que sur le palier pour parler.

Elle tire un trousseau de clés de son sac, ouvre sa porte et s'efface pour que j'entre. Me voici de l'autre côté, dans un monde inconnu. Chaque fois que l'on nous ouvre une porte comme cette femme vient de le faire pour la première fois devant moi, c'est toute une vie qui se révèle devant vous brusquement en un seul déversement. Comme si la personne qui vous reçoit faisait beaucoup plus que d'abandonner tous ses vêtements, c'est son âme qu'elle vous livre. Vous ne voyez pas l'ensemble du vestibule, vous ne tenez pas compte du téléphone posé sur une commode ventrue qui vient de loin dans le temps et qui tente de vous rassurer ; vous ne tenez pas compte d'un grand philodendron, c'en était alors la mode, qui s'efforce d'aller toucher le plafond et qui va y parvenir. Vous ne voyez, au-dessus de la commode, que le portrait sévère et goudronné d'un homme du dix-neuvième siècle qui vous regarde avec des yeux pénétrants et le doute inscrit sur ses lèvres minces.

— Ne faites pas attention, dit la dame, d'une voix douce, c'est mon arrière-grand-père ! Nous n'avons jamais su où le fourrer alors c'est moi qui en ai hérité !

Elle vient de pousser encore devant moi le battant d'une double porte sur une pièce qui s'ouvre par un balcon contre les lumières vives du port de Nice. Et là aussi, en dépit des fauteuils de cuir, en dépit de deux tableaux qui me frappent mais que je ne verrai que tout à l'heure, quand nous parlerons et que je chercherai mes phrases car c'est moi qui vais manquer de naturel ; en dépit d'un coffre immense qui occupe tout un pan de mur sous l'un des tableaux, la première des choses dont je prends conscience, c'est de deux étagères surplombant le divan, à portée de la main ; deux étagères contenant en ordre trois ou quatre douzaines de volumes de la Pléiade, plus que je n'en ai jamais vu chez Giono chez qui je les enviais tant. Ils côtoient une petite édition des lettres de madame de Sévigné dans une collection très ancienne.

— Ne me prenez pas pour un bas-bleu, dit la dame. Je lis beaucoup mais je vis aussi beaucoup !

Elle m'a crié, de loin, tandis qu'elle fourrage dans une pièce qui doit être la cuisine, de m'asseoir en attendant et je me suis installé au bord d'un des fauteuils de cuir sans oser m'y enfoncer entièrement de peur d'avoir l'air vulgaire.

De son allure jamais plus rapide qu'elle n'était lorsque tout à l'heure elle s'avançait dans le vestibule, elle revient. Elle porte deux verres à pied, sans ornement, et une bouteille opaque dont je ne vois pas l'étiquette.

— Excusez-moi, dit-elle, mais je n'ai jamais rien d'autre à offrir que du vin. Encore vous faudra-t-il attendre un peu !

Elle tient à la main un tire-bouchon de professionnel qu'elle manie avec dextérité. Je m'offre à l'aider, mais elle me dit :

— Laissez donc ! J'ai l'habitude !

Elle a un léger accent que je ne puis définir.

— Maintenant, dit-elle, il va nous falloir patienter !

Devant les fauteuils se trouve une table basse transparente où elle installe les deux verres, la bouteille et le bouchon avec précaution pour qu'il ne roule pas, et à partir de là elle s'assied dans le fauteuil d'en face et elle me regarde.

— L'autre jour, dit-elle, quand nous nous sommes heurtés, j'ai vu le titre de ce livre en le ramassant et j'ai trouvé que c'était un beau titre et je m'en suis souvenue. Et j'ai demandé à mon libraire. Il ne l'avait pas en rayon, il a fallu qu'il le commande ! Et je l'ai lu ! Et j'ai compris mais alors là, tout de suite, que c'était vous qui l'aviez écrit.

Alors, elle me fait la plus riche déclaration d'amour qu'on peut faire à un auteur. Si j'étais vaniteux je serais aux anges, mais si je suis bourré d'orgueil ombrageux, en revanche la nature m'a préservé de toute vanité. Je ne me raconte pas d'histoire. Par rapport aux petits écrivains, mon livre peut les égaler. Par rapport aux grands auxquels je me réfère sans cesse, c'est un balbutiement à peine audible. Pourtant je ne me récrie pas, se récrier serait encore une manifestation de vanité parmi les plus vulgaires. Mon livre, j'en ai bien conscience, est un pauvre livre, au vocabulaire limité, aux situations à peine crédibles, aux personnages stéréotypés, calqués sur ceux de Giono, n'étant que des silhouettes, rien de vrai en eux, rien qui ait de la chair, rien qui leur appartienne en propre et les différencie les uns des autres. Seule l'histoire peut présenter un certain intérêt.

Pendant tout le temps où elle m'exprime son goût pour ce livre, jamais un instant elle ne laissera échapper mon attention hors de sa surveillance.

Ses yeux sont d'une loyauté absolue comme s'ils n'avaient jamais servi. Jamais cette femme n'a dû être obligée de tricher ni mise en demeure de mentir. Un adjectif me vient à l'esprit : indemne. Elle est indemne de promiscuité et de duplicité. La route qu'elle a suivie est droite, balayée. Je comprends qu'elle se soit réfugiée dans les livres.

À la connaître ainsi qui me dévore des yeux, je

suis épouvanté par la confiance qu'on me témoigne quand on me voit. Je songe à ce que je suis, par rapport à ce que je fais paraître, et combien est trompeur mon aspect. J'ai envie de lui dire : « Attention ! J'ai l'air énergique et déterminé mais à l'intérieur je suis faible et sans contour précis. Vous auriez tort de faire fond sur moi ! » Mais on a toujours trop besoin de l'autre pour laisser s'écrier cet aveu hors de soi. Je me tais. J'accepte. Je remercie par quelques onomatopées sans signification.

— Vous continuez à écrire au moins ?

Cette interrogation est angoissée. Elle vient soudain de songer que je suis peut-être découragé et elle n'est pas loin de la vérité.

— Vous ne devez vous laisser distraire par rien ! Vous devez continuer à écrire !

Elle se penche vers moi. Elle est sur le point de me saisir les mains pour me supplier. Puis soudain elle se ravise.

— Attendez ! dit-elle.

Elle se lève, elle prend la bouteille. Dans les verres sans ornements qui ont la forme gracieuse d'une tulipe, elle verse un liquide qui rassure par la seule façon dont il coule, par la seule couleur indescriptible qui irradie autour de lui. Elle le verse et je vois ses doigts avec une alliance, avec une bague qui n'est pas de l'or mais d'un métal plus blanc plus mat avec une seule pierre, pas très grosse, au centre. Je suis le geste de ses mains servant le vin sans précaution mais avec précision.

— Qu'est-ce que..., dis-je avec hésitation.

Elle me coupe la parole.

— Vous voudriez bien savoir ce que je fais dans la vie ? Devinez !

Mon regard erre sur son visage sans comprendre. Rien que pour avoir lu *L'Aube insolite*, elle en sait plus sur moi que moi sur elle. Je vois abandonné au milieu du plateau ce bouchon de liège imprégné de couleur lie-de-vin et d'une longueur inusitée. Je revois la manière de mon hôtesse quand elle a décapsulé la bouteille, la manière dont elle a retiré le bouchon, la rapidité discrète de passer le goulot sous son nez, la solennité de ses gestes comme si elle officiait, il n'y a pas d'autre mot, pour enfin verser le liquide dans les verres et enfin la façon dont elle m'a tendu le mien par le pied. Je murmure en la regardant :

— Vigneronne !

Elle ne bondit pas de surprise. Elle se contente de me dire d'un ton pénétré :

— Voilà pourquoi il vous faut continuer à écrire sans vous laisser arrêter par rien. Oui, je suis vigneronne. Et ne me dites pas comment vous l'avez deviné, vous ne sauriez pas l'expliquer vous-même.

Elle lève son verre dans la lumière qu'elle vient d'allumer car la nuit est venue sur le vieux port de Nice. Elle l'approche du mien.

— À votre courage ! dit-elle.

Et je lui réponds.

— Et vous, à votre beauté !

Je trempe mes lèvres dans le liquide, déjà mon nez m'a prévenu que je devais boire avec révérence. L'aristocratie du vin je l'ai déjà rencontrée chez les Dupont-Ferrier par un Brane-Cantenac, mais mon amour pour le bordeaux date de ce soir-là, avec cette inconnue dans l'immense bonheur de contempler ce ciel d'été avec quelqu'un de beau. Il y a du compagnonnage entre le cru goûté chez les Dupont-Ferrier et celui-ci que l'inconnue vient de me servir. Celui-ci est plus caillouteux, plus franc du collier, moins élaboré.

Je sens, à la manière dont l'inconnue communique à son verre l'hésitation qui l'agite, que celle-ci a envie de parler, de se confier, de dire sa vie. Je n'essaie pas de rompre le silence que l'omniprésence du vin qui scintille de mille feux rend nécessaire. Il n'y a pas d'appréciation de ma part. Une intuition formelle m'avertit que ce n'est pas cela qu'elle attend de moi.

— Nous ne buvons jamais autre chose que du vin et nous ne buvons jamais autre chose que du rouge !

Nous avons ce soir-là achevé à tous les deux la bouteille commencée. Pour moi c'était comme un ami qui me rentrait dans le corps. J'avais le gosier épanoui sous ce parfum. J'avais la chaleur de ce liquide irréel qui m'imprégnait littéralement. Pour un empire je n'aurais pas voulu hâter cet instant ni le transformer. Elle m'a raconté sa vie par morceaux. Elle est dans le vignoble depuis trois générations. Ses parents se lamentaient de n'avoir qu'une fille qui n'entendrait rien au vin. Il y avait un cousin éloigné qui convoitait le bien pour l'ajouter au sien. Elle dit :

— Nous avons un château comme tout le monde là-bas, mais c'est un château affreux ! Avec ses créneaux on dirait un biscuit Lu !

Mais le nom du cru qui est sur les étiquettes, tout ignorant que je sois des choses des grands vins je l'ai déjà vu, on en a déjà parlé devant moi.

— C'est ce cousin qui a été cause de ma vocation. Quand j'ai vu qu'il guettait mon vignoble comme un fou. Parce que vous comprenez, entre son château et le mien, c'est une question de terre. Lui, il est sur la grave et moi mi sur la grave et mi sur le schiste. Notre terre est bleue, dit-elle avec orgueil. Et nous, la vigne voit la Gironde et pas la sienne ! Alors j'ai fait des études, je suis devenue œnologue. Mais surtout ! je me suis rendue inoubliable et irremplaçable aux gens de la vigne ! Depuis mon maître de chai qui m'a connue à ma naissance, jusqu'au dernier des vendangeurs, je prends toujours les mêmes. Je les traite tous du mieux que je peux. Ça leur a crevé le cœur quand j'ai épousé ce cousin. J'étais un peu leur femme à tous, seulement, que voulez-vous, c'est l'œnologie qui commande ! On nous a prouvé vin en main que nos deux crus étaient complémentaires. Alors on s'est mariés. Mais nous avons gardé chacun le nom de notre château, c'est au bas de l'étiquette seulement que nos deux familles sont unies.

Elle soupira :

— Comme nous le sommes nous-mêmes d'ailleurs : au bas de l'étiquette. Nous avons deux filles ensemble et nous nous respectons.

Elle se leva en souplesse. Elle marcha vers la fenêtre et s'accouda au balcon. Je vins à côté d'elle, un peu ivre de ce vin absorbé sans manger. Le port scintillait de lumières et de bateaux très gais. J'aurais presque aimé Nice ce soir-là.

Je ne sais pas ce qu'elle attendait de moi ni même si elle attendait quelque chose. J'éprouvais comme d'ordinaire devant de telles femmes plus de peur que d'attirance. J'avais remarqué qu'elle portait à son cou la même espèce de chaîne prolongée d'une croix que naguère la Simone avec qui j'avais lutté. Une intuition très précise m'avertissait que je ne devais pas m'avancer. Que je ne devais pas croire que j'avais affaire à une bonne fortune. Comme il ne me restait plus que la ressource, étant à côté d'elle et respirant son parfum, de la prendre dans mes bras ou de partir, je partis. Je lui saisis la main et m'inclinai pour la baiser, mais elle m'interdit ce geste et la serra pour la garder entre les deux siennes.

— Promettez-moi d'écrire, dit-elle.

Elle avait les mains les plus chaudes du monde. Elle ajouta :

— Je vais tous les soirs sur la jetée me promener.

Je remontai à Cimiez avec l'âme en lambeaux. Je n'étais à la hauteur de rien. Je ne savais pas me conduire nulle part. Je manquais de tout. Sans le tuteur que Thyde représentait je ne savais pas me tenir droit. Mais le lendemain, j'étais au bout de la jetée le cœur battant. Je la vis, de loin, en son allure de frégate à peine poussée par le vent. Je m'approchai. Je lui baisai la main, je lui dis :

— Je ne sais pas exactement ce que j'éprouve pour vous. Je me le suis demandé toute la nuit, je n'ai pas su me répondre.

— Mais moi non plus, Pierre. À propos, je ne vous ai même pas dit mon prénom ! Je m'appelle Marie-Adélaïde mais je recommande qu'on m'appelle Adèle.

Il nous fallut quatre jours et de grandes conversations littéraires pour nous apprivoiser l'un l'autre. La quatrième nuit, je lui racontai ma vie sans rien en celer et que d'ici deux semaines Thyde serait de retour et que je serais de nouveau en cage et que je ne savais rien faire d'autre qu'un peu taper à la machine et que je ne savais comment m'en sortir.

Nous étions adossés à un gros bloc de ciment et nous regardions la mer.

— Pauvre petit..., dit-elle.

Il me fallut passer outre à toutes sortes d'avertissements que me lançaient les expériences du passé à travers ma mémoire pour avoir le courage de me mettre face à elle, de la regarder dans les yeux sans ciller et de lui saisir la taille avec force. Ce geste et ce cœur battant je ne devais plus les retrouver que trente-cinq ans plus tard, dans la nuit pleine de senteurs de mon pays enfin retrouvé. Je lui murmurai :

— Pardonnez-moi, mais j'ai envie de vous.

Elle répondit avec simplicité :

— Mais moi aussi, Pierre.

Le bloc de ciment rébarbatif fut l'abri de notre premier baiser. C'est si étrange d'embrasser pour la première fois de sa vie une femme inconnue dont les lèvres, la langue, le menton, les yeux, se rapprochent soudain de votre visage à une vertigineuse vitesse. C'est si étrange ce don, cette confiance, cet aveu, qu'aucun oubli n'en efface jamais la trace, qu'aucune pudeur ne vous interdit d'en écrire, qu'aucune sensation de déjà dit ou de déjà éprouvé ne vous détourne de vous en souvenir. Ceux qui ne se souviennent d'aucun baiser de leur vie et qui ont passé outre, blasés ou désenchantés, n'ont jamais su ce qu'était l'amour, celui d'autrui ou celui de soi-même, n'ont jamais su l'émoi, la divine création. Moi, Dieu merci, j'ai reçu le privilège de me souvenir de tout à foison et je n'en ai jamais, de ces baisers, renié un seul.

Nous nous sommes mis en route, nos mains serrées, vers la maison du port. Nous ne nous regardions plus. Elle avançait à une allure qui n'était pas la sienne. Sa démarche d'ordinaire posée, réfléchie, la première chose qui m'avait frappé devant l'ascenseur, était devenue rapide, pressée, comme si elle voulait effacer la trace du trajet qui nous conduisait jusqu'à sa porte qu'elle mit un temps infini à ouvrir.

Nous n'avions plus prononcé un mot. J'avais l'impression qu'elle avait très longuement réfléchi avant de savoir ce qu'elle allait faire. J'avais l'impression qu'elle était au bout d'un combat, qu'elle atteignait un port. Elle me dit : « Attendez ! » dans la pénombre. Je savais de science certaine que rien n'est plus désagréable à une femme que de se heurter à un homme habillé quand elle-même lui livre sa nudité. Je fus nu en cinq sec. C'était l'été. J'avais peu de chose. Elle fut nue contre moi venant de la salle de bains dans la pénombre, car elle n'avait pas allumé, lumineuse de sa propre clarté, et je la vis et la saisis dans mes bras pour qu'elle y soit tout entière, que je sente bien tous les détails de son corps. Comment peut-on se blaser et salir le souvenir de pareille minute ? Comment peut-on oublier ? Je perçois encore le froissement inaudible de sa chair touchant la mienne, le poids de ses seins qui s'unissaient aux commissures de mes aisselles, sa bouche impatiente qui me cherchait dans l'ombre.

Elle avait un besoin d'érotisme dont elle avait conscience et qui avait dû la tourmenter des années durant. Elle avait dû se battre avec sa croix, avec sa foi pendant tout un purgatoire de solitude où elle n'osait même pas se toucher. Et ici et là-bas, en tous ces lieux ou même en se bouchant les oreilles on entendait bramer l'amour partout autour de soi. Et moi aussi j'avais terriblement conscience de n'avoir jamais connu en toute quiétude, en toute communion, cette fête érotique où elle me conviait avec joie, avec fureur, usant et réclamant ce dont elle avait si longtemps gémi d'être privée, dans la réalité, dans ses rêves, dans ses cauchemars.

Nous rattrapions le temps perdu avec une ardeur nocturne, journalière, matutinale. Nous nous cherchions avidement, debout, couchés, dans l'eau d'un bain de minuit, à cinq cents mètres au large de la promenade des Anglais, au risque de nous noyer. J'ai bu là mes plus belles tasses d'eau de mer salée et nauséabonde. Que nous importait ? Dans l'ombre propice des allées désertes à trois heures du matin, nous riions d'un rire complice en nous regardant saisis d'une courte honte.

Nous ne nous disions rien. Nous n'avions pas le temps de rien nous dire. Dès que j'arrivais elle me mettait nu et nous volions faire l'amour. Parfois c'était devant l'évier pour n'avoir pu atteindre le seuil de la chambre. Nous nous contemplions avec adoration.

L'amour était comme un travail, nous le faisions méticuleusement. Nous nous torturions pour retarder l'orgasme, le distiller, le diviser, le faire s'insérer à travers nos muqueuses, les siennes parfois je les sentais suinter autour de mon sexe en des larmes qu'il fallait encore contenir. Nous faisions cela avec un art qui de jour en jour devenait plus consommé. Parfois un mot malsonnant mais qui était bien à sa place au moment où nous le prononcions venait ajouter sa torture au paroxysme que nous ne voulions pas encore atteindre. Nos balbutiements suppliants ressemblaient aux râles d'un mourant dans une alcôve.

À la joie qu'elle apportait, à son invention, à sa sagacité à capter la volupté, je comprenais que mon amie était en train d'écraser son passé. Elle y mettait toute l'ardeur vengeresse amassée au courant de tant d'années de privation. Elle me le disait, elle me le criait avec des mots inusités dans sa bouche. Ses yeux n'étaient plus indemnes. Leur clarté était chavirée par la passion. Son visage même, que j'avais connu impassible, s'était creusé de quelques rides qui plus tard deviendraient profondes.

Un jour je m'éveillai. Elle me surplombait. Je la voyais, reprenant mes esprits, dans la lumière éclatante d'un matin de Nice. Elle avait dû longtemps me regarder dormir. Quand elle vit que j'avais les yeux ouverts, elle me dit :

— Pierre, essayez de comprendre ce que je vais vous avouer. (Nous nous disions *vous* avec délectation. J'étais jeune en ce temps-là.) Pierre, vous avez beau être pour moi tout ce qu'une femme peut rêver d'un homme, cependant vous aussi, vous êtes une femme ! Et c'est pour ça que vous deviendrez un grand écrivain ! Ce n'est encore qu'en filigrane dans votre *Aube insolite* mais rappelez-vous bien ce que je vous dis : j'ai assez lu pour savoir !

Elle me disait cela alors que je caressais les poils de sa vallée la plus ombreuse et que tout à l'heure elle allait se mettre à plat ventre et se relever sur les genoux afin de contenter mes plus chers désirs qui étaient aussi les siens.

Je rentrais à Cimiez à l'aube par le premier trolley : remplir mes devoirs domestiques nombreux et essayer de me remettre au *Monde encerclé* comme Adèle le désirait. Entre-temps j'écrivais à Thyde ma lettre journalière, comme autrefois mes flirteuses successives, et je les y aidais, écrivaient à leurs fiancés en sortant de mes bras. J'étais navré, révolté, d'être ce que j'étais. Mais la joie amassée dans la nuit m'ôtait tout scrupule et tous les soirs je descendais de Cimiez et j'allais chercher Adèle pour nous promener sur la jetée. Notre nuit commençait ainsi.

Nous avons vécu cinq semaines où seule la volupté fut notre beau souci sans que jamais le mot « aimer » fût prononcé. Nous avions tous deux — elle était d'une intelligence remarquable — pesé le poids de ce mot redoutable et nous avions jugé qu'il n'y avait pas lieu.

Or, un matin — jamais l'oiseau chanteur n'avait si bien chanté et ils étaient plusieurs —, je descendais en sifflotant le pas-d'âne de la villa, le chemin aux agaves et le petit escalier de briques. Je vis Thyde devant moi qui m'attendait sur le balcon. Elle n'était pas seule. Sa sœur Janou, qu'elle avait attirée à Nice dans son sillage, sa sœur Janou sévère et compassée m'attendait elle aussi. Il devait y avoir longtemps que, toutes les deux, elles devaient guetter mon retour.

— D'où viens-tu, me dit Thyde. Où as-tu passé la nuit ?

— Je viens, je viens...

— Vous venez, dit Janou sur le ton d'un juge

d'instruction, de faire l'amour avec une femme qui s'appelle Marie-Adélaïde.

Il était inutile de nier. Elle savait tout et sur Marie-Adélaïde bien plus que moi, elle me cita même le nom du cru célèbre qui lui appartenait.

Thyde avait encore ses valises et sa malle à ses pieds. Janou lui avait téléphoné à Baden pour lui dire comment je me comportais. Elle éclata en sanglots :

— Mais comment tu as pu me faire ça à moi ?

J'ai l'impression d'être un petit garçon qui a fait une grosse bêtise.

— Vous n'avez pas honte, dit la sœur Janou, après tout ce que Tidou a fait pour vous !

— Promets-moi que tu ne recommenceras plus ! sanglote Thyde.

Mais Janou qui veille jalousement sur ma vertu parce qu'elle a deux enfants et qu'elle a une peur terrible que l'héritage leur échappe, Janou ne veut pas entendre parler d'un aménagement aussi fallacieux.

— Non non, Tidou, tu sais bien qu'il recommencera ! Et vous, Pierre, vous avez fait assez de mal comme ça ! Faites votre valise et partez !

— Non non ! dit Thyde qui a retrouvé sa pugnacité. Ne te mêle pas de ça ! Il n'est pas à toi, ce n'est pas toi qu'il a trompée c'est moi !

— Tu dois le foutre à la porte !

— Non, non et non !

Thyde tape du pied. Si sa sœur s'imagine qu'elle va se rendre ainsi sans combattre, elle se trompe.

— Va-t'en ! Laisse-moi régler ça toute seule !

Les rapports de Thyde avec sa sœur Janou, depuis que le mari de cette dernière a consommé les trois héritages de la famille, sont aigres-doux et amour-haine. Je n'ai jamais pu démêler ce qui les unissait et les désunissait ainsi. Le Journal de Thyde est plein d'obsessionnelles récriminations contre sa sœur, mais quand il y a une menace dans la vie de Janou, Thyde est toujours là pour lui porter secours.

— À ton aise ! dit Janou vexée.

Elle s'en va. J'aurais de beaucoup préféré qu'elle reste. Maintenant je vais être en tête à tête avec Thyde et je ne sais pas quoi lui dire.

— Tu ne m'aimes donc plus ? gémit-elle.

L'ai-je jamais aimée ? Je sais que j'ai tort, que je n'ai même pas la reconnaissance du ventre, qu'elle est faible, qu'elle est malade. Mais pas assez cependant pour ne pas, dès le lendemain, aller frapper à la porte de Marie-Adélaïde afin de lui dire carrément son fait et l'accuser de me prendre à elle. C'est ce qu'elle avait déjà fait avec Ève, il y a de cela sept ans. Mais cette fois j'ai vingt-neuf ans et je sais que pour moi l'avenir est bouché si je reste immobile.

Je n'en démords pas et dès le soir même je retourne chez Adèle. Elle rit de l'intervention de Thyde. Elle est un peu outrée, un peu inquiète car Thyde l'a menacée de tout révéler à son mari, mais en elle-même elle rit.

— Qu'allez-vous faire ? me dit-elle. Moi je suis obligée de partir pour l'hiver. J'ai les vendanges. J'ai mon vin à faire, c'est sacré. Je reviendrai en février. Vous m'écrirez ?

Oui. Nous allons nous écrire. Nous allons faire l'amour par lettres tous les deux avec une passion et des mots inventés qui nous dresseront tous deux dans un érotisme impuissant. Mais chacune de ses lettres s'achevait par ces mots : « Est-ce que vous écrivez ? »

Thyde a refermé les mains sur moi. Je continue à travailler pour elle, au jardin, à la dactylo. Elle m'envoie régler ses problèmes avec ses gardiens, jamais les mêmes, qui changent tous les six mois, qui sont tous des épaves. Parfois, la nuit, elle en pleurs, nous faisons l'amour.

Comme Adèle me l'a recommandé avec ferveur, je me suis remis au *Monde encerclé*. Je suis plongé dans le livre du prince de Broglie, *L'Avenir de la science*. C'est là-dedans, grâce à la poésie enclose dans le texte de ce mathématicien rigoureux, que j'espère trouver l'inspiration qui me manque pour mener à bien cette invraisemblable histoire où je me suis fourvoyé. Je me parle comme un critique avec cette lucidité tranquille qui les caractérise devant l'œuvre d'autrui : « *Le Monde encerclé* est un livre qui n'a pas les moyens de son ambition. »

Thyde est convenue avec moi que je devais chercher du travail, mais elle a interdit à tous ses amis, à tous les miens, de m'aider dans cette recherche. Elle n'ose pas le faire avec René Julliard, mais celui-ci, qui a accueilli *Le Monde encerclé* avec le même enthousiasme que les deux précédents, va s'en charger de lui-même. Quand *Le Monde encerclé* sort en librairie, on en vend en six mois douze cents exemplaires et personne n'en parle. La mort dans l'âme, ce sont ses termes, Julliard me dit que mon compte est trop en déficit et qu'il doit me supprimer ma mensualité.

Pour achever ce tableau dérisoire de mon échec total, un journaliste vient me voir, en l'absence de Thyde. Il me fait miroiter un article publicitaire dans *Samedi Soir*, un torchon de l'époque, mais je suis sans méfiance. Il revient avec un photographe. Ils font au moins vingt clichés : moi en train de taper à la machine, moi l'arrosoir en main au milieu des parterres. L'article paraît sous ce titre prometteur : « Ces femmes célèbres ont des hommes qui le sont beaucoup moins. »

Nous sommes quatre ou cinq à être ridiculisés et notamment le mari de Colette, mais c'est moi qui tiens la vedette avec mon arrosoir. « Pierre Magnan a l'accent natal et la natale prolixité verbale. Il est atteint de lyrisme à l'état endémique. Un faune qui parlerait toujours des étoiles. »

Mon ami d'enfance Jef, qui est à Paris et en phase de réussir, m'écrit sans ménagement : « J'ai eu beaucoup de peine à te voir passer pour un con. »

Cet article sonnera le glas de mes espérances. En dépit de Marie-Adélaïde, je décide de ne plus écrire. Je me mets à chercher dans les annonces du journal régional un quelconque emploi.

Pendant ce temps, dans le lit, toutes les nuits, nous parlons Thyde et moi. Ses reproches pleuvent, puis les supplications.

— Dis-moi la vérité ! Tu ne m'aimes plus ?

La vérité je la sais bien et il n'est pas question que je la laisse suinter hors de moi. La vérité c'est qu'elle a soixante-trois ans et moi vingt-huit et que je ne veux pas assister à sa vieillesse et rester avec elle jusqu'à sa mort. Si elle vit encore quinze ans, vingt ans, je serai un vieil homme. Personne ne voudra plus de moi. Voilà le raisonnement que je me tiens en 1950.

En vain voudra-t-elle m'épouser. En vain fera-t-elle miroiter son héritage : la villa de Cimiez, le compte en banque, les titres, l'argent en Suisse, les droits d'auteur. J'ai décidé de dire non. La peur d'assister à sa mort est plus forte que tout. Je n'en ai pas le courage.

J'ai envie de fuir, de quitter ce tombeau. Je fais part de mes affres à Adèle. Je lui cache que j'ai abandonné toute idée d'écriture. Elle me répond une lettre apaisante : « Si vous voulez vous en aller, je vous ai trouvé chez une amie infirmière une chambre meublée. Vous pouvez vous y réfugier et y travailler. J'ai payé six mois d'avance. Vous aurez le temps de vous retourner. J'ai confiance en vous. »

Ainsi donc j'aurai toujours besoin d'une femme pour me tirer d'affaire. Je me méprise mais je n'ai pas le choix. C'est février. Thyde tousse à fendre l'âme. Un nouveau médicastre est à son chevet, plein d'assurance et d'espoir qu'il lui fait partager.

Elle continue contre vents et marées à écrire ses dix pages par jour. Un matin je fais ma valise. J'y mets comme en un tombeau, à côté de très peu de chose, les trois livres que j'ai écrits. Thyde m'appelle de sa chambre. Entre les pages de l'œuvre qu'elle est en train d'achever, *La Ferme des quatre reines*, elle a fait ce poème bref qui vient de lui venir à l'instant :

Oiseau chanteur ne chante plus.
Il a reçu du plomb dans l'aile
Qui est allé jusques au cœur.
Adieu mon bel oiseau chanteur.

Nous pleurons ensemble. Elle croit que je vais revenir. Je lui ai caché que j'ai un havre. Je lui ai caché que j'ai répondu à une annonce et que je vais commencer à travailler dans huit jours.

Je m'en vais. Je ne me retourne pas une seule fois, en gravissant l'escalier de cette villa où j'ai laissé toutes mes illusions.

Me voici confiné dans une petite chambre, pourvue d'un lavabo, avec mes trois chemises, mon veston de luxe naguère acheté en Suisse, mes chaussures de même provenance, mon pantalon de rechange et mes quelques sous-vêtements. Tout cela rangé dans une armoire en pitchpin qui ferme mal, à cause de l'humidité ambiante.

La chambre donne sur une cour entre quatre murs orbes, un restaurant y gîte ses arrières. Il opère jusqu'à deux heures du matin. Ce sont les pissaladieras sa spécialité. Quand je jette un coup d'œil dans la cour, je vois quatre marmitons qui épluchent des corbeilles d'oignons à longueur de soirée. Toute la détresse du monde est enclose dans leurs yeux qui pleurent. Grâce à eux je ne me crois pas le plus malheureux des hommes. Il semble qu'on m'ait confisqué Nice et son célèbre soleil, ce dont peu me chaut car je n'aime ni l'un ni l'autre.

Bientôt, chassant l'odeur de l'oignon, la chambre va sentir le poisson car l'emploi précaire que j'ai trouvé est tout entier sous l'emblème du poisson pas trop frais. Ça s'appelle de la *resserre*. Quand les criées des ports sont délaissées par les poissonniers experts, il reste sur les grands plateaux des balances du poisson gris et flasque. Depuis longtemps déjà, la Méditerranée ne fournit plus assez de marée pour nourrir l'afflux de ceux qui viennent vivre sur ses bords, seul l'immense océan, de l'autre côté de la France, peut pourvoir à leur appétit. Alors, ce poisson mis en caisses après les criées arrive à Nice par wagons, au rythme de quatre ou cinq par jour. À l'époque où je suis embauché, la société qui a le monopole de ces transports s'appelle la STEF (Société française de transports et entrepôts frigorifiques).

Celle-ci utilise en gare de Nice-Ville, où se fait la répartition, quatre ou cinq manutentionnaires pour vider les wagons, servir les poissonniers et faire les comptes. Le tout entre minuit et huit heures du matin. Il faut être robuste, ne pas craindre les insultes des clients, tous des poissonniers, et avoir vraiment envie de gagner sa vie. C'est mon cas.

Je croyais connaître les hommes, ici, je vais en rencontrer qui me laisseront incrédule devant mon ignorance d'eux : des camionneurs, des manœuvres de la SNCF, des commerçants repus avec des Porsche, des faillis récidivistes. L'un, entre autres, avait poussé son fournisseur breton au suicide à force de ne pas le payer. Ils étaient tous, du manœuvre au négociant, séducteurs émérites, capables d'orner leurs chambres de bâtons gravés dans le mur et figurant leurs bonnes fortunes, qu'ils soulignaient à leurs amis en clignant de l'œil. Je peux dire que pendant vingt-sept ans de purgatoire, sauf mes compagnons de misère, je ne rencontrerai ici pas un seul homme digne de ce nom. C'est ici que je vais parachever mon pessimisme. C'est à Nice, dans ce milieu, que je deviens féministe enragé.

Et pourtant c'est ici que commence ma liberté. À partir de quand n'ai-je plus cu l'impression de vivre dans un rêve qui n'était pas le mien ? Je crois que c'est au moment où je me suis retrouvé les pieds dans la saumure venue de l'Atlantique (les bottes nous étaient fournies) au fond d'un wagon de la STEF, vaguement éclairé par des lampes au carbure de calcium qui chuintaient en menaçant de s'éteindre, ce qui arrivait souvent. Mais c'est aussi ce jour, un samedi comme à l'imprimerie jadis, où je reçus ma première semaine en espèces mais aussi et surtout, mon premier bulletin de salaire. Je le contemplai longtemps. C'était à l'époque une longue bande transparente rédigée à la main et comportant un simple tampon sur lequel il y avait d'écrit : « STEF, 62, rue Montorgueil, Paris 2e », mais ce bout de papier comportait un numéro à douze chiffres. Il m'enchaînait mais il m'assurait une protection tutélaire. En me remettant ce numéro qui n'allait plus me quitter, la nation m'intégrait dans son giron, je n'étais plus un nomade précaire. Cette inscription à la Sécurité sociale, je la reçus comme un émigré qui vient de toucher son titre de séjour.

En février, Marie-Adélaïde revint. J'allai la chercher à l'aéroport, vêtu de mon veston de gala et m'étant assuré en me flairant que je ne sentais plus le poisson.

— Tu m'as manqué, dit-elle. Viens !

Nous avions décidé dans nos lettres enflammées que le « vous » n'était plus de saison.

— Est-ce que tu as écrit ?

Je mentis. Depuis l'article de *Samedi Soir* je n'avais plus qu'une envie : me faire oublier du monde littéraire. Je lui ai caché aussi l'échec du *Monde encerclé*.

Nous avons sauté dans un taxi. Nous sommes arrivés à la maison du port sans nous être désuni les mains. Nous avons pris le lent ascenseur. Sur le palier enfin nos doigts cherchaient déjà nos sexes. Les valises restèrent en plan au milieu du salon, nos vêtements s'éparpillèrent partout. Nous nous sommes trouvés nus en même temps dans le ravissement total de nos regards. Elle a plongé vers le lit, les genoux relevés, pleine d'invite et d'impatience. Nous ne sommes sortis de la chambre qu'à nuit noire et à jeun. Pas une seule fois nous ne nous sommes dit je t'aime.

C'est dans cette période que j'ai le moins dormi de ma vie. Je me couchais à huit heures du soir. Le réveil sonnait à minuit. J'allais à pied par les rues désertes jusqu'à la gare de Nice-Ville, hagard mais repu car toute la journée je la passais avec Adèle.

C'était une cuisinière émérite. Nue, avec un simple tablier, je la caressais pendant qu'elle préparait un coq au vin. C'était son vin, c'était son cru. Elle était heureuse à éclater, il ne lui avait manqué jusque-là que la luxure et aujourd'hui elle avait tout. L'année vigneronne qui venait de s'achever était une grande année. Elle me dit :

— Tu viendras chez moi ! Je t'embaucherai ! Tu apprendras les métiers du vin ! Mais surtout tu continueras à écrire.

Le bonheur dura quatre mois pleins. Nous utilisions dans nos transports, les jours où elle risquait, des cônes très efficaces mais ce produit rendait la fellation amère et lui ôtait de son charme. Nos baisers aussi, ensuite, étaient amers. Après chaque étreinte, j'avais la bouche pleine d'aphtes, et pourtant c'était l'un de mes plus chers plaisirs que de tenir ses rotondités à pleins doigts écartés pour bien en saisir les contours et là de m'enivrer de son parfum à elle, de l'approche de son sexe sous mon regard et sur ma langue. Elle avait une toison abondante que j'adorais frôler. Parfois quand je la sentais défaillir, j'interrompais ma caresse et elle poussait des cris.

On croit que je me complais dans ces descriptions érotiques ? Mais non, je pleure dessus, je pleure cette joie qu'une femme éprouvait et que, froide maintenant, personne ne peut plus lui procurer. Je pleure sur l'éphémère de cette explosion cosmique, aussi inutile et magnifique que le passage d'une comète au firmament. Celui qui n'a pas fait glisser entre les doigts de son souvenir ce chapelet de bonheur qu'est l'amour prolongé à l'infini par l'imagination et l'adoration de l'autre, celui-là aura perdu sa vie.

Un jour, c'était en juillet, elle me tendit une minuscule pochette.

— Tiens, dit-elle en riant, on va essayer ça ! Si ça marche, si on ne sent pas de différence, on abandonnera les cônes Rendell.

C'était un préservatif. Il ne me disait rien qui vaille. J'assimilai cette minuscule rondelle de caoutchouc à l'amour des bas-fonds, aux putes, aux marlous, en tout cas à quelque chose de sale, de dégradant. Quand ce fut le moment je l'enfilai maladroitement comme je fais tout. Adèle dut m'aider.

Mes cheveux se dressent encore sur ma tête rien qu'en écrivant ce qui va suivre, cinquante-trois ans plus tard. Quand je me relevai de notre dernière étreinte pour aller à la salle de bains, à la lumière crue du néon, je m'aperçus avec terreur que mon préservatif était devenu une alliance autour de mon sexe. Il était là, minable dentelle, de cette couleur glauque qui n'est ni crème ni blanche (je n'ai jamais plus vu un seul préservatif de ma vie entière). En lambeaux, broyé, ratatiné, à cause d'une malfaçon ou peut-être de la diversité de nos étreintes. Je bondis jusqu'au lit.

— Va vite te laver ! Mon préservatif a crevé !

Elle regarda ça médusée puis elle pouffa de rire. Elle ne pouvait plus s'arrêter. Dans la salle de bains encore, procédant à ses ablutions, je l'entendais rire aux éclats.

J'étais terrifié. Il y avait une possibilité sur deux, sur dix, je ne savais pas, pour que l'irréparable s'accomplisse. Avec mon pessimisme naturel, je ne nous donnais pas une chance. Il y a des moments où le pessimisme n'est que le frère aîné de l'intuition : des moments de lucidité où l'on sait ce qui va arriver.

Ce fut quinze jours plus tard qu'elle me dit :

— J'ai reçu un télégramme. Il faut que je fasse un voyage éclair à Bordeaux. Sois tranquille. J'en ai pour trois jours. Et ne t'en fais pas surtout ! Tout va s'arranger !

Quand elle revint — je n'étais pas allé la chercher —, elle se laissa choir sur le divan, elle me regarda, elle me dit :

— Je suis enceinte. Je suis allée à Bordeaux pour faire l'amour avec mon mari mais il était à un congrès à Dijon. Je suis allée voir mon médecin de famille, il soigne toute la parentèle depuis quarante ans. Il a poussé les hauts cris : « Vous n'y pensez pas, Marie-Adélaïde ! Un avortement ! Jamais je ne prendrai cette responsabilité ! Vous n'avez pas honte de me proposer une chose pareille ! » Puis comme c'est le plus grand cavaleur du monde, il a réfléchi. Il m'a dit : « À moins que... ou alors Marie-Adélaïde... » Je sentais son souffle dans mon dos. Je ne l'ai pas laissé finir. Je suis partie en le traitant de vieux porc ! Il ne me reverra jamais !

Elle me prit la main.

— Je ne veux faire l'amour qu'avec toi ! Tiens ! Allons profiter ! Ni plus ni moins maintenant !

Ça n'arrangeait rien.

La personne chez qui Adèle m'avait loué une chambre était sa sœur de lait. La mère d'Odile — c'était le prénom de ma logeuse — avait été la nourrice de Marie-Adélaïde. Cette fraternité de nourriture avait créé des liens entre les deux femmes. Odile adorait la Côte d'Azur et avait voulu venir s'y installer. Elle était infirmière. Il y avait une grande différence sociale entre elle et son amie. Marie-Adélaïde avait avancé l'argent à Odile pour payer son appartement. Elles habitaient à trois cents mètres l'une de l'autre et se voyaient très souvent.

Marie-Adélaïde alla trouver son amie et lui avoua où elle en était.

Le mois d'août venait de commencer. La moitié des médecins de Nice partaient en vacances. Odile en trouva un qui voulut bien examiner Adèle mais quand il vit celle-ci, sûr de lui et conquérant, il lui dit tout de suite qu'il y avait une condition. C'était un de ces Niçois qui gravaient des bâtons dans leur chambre à chacune de leurs bonnes fortunes, comme d'autres ont des trophées plein leur salon. La condition était la même que pour le médecin de Bordeaux.

Je ne dormais plus. J'étais aux prises avec l'impératif catégorique de ma vie : ne pas avoir d'enfant. Heureusement, c'était aussi celui d'Adèle. Il n'était pas question qu'elle divorce. Les intérêts viticoles étaient trop imbriqués pour qu'en cas de séparation le préjudice ne fût pas énorme pour la vigne, et j'avais compris que la vigne, c'était la prunelle de ses yeux, tout ce qui pouvait porter préjudice à la vigne était à écarter sans examen.

Ni moi ni elle ne voulons. Il n'est pas question qu'elle détruise sa vie où, en y ajoutant simplement le surcroît d'un amant, elle se trouve très bien. Mais le temps presse. On n'a pas besoin d'être médecin pour savoir combien inexorablement — il n'a que neuf mois devant lui — un fœtus se développe dans le giron maternel, combien rapidement il va ressembler à un homme.

— Il va falloir qu'on se débrouille seuls, me dit Adèle. J'en ai parlé avec Odile. Va la voir, elle t'expliquera.

Car au mois d'août 1951, à Nice, une femme du monde qui avait eu un amant assez maladroit pour la mettre enceinte n'avait que le choix entre risquer sa vie ou avoir un enfant qui détruirait tout son avenir.

J'allai, les jambes flageolantes, chez Odile, où ma chambre était indépendante de l'appartement, ce qui expliquait que je ne la voyais pas souvent.

C'est une fille au derrière bas qui paraît avoir souffert en son enfance. Elle est anguleuse, grande, les lèvres épaisses, les fesses plates. Elle est fade de conversation. C'est tout à fait le type de femme à être tout le temps lâchée. Je la salue avec respect chaque fois que je la rencontre dans le couloir mais je ne l'ai jamais regardée.

Quand j'arrive, nous ne parlons pas inutilement. Elle sait pourquoi je viens. Elle saisit une chaise et l'installe devant l'armoire à glace. Elle grimpe dessus. Elle tire à elle un coffret qu'elle serre contre elle, en revenant à terre.

— Voilà ! dit-elle. Une sonde c'est ça !

Elle soulève le couvercle du coffret. Blottis dans deux compartiments séparés, sur un fond de capiton rouge, je regarde avec terreur ces horribles instruments de torture : la sonde et le spéculum.

La sonde était usagée, le caoutchouc commençait à s'écailler. Je voyais, dépassant d'elle, quelque chose qui ressemblait à un fil de fer rouillé. Le spéculum nickelé, en revanche, étincelait, menaçant, muni d'un bec qui ressemblait à celui d'un canard et d'une manette fixée au bout du bec et dont je compris qu'elle se vissait pour ouvrir l'instrument.

— Voilà ! dit Odile, tu as tout ! Attends ! Il te faut aussi la lampe frontale ! Tu changeras la pile. Moi, c'est un étudiant en médecine qui m'a donné ça quand j'étais en fac, disant que ça pourrait m'être utile.

Elle rit aux éclats.

— Moi c'est pas la peine ! Je ne peux pas avoir d'enfant, mais tu vois, ça peut encore servir !

Elle hocha la tête.

— Mais tu ne comprendras jamais comment ça fonctionne si je ne te l'explique pas sur la bête !

Elle s'installa à plat dos sur son lit, elle ôta sa jupe et sa culotte. Sa toison était bouclée et noire. Elle ouvrit largement les jambes.

— Voilà, dit-elle, il faut enduire le spéculum de vaseline à fond parce que c'est froid un spéculum. Les muqueuses se resserrent instinctivement quand ça pénètre. Il faut que ça glisse bien sans effort, sans douleur, il faut le présenter bien parallèle à l'entrée.

Elle m'explique tout, en détail, comme il faut. Je suis terrifié. J'ai les tempes humides. À la fin, elle retire le tout, va le laver méticuleusement à la salle de bains, le passe à l'alcool, l'essuie avec du coton hydrophile et remet le tout dans l'écrin qu'elle referme avec un bruit sec.

— Tout ça est bien joli, dit-elle calmement, mais tu ne l'auras qu'à une condition sinon je le remets dans l'armoire.

Elle n'attend pas que je lui demande quelle est cette condition, elle me l'édicte :

— Tu ne te figures pas que je t'ai fait voir tout ça pour des prunes ?

Elle m'attire avec elle vers le lit. Elle me force la bouche avec ses lèvres. Elle me prend le sexe qu'elle serre avec ardeur. J'ai le temps de lui dire :

— Mais Marie-Adélaïde, c'est votre amie !

— En amour, il n'y a pas d'amie !

C'est un coup de boutoir de plus donné dans ma

candeur. Si j'avais le moins du monde une bonne opinion de moi, ce qui n'est pas le cas, elle serait détruite dès ce soir car je vais prendre plaisir aussi avec cette Odile qui me dit :

— Elle en a de la chance, Adèle !

Elle me tend comme à regret l'écrin médical chargé d'un menaçant verdict.

— Et fais bien attention ! Tu tiens sa vie entre tes mains !

Elle me dit ça avec une joie mauvaise comme si le fait de ne rien risquer lui conférait une supériorité naturelle.

Je vais travailler à minuit la mort dans l'âme. J'ai posé l'écrin à côté du réveil. Quand celui-ci sonne, je suis déjà debout. J'ouvre l'écrin. Je contemple ces instruments de mort.

Je pense à l'opprobre général, à la désapprobation, même, de mes mânes, lesquels quoique athées de père en fils depuis toujours, appliquent une loi laïque rigoureuse que leurs instituteurs leur ont inculquée par l'exemple et pour qui la vie, qu'elle soit donnée par Dieu ou par la nature, est une chose sacrée, mais par-dessus tout je pense à la vie de cette femme qui est source de ma plus grande joie et à laquelle je vais attenter.

Je suis seul dans le silence de mon libre arbitre mais j'entends la rumeur des censeurs impitoyables qui hurlent à la mort. Je leur dédie ces affres que je traverse, eux qui croient que ces choses-là se font facilement, que chez ceux qui les risquent la nature ne se révolte pas et qu'elle ne fait pas payer chèrement à la conscience ce qu'on lui a arraché.

Durant des années et des années, jusqu'à ce qu'enfin ça s'estompe et que je me juge avec équité, j'ai pensé à ces instants. La preuve que je ne les ai pas oubliés, c'est que je les décris ici avec véracité.

Mais ma main ne trembla pas quand le spéculum me livra cette vision extraordinaire parmi les chairs de la grotte aux replis roses et si lumineuse qu'elle paraissait éclairée de l'intérieur. En un éclair, je pensai aux crèches de mon enfance quand on illumine la paille de la grotte par une lumière indirecte. Il fallait aussi supporter cette réminiscence, comme si en l'être toute l'espèce passée et à venir me couvrait de sa malédiction.

Le col de l'utérus est un sens interdit : une barre rouge transversale qui occupe tout le fond de la grotte. C'était là qu'il fallait introduire la sonde. C'était ce geste qui ferait pénétrer de l'air dans la matrice et priverait le fœtus de son sanctuaire.

Je fis les quelques gestes nécessaires grâce à la lampe frontale qui me serrait la tête. J'avais peur mais cette peur n'atteignait pas mes mains. Tout se passa comme si ce n'était pas l'unique fois de ma vie où j'étais contraint à un tel attentat. Je comprends ce qu'Adèle a voulu exprimer quand elle m'a dit : « Tu es une femme. » C'est que je suis à la place d'Adèle, c'est que je n'existe plus et que cependant je commande à mes mains qui ne tremblent pas.

Ça dure cinq minutes à peu près. Nous avons bien pris garde de stériliser tout. Je remets, sauf la sonde, les instruments dans l'écrin. Il ne nous reste plus qu'à nous coucher et attendre. C'est samedi soir. Je me souviens que c'était samedi soir. Il y avait des flonflons d'orchestre sous le balcon.

Je prends Adèle dans mes bras et je la berce comme une sœur, comme un enfant que j'aurais eu. Elle est toujours le beau désir de mes sens, qui m'a tant comblé et a eu tant confiance en moi, et la voilà réduite par moi à cet état abominable, l'attente de la mort ou l'espérance de la vie.

Nous n'avons plus l'un pour l'autre durant cette nuit nulle attirance physique, nos peaux ne se reconnaissent plus, même nos lèvres, il nous paraîtrait sacrilège de les joindre. Nous ne sommes qu'une attente fraternelle.

Je l'enveloppe de mon corps autant qu'il est possible, je prends sa tête sous mon aisselle. Je pense à elle intensément. Par ce geste que je viens de risquer, je l'ai prise indemne et je la rends souillée. Jamais plus ses yeux n'auront cette limpidité, lorsqu'elle me faisait une déclaration d'amour pour mon livre.

Je me jure que si elle s'en sort, jamais plus je ne la toucherai, jamais plus je ne lui ferai courir ce risque. L'adversaire est trop malin, trop retors, trop chatoyant, il a mille mains pour nous piéger.

Ce ne sont pas les hommes, ce n'est pas la Société qui sont contre nous, c'est la nature toute seule que nous aimons tant tous les deux et qui est ici notre ennemie jurée.

Nous avons dû nous endormir à la fin car j'ouvre un œil sur le soleil éclatant tandis qu'Adèle saute du lit et court vers la salle de bains. Je l'entends s'exclamer joyeusement :

— Hurrah ! Je saigne !

Elle se précipite vers moi, elle me couvre de baisers.

— C'est fini ! Pardonne-moi ! Jc saigne ! Je saigne !

« Pardonne-moi », c'est moi qui dois lui pardonner !

— On va pouvoir refaire l'amour !

Elle téléphone fébrilement à une gynécologue pour prendre rendez-vous. Du moment que ça saigne, le corps médical est déchargé de toute responsabilité et peut intervenir. Je ne dis rien. Elle partit à la clinique pour deux jours. Quand elle revint, je montai chez elle depuis ma chambre chez Odile.

Elle était superbe. Ce début de grossesse même interrompu l'avait encore embellie. Ses seins débordaient, sa taille, ses yeux, sa bouche, tout ce qui brillait en elle et m'appelait, se faisait plus charmeur et plus lascif.

Le mois d'août était dehors, derrière des stores baissés, à nous inciter doucereusement. Tout parlait d'amour. Sauf moi.

— On prendra des précautions ! dit-elle. Ça n'arrivera plus !

Elle était pleine d'optimisme et de foi en l'avenir.

J'allai m'asseoir loin d'elle dans un fauteuil sous le store et de là-bas je lui dis :

— Non, ça ne se passera pas comme ça. Nous avons échappé l'un et l'autre à un drame qui aurait eu les plus graves conséquences pour nous car il aurait modifié notre philosophie, il nous aurait obligés à incliner notre vie vers une issue que nous ne voulons ni l'un ni l'autre. Ça nous arrivera encore, Adèle, je t'assure que ça nous arrivera encore ! Et nous serons faibles et tu divorceras et cet enfant nous le garderons. Tu vendras tes vignes ! Dans ton milieu, sûrement, tu me l'as assez dit : les Chartrons pardonnent les choses qui se passent sous silence mais pas les scandales. Tu auras tout perdu pour un manutentionnaire ! Non ! Je veux que tu vives tranquille, avec tes vignes, avec tes filles, avec ton mari. Et puis moi, je te l'ai assez dit, je ne veux pas avoir d'enfant et je ne veux pas non plus recommencer l'abomination que je viens de vivre.

Elle tremble, elle est attachée à mes paroles et chacune d'elles la pénètre comme une flèche. Je suis sûr de ça comme je suis sûr qu'il en est de même pour moi. Moi aussi je me déchire ! Mais il faut absolument que l'un et l'autre nous échappions par notre intelligence à la nature qui veut nous plier à une loi absurde. Ce n'est pas parce que deux êtres se plaisent qu'ils sont faits pour vivre ensemble. Je n'ai jamais de ma vie parlé d'une manière aussi cohérente, avec tant de conviction, aussi raisonnablement.

— Tu veux que nous nous quittions ? s'exclame-t-elle.

— Oui. Et ça me fait autant de mal qu'à toi ! Réfléchis : je ne sais rien faire. Je suis un minable. Tu ne vas pas attacher le reste de ta vie, après ce que tu as eu, à un minable ?

Je vois à ses gestes désespérés qu'elle ne comprend pas, que non je ne suis pas un minable, qu'elle veut m'aider. C'est d'ailleurs ce qu'elle me crie.

— Je veux t'aider ! Je ne veux pas te quitter !

Je comprends que je n'arriverai pas à la détacher de moi de cette façon, que d'ici cinq minutes nous allons retomber dans les bras l'un de l'autre et recommencer à être la proie de la nature. Alors je me mets à mentir avec douleur. Il faut que l'image qu'elle va garder de moi soit horrible.

— Je vais te dire la vérité, tu vois. Après ce que je viens de voir de toi, je ne pourrai jamais plus faire l'amour avec toi. Je suis dégoûté ! Jamais plus je ne pourrais te toucher !

Je la laisse au bord de son lit. Jamais je n'ai autant eu envie d'elle mais je sais qu'il n'y a pas d'avenir entre nous. Je me connais bien et quelque chose commence à s'agiter en moi qui de toute façon va nous séparer. C'est l'appel des Basses-Alpes. Dans mon wagon à saumure comme ici avec cette belle femme dont j'ai tant envie, je sais que je ne vais plus avoir qu'un seul but : regagner ma terre natale. Oublier ce fatras de vie qui n'est pas la mienne, me retrouver parmi les miens.

Il y a un grand silence entre nous. Hélas j'ai réussi à faire que son regard ne soit plus indemne. La douleur s'y est installée. L'enrichira-t-elle ? Je ne serai plus là pour le voir.

J'ose à peine dire que nous nous sommes quittés comme ça pour toujours.

— Tu continueras à écrire ? me dit-elle dans un souffle. C'est pour ça que je t'ai aimé.

J'ai eu le courage de ne pas lui répondre.

Les volets du port se sont fermés.

Quand ils se rouvriront ce sera sur d'autres êtres et les murs auront oublié tout ce que nous nous sommes dit, Adèle et moi, au cours de nos nuits et de nos jours. Adèle est morte depuis longtemps. Je lui ai scrupuleusement retourné ses lettres. Elle ne m'a jamais rendu les miennes. Sans doute quelqu'un les a-t-il brûlées dans quelque cheminée.

Plus tard, bien plus tard, quand mes livres ont paru, je les lui ai envoyés pour qu'elle voie que je lui avais obéi.

Je n'ai eu d'elle que des réponses polies. Sans doute ce que je lui donnais à lire n'atteignait-il pas à ce qu'elle espérait de moi. Un jour le paquet m'est revenu avec la mention « décédée ».

Me voici libre avec mon chagrin que je crois insupportable, avec ma saumure de wagon, avec l'impitoyable écrasement de l'avidité qui règne autour de moi, témoin des pauvres vanités dont se contentent ceux qui me dominent.

Mais je suis soulagé. J'ai rendu Adèle à sa vie, je

ne lui pèserai plus, je ne lui ferai plus courir ce risque infamant qu'elle a couru avec moi. Elle pourra peut-être effacer de ses yeux indemnes cette nouvelle expression que je n'ai pas pu soutenir.

Me voici libre ! Une furieuse envie d'aller me réfugier à Cimiez dans les bras de Thyde me secouera pendant des semaines. Je résiste comme je peux. J'essaye de me mettre de niveau avec ma nouvelle condition de pauvre hère. Je n'ai qu'un seul orient qui est très loin à l'horizon : regagner les Basses-Alpes. Je sais maintenant, cette certitude s'est fait jour à travers toutes les tribulations qui viennent de saccager ma vie — indépendante d'elle, fruit d'une réflexion qui s'est poursuivie lentement presque en dehors de moi —, c'est que je ne pourrai jamais écrire une seule ligne ici, parmi ces poissonniers, ces riches, ces champions de la troudRucunimportance (comme disait jadis mon ami Battarel). Qu'aucun des personnages de ma vie actuelle ne me servira de base. Ni non plus ces palmiers, ces orangers, ces colonnes, ces villas, ces palais, ce luxe, cette horreur.

En ce temps-là, le seul havre qui m'accueillait c'était *La Cicoulatiera* d'Armida Tabucchi, rue Païrolière. J'y retrouvai l'atmosphère paisible des humbles joies. Je m'étais même mis à aimer les chayottes bouillies et je ne mangeais plus de viande. Hélas, ce que j'avais dit à Adèle n'était pas vrai. Je ne m'étais pas délivré de ma libido parce que j'avais fait avorter une femme. Chez Armida les choses avaient bougé. Une nouvelle recrue, florentine celle-là, était venue s'ajouter à la clientèle. Elle était couturière, avenante, avait conservé un accent italien que je trouvais délicieux. On parlait de table à table. Elle était simple, sans éducation mais sans vulgarité. On partagea la même table les jours de presse. Un jour on se donna rendez-vous à l'Opéra-Plage qui était un lieu d'habitués.

Je me souviens de ce jour. C'est août, par une sorte de miracle à l'envers, la baie des Anges est grise, casquée de nuages rébarbatifs qui roulent et s'alentissent. Elle mugit avec des prétentions d'Atlantique Nord. Elle est sale, méchamment luisante de longues lames couleur caca d'oie. Parfois, un rai de soleil transforme les palaces sans beauté en palais vénitiens. Il n'y a pas grand monde ce jour-là sur les galets, sauf les irréductibles Anglais végétariens, espérantistes et hors d'âge qui viennent là depuis soixante-dix ans et qui se congratulent sur le beau temps qu'il fait.

Qu'est-ce que je fous là ? La couturière florentine m'a dit qu'elle ne viendrait que s'il faisait beau. Il ne fait pas beau. Elle ne viendra pas. Qu'est-ce que je fais là, les pieds ensevelis dans les galets à chaque vaguelette, en maillot de bain par habitude, une serviette jetée sur l'épaule ? Je suis prêt à repartir. À côté de moi, sur une serviette de bain bien à plat et tenue par quatre galets, il y a un sac de plage, une autre serviette et un livre fermé. Le titre en est visible. C'est *Le Nègre du Narcisse* de Joseph Conrad.

Là-bas devant, à cent cinquante mètres, le radeau amarré de l'Opéra-Plage tangue et roule comme s'il allait se détacher et partir vers le large. Tant pis! Par habitude, je me mets à l'eau et je nage sur le côté, avec la moue dégoûtée que nous faisons tous quand l'eau est sale. Le radeau me paraît au diable. Je me mets à nager le crawl pour aller plus vite. La houle me cache le radeau jusqu'au dernier moment. Quand je l'atteins, je m'aperçois qu'il y a quelqu'un dessus. C'est une femme très maigre, très plate, avec un bonnet de bain. Elle n'a que de très belles jambes et de jolis seins sous le maillot noir. Je me hisse en lui tournant le dos pour ne pas la gêner. Je reste là, soufflant et crachotant. Je m'étale comme un phoque très loin de la dame, mais décidément rester allongé n'est pas commode, le radeau tangue tellement qu'on est comme sur une balançoire et souvent la tête en bas. Je me mets sur les fesses, les genoux entre mes mains pour m'équilibrer. Ça va un peu mieux. Ça dure un quart d'heure, vingt minutes. Au loin je contemple l'orgueilleuse Nice le long de sa Promenade et je me dis que jamais je ne m'apprivoiserai à une telle absence de terre arable.

Soudain je sens une légère pression sur mon épaule. C'est la dame qui s'est mise debout mais qui pour ne pas tomber — la houle est très forte — a dû prendre appui sur moi. Elle dit pardon. Elle est ferme sur ses jambes. Je me retourne, nos regards se croisent. Elle a un sourire timide qui n'a rien de vainqueur ni d'aguichant.

Mon Dieu ce visage ! Ce visage à la fois le même et tellement changé, qui est-il ? D'où vient-il ? En quel abîme d'années écoulées est-il classé dans ma mémoire ? Elle ressemble... mais non, ce n'est pas possible puisqu'elle est morte !

La dame en un plongeon impeccable reparaît à six mètres du radeau et nageant vers le bord. Je saute dans l'eau (je n'ai jamais su plonger). J'ai soudain absolument besoin de savoir où j'ai rencontré ce visage et pourquoi je suis si bouleversé de le voir. Je la rattrape, je nage à quelques mètres d'elle. Soufflant et crachant à cause des vagues, je l'interpelle.

— Excusez-moi, madame, je vais vous dire une banalité abominable mais j'ai vraiment l'impression qu'on s'est vu quelque part !

Elle nage beaucoup mieux que moi, elle peut rire en même temps et c'est ce qu'elle fait. Et elle dit :

— Moi aussi j'ai cette impression.

On atteint la grève, on se relève. On est les pieds dans l'eau et les galets se déversent sur nos orteils. La chose est invraisemblable puisque, il y a cinq ans, Thyde et moi nous avions rencontré sa sœur qui nous avait dit qu'elle était mourante. Néanmoins je me risque :

— Vous n'êtes pas Louisette Azoulay ?

Elle rit encore.

— Mais si c'est moi !

Elle, elle ne sait pas mettre un nom sur mon visage. Elle m'expliquera que sa maladie lui a fait perdre beaucoup de souvenirs.

Mais nous allons parler face à face, mouillés, les pieds dans les galets : pendant plus d'une demi-heure, de Manosque, de notre enfance, de nos souvenirs. Une terrible nostalgie s'élève entre nous qui rend graves nos visages.

Mon Dieu, comme le sien a changé ! Elle a toujours ses yeux magnifiques mais son corps s'est amenuisé. Quelle sorte d'homme a-t-elle rencontré dans sa vie pour être abîmée à ce point ? Elle n'a que trente ans pourtant mais les stigmates de la souffrance sont visibles sur son corps. Ce n'est que lorsqu'elle ôte son bonnet et qu'elle secoue ses cheveux que je la retrouve un peu : figure de persane, figure triangulaire, aiguë, elle qui était si pleine quand elle avait quatorze ans !

Je compris alors ce qui m'avait empêché de prononcer le mot « aimer » devant Adèle et pourquoi celle-ci ne m'y avait pas convié. En réalité, il n'y a pas d'amour sans compassion, sans que l'immense besoin de changer le destin de quelqu'un par votre intervention ne vienne soulever votre orgueil : vous vous jugez plus capable de sauver un être que tous ceux qui jusqu'ici l'ont aidé à vivre. Vous êtes prêt à assumer. Vous vous chargez de cet adulte comme d'un enfant que vous auriez eu. Et vous savez que la promesse que vous vous faites à vous-même, même si jusqu'ici vous avez été parjure envers toutes celles que vous avez faites à autrui, cette promesse-là vous enchaîne, vous rive, et vous y perdrez votre existence plutôt que de ne pas vous y soumettre. La vue de Louisette dans l'état où je la retrouve m'inspire ce sentiment tout de suite.

Nous ne nous prenons pas encore les mains mais nous savons que nous sommes deux épaves échouées sur ces galets hostiles et que tant que nous n'aurons pas regagné notre passé, nous ne pourrons pas commencer notre vie.

Louisette n'est pas née à Manosque, mais de quatre à seize ans elle y a passé les années qui font les souvenirs, qui font le pays natal.

Nous tirerons ensemble vers cette terre promise pendant vingt-cinq ans car Louisette aussi a perdu ses racines et ce sont les mêmes que les miennes. Je ne suis pas son idéal, elle n'est pas le mien (le mien il me faudra attendre soixante-cinq ans pour le trouver : un Fragonard rêvé par Maillol). Seulement nous aurons un espoir en commun, ce sera le fondement de notre union. Et quand nous atteindrons enfin ce lointain rivage, nous serons comme Ulysse : sûrs de ne plus jamais quitter notre patrie, nous y vivrons enfin heureux.

DU MÊME AUTEUR

Aux Éditions Denoël

LA MAISON ASSASSINÉE (Folio Policier nº 87).

LES COURRIERS DE LA MORT (Folio Policier nº 79).

LE MYSTÈRE DE SÉRAPHIN MONGE (Folio Policier nº 88).

L'AMANT DU POIVRE D'ÂNE (Folio nº 2317).

POUR SALUER GIONO (Folio nº 2448).

LES SECRETS DE LAVIOLETTE (Folio Policier nº 133).

LA NAINE (Folio nº 2585).

PÉRIPLE D'UN CACHALOT (Folio nº 2722).

LA FOLIE FORCALQUIER (Folio Policier nº 108).

LES ROMANS DE MA PROVENCE (album).

L'AUBE INSOLITE (Folio nº 3328).

UN GRISON D'ARCADIE (Folio nº 3407).

LE PARME CONVIENT À LAVIOLETTE (Folio Policier nº 231).

L'OCCITANE, UNE HISTOIRE VRAIE.

L'ARBRE, nouvelle extraite des SECRETS DE LAVIOLETTE (Folio à 2 € nº 3697).

APPRENTI (Folio nº 4215)

UN MONSTRE SACRÉ (Folio nº 4411)

MA PROVENCE D'HEUREUSE RENCONTRE, guide secret.

Aux Éditions Hachette

L'ENFANT QUI TUAIT LE TEMPS (Folio nº 4030).

Aux Éditions Fayard

LE SANG DES ATRIDES (Folio Policier nº 109).

LE TOMBEAU D'HELIOS (Folio Policier nº 198).

LE SECRET DES ANDRÔNES (Folio Policier nº 107).

LE COMMISSAIRE DANS LA TRUFFIÈRE (Folio Policier nº 22).

LES CHARBONNIERS DE LA MORT (Folio Policier nº 74).

LES ENQUÊTES DU COMMISSAIRE LAVIOLETTE

Aux Éditions du Chêne

LES PROMENADES DE JEAN GIONO (album).

Aux Éditions Alpes de lumière

LA BIASSE DE MON PÈRE.

Aux Éditions de l'Envol

L'HOMME REJETÉ.

LE MONDE ENCERCLÉ.

MON THÉÂTRE D'OMBRES.

FORCALQUIER (album).

Composition Firmin-Didot
Impression Maury-Imprimeur
45330 Malesherbes
le 29 octobre 2007.
Dépôt légal : octobre 2007.
1er dépôt légal dans la collection : juin 2006.
Numéro d'imprimeur : 133708.
ISBN 978-2-07-032585-7. / Imprimé en France.

156503